Das Buch

Mit der dramatischen Lebensgeschichte der jungen Zwillings-
schwestern Dorabella und Violetta beendet Philippa Carr ihren großangelegten Roman-Zyklus »Die Töchter Englands«.
Der Ausbruch des Zweiten Weltkriegs überrascht die beiden
Schwestern an der Küste von Cornwall. Dorabella, die mit
einem französischen Maler nach Paris durchgebrannt war, ist
aus Frankreich zurückgekehrt und lebt mit ihrem kleinen
Sohn Tristan auf Tregarland. Violetta hat sich mit einem Mann
verlobt, der mit der britischen Armee auf dem Kontinent
kämpft und seit Dünkirchen vermißt ist.
Für die Zwillinge beginnt eine bange Zeit des Wartens, die
angefüllt ist mit Haushaltsarbeiten, Einquartierungen und
Küstenwachen. Der Feind hat einen Großteil Europas erobert,
Frankreich hat kapituliert, und eine deutsche Invasion scheint
unmittelbar bevorzustehen. Es ist eine Zeit tödlicher Gefahren
und verhängnisvoller Begegnungen, die ihren düsteren Höhepunkt in den Bombennächten von London findet.
Die Freundschaft zu dem geheimnisvollen Captain Blake
bringt Dorabella in eine schreckliche Situation. Und Violetta,
die in einem Ministerium ihren Kriegsdienst ableistet, wird
mit den schmerzlichen Schicksalen von Frauen konfrontiert,
die mit ihren Ängsten, Sehnsüchten und Erwartungen nicht
mehr zurechtkommen. Dann endlich sind mit dem Frieden
die langen Jahre des Wartens vorüber.

Die Autorin

Mit ihren weltbekannten historischen Frauenromanen zählt
Philippa Carr zu den beliebtesten Autorinnen unserer Zeit.
Ein Großteil ihres Werkes liegt im Wilhelm Heyne Verlag vor.

PHILIPPA CARR
besser bekannt als
VICTORIA HOLT

WIEDERSEHEN
IN CORNWALL

Roman

Aus dem Englischen
von Michaela Link

Deutsche Erstausgabe

WILHELM HEYNE VERLAG
MÜNCHEN

HEYNE ALLGEMEINE REIHE
Nr. 01/9958

Titel der Originalausgabe
WE'LL MEET AGAIN

Redaktion: Beatrice Naucke

ISBN 3-453-10850-7

Violetta

Nächtliche Besucher

An jenem Morgen im März stand ich nach einer fast durchwachten Nacht mit dem ersten Tageslicht auf. Die alte Mrs. Jermyn hatte auf Jermyn Priory eine Dinnerparty gegeben, um meine Verlobung mit ihrem Enkelsohn zu feiern – eine Feier, die von der Tatsache überschattet war, daß Jowan am folgenden Tag an die Front mußte.

Ich hatte mit seinem Heiratsantrag gerechnet, seit er mir eines Tages im September – kurz nach der Kriegserklärung – gesagt hatte, er würde sich zur Armee melden.

Seit unserer ersten Begegnung fühlten wir uns schon zueinander hingezogen: Damals hatte ich mich auf das Land der Jermyns vorgewagt war prompt vom Pferd gefallen und von ihm gerettet worden. Man könnte beinahe sagen, daß dies der Anfang vom Ende einer uralten Fehde zwischen den Familien Tregarland und Jermyn gewesen war. Allerdings war ich eigentlich keine Tregarland und nur durch meine Zwillingsschwester Dorabella, die ich damals besuchte, mit dieser Familie verschwägert; denn Dorabella hatte einen Tregarland geheiratet.

Nicht daß Jowan sich auch nur im geringsten für die Fehde interessiert hätte; er belächelte sie, betrachtete sie als eine Narretei, die von den Einheimischen geliebt und deshalb gehegt und gepflegt wurde. Und doch hatte sie die beiden Familien jahrelang voneinander ferngehalten – bis wir uns entschlossen, sie im heiligen Stand der Ehe zusammenzuführen.

Sobald der Krieg vorüber war, wollten wir heiraten.

»In sechs Monaten vielleicht«, sagte Jowan. »Oder sogar noch früher.«

Manchmal schien es mir, als nähme Jowan alles, wie es kam, und machte es sich dann passend. Vielleicht war er mir deshalb während der schrecklichen Zeit, die ich durchgemacht hatte, eine solche Hilfe gewesen.

Jowan war bei seiner Großmutter aufgewachsen, da seine Mutter sehr früh gestorben war. Jermyn Priory hatte er erst vor wenigen Jahren geerbt – in etwas heruntergekommenem Zustand, denn Jowans leichtlebiger Onkel hatte den Besitz vernachlässigt – und seither bemühte er sich, dort alles wieder in Ordnung zu bringen. Und das tat er mit großem Erfolg. Er liebte das Haus, in dem er seine Jugendjahre verbracht hatte, bevor er zu seinem Vater nach Neuseeland gegangen war. Sein Vater war vor seinem Onkel gestorben, und so war der ganze Besitz nun an Jowan gefallen.

Ich bewunderte ihn ebenso wie seine Großmutter wegen seiner entschlossenen Zielstrebigkeit. Sie konnte nicht von ihm sprechen, ohne ihren Stolz auf ihren Enkel verbergen zu können.

»Jowan weiß immer sofort, was getan werden muß«, erzählte sie mir eines Tages. »Für ihn gibt es kein ›das geht nicht‹. Er liebt dieses Land genauso wie ich, und es ist nur recht und billig, daß es jetzt ihm gehört.«

Um so überraschter war ich, als er sich spontan entschloß, seinen Besitz zu verlassen und sich freiwillige zum Dienst in der Armee zu melden. Aber aus seiner Sicht schien sein Entschluß ganz einleuchtend zu sein: Der Krieg mußte zum Wohl des ganzen Landes gewonnen werden, und das schloß Jermyn Priory ein. Er hatte einen hervorragenden Verwalter, der mit einem fähigen Gehilfen zusammenarbeitete. Beide waren beträchtlich älter als er, verheiratet und hatten Familien, die versorgt werden mußte. Er sei am ehesten entbehrlich, sagte er, und er vertraue darauf, daß die beiden Männer sich in seiner Abwesenheit um das Gut kümmern würden.

»Wir werden mit den Deutschen im Handumdrehen fertig sein«, sagte er.

Während der letzten Monate hatte ich nicht viel von ihm zu sehen bekommen. Ab und zu hatte er Urlaub, aber nie sehr lange. Das war einer der Gründe, warum ich in Cornwall blieb – ein anderer Grund war meine Schwester, die nichts von meinem Aufbruch wissen wollte.

Jowan war zur Artillerie gegangen, deren Übungsplatz am Lark Hill auf der Salisbury-Ebene und damit vom Sitz der Tregarlands nicht weit entfernt lag.

Wie wir diese Urlaubstage genossen! Welche Zukunftspläne wir schmiedeten! Immer wenn er bei mir war, fühlte ich mich beschwingt und optimistisch, doch sobald er zum Dienst zurückkehrte, erfaßte mich ein Gefühl böser Vorahnungen, da ich wußte, daß der Tag unserer Trennung immer näher rückte.

Jetzt war er da.

Meine Eltern waren sehr erfreut über unsere Verbindung, und Jowans Großmutter und ich waren bereits guten Freunde geworden. Alles hätte einfach wunderbar sein sollen, aber wie konnte es das angesichts der drohenden Kriegsgefahr.

Als ich mich gewaschen und angekleidet hatte, war es immer noch sehr früh. Ich hatte das Gefühl, daß ich hinaus in die frische Morgenluft mußte; also zog ich mir einen Mantel an und ging zu meinem Lieblingsplatz im Garten.

Das Haus der Tregarlands lag wie eine Festung auf einem Felsen mit Blick über das Meer. Die gärten reichten bis hinunter zum Strand, der ursprünglich Privatbesitz gewesen war. Jedoch hatten die Tregarlands dort ein Wegerecht einräumen müssen, weil die Strandspaziergänger sonst über die gefährlichen Klippen hätten klettern müssen, um ihren Weg fortzusetzen, was so gut wie unmöglich war, wie ich selbst einmal feststellte, als die Flut mich überraschte.

Ich setzte mich auf eine Bank, die an einem schönen Platz zwischen blühenden Büschen aufgestellt war, und blickte hinaus aufs Meer. Sehr bald schon würde Jowan irgendwo auf der anderen Seite dieses Gewässers sein. Bestimmungsort unbekannt. Es war nutzlos, mir vorzumachen, daß er sich nicht in Gefahr begab.

Ich hörte Schritte und sah, als ich den Kopf hob, Dorabella, meine Schwester, auf mich zukommen. Sie lächelte.

»Ich habe dich gehört«, sagte sie. »Und dann aus meinem Fenster gesehen.«

»Es ist noch sehr früh«, sagte ich.

»Der Morgen ist der schönste Teil des Tages, habe ich mir sagen lassen. Was ist los, Vee?«

Manchmal benutzte sie die Kurzfassung meines Namens, Violetta; und heute morgen schwang in ihrer Stimme ein Hauch von Zärtlichkeit mit. Sie wußte, was ich empfand.

Dorabella und ich waren keine eineiigen Zwillinge, aber

dennoch gab es ein festes Band zwischen uns; meine Schwester hatte es einmal ›das Spinnwebband‹ genannt.

Sie hatte gesagt, dieses Band sei sehr stark und unzerreißbar, aber gleichzeitig so fein, daß keiner außer uns beiden von seiner Existenz wußte. Es war von jeher da gewesen und würde immer da sein. Ich glaube, damit hatte sie recht.

Dorabella war eher leichtfertig, aber hinreißend; ich dagegen galt als die Vernünftige, die Praktische. Stets umgab sie eine irreführende Aura der Zerbrechlichkeit, die ihre Wirkung auf das andere Geschlecht nie verfehlte. Ich hatte um ihre größere Anziehungskraft immer gewußt, war aber niemals – oder jedenfalls nur höchst selten – eifersüchtig darauf gewesen.

Wenn ich darüber nachdachte, wohin ihre Impulsivität sie gebracht hatte, ängstigte ich mich um sie, und ich war mir sicher, daß ihre jüngste Leichtfertigkeit eine nachhaltige Wirkung auf sie haben würde. Ihre überstürzte Heirat mit Dermot Tregarland hatte Folgen heraufbeschworen, die uns alle bestrafen. Ja, wenn diese Heirat nicht gewesen wäre, hätte ich Jowan nie kennengelernt. Und hätte in diesem Augenblick nicht dort gesessen.

Ich sah sie an. Ja, die jüngsten Ereignisse hatten selbst sie ernüchtert. Ich hatte Angst um sie, aber was sie auch tat, ich würde nie aufhören, sie zu lieben. Nichts würde daran jemals etwas ändern.

Sie nahm meine Hand und sagte: »Keine Sorge. Ihm wird nichts geschehen. Das spüre ich einfach. Er ist zum Überleben geboren. Genau wir ich, und ich erkenne in ihm eine verwandte Seele.«

»Was dich betrifft, hast du sicher recht«, erwiderte ich.

Sie sah mich reumütig an und bat mich mit einem kurzen einfühlsamen Blick um Verzeihung für all die Ängste, die wir ihretwegen ausgestanden hatten. Ich hatte ihr schon längst vergeben, genauso wie unsere Eltern.

»Natürlich habe ich recht«, sagt sie. »Der Krieg wird bald vorbei sein. Und er wird … als Held zurückkehren. Ich höre schon die Hochzeitsglocken läuten. Die Familien werden sich versammeln und diese törichte Fehde zwischen den Tregarlands und den Jermyns wird für alle Zeiten ein Ende finden! Die ganze Sache war doch ziemlich lächerlich, findest du nicht auch?«

»Und du, Dorabella, was wirst du tun? Wirst du hierbleiben, bei den Tregarlands?«

Sie wirkte nachdenklich; also war ihr bereits der Gedanke gekommen fortzugehen.

»Es wird alles anders sein«, sagte sie. »Du wirst die Herrin von Jermyn Priory werden.«

»Nein, das ist die alte Mrs. Jermyn.«

»Oh, sie wird dir freundlich den Vortritt lassen. Sie freut sich ja so, daß du ihren kleinen Liebling heiratest. Wenn dieser elende Krieg vorbei ist, werde ich es hier wohl aushalten können, wenn du in der Nähe bleibst. Wir alle leben ja jetzt in einer unsicheren Zeit, nicht wahr? Niemand kann irgendwelche Pläne machen. Wir wissen nicht, was im nächsten Augenblick geschehen kann. Dieser Krieg … was glaubst du, wie lange er dauern wird?«

»Ich weiß es nicht. Wir hören pausenlos, daß wir uns wacker schlagen, aber die Deutschen schienen sehr stark zu sein. Es ist schwer zu sagen, ob wir wirklich alles erfahren oder ob man uns nicht manches vorenthält.«

»Du siehst zu schwarz, Vee.«

»Ich wüßte nur gern, wie's wirklich ist.«

»Unwissenheit ist manchmal ein Segen, vergiß das nicht.«

»Aber nicht, wenn die Wahrheit uns eines Tages dann doch einholt, was ja unter gewissen Umständen durchaus möglich ist.«

»Jetzt aber Schluß damit! Ich weiß, daß Jowan weggeht und du dir natürlich Sorgen machst, aber immerhin sind wir beide hier zusammen. Ich kann dir gar nicht sagen, wie froh ich darüber bin. Das beste von allem ist für mich, daß wir Nachbarn sein werden. Und daran mußt du immer denken.«

»Und du hast Tristan.«

»Auf den die liebe Tante Violetta Besitzansprüche erhebt, ebenso wie Nanny Crabtree, die sicherlich glaubt, daß er mehr ihr gehört als mir. Ich frage mich, ob dieses Kind weiß, wie viele Menschen es für sich beanspruchen. Wenn ich ihn auf den Arm nehme, denkt Nanny Crabtree jedesmal, ich würde ich fallenlassen.« Plötzlich wurde sie ernst. »Nach dem, was geschehen ist, hat sie wahrscheinlich das Gefühl, daß man mir nicht trauen kann. Sie war es – und du natürlich –, die ihn vor der verrückten Matilda gerettet hat, als ich nicht da war … nicht war, wo ich hätte sein sollen.«

»Das gehört der Vergangenheit an.«

»Wirklich? Glaubst du nicht, daß die Dinge, die wir tun … die wirklich wichtigen Dinge … niemals Vergangenheit sein werden? Ihre Folgen bleiben für alle Zeiten bestehen!«

»So darfst du nicht denken.«

»Die meiste Zeit tue ich das auch nicht, aber dann sind die Gedanken plötzlich wieder da und lassen mir keine Ruhe. Ich bin mit einem Liebhaber durchgebrannt. Ich habe meinen Mann und mein Kind sitzen lassen … und jetzt bin ich wieder zurück. Mein Mann ist tot, und ohne dich und Nanny Crabtree wäre mein Kind vielleicht ermordet worden. Du kannst dir vielleicht vorstellen, wie mir da manchmal zumute ist.«

»Hauptsache, du hast deine Lektion gelernt …«

Da änderte sich plötzlich ihre Stimmung, und sie brach in lautes Gelächter aus.

»Gegen dich komme ich einfach nicht an«, sagte sie. »Das ist typisch unsere Violetta. Immer muß sie die Wahrheit predigen, immer muß sie sich heroisch mit den Problemen der widerspenstigen kleinen Zwillingsschwester herumschlagen – und vergißt dabei nie, die Moral von der Geschichte zu erklären.«

»Irgend jemand muß es ja tun!«

»Ja, das stimmt, und du hast es immer getan. Glaub ja nicht, das würde ich vergessen. Ich vergesse es nie. Das ist auch der Grund, warum ich dich in der Nähe haben möchte und es gleich mit der Angst zu tun bekomme, wenn du nicht da bist. Ich werde nie vergessen, wie du damals diese Geschichte für mich erzählt hast. Und ich weiß, wie sehr du es haßt zu lügen. Ich war mit meinem Geliebten durchgebrannt. Ich hatte meine Flucht gut getarnt, es sollte so aussehen, als sei ich ertrunken … als sei ich schwimmen gegangen, hätte mein Handtuch und meine Sandalen dort am Strand zurückgelassen … doch stattdessen überquerte ich bereits den Kanal und befand mich auf dem Weg nach Paris. Und was hast du getan? Du hast dir eine Geschichte für mich ausgedacht. Ich bin hinausgeschwommen, habe das Bewußtsein verloren, eine Yacht hat mich aufgefischt ... ach, was für eine herrliche Geschichte!«

»Sie war ziemlich unglaubwürdig, und wir wären niemals damit durchgekommen, wenn nicht ausgerechnet in diesem Augenblick der Krieg ausgebrochen wäre und die Leute wichtigere Dinge im Kopf hatten als das launenhafte, rücksichtslose Verhalten einer leichtfertigen jungen Frau.«

»Du hast ganz recht, liebe Schwester, wie immer. Aber jetzt verstehst du doch, warum ich nicht ohne dich leben kann? Selbst Tregarland wird für mich annehmbar, weil du meine Nachbarin wirst, wenn du deinen Jowan heiratest. Dann heißt du Jermyn und ich Tregarland. Und so wird am Ende doch noch alles gut, nicht wahr?«

»Das kann man jetzt noch nicht sagen.«

»Du bist also fest entschlossen, schwarz zu sehen. Aber sagt dir nicht einer deiner vielen Grundsätze, daß das nicht sehr hilfreich ist?«

»Ich möchte eben den Tatsachen ins Auge sehen.«

»Ich weiß. Und manchmal habe ich das Gefühl, als würde die Vergangenheit niemals aus diesen Mauern weichen. Sie sitzt in allen Ritzen dieses Hauses. Matilda Lewyth mit ihrem Wahnsinn. Sie scheint immer noch hier zu sein. Und dann ist da natürlich Gordon. Was geht wohl in ihm vor? Seine Mutter eine Mörderin ... die ihren Lebensabend in einer Irrenanstalt zubringt ...«

»Gordon ist einer der vernünftigsten Männer, die ich kenne. Er wird die Dinge sehen, wie sie sind. Seine Mutter wollte Tregarland für ihn und hat zugelassen, daß dieser Wunsch zu einer Besessenheit wurde. Der alte Mann hat sie bis aufs Blut gereizt. Er war boshaft und schadenfroh. Er wollte sehen, wie sie reagierte. Nun, sein Wunsch ist in Erfüllung gegangen, und jetzt gäbe er alles darum, diese Dinge ungeschehen machen zu können. In gewisser Hinsicht gibt er sich die Schuld an allem – und es läßt sich nicht leugnen, daß er wirklich seinen Teil zu diesem Drama beigetragen hat. Aber nun ist alles vorüber. Gott sei Dank konnten wir Matilda daran hindern, Tristan etwas anzutun. Und jetzt ist sie in sicherer Obhut, Tristan ist bei Nanny Crabtree und allen anderen im Haus Hahn im Korb. Selbst der alte Mr. Tregarland hält seinen Enkelsohn für das wunderbarste Kind auf der Welt. Tristan ist in Sicherheit. Das ist das wichtigste, und daran müssen wir immer denken.«

»Aber ich kann mich von meiner Schuld nicht frei machen. Ich hätte hier sein müssen. Dermot könnte noch leben.«

»Dermot war schwer verletzt. Er wußte, daß er sich nicht wieder erholen würde, und hat sich deshalb das Leben genommen. Aber das ist alles Vergangenheit.«

»Was denken die Leute von mir? Sie müssen doch einen Verdacht haben.«

»Sie denken überhaupt nicht viel über dich nach. Sie haben wichtigere Dinge im Kopf und machen sich Sorgen, was auf dem Kontinent geschieht. Wo wird Hitler als nächstes einmarschieren? Wir sind im Krieg. Die Affäre von Mrs. Dermot Tregarland mit einem französischen Künstler ist im Vergleich zu den Ereignissen in Europa völlig unerheblich. Und so unwahrscheinlich deine Geschichte auch klingt, die Leute sind doch bereit, dir die Sache mit dem Gedächtnisverlust zu glauben, weil es sie eigentlich nicht besonders interessiert.«

»Du hast wie immer recht«, sagte sie. »Und das wichtigste von allem ist, daß du hier bist. Du wirst Jowan Jermyn heiraten, und der unglückselige, lang verflossene Liebhaber kann in Frieden ruhen. Meine liebe Schwester Violetta kam nach Tregarland und brachte alles wieder ins Lot.«

Wir lachten und saßen dann noch eine Weile schweigend da. Sie gab mir Kraft, und ich wußte, daß auch ich ihr Kraft gab. Es ist wunderbar, einen Menschen zu haben, der einem so nah steht, daß er fast ein Teil von einem selbst sein könnte. So war es von Anfang an, und so würde es immer bleiben.

Wie so oft wußte sie auch jetzt, was ich dachte. Nur wenige Male in unserem Leben waren wir uns fern gewesen – kurzzeitig, als sie mit dem französischen Künstler durchgebrannt war und diesen ›Unfall‹ inszeniert hatte, um die Wahrheit zu verschleiern.

Ich war davon überzeugt, daß sie nie wieder etwas derart Törichtes tun würde – und trotzdem hatte ich während der Zeit des Bangens keinen Augenblick geglaubt, daß sie wirklich tot war. Ich denke, sie hatte daraus gelernt, und wußte, daß sie es nie wieder zulassen durfte, daß wir getrennt werden.

»Laß uns ins Haus gehen und frühstücken«, sagte sie schließlich.

Zum Frühstück war auf Tregarland gut zwei Stunden lang gedeckt, so daß wir die Mahlzeit ganz nach unseren jeweiligen Tagesplänen etwas früher oder später einnehmen konnten. James Tregarland selbst erschien mittlerweile nur noch selten bei Tisch. Der Tod seines Sohnes und das Schicksal seiner Haushälterin hatten ihn zutiefst getroffen. Er war sich einer gewissen Mitschuld an den Geschehnissen in seinem Haus bewußt, die in der einen oder anderen Weise Auswirkungen auf uns alle hatten, wenn auch am wenigsten, so schien es, auf Matildas Sohn Gordon. Er war eine extrem praktische, zupackende Natur, und von ihm hing das Wohl des Gutes ab. Er machte weiter, als hätte sich kaum etwas geändert. Ich hatte schon immer gewußt, daß er ein bemerkenswerter Mann war.

Wir ich schon sagte, bekamen wir James Tregarland beim Frühstück nur noch selten zu sehen, und auch an diesem Morgen waren Dorabella und ich allein.

Eines der Stubenmädchen brachte die Post. Es waren zwei Briefe von meiner Mutter dabei – einer für jede von uns. Sie schrieb immer zwei Briefe, auch wenn sie beide inhaltlich kaum unterschieden.

Wir öffneten sie, und ich las:

Meine liebste Violetta,

das Leben ist ungewiß hier, und ich mache mir ein wenig Sorgen um Gretchen. Es ist eine schlimme Zeit für sie. Sie hat solche Angst um ihre Familie in Deutschland. Gott allein weiß, was ihnen dort geschieht, und jetzt, da Edward in Bälde nach Übersee geht ... Stell Dir vor, er wird gegen ihre Landleute kämpfen! Die Ärmste ist furchtbar unglücklich. Du kannst dir ja denken, wie es jetzt um sie steht. Natürlich hat sie immer noch die kleine Hildegarde, und darüber bin ich so froh. Das Kind ist ein solcher Trost für sie.

14

Sie ist jetzt eine Weile bei uns gewesen. Es ist nicht leicht, in einem Land zu leben, das mit dem eigenen Land Krieg führt.

Ich habe überlegt, ob Du sie nicht vielleicht für ein Weilchen nach Cornwall einladen könntest. Ich schreibe auch Dorabella deswegen, da sie diejenige ist, die die Einladung aussprechen muß. Gretchen hatte Euch beide immer so gern, und es würde ihr sicher guttun, mit Leuten ihres eigenen Alters zusammenzusein. Wegen der Verdunklungen und all dieser Dinge ist das Reisen heutzutage natürlich schwierig – vor allem mit Kindern –, aber wenn Ihr sie und die kleine Hildegard ein Weilchen zu Euch holen würdet, würde ihr das sicher helfen.

Außerdem könnte Hildegarde Tristan Gesellschaft leisten, und ich bin sicher, Nanny Crabtree würde die Kleine mit Freuden übernehmen.

Das arme Gretchen! Die Leute wissen, daß sie Deutsche ist. Man hört es an ihrem Akzent, und jetzt, da Edward nicht mehr hier ist … Nun, Du kannst Dir sicher vorstellen, wie schwierig es für sie ist.

Sprich mit Dorabella darüber. Ich hoffe wirklich, Ihr könnt sie zu Euch nehmen.

Mir und deinem Vater hat es sehr leid getan, daß wir nicht zu Deiner Verlobungsfeier kommen konnten. Aber wir möchten Dich wissen lassen, daß wir sehr erfreut darüber sind. Wir haben Jowan beide sehr gern. Dein Vater hält ihn für einen hervorragenden Verwalter, und wir sind sicher, daß ihr beide sehr glücklich miteinander sein werdet. Wie schön, daß Du auf diese Weise auch in Dorabellas Nähe sein kannst.

Mit ganz lieben Grüßen von Vater und mir
Deine Mutter

Dorabella blickte von ihrem Brief auf.

»Gretchen«, sagte sie.

Ich nickte.

»Natürlich muß sie herkommen«, sagte sie.

»Natürlich«, wiederholte ich.

Gretchen traf ungefähr zwei Wochen später ein. Dorabella fuhr zum Bahnhof, um sie abzuholen, und ich begleitete sie.

Man konnte sehen, daß Gretchen nicht glücklich war. Sie hatte genauso viel Angst um Edward wie ich um Jowan, und keine von uns beiden konnte irgend etwas über die Vorgänge an der Front in Erfahrung bringen. Außerdem quälte sie noch die zusätzliche Angst um ihre Familie in Bayern, von der sie seit geraumer Zeit nichts mehr gehört hatte.

Die kleine Hildegarde war ein bezauberndes Kind. Tristan wurde im November drei Jahre alt, und Hildegarde war etwa fünf Monate jünger. Sie war ein Einzelkind, ein dunkler Typ wie ihre Mutter, ohne eine Spur von Edwards Blond.

Nanny Crabtree stürzte sich sogleich mit Freuden auf sie, und Tristan war offensichtlich froh, Gesellschaft zu haben.

Nanny Crabtree befand sich seinerzeit in einem Zustand milder Rebellion wegen ›der beiden Racker da oben‹.

Weil man feindliche Luftangriffe befürchtete, waren überall im Lande Kinder aus den Großstädten evakuiert und in Privathäusern auf dem Land einquartiert worden. Zwei dieser Kinder waren zu uns gekommen, und sie waren nun Nanny Crabtrees »Racker«.

Das Dachgeschoß über dem Kinderzimmer wurde zum Teil von Dienstboten bewohnt. Die Räume dort waren groß und weitläufig, aber merkwürdig zugeschnitten wegen der Dachschräge. Zwei davon dienten jetzt unseren beiden jungen Gästen als Schlafzimmer. Sie waren Brüder und kamen aus Londons East End, Charley und Bert Trimmell, elf und acht Jahre alt. Nanny Crabtree hatte ein Auge auf die beiden, überwachte ihre Mahlzeiten und sorgte dafür, daß sie sich regelmäßig wuschen und zusammen mit den anderen Kindern, die in den Poldowns oder der näheren Umgebung einquartiert waren, in East Poldown zur Schule gingen. Da in der Schule in Poldown nicht genug Platz für alle Kinder war, hatte man den Lehrern und Lehrerinnen, die ihre Schüler hierher begleitet hatten, im Rathaus einige Räume zur Verfügung gestellt; und so gingen die Neuankömmlinge weiter zusammen mit ihren Freunden in die Schule.

Diese Kinder, die mit verlorenem Blick, Namensschildern

um den Hals und Gasmasken über der Schulter hier angekommen waren, taten uns ungeheuer leid.

Gordon war damals sofort ins Rathaus gegangen, wo sie
sich alle versammelt hatten, und mit den beiden Trimmells
zurückgekommen.

Nanny Crabtrees Rebellion war nur eine oberflächliche
Erscheinung, da sie letztlich die erste war, die sich ins Zeug
legte und sich um die Kinder kümmerte; aber Veränderungen gefielen ihr grundsätzlich nicht, und nur darum ging es
ihr eigentlich.

»Arme kleine Würmer«, nannte sie die evakuierten Kinder. »Das ist wahrhaftig nicht leicht für sie, einfach so aus ihrem zuhause weggerissen zu werden. Aber wie dem auch
sei, sie müssen lernen, wie es hier zugeht, und je eher, desto
besser. Ich könnte diesen Hitler umbringen.«

Als Charley eines Tages mit Schrammen im Gesicht und
zerrissener Jacke zurückkam, war sie ausgesprochen unge-
halten – vor allem, als er sich hartnäckig weigerte, ihr zu erzählen, wie das alles passiert war.

»Bei uns hier gibt es so etwas nicht, hörst du. Du mußt dich
benehmen. Du bist hier nicht in irgendwelchen Hinterhöfen.«

Charley schwieg weiterhin beharrlich und sah sie mit einem Ausdruck verschleierter Verachtung in den Augen an,
den sie schon zuvor einmal bemerkt hatte. Dieser Blick ver-
ärgerte Nanny Crabtree, weil ihr bewußt war, daß sie sich
nicht über die Unverschämtheiten eines Jungen beklagen
konnte, der überhaupt nichts gesagt hatte.

Später erzählte sie mir davon.

»›Charley Trimmell‹, habe ich gesagt, ›du mußt lernen, jawohl, das mußt du‹. Und er stand einfach nur da, sah mich
trotzig an ... und sagte kein einziges Wort.«

»Es mußt schrecklich sein für diese Kinder«, erwiderte
ich. »Stellen Sie sich nur vor, man holt sie aus ihrem Heim
und von ihren Familien weg und schickt sie zu Fremden.«

Nanny nickte. »Arme Würmer, aber sie müssen eben lernen, daß das Leben kein Zuckerschlecken ist.«

Ich glaube, es tat ihr später ziemlich leid, als sie erfuhr,
auf welche Weise Charley verletzt wurde.

Sie hörte es von Bert, mit dem es sich leichter reden ließ.

Er erzählte ihr, daß die Jungen in East Poldown es auf ihn abgesehen hatten, ihn immer wieder aufgezogen und gehänselt hatten. Sie hatten ihn in den Fluß werfen wollen, weil er nicht wie sie schwimmen konnte und so merkwürdig sprach. Sie hatten sich bereits alle um ihn geschart, und er rief aus Leibeskräften nach seinem Bruder. Schließlich kam Charley – der getreue Charley –, stürzte sich auf die johlende Meute und teilte dermaßen Prügel aus, daß alle seine Peiniger davonliefen, nicht ohne dem noblen Verteidiger jedoch auch einige Kratzer beizubringen.

»Warum hat er mir das denn nicht erzählt«, beklagte sich Nanny Crabtree, »statt mich einfach nur so anzusehen, wie er das immer tut?«

»Kinder reagieren nicht immer vernünftig«, entgegnete ich.

Nach diesem Zwischenfall herrschte Waffenstillstand zwischen Nanny und Charley. Nein. Es war mehr als das. Sie kamen beide aus London; sie kannten sich in der Hauptstadt aus und besaßen diese eigenartige Schläue und den unerschütterlichen Glauben, daß sie, weil sie Bürger der größten Stadt der Welt waren, mit jenen, die dieses Privileg nicht teilten, nur Mitleid haben konnten.

Kurze Zeit später erzählte Charley Nanny von seinem Zuhause. Er saß in ihrem Zimmer zusammen mit seinem Bruder Bert, der sich nur höchst ungern von Charley entfernte, und Nanny fand heraus, daß der Vater der Jungen zur See fuhr. Er war vor dem Krieg Matrose gewesen und die meiste Zeit nicht zu Hause, eine Tatsache, die die beiden Jungen kaum bedauerten. Ihre Mutter arbeitete als Bardame, und da sie bis spät in die Nacht fort war, mußte Charley sich um Bert kümmern.

»Die beiden haben einen guten Kern«, meinte Nanny später. »Charley ist ein kluger Kopf, und Bert glaubt natürlich, aus seinen Augen würden ihm Sonne, Mond und sämtliche Stern entgegenleuchten. Ich bin froh, daß wir die beiden hier haben. Wir hätten es weit schlimmer treffen können.«

So kam es, daß Nanny Crabtree mit Tristan und Hildegarde im eigentlichen Kinderzimmer und den Trimmells auf dem Dachboden, wie sie es formulierte, ›ein volles

Programm‹ hatte, und uns allen war klar, daß sie es nicht ernst meinte, wenn sie gelegentlich über ihr Schicksal räsonierte.

Inzwischen ging eine Woche um die andere ins Land. Der Feldzug in Norwegen verlief nicht erfolgreich, und es gab keine Nachrichten von Jowan. Ein Tag war fast wie der andere. Dorabella, Gretchen und ich gingen mit den Kindern zum Strand und sahen zu, wie sie Sandburgen bauten. Sie spielten gern dicht am Wasser und ließen ihre Sandhaufen von den Wellen umspülen, so daß ringsum kleine Gräben entstanden. Es war schön, ihr Geschrei und ihr Lachen zu hören.

Gelegentlich waren wir in Poldown, wo die Straßen jetzt regelrecht überfüllt zu sein schienen. Die Einwohnerzahl war stark gestiegen, und es machte Spaß, dem Durcheinander von Cockney-Dialekt und Kornisch zu lauschen. Zuerst hatten die Kinder einige Schwierigkeiten, einander zu verstehen, aber die anfängliche Skepsis und das Mißtrauen gegenüber Fremden waren, so hatte ich den Eindruck, in gewissem Maße verschwunden.

Vieles hatte sich verändert, und ich dachte oft an die Zeit, als ich vor Dorabellas Hochzeit zum ersten Mal hier war, wie anheimelnd hatte alles gewirkt, und wir hatten meine Mutter und ich über den alten kornischen Aberglauben gelacht. Dann hatte ich Jowan kennengelernt … Immer kehrten meine Gedanken irgendwann zu Jowan zurück.

Manchmal kam Dorabella nicht mit an den Strand, und Gretchen und ich gingen allein mit den Kindern. Wir konnten offen miteinander reden. Es gab keinen Grund, unsere Ängste voreinander zu verbergen, denn es waren ja die gleichen.

Oft ertappte ich sie dabei, wie sie mit traurigem Blick übers Meer schaute. Gretchen hatte in ihrem Leben so viel gelitten, daß sie immerzu mit Katastrophen rechnete. Bei mir lagen die Dinge anders. Ich war bei hingebungsvollen Eltern in einer Atmosphäre von Liebe und Zärtlichkeit aufgewachsen. Mein Leben war völlig gradlinig verlaufen – bis zu diesem Besuch in Bayern. Das war der Schlüssel gewesen, der dem Drama die Tür geöffnet hatte.

Wie anders hätte sich wohl alles entwickelt, wen wir niemals dorthin gefahren wären! Gretchen hätte ich vielleicht kennengelernt, weil Edward sie bereits kannte und sich zu ihr hingezogen fühlte; aber Dorabella und ich hätten niemals Dermot Tregarland getroffen. Und ich wäre nie an diesen Ort hier in Cornwall gekommen. Aber ich durfte nicht vergessen, daß ich dann auch niemals Jowan kennengelernt hätte.

Es war kaum zu glauben, daß es erst fünf Jahre her war, daß wir in dem Café in der Nähe des Schlosses gesessen hatten und Dermot an uns vorübergeschlendert war. Ein Engländer in einem fremden Land trifft auf Landsleute – und natürlich bleibt er stehen, um mit ihnen zu reden. Damit hätte die Sache auch schon zu Ende sein können. Aber dann kam jene schreckliche Nacht, in der die Hitlerjugend das Schloß überfallen und versucht hatte, es in Schutt und Asche zu legen, weil seine Bewohner Juden waren.

Niemals würde ich das vergessen. Auch Dorabella würde immer daran denken müssen. Ich hätte nie geglaubt, daß so etwas Entsetzliches möglich war. Dies war meine erste Erfahrung mit seelenloser Grausamkeit und Brutalität. Mein Leben lang würde ich das nicht mehr vergessen.

Plötzlich legte Gretchen ihre Hand auf meine.

»Ich weiß, woran du denkst«, sagte sie.

Ich drehte mich zu ihr um und sagte: »Ich wünschte, wir würden endlich eine Nachricht erhalten. Was, glaubst du, geht dort drüben vor?«

Sie schüttelte den Kopf. »Ich habe keine Ahnung. Ich hoffe nur, es geht ihnen gut. Vielleicht werden wir ja bald etwas von ihnen hören.«

»Wenn sie diesen Leuten in die Hände fallen … diesen Leuten, die damals nachts im Schloß waren.«

»Sie wären Kriegsgefangene. Aber meine Familie ist jüdisch. Darum ging es damals. Ach Violetta, du kannst es nicht vergessen, nicht wahr?«

»Nein«, sagte sie. »Niemals.«

»Ich fürchte, ich werde meine Familie nie wiedersehen.«

»Du hast jetzt Edward, Gretchen – Edward und Hildegarde.«

Sie nickte.

Aber die Traurigkeit wollte nicht von ihr abfallen, und mir wurde auf einmal klar, daß sie wegen der vielen Tragödien, die sie erlebt hatte, immer Angst haben würde, das Glück könne ihr wieder untreu werden.

Eine Weile saßen wir ruhig da, schauten übers Meer und dachten an die Menschen, die wir liebten, bis schließlich Tristan kam. Er war den Tränen nahe, weil der Henkel von seinem Eimer abgerissen war.

»Tante Vee, mache heil«, sagte er.

Ich nahm den Eimer und stellte fest, daß man lediglich den Draht wieder in die Schlinge einhaken mußte. Mühelos tat ich, was nötig war, und Tristan sah mich mit breitem Lächeln an; für ihn war es selbstverständlich, daß ich ihm helfen konnte.

Wenn doch nur all unsere Probleme so leicht gelöst werden könnten!

Mittlerweile war es Mai geworden. Das Wetter war herrlich. Der Frühling war die schönste Jahreszeit in Cornwall. Es schien beinahe als würde das Meer, ruhig und sanftmütig, die Felsen zärtlich liebkosen, wenn es bei Flut den Strand hinaufkroch.

Das friedliche Bild stand in scharfem Widerspruch zu der Angst, die uns quälte. Mittlerweile ließ sich die Tatsache, daß der Krieg einen für uns ungünstigen Verlauf nahm, nicht mehr leugnen. Niemand sprach mehr davon, daß die Sache nur ein paar Wochen dauern würde.

Man hatte uns aus Norwegen vertrieben, und es stand fest, daß es nicht mehr lange dauern würde, bis der Sturm auch über Westeuropa losbrach. Der Premierminister, Mr. Neville Chamberlain, war zurückgetreten, und Winston Churchill hatte sein Amt übernommen. Der scheidende Premierminister hielt eine bewegende Rede, in der er das Land bat, sich um unseren neuen Anführer zu scharen. Aber unser frisch ernannter Premierminister erklärte uns, daß er nichts zu bieten hätte außer Blut, Mühsal, tränen und Schweiß, und daß uns eine Prüfung von allerschmerzlichster Art bevorstände und viele lange Monate des Kämpfens und des Leidens.

Ich erinnere mich noch gut an diese Rede. Es war keine Aufzählungen unserer Siege, sondern die bittere Wahrheit, die da aus dem Radio schallte, und ich glaube, genau das war es, was wir damals brauchten. Einige Ausschnitte daraus haben sich mir unauslöschlich eingeprägt.

»Sie werden fragen: Was ist unsere Politik? Ich erwidere: Unsere Politik ist, Krieg zu führen zu Wasser, zu Land und in der Luft, mit all unserer Macht und mit aller Kraft, die Gott uns verleihen kann; es gilt Krieg zu führen gegen eine ungeheuerliche Tyrannei, die in dem finsteren, trübseligen Katalog des menschlichen Verbrechens unübertroffen bleibt.«

Ich fühlte mich sofort wieder in jenen Raum im Schloß zurückversetzt und erinnerte mich an den Gesichtsausdruck des jungen Mannes, der seine brutale Schlägerbande dorthin geführt hatte. Es war finster, es war trübselig; es war im Katalog des menschlichen Verbrechens noch nie dagewesen.

»Sie fragen: Was ist unser Ziel?« fuhr der Premierminister fort. *»Ich kann es mit einem Wort nennen: Sieg – Sieg um jeden Preis … Auf denn, laßt uns gemeinsam vorwärts schreiten mit vereinter Kraft.«* Es war der Beigeschmack jener Inspiration, die uns aufrecht halten und uns während der vor uns liegenden finsteren Jahre Mut geben sollte.

Aber wenigstens waren wir nun auf schlechte Nachrichten gefaßt. Und das war ein Glück, denn die Berichte klangen immer verzweifelter. Die Deutschen waren auf dem Vormarsch durch Flandern, während der helle Sonnenschein Cornwall schöner denn je erscheinen ließ.

In den ersten sechs Monaten hatte der Krieg für uns eine Form angenommen, die wir nie für möglich gehalten hätten. Wir selbst befanden uns in akuter Gefahr und mußten der Möglichkeit ins Auge sehen, daß vielleicht auch unsere kostbare Insel in Gefahr stand.

Und Jowan und Edward und all die anderen, die mitten im Kampfgetümmel waren, wie mochte es denen ergehen?

Mit jedem Tag wuchs unsere Angst.

Ich verspürte den Drang, allein zu sein. Immer häufiger holte ich Starlight aus dem Stall, die Stute, die ich in der Zeit geritten hatte, als ich noch mit Jowan ausging.

Es war an einem Morgen im Mai. In ein oder zwei Wochen war es Juni – und das herrliche Wetter hielt an.

Ich wollte der Gegenwart entfliehen, und so ritt ich häufig zu den Plätzen hinüber, die ich mit Jowan besucht hatte. Vor allem unsere erste Begegnung war mir noch gut in Erinnerung, als ich mich ohne Erlaubnis auf das Land der Jermyns vorgewagt hatte. Also ritt ich zu dem Feld hinüber, auf dem ich vom Pferd gestürzt war. Damals waren wir zu einem Gasthaus namens ›The Smithy's‹ gegangen, und Jowan hatte darauf bestanden, daß ich zur Beruhigung einen Brandy trank. Das Gasthaus verdankte seinen Namen der Tatsache, daß es direkt neben einer Schmiede stand.

Wie sehr ich mich doch nach jenen Tagen zurücksehnte!

Als ich gerade an der Schmiede vorbeireiten wollte, kam Gordon Lewyth heraus.

»Guten Morgen«, sagte er. »Was tun denn Sie in diesem Teil der Welt? Es gibt doch hoffentlich keine Probleme mit Starlight?«

»Nein«, erwiderte ich. »Ich bin nur zufällig vorbeigekommen.«

»Ich habe Samson hergebracht. Er hat einen Huf verloren.«

»Gehen Sie jetzt wieder zurück?« fragte ich.

»Ich hatte eigentlich vor, eine Kleinigkeit zu Mittag zu essen und zu warten, bis das Pferd beschlagen ist. Wollen Sie nicht mit mir essen?«

Ich fühlte mich stark an meinen ersten Besuch hier erinnert, nur daß mir diesmal Gordon gegenübersaß, nicht Jowan. Und genau wie damals kam Mrs. Brodie, die Frau des Gastwirts, an unseren Tisch. Ich erinnerte mich, noch genau wie neugierig sie seinerzeit war. Die Schwester der neuen Mrs. Tregarland und Jowan Jermyn! Eine Begegnung der verfeindeten Familien! Sie würde natürlich von meiner Verlobung mit Jowan wissen. So etwas gab immerhin reichlich Stoff für Klatsch und Tratsch.

Jetzt sagte sie: »Einen schönen Tag, Miss Denver, und auch Ihnen, Mr. Lewyth. Heute gibt es Hackbraten. Kann ich sehr empfehlen. Angeblich eins meiner besten Gerichte. Mehr kann ich in diesen Zeiten nicht anbieten, fürchte ich.«

»Trinken Sie Wein oder lieber Cidre?« fragte Gordon.

Ich entschied mich für Cidre.

»Irgendwelche Nachrichten von Mr. Jermyn, Miss Denver?«

»Ich fürchte nein.«

»Nun, wahrscheinlich haben die da drüben alle Hände voll zu tun. Schließlich müssen sie die Deutschen wieder dahin zurückschicken, wo sie hingehören. Aber es wird jetzt nicht mehr lange dauern, denken Sie an meine Worte.«

Ich lächelte sie an. Gordons Blick kreuzte sich mit meinem, und ich erkannte Mitgefühl in seinen Augen.

»Sie muß es sehr zu spüren bekommen, wie sich die Zeiten geändert haben«, sagte ich, als Mrs. Brodie gegangen war.

»Nicht anders als wir alle.«

Ich sah die Traurigkeit in seinen Augen, und einen Moment lang war ich wieder im Kinderzimmer, in jener Nacht, als Nanny Crabtree und ich seine Mutter daran gehindert hatten, Tristan zu töten. Wir hatten ihn sofort hergeholt, und ich konnte mich noch gut daran erinnern, wie er wie betäubt in der Tür gestanden hatte, als er schließlich die Wahrheit erkannte.

Ich verspürte ein tiefes Mitleid mit ihm und dachte mit Bewunderung daran, wie schnell er sich damals von dem Schock erholt und die Situation unter Kontrolle gebracht hatte, wie stoisch er alles Nötige veranlaßt hatte, wie zärtlich er mit seiner armen, irregeleiteten Mutter umgegangen war.

Nach einer Weile hörte ich mich sagen: »Und wie ging es ihr bei Ihrem letzten Besuch?«, bevor mir klar wurde, daß wir überhaupt nicht von ihr gesprochen hatten; aber er zeigte sich nicht überrascht. Wahrscheinlich gab es kaum einen Moment, an dem er nicht an sie dachte.

Er erwiderte: »Ihr Zustand ist ziemlich stabil, obwohl sie mich manchmal erkennt und manchmal …«

»Es tut mir leid. Ich hätte nicht davon sprechen sollen. Es muß sehr schlimm für Sie sein.«

»Es nützt nicht, die Dinge totzuschweigen«, erwiderte er. »So etwas ist immer gegenwärtig, ob wir nun davon reden oder nicht.« Er lächelte mich an. »Mit Ihnen kann ich reden, Violetta. Und in gewisser Weise hilft mir das.«

Ich war ein wenig erschrocken. Ich hätte es nie für möglich gehalten, daß er vielleicht Hilfe brauchte. Er wirkte immer so selbstbewußt. Aber auch für den selbstsichersten Menschen mußte die Feststellung, daß seine Mutter eine Mörderin war, schockierend sein.

»Es tut weh, sie so zu sehen«, fuhr er fort. »Ihr armer Verstand wandert hilflos umher, versucht, ein Stückchen Wirklichkeit zu fassen zu bekommen. Und, Violetta, ich kann nur hoffen, daß ihr genau das niemals gelingen wird. Es ist besser für sie, so zu leben wie jetzt, als sich an die Wahrheit zu erinnern.«

Ich nickte. »Sie hat all das für Sie getan, Gordon. All diese Intrigen ... Ihre ganze Besessenheit ist nur ihrer Liebe zu Ihnen entsprungen.«

»Ich weiß«, erwiderte er. »Ich werde das nie vergessen. Wenn sie sich mir doch nur anvertraut hätte. Ich hoffte genau wie sie, daß mein Vater mich anerkennen würde. Es stimmte ja, daß ich das Gut wieder vorwärtsgebracht hatte und daß ich der einzige war, der sich dafür interessierte. Aber meine Mutter war nicht seine Frau, und da war Dermot ... und dann Tristan. Ich wollte irgendwo mein eigener Herr sein. Wahrscheinlich hätte ich früher oder später auch etwas gefunden. Es wäre kein Gut wie das der Jermyns oder Tregarlands gewesen, das ist klar. Aber ein eigenes Haus, wie klein es auch sein mag, ist eben doch etwas ganz besonderes.«

»Sie sind ein Teil von Tregarland, Gordon. Sie lieben es. Es ist Ihr Leben.«

»Wenn doch nur ...«

Ich berührte kurz seine Hand.

»Es hat keinen Sinn zurückzublicken. Wir müssen nach vorn schauen, und wir befinden uns mitten in einem schrecklichen Krieg. Keiner von uns weiß heute, was ihm morgen widerfahren wird. Die Dinge stehen nicht zum besten, nicht wahr?«

»Wahrhaftig nicht«, erwiderte er. »Die Deutschen fallen in Holland und Belgien ein. Als nächstes wird Frankreich an die Reihe kommen.«

»Sie scheinen leider auf ganzer Linie Erfolg zu haben.«

»Sie waren auf den Krieg vorbereitet. Wir nicht. Während

der ganzen letzten zehn Jahre, als die Labour-Partei, die Liberalen und einige der Konservativen Abrüstung gepredigt haben, hat Hitler sich ob unserer blinden Torheit ins Fäustchen gelacht, hat seine Waffen geschmiedet und auf den richtigen Augenblick gewartet. Er ist gekommen. Sie waren bereit und wir nicht.«

»Aber wir machen uns jetzt bereit.«

»Nun ja, ich würde sagen, man schließt die Stalltür zu, nachdem das Pferd auf und davon ist. Den Spruch kennen Sie doch sicherlich?«

»Ja. Aber jetzt werden wir kämpfen.«

»Am Ende werden wir siegen, davon bin ich überzeugt. Denn jetzt, da uns die Gefahr einmal bewußt geworden ist, sind wir alle eines Sinnes. Aber wir werden für die Blindheit früherer Generationen büßen müssen, da wir ohne sie vielleicht überhaupt nicht am Krieg beteiligt wären. Wenn man die Zeit doch nur zurückdrehen und manches noch einmal von vorn anfangen könnte! Jetzt können wir nur noch den Tatsachen ins Auge sehen. Vielleicht hätte ich auch schneller begriffen, was mit meiner Mutter geschah, wenn ich klüger gewesen wäre. Aber leider ist uns die Fähigkeit, in die Zukunft zu schauen, nicht gegeben. Ich denke, wir sollten immer bereit sein, uns der Wahrheit zu stellen, statt uns etwas vorzumachen, um uns über den Augenblick hinwegzutrösten.«

»Ist es wirklich so schlimm?«

»So schlimm, wie es nur sein kann, wir stehen kurz vor der Niederlage, denke ich. Aber das Land hat einen starken Kampfgeist – daran besteht kein Zweifel, und wenn man uns mit dem Rücken an die Wand drängt, stehen wir genausogut unseren Mann wie jeder andere. Aber machen wir uns nichts vor. Die Deutschen haben sich dieses Lügenmärchen ausgedacht, daß Großbritannien und Frankreich in Holland und Belgien einfallen wollen und daß Deutschland diese Länder ›beschützen‹ wird. Die Holländer und die Belgier sehen das natürlich anders und setzen sich zur Wehr, aber es sind beides kleine Länder, darüber hinaus unvorbereitet, und die Deutschen sind gut ausgerüstet und diszipliniert, nachdem sie sich über zehn Jahre lang mobil gemacht haben.

Ohne jeden Zweifel werden sie die beiden Länder bald besiegt haben.«

»Unsere Männer sind da drüben«, sagte ich schaudernd.

Gordon wich meinem Blick aus.

»Ach, Gordon, was wird sonst noch alles geschehen?« fragte ich.

»Die Menschen dort kämpfen für ihre Heimat. Das verleiht ihnen besondere Kräfte«, sagte er. »Eines Tages wird sicherlich die Wende kommen. Manchmal meine ich, ich sollte dabei sein, aber wir müssen den Betrieb auf dem Gut aufrechterhalten, und einige von uns müssen hierbleiben. Aber Sie wissen bestimmt, daß es Befürchtungen gibt, Deutschland könnte nicht nur die Niederlande und Belgien, sondern auch Frankreich bezwingen.«

»Aber dort gibt es doch die Maginotlinie.«

»Die ist bisher noch nicht auf die Probe gestellt worden, und es sieht sehr schlecht aus. Wissen Sie, daß eine Organisation zum Schutz unseres eigenen Landes aufgebaut wird?«

»Sie meinen die ›Freiwillige Ortsverteidigung‹?«

»Anthony Eden ist der neue Verteidigungsminister, und er hat jüngst davon gesprochen. Sie wissen, was das zu bedeuten hat?«

»Wir müssen uns gegen eine Invasion schützen?«

»Wenn Frankreich fällt …«

»Das ist gewiß unmöglich!«

»Wie Sie sagen, es gibt die Maginotlinie. Aber Belgien und Holland sind trotz ihrer Tapferkeit leicht zu bewältigen, und da Frankreich, wie wir selbst, unvorbereitet ist … Wir müssen auf alles gefaßt sein.«

»Aber Hitler wird es doch niemals gelingen, in England einzufallen?«

»Es wird nicht leicht sein. Immerhin gibt es den Kanal.«

»Dem Himmel sei Dank für den Kanal.«

»Nun, jetzt bereiten wir uns ja auf alles vor. Darum wird ja auch die ›Freiwillige Ortsverteidigung‹ aufgebaut. Sie wissen ja, wie mir zumute ist, weil ich noch hier in der Heimat bin, also … habe ich mich dort gemeldet.«

»Ich weiß. Aber Sie sind wirklich hier nicht entbehrlich, Gordon.«

»Das wurde mir sehr deutlich gesagt. Also haben ich mich dieser neuen Organisation, die wie eine Armee geführt wird, angeschlossen. Und ich werde für unsere Gruppe in dieser Gegend verantwortlich sein.«

»Das freut mich, Gordon. Ich weiß, daß Sie Ihre Sache gut machen werden.«

»Ich hoffe, daß es nie zu einer Invasion kommen wird. Aber vielleicht ist es das Beste, realistisch zu sein und die schlechten Möglichkeiten genauso wie die guten zu bedenken.«

»Da bin ich ganz Ihrer Meinung. Wenn wir uns auf eine Invasion vorbereiten, heißt das noch lange nicht, daß es sie auch wirklich geben wird.«

»Je besser wir darauf vorbereitet sind, desto weniger wahrscheinlich wird es, daß sie tatsächlich stattfindet.«

Ich verfiel in Schweigen und dachte wie immer an Jowan und Edward, die auf dem Kontinent waren. Ich versuchte, nicht ständig an die Entbehrungen zu denken, unter denen sie litten, und an die Gefahren, in denen sie schweben konnten. Aber das war unmöglich.

Gordon wußte das. Es war typisch für ihn, daß er nicht versuchte, eine zwanglose Unterhaltung in Gang zu halten, so wie viele andere es getan hätten. Er wußte nur allzu gut, daß er mich damit nicht von meinen Ängsten befreien würde. Statt dessen sprach er weiter über die neue Organisation und darüber, wie enthusiastisch jene Männer waren, die zu alt oder aus anderen Gründen nicht geeignet für den aktiven Militärdienst waren.

Als wir Smithy's verließen, war Samson bereits fertig beschlagen, und wir kehrten zusammen nach Tregarland zurück.

Ich brauche nicht zu berichten, was im weiteren Verlauf dieses wunderschönen Mais geschah. Es ist wohlbekannt, daß eine Katastrophe auf die andere folgte. Die Deutschen hatten die vielgepriesene Maginotlinie prompt umgangen. Sie marschierten durch Frankreich und hatten bis zum letzten Sonntag des Monats Boulogne erreicht.

Wir gingen an diesem Tag alle zur Kirche. Es war ein Tag des Gebets, im ganzen Land, im ganzen Empire; der König und die Königin nahmen zusammen mit der Königin der Niederlande, die nach der Eroberung ihrer Heimat in England Zuflucht gesucht hatte, an einem Gottesdienst in Westminster Abbey teil.

Das britische Expeditionskorps war zusammen mit anderen alliierten Truppen von den vorrückenden Deutschen nach Dünkirchen zurückgedrängt und dort von den übrigen Verbänden abgeschnitten worden. Die historische Rettungsaktion begann. Die Navy schickte alle verfügbaren Schiffe, um die Männer zurückzuholen, und Hunderte von zivilen Booten beteiligten sich an der Evakuierung.

Es war eine Zeit großer Angst und fester Entschlossenheit bei all denen, die dazu beitragen konnten, unsere Soldaten heimzuholen.

Was in diesen unvergeßlichen Tagen geschah, grenzte beinahe an ein Wunder. Die See war ruhig, als ob unsere Gebete erhört worden seien. Die Deutschen verbreiteten über Rundfunk, daß die britische Armee vernichtet, der Sieg in Reichweite sei und daß die britischen Inseln bald ebenso unter deutscher Herrschaft stehen würden wie Frankreich, Belgien, Holland und ganz Westeuropa.

Unsere Geschichte kennt viele Beispiele von Entschlossenheit und Heldenmut, hat viele Kämpfe in aussichtsloser Position gesehen – und des Namens Dünkirchen wird man sich immer mit Hochachtung erinnern.

Es herrschte gedämpfte Freude, als der Premierminister uns erklärte, daß fast drei Viertel der Männer sicher wieder nach Britannien zurückgebracht worden waren. Das sei kein Sieg, erklärte er in düsterem Ton. Vielmehr seien wir wie durch ein Wunder gerade noch einmal davongekommen. Aber wir müßten den Tatsachen ins Gesicht sehen: Frankreich stand vor dem Zusammenbruch; es würde sich den Deutschen fügen, um Frieden zu erlangen; die Niederlande befanden sich in den Händen des Feindes; und jetzt stand die Schlacht um Britannien bevor.

Der Premierminister sprach mit all der leidenschaftlichen Beredsamkeit, die so charakteristisch für ihn und so ermutigend für uns alle was: »Britannien wird sich niemals unterwerfen«, erklärte er.

Unserer Soldaten waren wieder zu Hause. Und ich hoffte von Herzen, daß Jowan zu denen gehörte, die man von Dünkirchen aus in Sicherheit gebracht hatte.

Also wartete ich.

Die Tage vergingen, aber es gab keine Nachricht von Jowan.

Dorabella sagte: »Du kannst dir das Durcheinander vorstellen. Eine dreiviertel Million Soldaten trifft plötzlich ein. Da muß es ja Verzögerungen geben.«

Meine Mutter rief an, mit guten Neuigkeiten. Wir sollten es Gretchen sofort weitersagen. Edward war wieder daheim. Er war mit dem Expeditionskorps aus Dünkirchen evakuiert worden. Und im Augenblick befand er sich in einem Lazarett in Sussex. »Gretchen! Gretchen!« rief ich. »Edward ist wieder zu Hause!«

Sie stand neben mir und rief: »Was? Was?«

»Gretchen muß sofort nach Hause kommen«, sagte meine Mutter. »Ja, ja, Gretchen, sind das nicht wunderbare Neuigkeiten?« Nein, sie hatte ihn noch nicht gesehen. Aber sie würde ihn in dem Lazarett in Horsham besuchen. Sie hatte es gerade erst erfahren. Nein, er war nicht schwer verletzt. Irgendeine Kleinigkeit. Gretchen brauche sich keine Sorgen machen. Meine Mutter dachte praktisch und machte bereits Pläne. Vielleicht könnten wir Hildegarde zunächst einmal auf Tregarland behalten. Dann könnte Gretchen direkt nach Caddington kommen, und von dort aus könnten sie alles regeln.

Gretchen schien etwas verwirrt zu sein, aber überglücklich. Dorabella nahm sie in die Arme. Aber ich wollte das Gespräch mit meiner Mutter noch nicht beenden.

Sie sagte: »Noch keine … keine Nachricht von Jowan?«

»Nein«, erwiderte ich.

»Sie wird schon kommen«, sagte sie bestimmt.

»Ich bete darum.«

»Schatz«, sagte meine Mutter, »wir sind immer bei dir. Melde dich, wenn du etwas erfährst … sofort. Ich bin mir sicher, daß wir bald bessere Nachrichten erhalten werden.«

Ich lächelte schwach. Mit dem Feind auf unserer Türschwelle? Und das Land in Alarmzustand wegen der drohenden Invasion? Mit der ganzen Streitmacht Deutschlands, die uns am anderen Ufer des Kanals gegenüberstand? Und keine Nachricht von Jowan.

Aber dennoch mußte ich daran denken, daß Edward zurückgekehrt war. Edward war in Sicherheit.

»Lieber Gott«, betete ich, »laß Jowan zu mir zurückkehren.«

Gretchen verließ uns noch am gleichen Tag, und das Warten ging weiter. Ich schaute hinauf in den klaren, blauen Himmel und ärgerte mich ein wenig darüber, daß die Welt gerade jetzt so schön sein konnte. Als ob man uns damit sagen wollte: So könnte es sein ohne die Narretei der Menschen.

Tag für Tag wartete ich. Wo war Jowan? War er einer der Soldaten, die gefallen waren, bevor sie gerettet werden konnten? Oder gehörte er zu dem Rest des Korps, der zurückgelassen worden war?

Edward war nicht schwer verwundet. Er hatte ein paar Splitter am rechten Arm, die entfernt werden mußten. Dann würde er sich nach einem kurzen Urlaub, den er zusammen mit Gretchen verbringen konnte, wieder bei seinem Regiment in Südwestengland zurückmelden.

Meine Mutter meinte gleich, es wäre dann besser für Gretchen, wieder zu uns zu kommen, weil sie es dann nicht so weit zu ihm hätte. Und sie war davon überzeugt, daß der Aufenthalt bei uns Gretchen gut getan hatte.

Das glückliche Gretchen! Der glückliche Edward! Und immer noch keine Nachricht von Jowan.

Wie sich die Tage dahinschleppten! Jeden Morgen, wenn ich nach einer gewöhnlich lethargischen Nacht aus den quälenden Träumen erwachte, die ein Spiegelbild meiner Ängste bei Tage waren, fragte ich mich, was der nächste Tag wohl bringen mochte. Und obwohl sich die Ereignisse überschlugen, nahm mich allein eine Frage in Anspruch: Wo war Jowan? Wenn ich es nun niemals erführe? Wie konnte das Schicksal so grausam sein, mir erst das Glück zu zeigen, das hätte meins werden können, und es mir dann wegzuschnappen.

Der Zusammenbruch Frankreichs ging schnell vonstatten,

der Mythos von der unüberwindbaren Maginotlinie verpuffte, Marschall Pétain mußte um einen Waffenstillstand nachsuchen, und wir standen schließlich allein da.

Und in mir keimte langsam die Furcht auf, Jowan würde vielleicht niemals zurückkehren.

Die Lage war ernst. Die Deutschen beherrschten die Häfen am Kanal, und die Schlacht um England hatte begonnen. Wir schwebten in ständiger Gefahr und wußten in keinem Augenblick sicher, ob dies nicht unser letzter sein würde.

Eine Morgens kamen Dorabella und ich zum Frühstück herunter und setzten uns zu Gordon, der noch eine Tasse Kaffee trank, bevor er gehen wollte.

»Ich wollte etwas mit Ihnen besprechen«, sagte er. »Es ist möglich, daß als Flüchtlinge getarnte feindliche Agenten in unser Land eindringen. Es verkehren immer noch kleine Boote auf dem Kanal. Wir müssen wachsam sein, und wir sollten also, wenn solche Boote ankommen, alle Insassen überprüfen, bevor wir ihnen erlauben, an Land zu gehen. Die Sache ist etwas heikel, weil es sich hauptsächlich um echte Flüchtlinge handeln wird, aber es wird bestimmt auch einige geben, die alles riskieren, um bei uns einzudringen. Wir werden entlang der Küste Wachen aufstellen. Die gefährdetsten Bereiche sind natürlich die weiter im Osten, da dort die Entfernung zum Festland so viel kürzer ist. Aber einige werden es vielleicht trotzdem in Cornwall versuchen, weil sie sich versprechen, hier eher unentdeckt zu bleiben. Jedenfalls müssen wir darauf vorbereitet sein.«

»Das wird ja immer toller«, sagte Dorabella.

Gordon warf ihr einen leicht verzweifelten Blick zu.

»Toll, ja«, sagte er. »Und mehr als das. Wir befinden uns in akuter Gefahr, wissen Sie. Wir müssen Tag und Nacht bereit sein. Tagsüber sieht man ja jedes Boot. Glücklicherweise gibt es an dieser Küste nicht viele Stellen, wo man leicht landen kann. Aber alle, die dafür in Frage kommen, müssen beobachtet werden, und ich werde dafür sorgen, daß das auch geschieht. Der Strand unterhalb dieses Hauses ist jedenfalls eine dieser Stellen, und für diesen kleinen Küstenabschnitt sind wir verantwortlich. Ich stelle einen Plan auf und sorge dafür, daß der Strand bei Dunkelheit immer von zwei Wachen beobachtet wird. Sie beide werden sicherlich auch ihren Teil übernehmen wollen, und einige vom Personal und von den Leuten aus der Nachbarschaft werden mitmachen, so daß sie nicht so oft Dienst haben werden.«

»Natürlich übernehmen wir unseren Teil«, sagte ich. »Sagen Sie uns, was wir tun sollen.«

»Wir sollten immer zu zweit zwei Stunden pro Nacht Wache gehen. Glücklicherweise ist es jetzt ja nachts nicht lange dunkel. Sie und Dorabella können zusammen eine Wache bekommen. Und einige von den älteren Paaren könnten Sie unterstützen. Es wird eine Genugtuung für die älteren Menschen sein, etwas zum Kriegserfolg beisteuern zu können.«

Charley und Bert Trimmell wollten auch zum Dienst eingeteilt werden, und Gordon fand, das sei eine gute Idee. Er hatte entdeckt, daß Charley sich für den Gutsbetrieb interessierte und gab ihm hin und wieder die Möglichkeit, sich durch kleine Arbeiten ein wenig Geld zu verdienen. Er und Gordon schienen sehr gut miteinander auszukommen.

Dorabella und ich freuten uns richtig auf diesen nächtlichen Dienst. Es war gut, etwas Nützliches zu tun zu haben, und noch besser, daß wir es gemeinsam tun konnten.

Es war ein Uhr früh. Wir gingen seit Mitternacht Wache und würden um zwei Uhr von einem anderen Paar abgelöst werden.

Wir saßen da, blickten aufs Meer hinaus und unterhielten uns zwanglos.

»Wie merkwürdig das Leben geworden ist«, sagte Dorabella. »Aber zumindest ist es nicht langweilig. So ist es mir früher einmal vorgekommen …«

»Ja, als es dich danach verlangte, mit deinem Franzosen wegzulaufen«, sagte ich.

»Du hättest es nicht verstanden. Ich sah mein Leben vor mir … Jahr für Jahr … Tag für Tag immer das gleiche. Und dann war der Impuls da. O nein, du hättest es nicht verstanden. Violetta hätte immer ihre Pflicht getan.«

»Du hast Tristan verlassen«, sagte ich. »Das habe ich nicht verstehen können.«

»Er war ja nur ein Kind. Ach, es ist sinnlos, wenn ich versuche, es dir zu erklären. Ich habe gedacht, ich bleibe in Paris und Dermot ließe sich scheiden. Ich hätte Jacques Dubois geheiratet, und du wärest herübergekommen, um mich zu besuchen. Ich dachte, es würde schon irgendwie gehen.«

»Das sieht dir ähnlich. Du machst einen wilden Plan und stellst dir dann vor, das alles schon funktionieren wird.«

»Schimpf nicht mit mir.«

»Na ja, wie sich herausstellte, war es ja alles ziemlich dumm.«

»Du wirst es nie verstehen.«

»Ich glaube, ich verstehe es … ganz gut.«

Dann sah ich plötzlich da Licht auf dem Wasser. Es war weit draußen, fast am Horizont. Es blinkte kurz auf und war dann verschwunden.

»Hast du das gesehen?« flüsterte ich.

»Wo?«

»Da. Nein. Fast am Horizont. Es ist verschwunden. Nein. Da ist es wieder.«

Dorabella war wie erstarrt. »Lichter«, flüsterte sie. »Oh, Violetta, sie sind da. Die Invasion hat begonnen!«

»Warte«, flüsterte ich. »Es ist verschwunden. Nein, da ist es wieder.«

Für ein paar Augenblicke beobachteten wir die geisterhaften Lichter auf dem Wasser.

»Da ist noch eins und noch eins«, rief ich.

Sie blinkten auf und waren dann wieder verschwunden … und die Lichter schienen auf dem Wasser zu tanzen.

Ich sagte: »Wir müssen sofort Alarm schlagen. Ich hole Gordon. Du wartest hier und paßt auf.«

Ich eilte zum Haus hinauf in Gordons Zimmer und klopfte an seine Tür. Da er nicht antwortete, ging ich hinein.

Er schlief fest.

»Gordon!« rief ich. »Sie sind da. Die Invasion.«

Sofort war er aus dem Bett und warf sich etwas über. Als wir aus seinem Zimmer kamen, erschien einer der Diener.

»Wecken Sie alles auf«, rief Gordon. »Geben Sie Alarm!«

Wir liefen durch den Garten. Dorabella kam uns entgegen.

Die See war jetzt dunkel, und ich fragte mich, ob der

Feind entdeckt hatte, daß seine Lichter gesehen worden waren.

Von überallher kamen jetzt Stimmen, und hier und da hielt jemand von den Klippen aus Ausschau. Die ganze Truppe der ›Freiwilligen Ortsverteidigung‹ traf ein.

»Sollten wir Plymouth warnen, Sir?« fragte jemand.

»Wir lassen in Poldown die Kirchenglocken läuten, Sir«, sagte ein anderer.

Und dann hörten wir auch schon, wie das Geläut losging.

Dorabella und ich waren ziemlich entgeistert, weil das Meer jetzt in Dunkelheit gehüllt schien und die Lichter, die wir gesehen hatten, anscheinend völlig verschwunden waren. Wir sahen uns bestürzt an. Wir konnten uns doch nicht getäuscht haben; wir hatten sie ganz deutlich gesehen.

Und dann plötzlich leuchtete etwas Helles auf.

Wir waren rehabilitiert. Sie waren wirklich da. Einen Augenblick lang fühlte ich fast Erleichterung, um mich gleich darauf dafür zu schämen.

In der Menge der Zuschauer waren auch einige Fischer, und ich hörte, wie erst einer von ihnen, dann auch die anderen lachten.

»Das sind Fische«, rief einer von ihnen. »Diese Deutschen sind nichts als ein Schwarm Fische.«

Einen Augenblick lang herrschte tiefes Schweigen, und dann brach erleichtertes Gelächter aus.

Dorabella und ich wären am liebsten ihm Erdboden versunken.

»Machen Sie sich nichts daraus, Miss«, sagte einer der alten Männer. »Woher sollten sie das auch wissen … Sie kommen ja nicht von hier. Wir haben das schon oft gesehen. Ist was ganz Gewöhnliches für uns.«

Gordon sagte: »Sie haben es ganz richtig gemacht.« Und mit erhobener Stimme fügte er hinzu: »Heute nacht ist uns gezeigt worden, daß wir wohl bewacht werden. Wenn irgend etwas passieren sollte, dann sind wir jedenfalls vorher gewarnt.«

Die Geschichte sprach sich natürlich herum. Wir hatten nichts als das Phosphoreszieren von Fischschuppen gesehen und waren dadurch in den Glauben versetzt worden, wir sähen Lichter von Booten. Es war eine erheiternde Geschichte, und die Leute kicherten, wenn sie uns sahen.

Und sie sagten immer das gleiche: »Was kann man auch von diesen Fremden erwarten? Können einen Fischschwarm nicht von den Deutschen unterscheiden.«

Aber alle waren natürlich erleichtert, daß es nur falscher Alarm gewesen war; jedenfalls würde die Nacht, in der wir die Wache wegen eines Fischschwarms alarmiert hatten, unvergeßlich bleiben.

Wir konnten kaum glauben, was in jenen Tagen vor sich ging. Jenseits des Kanals, der uns gnädigerweise vom Schauplatz des Unglücks trennte, eroberten die Deutschen über die Hälfte Frankreichs einschließlich aller Häfen; die französische Armee wurde demobilisiert, die Flotte fiel in Feindeshand; und die Franzosen, die mit uns übereingekommen waren, keinen Separatfrieden zu schließen, wurden jetzt von den Deutschen gedrängt, sich nicht nur zu unterwerfen, sondern sie in ihrem Krieg gegen Großbritannien auch noch zu unterstützen.

Ständig warteten wir auf neue Katastrophen.

Wir hörten, daß unser Premierminister sich betrübt und erstaunt zeigte, daß unsere einstigen Alliierten solche Bedingungen akzeptiert hatten.

Eines Abends war General de Gaulle im Radio zu hören; er befand ich in England und war entschlossen, sein Land zu befreien; sein Plan ging dahin, die Unabhängigkeit Frankreichs aufrechtzuerhalten und Großbritannien im Krieg gegen Deutschland beizustehen. Nur noch die Invasion der britischen Inseln selbst hätte die Situation noch schlechter machen können.

Ich denke, daß wir alle schockiert waren angesichts des aufrüttelnden Appells unseres Premierministers, der es immer schaffte, uns mit seinen Reden aus unserer Mutlosigkeit herauszureißen und uns neue Hoffnung zu geben – und eine gewisse Erregung zu vermitteln. Er versicherte uns, daß wir bereit sein würden. Wir würden den Feind überall auf unserer Insel bekämpfen, wo immer er sich zu zeigen wagte. Und wir würden erfolgreich sein – irgendwie brachte er es fertig, uns daran glauben zu lassen.

Gretchen kehrte zurück, und sie hatte uns viel zu erzählen. Sie hatte sich verändert, da Edward wieder daheim war, und die unmittelbare Drohung der Katastrophen, die sie sich ausgemalt hatte, nicht mehr auf ihr lastete. Er war nur leicht verletzt, und sie gab zu, daß sie sich gewünscht habe, er wäre nicht so schnell wieder gesund geworden. Jetzt war er wieder bei seinem Regiment, bereit, das Land zu verteidigen, aber das würde ja wenigstens hier sein, auf unserer englischen Erde, und nicht irgendwo in der Fremde.

Sie war sehr vorsichtig in ihren Äußerungen. Ich wußte, daß sie sich über Edwards Rückkehr nicht so glücklich zeigen wollte, weil wie befürchtete, damit um so mehr den Umstand herauszustellen, daß Jowan nicht zu denen gehört hatte, die zurückgekommen waren. Ich konnte ihre Gedanken lesen wie sie die meinen, und zu jener Zeit fühlte ich mich ihr enger verbunden als selbst Dorabella.

Eines Tages sagte Gretchen zu mir: »Was ist mit diesem Jungen los – ich meine mit Charley aus London?«

»Was meinst du damit, Gretchen? Gordon hält ihn für ganz aufgeweckt.«

»Er ist bestimmt sehr aufgeweckt. Ich habe festgestellt, daß er mich beobachtet. Wenn ich unvermittelt aufblicke, dann sind seine Augen auf mich gerichtet, und er sieht mich so merkwürdig an. Und er wendet sich ab, wenn er merkt, daß ich ihn ansehe, und versucht es so aussehen zu lassen, als hätte er sich mit etwas anderem beschäftigt. Es ist ein bißchen unangenehm, weißt du.«

»Vielleicht bildest du dir das nur ein.«

»Das habe ich zuerst auch geglaubt, aber es passiert immer wieder. Ich bin im Garten und schaue hinauf zu den Fenstern. Und dann sehe ich ihn dort … wie er mich beobachtet. Was hat das zu bedeuten? Ich habe gedacht, du könntest es vielleicht herausbekommen.«

»Ich werde es versuchen, aber ich kann mir nicht vorstellen, was dahinterstecken sollte.«

»Der kleinere Junge macht es genauso.«

»Bert?«

»Der Bruder, ja. Es ist wie ein Spiel. Ich kann es nicht erklären. In gewisser Weise ist es unheimlich.«

»Ich werde versuchen herauszubekommen, was dahinter steckt.«

»Ich habe irgendwie das Gefühl, daß sie mich nicht mögen.«

»Warum sollten sie dich nicht mögen? Sie interessieren sich eben für alles und jedes hier. Es ist ja eine ganz neue Welt für sie. Ich denke, Sie haben sich ganz gut eingefügt.«

Aber nichts konnte Gretchen davon überzeugen, daß an dem Verhalten der Jungen nichts Außergewöhnliches sei.

Ich beschloß schließlich, daß es das einfachste sei, es bei Bert zu versuchen, der eher mit der Sprache herausrückte als sein Bruder.

Als ich einmal allein mit ihm war, sagte ich. »Bert, magst du Mrs. Denver leiden?«

Bert riß die Augen weit auf, schnaufte und gab sich mißtrauisch.

»Also, Miss ...« setzte er an und hielt dann inne.

»Also, was ist es? Was stört dich an ihr? Warum beobachtest du sie ständig?«

»Nun«, sagte Bert, »man muß sie doch beobachten, oder?«

»Muß man? Warum?«

»Ja, weil ...«

»Weil was?« fragte ich.

»Also, wissen Sie, Miss, wir gehen doch jede Nacht raus und halten Ausschau nach ihnen, oder? Charley sagt ...«

»Ja, was sagt Charley denn?«

Bert wand sich ein wenig.

»Charley sagt, man muß sie beobachten. Man weiß nie, was sie vorhaben.«

»Ws glaubst du denn, was Mrs. Denver ›vorhaben‹ könnte?«

»Nun, sie ist doch eine von denen, nicht wahr? Sie ist eine Deutsche.«

Mir wurde übel. Ich mußte an die Szene im Schloß denken, als diese gewalttätigen jungen Männer versucht hatten, das Mobiliar zu zerschlagen.

Ich sagte: »Hör zu, Bert. Mrs. Denver ist unsere Freundin. In gewisser Weise ist sie mit mir verwandt. Sie ist gut, nett und freundlich, und dieser Krieg hat nichts mit ihr zu tun.

Sie gehört zu uns. Sie will, daß wir diesen Krieg gewinnen. Es ist sehr wichtig für sie und ihre Familie, daß wir das schaffen.«

»Aber wir halten doch immer Ausschau nach ihnen, nicht wahr? Und sie ist eine von denen. Charley sagt, wir sollten sie beobachten.«

»Ich werde mit Charley reden«, sagte ich. »Kannst du ihn herrufen?«

Bert nickte und rannte bereitwillig los und kam bald darauf mit seinem Bruder zurück.

»Charley«, sagte ich, »ich will mit dir über Mrs. Denver reden.«

Charleys Augen wurden schmal, sein Gesichtsausdruck signalisierte, daß er Bescheid wußte.

»Sie steht auf unserer Seite, Charley«, sagte ich.

Charley sah mich ungläubig und mit mildem Mitleid an.

»Ich muß euch etwas erklären«, sagte ich. »Es ist wahr, daß Mrs. Denver eine Deutsche ist.« Ich fuhr fort: »Aber sie sind nicht alle schlecht, wißt Ihr. Und außerdem wird sie und ihre Familie in Deutschland sehr schlecht behandelt. Hitler ist genauso sehr ihr Feind wie unserer – wahrscheinlich sogar noch mehr.« Ich versuchte, eine kurze und lebendige Beschreibung dessen zu geben, was in jener unvergeßlichen Nacht im Schloß geschah; und ich denke, es ist mir gelungen. Seine Augen wurden noch schmaler. Er war nicht dumm. Er wußte, was Gewalt bedeutete, das war deutlich zu spüren.

Zum Schluß sagte ich: »Weißt du, Charley, es ist für sie genauso wichtig wie für uns, daß wir diesen Krieg gewinnen.«

Er nickte ernst, und ich wußte, daß er die Botschaft verstanden hatte.

Es war vielleicht einen Monat nach dem Zwischenfall mit den phosphoreszierenden Fischen, und Dorabella und ich saßen wieder einmal im Garten und wachten über die See. Eine dunkle Nacht mit einer dünnen Mondsichel, ein mitternachtsblauer Himmel und eine ruhige, fast spiegelglatte See.

Die erste lähmende Angst vor der Invasion war verflogen. Es ist erstaunlich, wie schnell man sich an eine Katastrophe

gewöhnt. Unsere Stimmung war durch die häufigen Rund-
funkansprachen des Premierministers an die Nation deutlich
gestiegen, und jede Woche, die verstrich, bedeutete, daß wir
besser gerüstet sein würden. Wir erfuhren, daß die neun Di-
visionen, die von Dünkirchen aus evakuiert worden waren,
wieder ihre volle Stärke erreicht hatten; und hier, in unserem
Land, standen außerdem Truppen aus den Kolonien, dazu
Polen, Norweger, Holländer und Franzosen – die französische Truppe war von General de Gaulle aufgebaut worden.
Überall im Land meldeten sich die Männer zur ›Freiwilligen
Ortsverteidigung‹; von Woche zu Woche wurde die Aus-
gangslage deutlich günstiger für uns.

Wir wähnten uns keineswegs in Sicherheit, aber wir waren optimistisch und davon überzeugt, daß wir unsere Stellung halten und siegen würden, wenn es jetzt zu einem Kon-
flikt kam.

»Ist dir klar«, sagte Dorabella zu mir, »daß es jetzt fast ein
Jahr her ist, seit all das begann? Es scheint sich ewig hinzu-
ziehen.

Sie lächelte wehmütig. Sie wußte, daß ich an Jowan dachte, weil ich das immer tat. Wo war er? Würde ich ihn jemals
wiedersehen?

Dann bemerkte ich es plötzlich. Es war ein schwaches
Licht – nicht am Horizont wie bei den Fischen, sondern viel
näher an der Küste.

»Siehst du …?« sagte ich.

Dorabella starrte aufs Meer hinaus.

»Fische?« sagte sie.

»Ja, vielleicht sind es …«

Das Licht verschwand, es herrschte wieder Dunkelheit.

»Sie lachen immer noch über uns wegen damals«, sagte
Dorabella. »Erst vor ein paar Tagen … Schau mal, da ist es
wieder!«

Es war wieder da und verschwand wieder. Überall
herrschte Dunkelheit, und außer dem sanften Plätschern der
Wellen am Strand war kein Laut zu hören.

Dorabella gähnte.

»Nun«, sagte sie, »wir haben unsere Lektion gelernt. Kein
Alarm mehr wegen eines Fischschwarms.«

»Sie fanden es alle köstlich, und die Einheimischen waren begeistert, daß sie sich auf unsere Kosten amüsieren konnten.«

»Da ist etwas Wahres dran. Etwas, worüber die Leute in diesen Tagen lachen können, kann nicht allzu schlecht sein.«

»Auch Gretchen geht es jetzt besser.«

»Es muß wunderbar für sie sein. Ich wünschte …«

Sie hielt inne, und ich sagte. »Ich weiß. Ich muß eben weiter hoffen.«

»Du wirst bald etwas hören. Weißt du, es liegt mir in den Knochen. Und ich habe sehr verläßliche Knochen.«

Sie versuchte mich aufzumuntern, und ich fragte mich, ob sie wirklich glaubte, daß Jowan wieder heil nach Hause kam.

Dann nahm mich die Vergangenheit gefangen, und ich dachte daran, wo wir uns kennengelernt hatten, hörte noch einmal die Worte, die wir gewechselt hatten, erlebte noch einmal, wie wir langsam unsere Gefühle füreinander entdeckt hatten. Wie unglücklich ich gewesen war, als ich dachte, Dorabella sei tot, wie er mich getröstet hatte und wie sehr ich damals ein anderer Mensch gewesen war. Erfahrungen ändern die Menschen, zwingen sie, reif zu werden. Wie jung muß ich vor jener Reise nach Deutschland gewesen sein!

Dorabella fuhr plötzlich zusammen.

»Sieh mal! Da unten! Ich sehe da etwas auf dem Wasser, etwas Dunkles, das sich in der Dünung wiegt.«

»Es ist ein Boot«, sagte ich, und dann hörte ich das Tuckern eines Motors.

»Wahrscheinlich einer der Fischer, der spät wieder hereinkommt«, meinte Dorabella.

Wir warteten ein paar Augenblicke, da wir nicht feststellen konnten, ob das Boot bis zum Strand fuhr. »Sollen wir Alarm schlagen?« fragte ich.

»Und uns wieder zum Gespött machen?«

»Eigentlich müssen wir es tun.«

»Gordon sagte ja, wir hätten es richtig gemacht. Woher hätten wir auch diese elenden Fische kennen sollen?«

»Gehen wir doch hinunter und sehen nach, wer es ist«, sagte ich. »Ich wette, es ist der alte Jim Treglow oder Harry Penlore oder einer von den anderen. Sie wollen uns vielleicht nur hereinlegen … um sich noch einmal über ›die Fremden‹ amüsieren zu können.«

»Und wenn es nun irgendein Spion ist?«

»Daß ich nicht lache! Das ist eins der alten Fischerboote. Davon gibt es doch wahrlich genug hier.«

Ich zögerte. Wir durften nicht wieder Alarm schlagen, wenn es nicht wirklich notwendig war. Wenn wir damals erst einmal eine Weile gewartet hätten, dann hätten wir vielleicht bemerkt, daß wir nur einen Fischschwarm sahen und keine Invasionsarmee.

»Komm schon«, sagte Dorabella. »Wir sehen uns an, wie sie an Land kommen, und wenn es jemand ist, den wir nicht kennen, dann laufen wir hinauf und schlagen Alarm. Dazu ist dann immer noch Zeit.«

Wir eilten den Pfad zum Strand hinunter und standen dann dicht beieinander im Schutz eines überhängenden Felsens. Der Motor war abgestellt worden, alle Lichter ausgelöscht. Näher und näher kam das Boot. Dann knirschte es auf dem Sand, und ich hörte eine Männerstimme etwas sagen – auf Französisch.

Dorabella hielt den Atem an, als der Mann zu unserem Haus hinaufschaute. Er hatte uns nicht gesehen.

Dann wandte er sich wieder ab, und eine weitere Gestalt kletterte aus dem Boot. Sie war schlank, in einen Umhang eingehüllt. Eine Frau, dachte ich.

Wir mußten handeln. Wir mußten uns unbemerkt davonmachen. Wir mußten Alarm auslösen. Niemand durfte an Land kommen, ohne verhört zu werden.

Der Mann schaute jetzt in unsere Richtung. Er hatte uns gesehen. Es war fast ein Flüstern, aber seine Stimme wurde in die Nachtluft hinausgetragen.

Dorabella sagte: »Jacques …«

Der Mann hörte es. Er kam auf uns zu, das Mädchen neben sich.

Dorabella trat aus dem Schutz des Felsens und ging auf das Paar zu.

Sie sagte. »Jacques, was machst du denn hier?«

Er drehte sich zu ihr herum und sah sie an.

»Dorabella, *ma petite* …« Dann streckte er die Hände aus.

Sie standen einander gegenüber, dann drehte er sich zu seiner Begleiterin um und sagte: »Das ist meine Schwester, Simone.«

Ich wußte jetzt, wer er war. Ich hatte ihn schon einmal gesehen, auf der Weihnachtsfeier auf Jermyns Priory, auf der er Dorabella kennengelernt hatte. Es war der französische Künstler, der die kornische Küste gemalt hatte und um dessentwillen sie ihren Tod durch Ertrinken vorgetäuscht, ihren Mann und Tristan, ihren kleinen Sohn, verlassen hatte und nach Frankreich gegangen war.

Er ließ sie los, wandte sich mir zu und nahm meine Hand.

»Ich bin so froh, euch zu treffen«, sagte er mit leichtem Akzent, aber auf Englisch. »Ich habe nicht geglaubt, daß wir es schaffen würden. Die See ist ruhig, aber unser Boot war nur eine Nußschale … Und es war eine lange Fahrt.«

»Warum … warum?« stammelte Dorabella.

»Das fragst du! Wir können nicht mehr in Frankreich leben … Nicht, bis wir wieder frei sind. Weder Simone noch ich. Es ist unmöglich. Wir sind zwei von vielen, die diese Reise antreten. Sie wagen sich auf See … mit kleinen Booten … und riskieren ihr Leben … Aber was ist ein Leben als Sklave wert, hm? Also sind wir geflohen.«

»Ich verstehe«, sagte Dorabella. »Das war sehr mutig von euch.«

Sie musterte Simone, ein zierliches, dunkles Mädchen, das im Dunkel der Nacht romantisch schön wirkte. Es zitterte, wie ich sah, und ich sagte: »Sie müssen frieren.«

»Wir waren lange auf See«, antwortete Simone. »Es ist keine Kleinigkeit … dieser Ärmelkanal. Nein … selbst in einer Nacht wie dieser nicht. Wir sind durchgefroren und hungrig, aber glücklich, daß wir Erfolg hatten. Wir sind hier … so wie wir es geplant hatten.«

»Wir können Ihnen etwas zu essen zu trinken geben«, sagte ich. »Kommen Sie hinauf zum Haus. Dann können Sie uns erzählen, was drüben vor sich geht.«

»Und ihr … noch draußen um diese Zeit?« fragten Jacques.

»Auf Wache«, erwiderte Dorabella. »Wegen Leuten wie euch. Nein, eigentlich halten wir nach den Deutschen Ausschau.«

»Der Feind … ihr rechnet damit …?«

»Jede Minute«, sagte Dorabella. »Wir sind hier jede Nacht auf Wache.«

»Und entdeckt uns! Ich habe nicht damit gerechnet, dich so bald wiederzutreffen. Ich hatte vor, an Land zu gehen und irgendwo an der Küste abzuwarten, bis es hell wird. Ich dachte, das wäre das beste, zu landen und dann den Morgen abzuwarten. Und dann wollten wir uns eurer Gnade ausliefern. Wir wollen etwas tun, um diese Tyrannen niederzuringen, die unser Land erobert haben. Ich werde mich deshalb so bald wie möglich General de Gaulle anschließen … und Simone wird auch etwas zu tun finden.«

Ich sagte: »Ich denke, ihr solltet jetzt euer Boot festmachen, und ich werde hinaufgehen und Gordon berichten, was passiert ist.«

»Meine Schwester ist so praktisch«, erklärte Dorabella ihnen.

»O ja«, sagte Jacques. »Ich erinnere mich an diesen Gordon. Der gute Verwalter, war es nicht so? Und sie müssen es ihm erzählen?«

»Ja. Er ist für diesen Abschnitt verantwortlich, und Sie haben sicher Verständnis dafür, daß wir es ihm berichten müssen.«

»Natürlich, natürlich.«

Ich ließ die drei zurück und ging hinauf zum Haus. Meine Gedanken waren in Aufruhr. Welch ein Zufall! Dorabellas Liebhaber auf der Flucht und an unserem Strand gelandet! Aber andererseits hatte er wahrscheinlich darauf Kurs genommen, weil er es sicherlich einfach finden würde, sich vor denen zu rechtfertigen, die ihn bereits kannten, als vor Fremden.

Es war alles sehr merkwürdig, aber andererseits geschahen ja jetzt so viele merkwürdige Dinge.

Dorabella

Begegnung in Paris

Es ist mir unmöglich, meine Gefühle zu beschreiben, als ich neben Violetta im Schutz der Felsen saß und plötzlich diese Stimme aus der Vergangenheit hörte. Jacques in England! Und zu einem solchen Zeitpunkt! Hier hatte mich nun die Vergangenheit, die ich für immer begraben hoffte, eingeholt. Es scheint, als würde alles, was wir tun, immer wieder auf uns zurückfallen; wir können dem Schicksal nicht entfliehen.

Ich erinnere mich daran, daß Violetta einmal ein Gedicht zitiert hat, das ungefähr so lautete:

> Es schreibt die flüchtige Hand; hat sie geschrieben erst,
> eilt sie zum nächsten fort, und weder Förmlichkeit noch Witz
> lockt sie jemals zurück, zu streichen auch nur einen halben Vers,
> und keine deiner Tränen löscht ein einziges Wort.

Violetta hatte immer eine Schwäche für Poesien und zitierte deshalb häufig aus Gedichten. Gerade jetzt mußte ich wieder an diese Zeilen denken. Wie wahr sie doch sind. Und wie oft sie mir, als wir noch Kinder waren, aus irgendeiner Klemme geholfen hat – aber diese letzte war die größte von allen. Und sie hat mir geholfen, mit geringstmöglichem Schaden aus der ganzen Sache herauszukommen.

Der Krieg hatte natürlich auch sein Teil getan, denn meine Rückkehr fiel mit der Kriegserklärung zusammen, und die Leute hatten andere Dinge im Kopf als die Affären einer auf Abwege geratene Ehefrau.

Ja, ich war tatsächlich sehr impulsiv. Immer habe ich zuerst gehandelt und dann nachgedacht; und Violetta war stets da, um mir, wenn nötig, zu helfen. Aber wann immer ich mich in eine verrückte Eskapade stürzte, kam mir der Gedanke an die Konsequenzen doch erst, wenn es zu spät war.

Gerade fällt mir unser Aufenthalt in Deutschland ein, bei dem ich Dermot kennengelernt habe. Er war einfach plötzlich da – ein Engländer, der Urlaub machte – genauso wie wir. Es war alles so natürlich – eine Ferienromanze, die mit Hochzeitsglocken endete. Wirklich eine ganz gewöhnliche Geschichte. Damals habe ich jeden Augenblick genossen, denn Dermot hatte alle Eigenschaften eines romantischen Helden – er war gutaussehend, schneidig, Erbe eines großen Besitzes und sehr verliebt in mich. Bis ich ihn kennenlernte, war ich ein wenig enttäuscht von unserem Urlaub. Dieser hitzige Nationalismus, das pausenlose strammstehen, der großartige Hitler und der Aufstieg des neuen Deutschland – und dann wurde die Sache sogar ein wenig unheimlich. Aber das Ganze hatte so wenig mit unserem Leben zu tun. Wenn der Urlaub erst einmal vorüber sein würde, hätte alles, was in Deutschland geschah, für uns nur noch sehr wenig Bedeutung. Was das betraf, irrte ich mich jedoch – wie in so vieler anderer Hinsicht.

Wir kamen nach Hause, und meine Familie stattete Dermot einen Besuch ab; es gab keinerlei Schwierigkeiten und schien das natürlichste auf der Welt, daß wir heirateten und bis an unser seliges Ende glücklich miteinander wären.

Vielleicht hatte ich schon vor der Hochzeit die ersten Zweifel. Es ist doch seltsam, wie unterschiedlich die Menschen unter verschiedenen Umständen sein können.

In Deutschland war Dermot der romantische Held, der uns rettete, als wir uns im Wald verirrten, der uns während dieser schrecklichen Szene im Schloß verteidigte, als die Hitlerjugend versuchte, dort einzubrechen, weil die Besitzer – unsere Freunde – Juden waren. Ja, er war wirklich wunderbar damals.

In Cornwall, vor dem Hintergrund des Stammsitzes derer von Tregarland, erschien er mir jedoch weit weniger heldenhaft. Er hatte allergrößten Respekt vor diesem seltsamen alten Mann, seinem Vater, und stand im Schatten von Gordon Lewyth; in Wirklichkeit hatte der ganze Haushalt etwas Unheimliches. Es war nicht ganz das, was ich erwartet hatte.

Damals wurde mir klar, was ich getan hatte. Leider war es mir schon oft in meinem Leben so ergangen: Eine Sache scheint Spaß zu machen, bis man sich des Preises bewußt wird, die Vorzüge plötzlich dahinschwinden und Schwierigkeiten an ihre Stelle treten.

Meine Schwester kam, und daraufhin ging es mir etwas besser. Zwischen uns besteht ein enges Band. Es ist immer dagewesen, und ich weiß, es wird immer da sein. Wenn sie nicht in meiner Nähe ist, fühle ich mich irgendwie unsicher. Sie ist wie ein Teil von mir – der vernünftige, verständige Teil. Erst als wir wirklich getrennt waren, wurde mir klar, wie wichtig sie für mich ist.

Nun, ich lebte also in einem Haus, in dem ich mich nie so recht wohl fühlen konnte, und war verheiratet mit einem Mann, der mir immer weniger bedeutete. Meinen kleinen Sohn hatte ich recht gern; aber ich bin kein mütterlicher Typ, und ein Kind könnte für mich niemals einen guten Liebhaber ersetzen. Es war nicht so, daß Dermots Gefühle für mich sich gewandelt hätten. Er war mir immer noch ergeben, aber ich fand ihn nicht mehr aufregend. Tregarland erdrückte mich, die Nähe zum Meer beunruhigte mich, und ich wollte einfach nur weg. Unglücklicherweise gab es niemanden, dem ich das hätte erklären können – nicht einmal Violetta.

Und dann kam Jacques.

Diese törichte Fehde zwischen den Häusern Tregarland und Jermyn hat eine nicht unbeträchtliche Rolle in unserem Leben gespielt. Die Fehde reicht hundert Jahre oder so zurück; damals hatten sich ein Mädchen der Jermyns und ein Junge der Tregarland ineinander verliebt – unsere kornischen Montague und Capulet. Schließlich hatte sich das Mädchen am Strand von Tregarland ertränkt, während ihr Geliebter in eine von den Jermyns gestellte Falle ging und zum Krüppel wurde. Und dieses Ereignis führte zu jahrelanger Feindschaft zwischen den beiden Familien.

Meine liebe Schwester Violetta und der charmante Jowan Jermyn beschlossen, daß die ganze Sache einfach lächerlich sei, und schockierten die Nachbarschaft, indem sie sich regelmäßig trafen, sich verliebten, verlobten und damit eine Fortsetzung der Fehde unsinnig machten.

Ich glaube, die Einheimischen schüttelten den Kopf und sagten, daß daraus nichts Gutes entstehen könne, und vielleicht behalten sie ja recht, denn Jowan ist bisher nicht aus Frankreich zurückgekehrt. Ich zittere für Violetta. Sie ist nicht wie ich und verschenkt ihr Herz nicht so leicht.

Es gab Zeiten, da hatte ich das Gefühl, in einer Falle zu sitzen. Ich konnte mir die vor mir liegenden Jahre genau vorstellen, und fühlte mich wie eine Gefangene. Ich war mit einem Mann verheiratet, der mich nicht mehr interessierte. Ich hatte ein Kind, das Violetta und Nanny Crabtree lieber hatte als mich. Im Gegensatz zu meiner Schwester war ich einfach nicht für ein häusliches Dasein bestimmt, sondern hatte mich immer nach Aufregung gesehnt, nach Bewunderung. So lieb und nett Dermot auch war, er war nicht der glühende Liebhaber, den ich zu meiner Zufriedenheit brauchte.

Und dann hatte ich Jacques kennengelernt.

Es war Weihnachten. Jowan, seine Großmutter und Violetta hatten der Fehde ein Ende gemacht. Die Großmutter war eine jener vernünftigen Frauen, die mit beiden Beinen auf der Erde stehen; sie lebte nur für ihren wunderbaren Enkelsohn, an dem sie keinen Fehler entdecken konnte. Sie mochte Violetta, was wirklich ein Glück war – obwohl sie vielleicht dachte, daß sie nicht wirklich gut genug war für ihren prächtigen Enkel, aber wer hätte dieser Anforderung schon genügen können? In dieser Hinsicht schien alles geregelt zu sein. Dann kam der elende Krieg und die Möglichkeit, daß Jowan für alle Zeiten von der Bildfläche verschwand.

Es war ein Gedanke, den ich nicht in Erwägung zu ziehen wagte, da ich fürchtete, sein Tod könnte eine verheerende Wirkung auf meine Schwester haben, und ich könnte es nicht ertragen, wenn sie sich änderte.

Es war also um Weihnachten herum, als Jacques nach Cornwall kam, und unsere erste Begegnung fand auf Jermyn Priory statt. Damals war ich bereits völlig desillusioniert und mir des Fehlers, den ich gemacht hatte, zutiefst bewußt. Vor mir schienen endlos öde Jahre zu liegen – und da tauchte plötzlich Jacques auf.

Jowan hatte ihn anscheinend irgendwo auf dem Kontinent kennengelernt, und er muß Jacques von Cornwall erzählt und etwas in der Art gesagt haben wie: »Falls Sie jemals in der Nähe sind, müssen Sie uns unbedingt besuchen.« Es war eine jener flüchtigen Begegnungen, bei der solche Einladungen gedankenlos ausgesprochen werden, weil niemand sie wirklich ernst nimmt. Und dann spielt einem das Schicksal einen unerwarteten Streich, und diese scheinbar so unbedeutende Bekanntschaft wird zum Katalysator, der unser ganzes Leben verändert.

Für mich wäre es sicher besser gewesen, wenn Jowan Jacques Dubors nie kennengelernt und nie diese beiläufige Einladung ausgesprochen hätte.

Nun, wie dem auch sei, Jacques kam also nach Cornwall. Er wohnte in einem der Gasthöfe in Poldown, und ein Freund begleitete ihn – Hans Fleisch, ein Deutscher, der genau wie Jacques von Beruf Maler war.

Sie waren mit ihren Skizzenblöcken hier angekommen und hatten ihrer Begeisterung über die Schönheit der kornischen Küste kundgetan. Ich erinnere mich so deutlich daran, wie ich mich damals fühlte – niedergeschlagen von der Monotonie und dem Stumpfsinn des Lebens. Ich war wirklich verzweifelt – und da war Jacques.

Er war anders als alle Männer, die ich je gekannt habe, sehr weltläufig und in jeder Hinsicht das Gegenteil von Dermot. Und er schien zu spüren, wie es mir ging – er verstand mich. Er war voller Mitleid und sehr aufmerksam. Als ich von jenem Besuch bei den Jermyns nach Hause ging, befand ich mich in genau dem Zustand der Erregung, der für mich lebenswichtig ist.

Am nächsten Tag begegnete ich ihm, als er auf den Klippen saß und malte. Es war einer jener milden Wintertage, die in unserer Gegend so häufig sind. Jacques schien sich wirklich zu freuen, mich zu sehen. Ich setzte mich neben ihn und fragte ihn, ob ich ihn bei seiner Arbeit störe. Er verneinte. Die Arbeit könne höchstens seine Begegnung mit mir stören, daher würde er sie mit größtem Vergnügen beiseite schieben. In solchen Augenblicken sagte Jacques immer genau das Richtige.

Wir gingen spazieren, und die Zeit verflog. Ich hatte keine Ahnung, daß ich so lange mit ihm zusammengewesen war.

»Ich bin jeden Tag hier«, sagte er zu mir. »Aber das Wetter ist nicht immer so gut wie heute, und wenn es einmal regnet, bin ich im Gasthof. Ich würde Ihnen bei Gelegenheit gern einmal meine Arbeiten zeigen.«

Während der nächsten drei Tage trafen wir uns oben auf den Klippen. Schon in dieser Zeit wurde mir klar, wie die Dinge zwischen uns standen. Für mich war das mehr als ein oberflächlicher Flirt. Wir verabredeten, daß ich ihn im Gasthof besuchen sollte; aber wenn jemand mitbekam, daß ich ihn in seinem Zimmer traf, würde es natürlich eine Menge Gerede geben. Für mich gab es der ganzen Sache einen zusätzlichen Reiz, und ich genoß es, eine günstige Gelegenheit abzuwarten, bevor ich ungesehen in sein Zimmer schlüpfte.

Das Ergebnis war unausweichlich. Binnen kurzer Zeit wurde er mein Geliebter. Und was für ein aufregender Liebhaber er war! Ganz anders als Dermot!

Ich wußte, wie schockiert meine Familie gewesen wäre, wenn sie davon erfahren hätte, und das galt auch für Violetta, da sie immer ziemlich konventionell gewesen war. Ich konnte mir nicht vorstellen, daß sie jemals vom Pfad der Tugend abweichen würde. Wahrscheinlich hatte ich mehr Angst davor, daß sie es herausfinden könnte, als daß Dermot mir auf die Schliche käme.

Ich habe immer zu den Menschen gehört, die in der Gegenwart leben. Violetta nennt das die ›Schmetterlingsexistenz‹.

»Du flatterst hierhin und dorthin«, sagte sie, »umschwirrst die Kerze wie eine Motte, bis du dir eines Tages die Flügel versengst.«

Unsere Liebe konnte natürlich nicht von Dauer sein, obwohl ich es mir stets einredete. Jacques würde nicht für immer in Cornwall bleiben, und dann stand mir die Rückkehr in mein altes, stumpfsinniges Leben bevor.

Aber eines Tages sagte Jacques dann: »Warum kommst du nicht einfach mit mir? Paris würde dir gefallen.«

Ich sagte: »Wie wunderbar!« und gestattete mir zu glauben, daß es möglich sein würde.

Wahrscheinlich hat Jacques einen ganz ähnlichen Charakter wie ich. Wir fingen jedenfalls an, Pläne zu schmieden. Eine Beschäftigung, die ich herrlich finde. Ich denke mir die wildesten Dinge aus, und es gelingt mir eine ganze Weile, selber daran zu glauben. Früher war dann immer Violetta mit ihrem gesunden Menschenverstand dagewesen. »Das ist doch absurd!« »Wie konntest du das nur tun? Das ist einfach unlogisch.« Und dann bewies sie mir, wie töricht ich mich von Anfang an benommen hatte. Aber damals war sie nicht da, und Jacques und ich lagen in seinem Bett im Gasthof, in dem kaum genug Platz für uns beide war, und ließen uns in jene Welt der Phantasie treiben. Wir schmiedeten Pläne und machten uns vor, sie könnten Wirklichkeit werden.

»Ich hab's!« rief ich. »Die Fehde.«

Jacques' Augen funkelten. Er genoß dieses Spiel genauso wie ich. Und mir half das Pläneschmieden, mich von der unerfreulichen Tatsache abzulenken, daß die Zeit der Trennung immer näher rückte.

Ich sagte: »Du weißt doch, wie diese Fehde zustandegekommen ist … Das Jermyn-Mädchen – ich erinnere mich nicht mehr an ihren Namen, also nenne ich sie Juliet – war todunglücklich, weil ihre Familie ihr nicht erlauben wollte, den Mann zu heiraten, den sie wollte. Also ging sie zum Strand hinunter und stürzte sich ins Meer. Dermots erste Frau ist auf dieselbe Weise ertrunken. Gordons Mutter, die Tregarland für ihren Sohn wollte, hat sie ermordet. Ich finde, das ist eine gute Geschichte. Eines Tages werde ich sie dir in allen Einzelheiten erzählen. Also einmal angenommen, ich würde einen ›Unfall‹ durch Ertrinken arrangieren? Oh, ich weiß. Ich gehe jeden Morgen zum Strand herunter, um zu baden, und eines Tages wird man meinen Bademantel und meine Schuhe finden, und ich bin verschwunden.«

Jacques lachte. Es war eine brillante Idee. Seine Augen funkelten, und er begann, genau zu planen, wie wir es anstellen würden.

Wir kamen auf die wildesten Ideen. Und wir stellten fest, daß der Plan tatsächlich durchführbar war. Die Leute würden glauben, ich sei ertrunken. Und der arme Dermot würde auf diese Weise nicht erfahren, daß ich seiner müde war. Denn das würde ihm zu weh tun. Wir würden den Plan wunderbar einfädeln. Ich brauchte lediglich baden zu gehen und nicht zurückzukehren. Genauso, wie Juliet Jermyn es getan hatte und wie die Leute es von Dermots erster Frau vermutet hatten, bis die Wahrheit über deren Tod ans Licht gekommen war.

Wir mußten unbedingt dafür sorgen, daß die Wahrheit über mein Verschwinden nie entdeckt werden konnte.

Wir planten und planten. Wir hatten kaum noch einen anderen Gedanken im Kopf – und dann wurde es irgendwie Wirklichkeit. Jacques sagte: »Du kannst einige Dinge mitnehmen. Aber nicht viel, sonst schöpfen die Leute Verdacht. Das ist der Haken an der Sache. Und du wirst einen Paß brauchen.«

Nachdenklich schwiegen wir einen Augenblick.

»Warum sollte jemand nach meinem Paß suchen?« fragte ich.

»Vielleicht nicht sofort. Aber möglicherweise wird irgendwann jemand doch nach ihm suchen.«

»Über solche Einzelheiten dürfen wir uns keine Gedanken machen. Man könnte doch einfach denken, ich hätte meinen Paß verloren. Ich verliere oft irgendwelche Sachen.«

Also vereinbarten wir, daß ich ein paar Dinge aus dem Haus herausschmuggeln würde, während Jacques in dem Wagen, den Hans Fleisch gemietet hatte, auf mich warten sollte. Hans würde seinen Wagen Jacques ohne Murren leihen, und so wären wir dann für den Tag des Abschieds gerüstet. Und um die Glaubwürdigkeit zu unterstreichen, mußte ich einige Tage vor unserem Aufbruch die Gewohnheit entwickeln, frühmorgens ein Bad im Meer zu nehmen. Dann würde ich in der Nacht, in der wir fortgehen wollten, aus dem Haus schlüpfen, dann meinen Bademantel und meine Schuhe an den Strand bringen, damit die Leute glaubten, ich sei wie an den vergangenen Tagen schwimmen gegangen, und schließlich zu Jacques schleichen.

Hans Fleisch würde uns zur Küste fahren und nachher nach Poldown zurückkehren, denn er hatte die Absicht, noch ein oder zwei Wochen zu bleiben. Es war alles ganz einfach.

In jener Nacht plagte mich mein Gewissen. Ich war froh, daß Violetta damals nicht auf Tregarland war. Sie hätte mit Sicherheit erraten, daß ich ›etwas im Schilde führte‹. Doch ich redete mir ein, daß ich später sicher irgendeine Möglichkeit finden könnte, mich mit ihr zu treffen. Ich würde ihr schreiben, und sie würde nach Paris kommen. Ich besaß eine hübsche Miniatur von ihr – wie sie auch eine von mir hatte –, die ich mitnahm.

Und alles verlief genau nach Plan.

Ich weiß jetzt, daß man meine Kleider am Strand gefunden hat, genauso, wie ich es beabsichtigt hatte. Und alle Leute glaubten, ich sei ertrunken – bis auf Violetta. Zwischen uns gab und gibt es ein starkes Band, und sie wußte instinktiv, daß ich nicht tot war.

Nun, jetzt weiß sie die Wahrheit, und als ich zurückkam, half sie mir, ein Märchen von Gedächtnisverlust und einer Yacht, die mich aus dem Wasser gefischt habe, zu ersinnen. Violetta meinte, man hätte uns diese Geschichte nie abgekauft, wäre nicht gerade zu dieser Zeit der Krieg ausgebrochen und wären im Vergleich dazu nicht Kaprizen, wie ich sie hinter mir hatte, völlig belanglos geworden.

Ich bin so veranlagt, daß ich in der Hitze des Augenblicks all diese Schwierigkeiten vergessen konnte, ja sogar die Ungeheuerlichkeit dessen, was ich tat. Ich weiß, ich bin oberflächlich und vergnügungssüchtig, aber ich fand Jacques so aufregend und amüsant und hatte mir eingeredet, daß ich der unheimlichen Atmosphäre auf Tregarland entkommen müsse und irgendwann später in der Lage sein würde, zu rechtfertigen, was ich getan hatte.

Schon die Luft in Paris hat etwas Berauschendes. Während meiner ersten Tage dort war ich so beschwingt, daß ich mir sagte, ganz gleich, was noch kommen mochte, die Sache sei es auf jeden Fall wert gewesen. Doch hatte ich zu dieser Zeit auch schwer mit meinem Gewissen zu kämpfen, das mir trotz all meiner Bemühungen immer zusetzte. Ich mußte an Tristan denken, an Violetta, an Dermot und meine Eltern, die alle um mich trauerten – denn auch wenn ich es nicht verdient hatte, würden sie tiefe Trauer empfinden. Ich wünschte, ich könnte irgendeine Möglichkeit finden, ihnen zu sagen, daß ich noch lebte. Violetta wird es wissen, redete ich mir ein. Sie mußte es wissen. Und das tröstete mich ein wenig, so daß ich in jenen Tagen, in denen ich durch die Straßen von Paris lief, mir die Kleider kaufte, die ich brauchte, und die besondere Atmosphäre dieser Stadt auf mich wirken ließ, weiterlebte wie in einem aufregenden Traum. Ich liebte die Cafés mit ihren fröhlich bunten Markisen und die kleinen Tische, an denen die Leute saßen und Kaffee oder Wein tranken. Ich liebte die berühmten Straßen und die schmalen Gassen und die Geschäfte, den Geruch von frisch gebackenem Brot, der aus einigen Häusereingängen hinauswehte, und die Überreste der alten Stadt, bevor sie durch radikalen Neubau von Haussman saniert wurden.

Ich verbrachte die meiste Zeit mit Spaziergängen durch die Straßen und an Orten, die für mich bisher nur abstrakte Namen gewesen waren. Ich liebte die alten Brücken und betrachtete voller Staunen Notre Dame. Ich wünschte, ich hätte in meinen Schulstunden besser aufgepaßt, und dachte, daß Violetta, wenn sie hiergewesen wäre, mir eine Menge über diese Orte hätte erzählen können.

Jacques begleitete mich nicht auf diesen Streifzügen. Er war nicht der Typ, der durch die Straßen schlenderte und wie ein Tourist alles angaffte. Er mußte arbeiten. Er hatte sich überhaupt ein wenig verändert. Allerdings war er noch immer der glühende Liebhaber, der er früher gewesen war, und dieser Teil unserer Beziehung hatte Bestand. Es war nur so, daß er, wenn ich ihm meine neu entdeckte Leidenschaft für Paris beschrieb und wünschte, er würde mich an gewisse Orte begleiten, plötzlich ausweichend und distanziert erschien. Er hatte stets die Ausrede, er müßte unbedingt einige Skizzen anfertigen, und hatte somit keine Zeit für mich.

»Wenn doch nur Violetta da wäre«, sagte ich.

Er lächelte und nickte nichtssagend. Er konnte nicht begreifen, was zwischen mir und Violetta war.

Ich hatte mir immer vorgestellt, daß Künstler in tiefster Armut in irgendwelchen Dachkammern hausten und in Cafés gingen, um den Verkauf eines Bildes zu feiern und mit ihren gleichfalls mittellosen Freunden zu zechen.

Aber das traf auf Jacques nicht zu.

Er hatte ein kleines Haus am linken Ufer der Seine und lebte dort in einem gewissen Maß an Luxus. Es gab einen Dachboden, auf dem er arbeitete, weil das Licht dort von Norden kam. Aber das war nur sein Arbeitszimmer, und die

Räume in den unteren Stockwerken waren ganz gewöhnlich und in keiner Hinsicht etwas Besonderes.

Im Kellergeschoß wohnte ein Ehepaar, das sich um alles Notwendige kümmerte. Sie hießen Jean und Marie, waren in mittleren Jahren und sehr darauf bedacht, mir zu gefallen, und nicht im mindesten überrascht, mich zu sehen, was ein wenig beunruhigend war.

Man konnte sofort erkennen, daß Jacques nicht arm war. Er gab mir Geld, damit ich mir Kleider kaufen konnte, und in jenen ersten Wochen war ich, sofern es mir gelang, meine Gewissensbisse in den Hintergrund zu drängen, wirklich glücklich.

Jacques arbeitete ab und zu auf dem Dachboden, den er als sein Atelier bezeichnete. Und ständig kamen Leute vorbei. Einige von ihnen waren Modelle, nahm ich an; aber mit anderen ging er einfach nach oben in sein Atelier, um zu reden. Er zeigte mir auch ein oder zwei Porträts, und ich hoffte, er würde einmal den Vorschlag machen, mich zu malen, aber das tat er nicht.

Manchmal kamen auch abends Leute zu Besuch. Marie machte dann etwas zu essen, und Jean bediente bei Tisch. Ich war bei solchen Gelegenheiten natürlich auch zugegen, aber die Unterhaltung wurde auf Französisch und derart lebhaft geführt, daß ich nur wenig von dem, was gesagt wurde, verstand. Als ich das Jacques gegenüber erwähnte, lachte er und sagte, ich hätte nichts verpaßt. Es sei nur sinnloses Gerede gewesen.

»Sprechen sie über die Ereignisse in Europa?« fragte ich. »Zu Hause haben die Leute dauernd davon geredet.«

»Ja, davon wird auch hier gesprochen.«

»Die Leute in England haben sich große Sorgen gemacht. Das ist hier wahrscheinlich nicht anders. Denn im allgemeinen scheinen die Franzosen doch viel leichter in Erregung zu geraten als wir Engländer.«

Er zuckte die Achseln, und ich spürte, daß er nicht über die Möglichkeit eines Krieges reden wollte. Da stimmte ich völlig mit ihm überein, denn ich war des Themas schon zu Hause müde geworden.

Ungefähr zehn Tage nach meiner Ankunft in Paris kam

Hans Fleisch zu uns. Wir begrüßten einander mit großer Herzlichkeit. Er war uns wirklich eine Hilfe gewesen. Er verbeugte sich und schlug die Absätze zusammen, was mich an die schreckliche Zeit im Schloß erinnerte. Dann fragte er mich in seinem gespreizt klingenden Englisch, dem man stark den deutschen Akzent anhörte, ob mir Frankreich gefiele. Ich erwiderte, ich fände es ausgesprochen aufregend.

»Jacques ist sehr glücklich, daß Sie hier sind.«

»Was ist in Poldown passiert, als mein Verschwinden bemerkt wurde?« fragte ich.

Einen Augenblick lang schwieg er nachdenklich, dann sagte er: »Man glaubte allgemein, Sie seien ertrunken. Daß Sie schwimmen gegangen seien. Es sei sehr unklug von Ihnen gewesen, sagten die Leute. Die See kann trügerisch sein, und Sie hätten wahrscheinlich die Orientierung verloren.«

»Haben Sie zufällig irgendein Mitglied meiner Familie gesehen?«

»Nein, aber ich hörte, Ihre Familie sei nach Tregarland gekommen.«

»Meine Schwester …?«

»Ja, ich glaube, Ihre Schwester.«

»Ah ja. So … Die Leute haben die Geschichte also geglaubt.«

»Man hatte den Eindruck.«

Ich dachte bei mir: O Violetta, liebe Mutter, lieber Vater, ich hoffe, ihr trauert nicht zu sehr um mich.

Ich glaube, von da an betrachtete ich das, was ich getan hatte, mit etwas mehr Ernst.

Jacques faszinierte mich immer noch. Die körperliche Seite unserer Beziehung war perfekt – für ihn auch, da bin ich mir sicher; aber ich hatte mir ein so ganz anderes Bild vom Leben im Quartier Latein gemacht, daß ich in gewisser Weise enttäuscht davon war, daß unsere Existenz hier so konventionell wirkte. Ich hatte mir ausgemalt, daß jeden Tag Künstler bei uns hereinschneien würden. Ich erinnerte mich an Berichte über Manet, Monet, Gauguin, Cezanne und das Kaffeehausleben der Bohemiens. Das alles existierte überhaupt nicht, denn Jacques schien immer gut bei Kasse zu sein. Natürlich waren diese Gedanken völlig idiotisch von mir, und ich hätte dankbar sein sollen. Sollte ich wirklich in Armut leben, weil ich einen Augenblick lang glaubte, das müsse bei einem Künstler einfach so sein?

Schließlich lernte ich ein oder zwei Leute, die das Atelier regelmäßig besuchten, besser kennen. Einer dieser Männer, den ich sofort mochte, war Georges Mansard. Er war ein hochgewachsener Mann mit spontanem Lächeln und blauen, ziemlich durchdringenden Augen. Er war sehr blond und sah nicht besonders französisch aus. Er sprach ein gutes Englisch und hatte großes Interesse an mir. Ich fühlte mich immer zu Leuten hingezogen, die sich für mich interessierten. Das hatte wohl etwas mit einem Minderwertigkeitskomplex zu tun, der darauf zurückgeht, daß ich nicht Violettas Intelligenz besaß. Deshalb habe ich es wohl immer genossen, daß ich ihr in Fragen weiblichen Charmes überlegen war.

Als Georges Mansard zum ersten Mal zu uns kam, war ich allein zu Hause, denn Jacques war an diesem Morgen ausgegangen. Er hatte eine seltsame Art, plötzlich zu verschwinden, ohne zu sagen, wohin, und wenn er zurückkehrte, lernte ich bald, kein Wort darüber zu verlieren. Jacques gehörte zu den Männern, die es nicht mögen, wenn man ihnen zu viele Fragen stellt. Das war ein Charakterzug, der mich allmählich ein wenig irritierte.

Ich hörte, daß unten jemand mit Jean und Marie sprach, und ging hinunter, um nachzusehen, wer es war.

Jean sagte: »Monsieur ist gekommen, um Monsieur Dubois zu besuchen.«

Ich freute mich über den Besuch und sagte: »Ach, kommen Sie doch bitte mit nach oben. Vielleicht dauert es ja gar nicht lange, bis er kommt.«

Der Besucher sah erfreut aus und wandte sich mit einem Nicken an Jean, der seinerseits ein wenig beunruhigt wirkte, aber ich sagte: »Das ist schon in Ordnung, Jean. Vielleicht bringen Sie uns etwas Kaffee hinauf.« An unseren Gast gewandt fuhr ich dann fort: »Oder hätten Sie lieber Wein?«

Die Franzosen schienen eine ganze Menge Wein zu trinken, daher war ich nicht überrascht, als er sich ebenfalls dafür entschied.

Wir gingen hinauf in den Raum, der als *Salon* bezeichnet

wurde. Er war nicht direkt groß, aber behaglich möbliert. Ich deutete auf einen Stuhl, neben dem ein kleiner Tisch stand, und trat dann an den Vitrinenschrank, um den Wein zu holen.

Schließlich erzählte er mir, sein Name sei Georges Mansard und er sei ein Freund von Jacques.

»Ich hörte, Sie kommen aus England«, sagte er. »Erzählen Sie mir, wie gefällt Ihnen Paris?«

»Es ist bezaubernd«, erwiderte ich.

»Sie haben, wie ich höre, all die gut bekannten Örtlichkeiten besucht. Notre Dame, den Eiffelturm. Was halten Sie von Montmartre?«

»Ich fand es überall herrlich«, sagte ich.

»Wo kommen Sie noch gleich her?«

»Aus Cornwall. Wir hatten ein Haus direkt an der Küste.«

»Das muß sicher ebenfalls bezaubernd gewesen sein.«

»Ja, wahrscheinlich.«

Er hob sein Glas. »Willkommen in Frankreich.«

Wir unterhielten uns völlig entspannt, und sein Englisch, das nur einen fast unmerklichen Akzent aufwies, war nicht schwer zu verstehen. Er kannte England und war sogar in Cornwall gewesen. Georges Mansard selbst kam aus dem Süden Frankreichs, aus der Nähe von Bordeaux.

»Da kommt auch der Wein her«, sagte ich.

»Genau. Der beste Wein Frankreichs – der beste Wein der Welt – kommt aus dem Médoc.« Er hob die Hände und lächelte schelmisch. »Natürlich werden viele das leugnen … Zum Beispiel jene weniger vom Glück Begünstigten, die nicht inmitten dieser herrlichen Reben gelebt haben.« Er lächelte und schaute in sein Glas. »Das ist ein guter Claret.«

»Das freut mich. Ich bin sicher, daß Monsieur Dubois wie die meisten seiner Landsleute nur den besten Wein trinkt.«

Er erzählte mir noch eine ganze Menge über Bordeaux und berichtete auch, daß er geschäftlich in Paris sei, um seine Weine auf den Markt zu bringen.

»Wir haben ein Büro hier.«

»Also pendeln Sie regelmäßig zwischen Paris und Bordeaux hin und her«, sagte ich.

»So ist es.«

»Als ich Sie vorhin zum ersten Mal sah, dachte ich, Sie seien ebenfalls Künstler.«

»Ach, sehe ich so aus?«

»Nein ... ich glaube nicht. Wie sieht eigentlich ein Künstler aus? Man stellt sie sich immer in wallenden, farbbespritzten Kitteln vor – aber ich habe festgestellt, daß das ein großer Trugschluß ist.«

»Das ist das Quartier Latin. Hier wimmelt es nur so von Künstlern.«

»Ich schätze, die Tage von La Bohéme gehören der Vergangenheit an.«

»Ja, die Dinge haben sich mittlerweile wohl geändert. Da wäre die Kunst der Werbung. Was sagen Sie dazu – Werbegrafik? Künstler haben es heutzutage nicht mehr so schwer, eine Anstellung zu finden. Sie sind nicht mehr so arm. Es geht nicht mehr darum, ein Bild gegen eine Mahlzeit zu tauschen, wenn Sie verstehen, was ich meine.«

»Ja, ich verstehe.«

Er blieb zwei Stunden, und mir gab sein Besuch neuen Auftrieb.

Als Jacques zurückkehrte und ich ihm erzählte, Georges Mansard sei vorbeigekommen, nahm er diese Nachricht ziemlich gleichgültig auf.

»Er ist ein charmanter Mann«, bemerkte ich. »Wir haben uns sehr gut verstanden.«

»Ja, alles andere hätte mich auch gewundert. Ich wußte, mein kleiner Liebling würde ihm gefallen.«

Dann packte er mich und wirbelte mich durchs Zimmer. Wir tanzten. Unsere Schritte harmonierten wunderbar, genau wie alles andere.

Plötzlich blieb er stehen, küßte mich leidenschaftlich und sagte: »Ich habe das Gefühl, als wären Jahre vergangen, seit ich dich das letzte Mal gesehen habe.«

So war es mit Jacques.

Georges Mansard kam am nächsten Tag wieder vorbei und ging auf den Dachboden, wo er eine ziemlich lange Zeit mit Jacques verbrachte. Bevor er nach oben ging, begrüßte er mich, als sei ich eine alte Freundin. Wahrscheinlich unterhielten sie sich über Wein, und Jacques bekam einen Auftrag.

Während unseres Gesprächs am Vortag hatte er voller Begeisterung über seine Erzeugnisse gesprochen, und es war offenkundig gewesen, wie stolz er auf seine Weine war.

»Ich hoffe, Sie haben eine große Bestellung bekommen«, sagte ich zu ihm, als er ging.

Georges Mansard lächelte breit.

»Eine sehr große«, sagte er. »Ja, wirklich eine sehr große.«

Er kam ziemlich häufig, und ich gewann allmählich den Eindruck, daß er nicht nur Jacques Weinhändler, sondern auch sein Freund war. In der Folgezeit begegnete ich ihm so oft auf der Straße, daß ich mir langsam einbildete, er provozierte unsere Begegnungen.

Violetta sagte immer, daß ich mich in Gesellschaft von Männern veränderte. Ich öffne mich, sagte sie, wie eine Blume sich in der Sonne öffnet, wenn sie das dringend benötigte Wasser bekommt. Sie hat natürlich recht. Ich bin flatterhaft und sehr empfänglich für Schmeichelei, aber ich rühme mich, mir meiner Schwächen bewußt zu sein.

Wenn wir uns trafen, schlug er oft vor, ein Glas Wein miteinander zu trinken; er kannte genau das richtige Lokal für mich. Es war eine Art Weinbar mit abgetrennten Ecken, in denen man sich ungestört unterhalten konnte. Er erzählte mir viel über die Weinkellerei seiner Familie und beschrieb mit bewegten Worten die Traubenernte; dann erzählte er mir von den Schädlingen, dem unfreundlichen Wetter und all den Dingen, vor denen man sich schützen mußte.

Er wußte natürlich, daß ich mein Zuhause verlassen hatte, um mit Jacques auf und davon zu gehen. Und er sprach oft von Jacques und den Leuten, die in sein Atelier kamen; er gehörte zu den Menschen, die sich für das Leben anderer und die Ereignisse im allgemeinen wirklich interessieren.

Ich schlenderte gern durch die Antiquariate, von denen es am linken Seineufer nur so wimmelt. Während dessen dachte ich immer wieder, wie sehr Violetta es in Paris gefallen hätte. Doch dann verfiel ich in Trübsinn und wünschte, sie wäre bei mir, malte mir aus, wie anders alles wäre, hätte sie mit mir fahren können, hätten wir hier gemeinsam Ferien gemacht, an deren Ende wir sorglos in unser eigentliches Zuhause in Caddington hätten zurückkehren können. Dann ging mir die Ungeheuerlichkeit dessen, was ich getan hatte, wieder auf. Und ich mußte an sie alle denken, wie sie um mich trauerten.

Wenn ich damals gewußt hätte, daß Violetta sich mit Jowan Jermyn verloben und im Laufe der Ereignisse meine Nachbarin werden würde, hätte ich Tregarland vielleicht nie verlassen. Aber welchen Sinn haben solche Überlegungen? Was geschehen war, war geschehen. Charakteristischerweise hatte ich mich völlig gedankenlos in dieses Abenteuer hineingestürzt. Genau solche Dinge hatte ich mein ganzes Leben lang immer wieder getan – aber niemals etwas so Unwiderrufliches wie jetzt.

Ich hatte schließlich begriffen, daß es ein Fehler gewesen war – vielleicht der größte meines Lebens. Was ich für Jacques empfunden hatte, löste sich ganz langsam auf. Nicht nur bei mir, sondern auch bei ihm. Ich kannte die Zeichen. Was mich betraf, saß ich nun in einem fremden Land und war für alle Menschen, die ich früher gekannt hatte, tot … meine Schwester … meine geliebte Familie … meinen Mann, der mich schließlich wirklich gern hatte, und mein Kind.

Es hatte keinen Sinn. Was auch geschehen mochte, ich hatte es verdient. Ich wußte es. Aber das machte die ganze Sache keineswegs erträglicher – im Gegenteil, das Wissen, daß ich mir alles selbst zuzuschreiben hatte, machte das Ganze nur um so schlimmer.

Eines Tages, als ich ziellos durch die Antiquariate schlenderte, lernte ich die Baileys kennen. Es war eine von diesen Begegnungen, die nur zustande kommen, weil man zufällig einen Landsmann trifft, wie damals, als ich Dermot kennengelernt hatte. Er hatte uns in dem Café in der Nähe des Schlosses Englisch sprechen hören und war stehengeblieben. Dann hatte er mich bemerkt. Ich glaube, daß er auf jeden Fall irgendeine Möglichkeit gefunden hätte, mich kennenzulernen, aber es war die Sprache gewesen, die seine Aufmerksamkeit überhaupt auf mich gelenkt hatte.

Ich war vor einem Regal stehengeblieben, um mir ein Buch anzusehen – ein sehr altes Buch. Es trug den Titel *Die*

Schlösser Frankreichs. Während ich dort stand, trat ein Mann in mittleren Jahren neben mich, um ein Buch aus dem Regal zu holen; dabei rutschte ein anderes Buch mit heraus. Es war ziemlich schwer und streifte, bevor es zu Boden fiel, meinen Arm.

Der Mann drehte sich erschrocken zu mir um. *»Mademoiselle«*, stammelte er, *»pardonnez-moi.«*

Der Akzent war unverkennbar englisch, und ich erwiderte in unserer Muttersprache. »Schon gut. Es ist nichts passiert.«

»Sie sind Engländerin«, sagte er mit einem erfreuten Lächeln.

Die Frau, die ganz offensichtlich zu ihm gehörte, strahlte mich an. Ich schätzte die beiden auf Ende vierzig. Ihre Freude darüber, eine Landsmännin zu treffen, amüsierte mich.

»Und Sie wußten, daß wir ebenfalls Engländer sind«, sagte der Mann.

»Sobald Sie den Mund aufmachen«, erwiderte ich.

Er zog eine Grimasse. »War es so offensichtlich?«

»Ich fürchte ja«, sagte ich.

Wir mußten alle lachen. Vielleicht wären wir nun einfach jeder seiner Wege gegangen, und die Sache wäre zu Ende gewesen, aber der Mann war noch immer wegen des Buches beunruhigt, das mich gestreift hatte. Er hob es vom Boden auf und sagte: »Es ist ziemlich schwer.«

Dann stellte er es auf das Regal zurück, und die Frau wandte sich an mich. »Machen Sie hier Ferien?«

»Nein. Ich wohne bei einem Freund.«

»Oh, wie nett.«

»Ich hoffe, dieses Buch hat Sie nicht verletzt«, sagte der Mann. »Hören Sie, warum setzen wir uns nicht irgendwo hin und trinken einen Kaffee? Ein oder zwei Häuser weiter gibt es ein hübsches Lokal.«

»Ich mag diese kleinen Cafés hier«, mischte sich die Frau wieder in das Gespräch. »Und ist es nicht eine Erleichterung, eine Weile mal nicht verzweifelt nach Worten suchen zu müssen, um sich auszudrücken? Wenn man es schafft, sein Anliegen einigermaßen gut herauszubringen, reden die Franzosen anschließend so schnell auf einen ein, daß ich zumindest kein Wort mehr verstehe.«

Ich dachte bei mir, daß ich mit ihnen einen Kaffee trinken sollte, da ich auf diese Weise wenigstens etwas zu tun hätte.

Also saß ich kurz darauf mit ihnen in dem Café in der Nähe des Buchladens. Sie stellten sich als Geoffrey und Janet Bailey vor. Er arbeitete in der Pariser Niederlassung einer Versicherungsgesellschaft, und sie waren jetzt seit ungefähr sechs Monaten hier. Sie wußten nicht genau, wie lange sie noch bleiben würden. Sie hatten in England ein Haus in der Nähe von Watford, von dem aus man ganz bequem nach London kam, und sie hatten eine verheiratete Tochter, die in der Nähe wohnte und in ihrer Abwesenheit ein Auge auf alles hatte.

Sie erkundigten sich, wo ich zu Hause sei.

»Hm ... ähm ...«, sagte ich. »Ich komme aus Cornwall.«

»Cornwall! Eine herrliche Gegend. Geoff und ich haben sogar schon daran gedacht, uns dort ein Cottage zu kaufen. Ja wirklich, vielleicht gehen wir nach Geoffs Pensionierung dorthin, was meinst du, Geoff?«

Er nickte.

»Looe«, fuhr sie fort. »Fowey ... irgendwo da. Wir haben dort so manches Mal Urlaub gemacht ... Kommen Sie aus diesem Teil Cornwalls?«

»Ja, schon ...« Ich war ein wenig verlegen. Ich konnte ihnen nicht erzählen, daß ich dort gelebt hatte, bevor ich mit meinem Geliebten auf und davon gegangen war.

Plötzlich fühlte ich mich sehr unsicher. Ich hatte Tregarland wirklich als mein Zuhause angesehen, und nun hatte ich all das zurückgelassen. Ihre Bemerkung über ihr Heim und die Pensionierung hatte mich nicht kalt gelassen. Die beiden hatten eine Zukunft, etwas, dem sie entgegengingen. Ich nicht.

Geoffrey Bailey nahm das Gespräch wieder auf. »Mir gefällt es nicht, wie die Dinge sich entwickeln. Was meinen Sie dazu?«

»Die Dinge?« fragte ich vage.

»Die politische Situation. Dieser Hitler ... Was wird er sich wohl als nächstes ausdenken?«

»Hat Mr. Chamberlain nicht diese Übereinkunft mit ihm getroffen?«

»Ach, Sie meinen München? Trauen Sie diesem Hitler

64

denn? Unsere Leute in London sind nicht glücklich über die Art, wie die Dinge sich entwickeln, Sie wissen schon, die Tschechoslowakei und all das. Als nächstes kommt Polen an die Reihe, und wenn er das wagt ... tja, ich glaube, dann hängen wir mit in der Sache drin ... bis über die Ohren.«

»Ach, laßt uns das Beste hoffen«, sagte Mrs. Bailey. »Ich bin so froh, daß wir Sie in diesem Antiquariat angesprochen haben.«

»Meine Ungeschicklichkeit hat am Ende doch etwas Gutes bewirkt«, fügte Geoffrey hinzu.

Dann unterhielten sie sich über Paris, und ich war erleichtert, daß sie mir keine weiteren Fragen mehr stellten. Sie dachten, ich wohne bei Freunden; aber es ist ihnen sicherlich aufgefallen, wie zurückhaltend ich auf Fragen nach meinen persönlichen Verhältnissen reagierte.

Es war nur eine flüchtige Begegnung, und ich hätte wahrscheinlich nicht einmal einen Kaffee mit ihnen getrunken, hätten sie nicht ein schlechtes Gewissen gehabt, weil dieses Buch mich gestreift hatte.

Meine Vermutung, es hätte sich nur um eine flüchtige Begegnung behandelt, stellte sich als Irrtum heraus. Sie bestanden darauf, mich nach Hause zu bringen, was sie auch wirklich taten. Ich bat sie nicht mit hinein, sondern verabschiedete mich auf der Straße von ihnen.

Und ich glaube, das war der Grund, warum Mrs. Bailey anschließend so fest entschlossen war, mich wiederzusehen, so daß es ihr auch gelang, ein solches Wiedersehen zu arrangieren. Und das war nicht weiter schwierig.

Sie war eine mütterliche Frau, und mir wurde später klar, daß sie gespürt hatte, daß mich irgend etwas Geheimnisvolles umgab. Die Tatsache, daß ich, was mein Zuhause betraf, nicht so recht mit der Sprache heraus wollte, war ihr nicht entgangen. Es sah so aus, als wohnte ich anscheinend auf unbegrenzte Zeit bei Freunden, aber ich hatte nichts erzählt von diesen Freunden. Wahrscheinlich habe ich auf sie den Eindruck gemacht, sehr verletzlich zu sein. Violetta hatte immer gesagt, dieser Umstand sei es, der die Männer zu mir hinzöge. Ich sah hilflos aus, und sie sehnten sich danach, mich zu beschützen. Vielleicht erging es Mrs. Bailey ähnlich.

Aber wie dem auch sei, ich hatte jedenfalls ihr Interesse geweckt, und ihr war der Gedanke gekommen, daß ich möglicherweise Hilfe benötige.

Ungefähr eine Woche nach unserer Begegnung kam sie auf meinem Heimweg auf mich zugeschlendert. Sie stellte eine Überraschung zur Schau, die nicht recht natürlich wirkte, und ich erriet sofort, daß sie seit unserer ersten Begegnung nach mir Ausschau gehalten hatte. Sie fragte, ob ich nicht Lust hätte, sie in ihre Wohnung zu begleiten und eine schöne Tasse Tee mit ihr zu trinken. Nicht daß der Tee so schmeckte wie zu Hause, aber es wäre gemütlicher als in einem Café, und sie würde sich so gern wieder einmal auf Englisch unterhalten.

Ich ließ mich schließlich überreden. Jacques war ausgegangen, und wenn er zurückkehrte, würde es ihm ganz gut tun, zu wissen, daß ich mich auch ohne ihn zu amüsieren verstand. Also nahm ich Mrs. Baileys Einladung an.

Es war eine schöne Wohnung in einem großen Wohnhaus, und sie erzählte mir, daß das Haus der Firma gehöre. Die Angestellten konnten dort wohnen, wenn sie in Paris zu tun hatten, was bei einigen von ihnen immer wieder vorkam.

Wir verbrachten zwei angenehme Stunden miteinander, die ich durch und durch genoß, bis mir klar wurde, daß sie nun möglicherweise eine Gegeneinladung erwartete. Das konnte ich wahrscheinlich ruhig tun, denn Jacques hatte bestimmt nichts dagegen. Natürlich mußten die Baileys kommen, wenn er nicht im Haus war, denn ich war sicher, daß die beiden nicht nach seinem Geschmack waren und er sie langweilig finden würde. Er war weltoffen und kultiviert. Das war es, was mich vor allem anderem zu ihm hingezogen hatte. Aber die Baileys waren so ungeheuer tröstlich. Ich wußte instinktiv, daß ich im Notfall auf sie zählen konnte. Und ich war mir, was Jacques betraf, keineswegs so sicher. Das war die Wahrheit. Langsam wurde mir klar, wie furchtbar übereilt ich gehandelt hatte.

Mimi

Es war Sommer – jener lange, heiße Sommer, in dem sich Kriegswolken über Europa zusammenballten. Der Krieg interessierte mich nicht besonders. Ich hatte zuviel mit meinen eigenen Angelegenheiten zu tun – aber das war, wie Violetta sagen würde, nichts Neues bei mir.

Ich fühlte mich eindeutig unwohl. Die Dinge zwischen mir und Jacques waren nicht mehr so wie früher, und ich hatte das Gefühl, daß etwas um mich herum vorging – etwas, über das ich mehr hätte wissen müssen, weil es wichtig für mich war.

Georges Mansard, der Weinhändler, kam regelmäßig zu uns, und ich freute mich auf seine Besuche. In meiner gewohnten Eitelkeit dachte ich, er hätte sich vielleicht in mich verliebt, und das war, da Jacques immer weniger leidenschaftlich wirkte, sehr erfreulich.

Während jener Sommertage begann ich mich zu fragen, was aus mir werden würde. Das war natürlich eine Frage, die ich mir hätte stellen sollen, bevor ich mich in dieses Abenteuer stürzte, aber wie ich bereits zugegeben habe, stelle ich mir solche Fragen immer zu spät.

Was für eine Närrin ich doch gewesen war! Ich wußte, daß ich mich auf Tregarland gelangweilt hatte, aber meine Schwester war nie weit weg gewesen, und meine Eltern hätten mir immer eine Zuflucht geboten. Und jetzt glaubten sie, ich sei tot. Erst wenn man begreift, wie sehr man möglicherweise einmal eine Zuflucht brauchen könnte, wird einem klar, wie wichtig so etwas ist.

Ich freute mich auf die Tage, an denen Georges Mansard mich auf ein Glas in ein Lokal einlud. Er stellte ungeheuer viele Fragen. Ich war ein wenig ausweichend, wenn es um mich ging, aber wahrscheinlich habe ich doch eine ganze Menge verraten.

Es interessierte ihn immer sehr, ob ich irgendwelche Arbeiten für Jacques erledigte.

»Sie meinen, ob ich ihm Modell stehe?«

»Das … oder irgend etwas anderes.«

»Was sonst sollte ich denn tun können?«

Er zuckte die Achseln. »Ich weiß nicht … irgend etwas.«

»Nein, ich tue überhaupt nichts.«

Bei einer anderen Gelegenheit fragte er: »Und Sie helfen Jacques immer noch nicht bei seiner Arbeit?«

»Nein.«

»Er malt einfach die ganze Zeit, stimmt das?«

»Er ist ziemlich häufig außer Haus.«

»Gondelt durch Paris, nehme ich an.«

»Ja, und manchmal fährt er auch weiter weg.«

»Und dabei nimmt er Sie nie mit?«

»Nein. Bisher jedenfalls nicht.«

»Es wäre doch sehr schön für Sie, wenn Sie etwas von Frankreich zu sehen bekämen.«

»Sehr schön«, sagte ich, und meinte weiter: »Meine Freunde, die Baileys – diese Engländer, die ich vor einiger Zeit in einem Antiquariat kennengelernt habe … erinnern Sie sich?«

Er nickte. Er hatte sich zuerst sehr für sie interessiert und eine Menge Fragen über sie gestellt, aber dann hatte er sie anscheinend vergessen.

Ich fuhr fort: »Sie sprechen dauernd von Hitler und glauben, es wird bald Krieg geben.«

»Meine Liebe, jeder in Paris glaubt, daß es Krieg geben wird.«

»Und Sie?«

Er zuckte mit den Schultern und wiegte sich hin und her, als wolle er sagen, daß er sich da nicht so sicher sei. Es konnte so oder so ausgehen.

»Wenn es zum Krieg kommt, werden die Baileys sofort nach England zurückkehren.«

»Und Sie?«

»Ich weiß nicht. Ich wüßte nicht, wie.«

»Es wäre aber auf jeden Fall besser für Sie. Sie sollten darüber nachdenken.«

»Ich wüßte nicht, wie ich zurückkehren könnte nach allem, was geschehen ist.«

»Nichtsdestoweniger …« murmelte er.

Damals traf ich mich regelmäßig mit den Baileys. Ich erzählte Jacques von ihnen, doch er schien nicht sehr erfreut darüber zu sein.

»Aber es sind wirklich nette Leute«, sagte ich. »Sie behandeln mich in gewisser Hinsicht wie ihre Tochter, und ich bin ziemlich oft bei ihnen gewesen.«

Genau wie Georges Mansard stellte er viele Fragen über die Baileys und fand sie dann nicht sehr interessant. Als ich sagte, daß ich sie oft besucht hätte und ihre Gastfreundschaft gern erwidern würde, schüttelte er ziemlich gereizt den Kopf und erwiderte: »Ich will sie nicht hierhaben. Sie hören sich sehr langweilig an.«

Ich nahm an, daß sie ihn wahrscheinlich wirklich langweilen würden, aber ich hatte das Gefühl, Janet Bailey eine Erklärung zu schulden, und eines Tages platzte ich bei einer Tasse Tee mit der ganzen Sache heraus. Ich erzählte Janet alles von Anfang an, wie ich in Deutschland Dermot kennengelernt hatte, von unserer Wirbelwindromanze und unserer Hochzeit, der Geburt von Tristan und der Erkenntnis, daß ich es nicht länger dort aushalten würde.

Sie hörte aufmerksam zu, während ich sprach, und ich las in ihrer Miene Erstaunen, Entsetzen und Unverständnis darüber, daß ich meinen kleinen Sohn einfach im Stich gelassen hatte.

Es dauerte dann ziemlich lange, bevor sie etwas sagte.

Schließlich sah sie mich an. »Sie armes Kind«, meinte sie. »Denn genau das sind Sie eigentlich. Ein Kind ... Genau wie Marian. Ich sagte immer zu ihr: ›Faß den Herd nicht an, Schätzchen.‹ Damals war sie drei Jahre als. ›Wenn du's doch tust, verbrennst du dir die Finger.‹ Und natürlich mußte sie es, sobald ich mich umdrehte, versuchen. Hat sich scheußlich verbrannt, aber wie ich damals zu Geoff sagte: ›Sie muß ihre Erfahrungen machen. Nur so wird sie es lernen.‹«

»Ich fürchte, meine Erfahrung war schlimmer als ein verbrannter Finger.«

»Ich finde, Sie sollten nach Hause zurückgehen. Sie wollen doch nicht bei diesem Franzosen bleiben, oder?«

»Ich weiß nicht.«

»Das reicht vollkommen. Wenn Sie es nicht wissen, sollten Sie besser wieder nach Hause gehen, und zwar je früher desto besser. Ihre Schwester ... nach dem, was Sie erzählen, scheint sie ziemlich vernünftig zu sein.«

»Ich muß Ihnen bei Gelegenheit einmal ein Bild von ihr zeigen. Es ist eine Miniatur. Die konnte ich nicht zurücklassen, als ich fortging.«

»Warum schreiben Sie ihr nicht?«

»Sie hält mich für tot.«

»Ja, das ist ein schönes Durcheinander, wie? O Dorabella, wie konnten Sie nur!«

»Ich weiß es nicht. Wenn ich jetzt zurückblicke, verstehe ich selbst nicht, wie ich es tun konnte.«

»Sie haben sehr herzlos gehandelt«, sagte Mrs. Bailey langsam.

Ich starrte ins Leere und spürte die Tränen in meinen Augen.

Plötzlich legte sie ihren Arm um mich.

»Ich glaube, Sie sind als kleines Kind ziemlich verwöhnt worden«, sagte sie leise. »Aber auch kleine Kinder werden erwachsen. Ich glaube, für Sie wäre es jetzt an der Zeit ... und zwar schnell. Es ist nicht richtig, daß Sie hier sind. Was ist dieser Maler, mit dem Sie befreundet sind, für ein Mensch?«

»Er sieht sehr gut aus ... ist sehr weltgewandt ... sehr kultiviert.«

Sie nickte. »Ich weiß. Es ist ein Jammer, daß Sie damals nicht klarer sehen konnten. Ich kenne diesen Typ Mann. Und wenn es vorbei ist, was werden Sie dann anfangen?«

»Genau das weiß ich eben nicht.«

»Es gibt immer einen Ausweg. Sie könnten zurückkehren und ihren Leuten die ganze Sache beichten. Sie werden schockiert sein ... aber andererseits werden sie so glücklich darüber sein, Sie wiederzuhaben, daß sie Ihnen verzeihen werden.«

»Ich weiß nicht, ob ich das ertragen könnte.«

»Ich habe selbst eine Tochter, und weiß, wie Mütter fühlen. Ich kann mir gut vorstellen, wie es Geoff und mir gehen würde, wenn Marian in einer solchen Klemme steckte. Nicht daß ihr das passieren könnte. Sie ist glücklich verheiratet und hat die beiden süßesten Kinder, die sie je gesehen haben – ein Mädchen und einen Jungen. Aber wenn wir in dieser Situation wären, würden wir sagen: ›Gebt uns unsere Tochter zurück, und alles andere kümmert uns nicht.‹ Sehen

Sie, mein Kind, hätten Sie etwas dagegen, wenn ich mit Geoff darüber spreche?«

»Nein«, sagte ich. Ich hatte das Gefühl, als würde ich ertrinken und als würden Sie mir um jeden Preis helfen wollen.

Danach sah ich die beiden ziemlich häufig, und jedesmal sprachen wir über meine Situation.

Geoffrey teilte Janets Meinung. Man mußte einen Weg finden, mich zurück nach Hause zu bringen.

Inmitten all dieser Ereignisse lernte ich Mimi kennen.

Es war eines Nachmittags, nachdem ich die Baileys besucht hatte. Jacques wußte von meiner Freundschaft mit den beiden, hatte aber nicht den Wunsch geäußert, sie kennenzulernen. Ich war ein wenig früher dran als gewöhnlich und setzte mich in den Salon, um über mein Gespräch mit Janet nachzudenken. Sie hatte mir erzählt, daß die Firma wegen der mißlichen Situation in Europa angedeutet hatte, daß es notwendig werden könne, ihr Personal schnellstens aus Paris fortzuschaffen.

»Es sieht schlimm aus«, sagte sie. »Die Dinge scheinen tatsächlich einer Eskalation entgegenzustreben. Geoff meint, das sei unausweichlich, nachdem Hitler die Tschechoslowakei annektiert habe. Das könnte wirklich der Tropfen sein, der das Faß zum Überlaufen bringen könnte. Und jetzt dieses ganze Gerede von *Lebensraum* und seinen Plänen bezüglich Polens … Ich weiß, er behauptet, keinen Streit mit England zu haben, aber Geoff meint, daß wir ihm, selbst unvorbereitet, wie wir sind, den Krieg erklären werden, sobald er auch nur einen Fuß nach Polen setzt.«

Ich muß gestehen, daß meine eigenen Angelegenheiten mich dermaßen in Atem hielten, daß ich kaum einen Gedanken für die Probleme Europas übrig hatte, was nur wieder zeigte, wie töricht ich war, denn Europas Schwierigkeiten waren zu jener Zeit unser aller Schwierigkeiten.

Aber wie dem auch sei, an jenem Tag kam ich also etwas früher zurück, und während ich da im Salon saß, öffnete sich die Tür, und eine Frau, die ich noch nie zuvor gesehen hatte, trat mit der gedankenlosen Selbstverständlichkeit eines Menschen ins Zimmer, der mit seiner Umgebung sehr vertraut ist.

Sie war lediglich mit einem *Peignoir* bekleidet, und ihre Füße waren nackt. Einen Augenblick lang dachte ich, ich hätte mich im Haus geirrt. Ihr langes, schwarzes Haar fiel ihr lose über den Rücken; sie hatte dunkle, mandelförmige Augen, eine vorwitzige *retroussé* Nase und eine ziemlich kurze Oberlippe. Sie war groß für eine Frau, und unter ihrem *Peignoir* konnte ich üppige Brüste und schmale Hüften ausmachen. Sie war sehr attraktiv.

Ich hatte mich erstaunt von meinem Platz erhoben und sah dann plötzlich direkt hinter ihr Jacques.

»Hallo«, sagte er beiläufig. »Du bist also wieder da. Das ist Mimi.«

»Mimi?« fragte ich.

»Mimi, das Modell«, sagte sie. Sie hatte einen sehr starken französischen Akzent.

»Ich bin Dorabella«, stammelte ich.

Sie musterte mich flüchtig, und ich erwiderte ihren Blick mit der gleichen Kühle.

Dann sagte ich mir: Es ist nur natürlich, daß ein Modell halbnackt im Atelier eines Malers herumläuft, da sie wahrscheinlich für ihn posiert hatte.

»Dorabella kommt aus England«, sagte Jacques.

Er ging zur Vitrine hinüber und schenkte Wein ein.

Ich war sprachlos und fragte mich, welcher Art die Beziehung zwischen Jacques und Mimi sein mochte. Aber ich kannte die Antwort auf diese Frage bereits. Jacques schien nicht im mindesten verlegen zu sein. Allerdings war das wohl auch kaum zu erwarten. Diese Weltgewandtheit, die ich früher so bewundert hatte, trat wieder einmal offen zutage, aber an diesem Nachmittag fand ich sie weit weniger anziehend als früher.

Ich versuchte, so lässig zu wirken, wie die beiden es taten.

»Mimi«, sagte ich leichthin. »»Man nennt mich Mimi, aber mein Name ist Lucia.‹«

Mimi schaute verwirrt drein, und Jacques sagte: »*La Bohéme.*«

Ich fuhr fort: »Ich bin Dorabella aus *Così Fan Tutte,* und

meine Schwester ist Violetta aus der *Traviata*. Wissen Sie, meine Mutter interessierte sich sehr für die Oper.«

Mimi nickte. »Wie amüsant.«

»Äußerst amüsant«, meinte Jacques kühl, und der Tonfall seiner Stimme ließ keinen Zweifel daran, daß er sich überhaupt nicht darüber amüsieren konnte.

Wir saßen also da und nippten an unserem Wein, die beiden unterhielten sich auf Französisch, und das so schnell, daß ich nicht folgen konnte. Ich fing die Namen verschiedener Leute auf, von denen mir einige bekannt waren, aber worum es in ihrem Gespräch eigentlich ging, konnte ich nicht verstehen. Nur ein oder zwei Mal wandten sie sich an mich und sagten etwas auf Englisch.

Ich trank meinen Wein aus, stellte das Glas auf den Tisch und sagte, ich hätte etwas zu tun.

Ich hatte erraten, welcher Natur die Beziehung zwischen ihnen sein mußte, und ich war mir nicht recht sicher, was ich angesichts seines Treuebruchs empfand. Typischerweise galt mein erster Gedanke der Frage, welche Wirkung das Ganze auf mich haben würde.

In was für eine unmögliche Situation ich mich doch gebracht hatte! Ich saß allein in einem fremden Land, nachdem ich meine Heimat auf eine Art und Weise verlassen hatte, die mir eine Rückkehr sehr schwer machen würde: Wir standen am Rande eines Kriegs, und der Mann, von dem ich mir in meinen absurden Träumen vorgestellt hatte, ich würde den Rest meines Lebens mit ihm verbringen, hatte mir klargemacht, daß er in unserer Liaison niemals etwas anderes als eine oberflächliche, flüchtige Affäre gesehen hatte.

Was für eine Närrin ich gewesen war! Noch nie in meinem ganzen wertlosen Leben war ich in solcher Gefahr gewesen. Bis jetzt hatte bei jeder anderen dummen Eskapade meine Schwester parat gestanden, um mich zu retten, doch jetzt trauerte sie um meinen Tod.

Was sollte ich tun? Wohin konnte ich mich wenden?

Wie gewöhnlich versuchte die eine Seite meines Wesens die andere zu beschwichtigen. Sie ist nur ein Modell. Künstler haben ihre Modelle. Sie benehmen sich eben ungezwungen, wenn sie zusammen sind.

Ungezwungen, wahrhaftig ... was für eine Art zu lieben, von einer Affäre zur nächsten zu flattern, von der die letzte genauso tot ist wie die erste, die sie je gehabt hatten. Das also war das bohémehafte Leben, das zu kosten ich so begierig gewesen war. Ach, wenn ich doch nur zurück könnte! Aber nein ... »*Es schreibt die flüchtige Hand ...*« Nun, sie hatte geschrieben, und was sollte ich jetzt tun? O Violetta, warum bist du in diesem Augenblick nicht hier bei mir?

Ich mußte vorsichtig sein und mir einen Plan zurechtlegen. Sollte ich Jacques verlassen, bevor er mich fortschickte? Wohin konnte ich mich wenden? Und wie sollte ich das anfangen? Sollte ich nach Caddington zurückkehren? Violetta gegenübertreten, meinen Eltern? Das war das einzige, was ich tun konnte.

Sie liebten mich. Sie würden glücklich darüber sein, mich wiederzusehen. Aber wie konnte ich ihnen das alles erklären? Und doch ... Was blieb mir anderes übrig?

Denk nach, sagte ich mir. Überstürz nichts, wie du es sonst immer tust – auf diese Art und Weise hast du dich schließlich in diese Klemme hineingebracht. Du mußt etwas tun. Du kannst nicht einfach so weitermachen. Diese Sache ist vorbei ... für ihn und für dich. Dank deinem Gott, daß du ihn nicht mehr liebst als er dich.

Ich würde mit ihm sprechen und ihn fragen, wie seine Beziehung zu Mimi wirklich aussah. Wie viele andere gab es noch? Ich würde ruhig und praktisch sein. Ich mußte es sein.

Ich saß in dem Schlafzimmer, das ich mit ihm teilte, und hörte Schritte auf dem Dachboden über mir. Ich dachte, wenn sie gehen, würde ich mit ihm sprechen.

Nach einer Weile hörte ich, wie die Haustür ins Schloß fiel.

Ich beschloß in den Salon zu gehen und ihn zur Rede zu stellen. Aber als ich dort eintrat, war der Salon leer. Ich ging hinauf ins Atelier. Dort war er auch nicht, und mir wurde klar, daß er zusammen mit Mimi weggegangen war. Ich war verunsichert. Warten war noch nie meine große Stärke gewesen, deshalb wollte ich nun schnell handeln. Ich wollte aufbrechen. Wohin? Das war die Frage.

Ich probte vor dem Spiegel, was ich ihm sagen würde. Ich war bereit, aber er war immer noch nicht zurückgekommen.

Er blieb die ganze Nacht über aus. War er bei Mimi? Das schien durchaus möglich zu sein. Vielleicht gab es ja auch noch jemanden. Aber gewiß hielt er sich fern, um mir zu zeigen, daß meine Gefühle ihm egal waren.

Am frühen Nachmittag des nächsten Tages hörte ich endlich wie sich die Haustür öffnete.

Ich erwartete ihn im Salon. Als er eintrat, sagte ich mit größter Selbstbeherrschung und nur einem winzigen Anflug von Sarkasmus: »Hast du dich gut amüsiert?«

»Ja sehr, vielen Dank.«

»Mit Mimi, dem Modell?«

»Geht dich das etwas an?«

»Ich nehme an, du hast eine Affäre mit ihr.« Er zuckte die Achseln und lächelte mich herablassend an.

»Willst du damit sagen, daß sie deine Geliebte ist?«

»Ich habe überhaupt nichts gesagt«, erwiderte er.

»Hör mir zu, Jacques …«

Er lächelte immer noch. »Ich höre«, sagte er.

»Du kannst nicht von mir erwarten, daß ich das akzeptiere.«

Fragend hob er die Augenbrauen.

Das war einfach unglaublich. Er benahm sich, als wäre es völlig natürlich, daß ich ihn in der Gesellschaft einer nur halb bekleideten Frau vorfand, mit der er anschließend davonspazierte, um die Nacht bei ihr zu verbringen. Ich konnte einfach nicht länger ruhig bleiben.

»Das ist … das ist unerträglich?« rief ich.

»Unerträglich?« Er wiederholte das Wort, als verstünde er seinen Sinn nicht recht. »Warum das?«

»Wie kannst du es wagen, mich so zu behandeln?«

»Behandeln? Was soll das heißen ›behandeln‹?«

Wie auch zu früheren Auseinandersetzungen suchte er Zuflucht bei seiner mangelnden Beherrschung der englischen Sprache. Aber ich wußte genau, er hatte mich verstanden.

»Ich habe mein Zuhause verlassen«, sagte ich, »um mit dir hierherzukommen … und jetzt …«

»Du hast dein Zuhause verlassen, weil du nicht länger dort bleiben wolltest.«

»Ich habe alles aufgegeben … für dich.«

»Du benimmst dich sehr … provinziell.«

»Und du bist ja so weltgewandt, so kultiviert.«

»Ich dachte, du wärest ebenfalls ein erwachsener Mensch.«

»Wie kannst du das tun … direkt unter meiner Nase?«

»Was ist mit deiner Nase?« sagte sie und heuchelte abermals Verwirrung.

»Du weißt genau, was ich meine. Du machst kein Geheimnis aus dem, was hier vorgeht.«

»Geheimnis? Worin besteht dieses Geheimnis?«

»Sie ist deine Geliebte.«

»So?«

Das Gespräch durfte so nicht weitergehen. Ich würde mich in Anschuldigungen ergehen, wenn ich weitersprach, und das würde mir nicht helfen.

»Ich hasse dich«, sagte ich.

Er zuckte die Achseln und sah mich mit dieser herablassenden Toleranz an, mit der ein Erwachsener einem aufsässigen Kind begegnen mochte.

Ich konnte es nicht länger ertragen und rannte aus dem Zimmer, griff nach einem Mantel und verließ das Haus.

Es gab nur einen Ort, der mein Ziel sein konnte. Janet Bailey hatte gesagt: »Sie wissen ja, wo wir sind, Kind. Sie können immer zu uns kommen, und wir werden uns freuen, Sie zu sehen.«

Ich war so erleichtert, daß sie zu Hause war.

»Ich bin ja so froh, daß Sie gekommen sind«, sagte sie sofort. »Geoff und ich machen uns bereit, Paris zu verlassen.«

Ich sah sie entsetzt an; das war ein weiterer schwerer Schlag. Was sollte ich jetzt tun?

»Kommen Sie herein«, fuhr sie fort. »Dann erzähle ich Ihnen alles.«

Ich setzte mich benommen hin.

»Eine Tasse Tee?« fragte sie.

»Erzählen Sie mir zuerst, warum Sie abreisen«, sagte ich.

»Auf Anraten der Firma … nun, es war wohl eher ein Befehl. Die Situation verschlimmert sich. Die Leute sind sicher, daß es Krieg geben wird. Sie glauben, es sei besser für uns, nach Hause zurückzukehren. Das ganze englische Personal wird abreisen und das Büro in die Obhut französischer Angestellten geben. Der Himmel weiß, was geschehen wird! Nun, wir werden jedenfalls abreisen.«

»Wann?« stammelte ich.

»In einigen Tagen. Wir haben gerade genug Zeit, unsere Zelte hier abzubrechen.«

»Oh«, sagte ich ausdruckslos. Dann bemerkte sie, daß etwas nicht stimmte.

»Was ist passiert?« fragte sie, und ich platzte mit den Ereignissen des letzten Tages heraus.

»Sie können unmöglich bei ihm bleiben!«

»Nein … aber was soll ich sonst tun?«

»Sie müssen nach Hause fahren. Warum kommen Sie nicht mit uns? Wir werden mit Geoff darüber reden. Er müßte eigentlich in ein paar Stunden nach Hause kommen. Im Büro geht es drunter und drüber. Es heißt, Hitler wird sich nicht mit Polen begnügen, und dann geht es erst richtig los. Wenn der Krieg erst angefangen hat, werden die Leute in wilder Panik nach Hause hetzen.«

Endlich sah ich einen Ausweg. Ich konnte mit ihnen nach England fahren. Sie würden mir helfen.

Janet fuhr fort, als hätte sie meine Gedanken gelesen.

»Ja, Sie müssen mit uns kommen. Ich bin sicher, das ist das beste für Sie.«

»Aber wie könnte ich nach Hause zurückkehren?«

»Sie müssen sich die ganze Sache von der Seele reden, mein Kind. Daran ist nicht zu rütteln.«

»Oh … das könnte ich nicht.«

»Aber was dann? Hierbleiben? Haben Sie Geld?«

»Ich habe mir, was das betrifft, kaum Gedanken gemacht. Im Augenblick habe ich etwas Geld. Jacques schien immer mehr als genug zu haben, und er war ziemlich großzügig. Er hatte es gern, wenn ich mir Kleider und irgendwelchen Schnickschnack kaufte. Von dem Geld, das er mir neulich gegeben hat, habe ich noch nicht viel ausgegeben. Ich glaube, er hat ein privates Einkommen. Ich kann mir nicht vorstellen, daß er mit seinen Bildern viel verdient. Das war auch einer der Gründe, warum ich das Leben im Quartier Latin so anders fand, als ich erwartet hatte. In letzter Zeit haben wir uns immer schlechter verstanden, wahrscheinlich habe ich deshalb so wenig von seinem Geld ausgegeben. Vielleicht hatte ich auch unterbewußt schon den Gedanken, nach Hause zu fahren.«

Augenblicklich wußte ich nicht genau, wieviel Geld ich hatte, aber ich dachte, für meine Rückfahrt würde es wohl reichen.

»Zerbrechen Sie sich darüber nicht den Kopf«, sagte Janet. »Wir würden Ihnen natürlich helfen. Selbstverständlich werden Sie mit uns nach Hause fahren. Etwas anderes kommt gar nicht in Frage. Sie werden zu Ihrem Mann zurückkehren müssen, und vielleicht verzeiht er Ihnen ja.«

»Das könnte ich nicht«, sagte ich.

»Aber was wollen Sie denn dann anfangen? Sie können unmöglich bei diesem Mann bleiben. Ich glaube auch nicht, daß er Sie bei sich behalten will, jetzt, da er eine andere hat. Und Sie haben doch so eine nette Schwester – und auch ihre Mutter und ihren Vater. Ihre Familie wird sich schon um Sie kümmern. Ich weiß, es ist nicht besonders angenehm, kleine Brötchen zu backen, aber manchmal kommt man nicht darum herum.«

Ich begriff, daß sie recht hatte, und begann mir einen Plan zurechtzulegen.

»Außerdem«, fuhr sie fort, »auf welche Art und Weise könnten Sie sich hier, in Frankreich, Geld verdienen? Ich bin sicher, daß Ihnen etwas Schreckliches zustoßen würde, wenn Sie hierbleiben. Nein, Sie müssen mit uns nach Hause fahren. Wenn Sie nicht zu ihrem Mann zurückkehren können, sind da immer noch Ihre Eltern und Ihre Schwester.«

Sie hatte natürlich recht. Je mehr ich darüber nachdachte, um so klarer wurde mir, daß ich mit ihr und Geoffrey nach Hause zurückkehren und mir in der Zwischenzeit einen Schlachtplan zurechtlegen mußte.

Wir setzten unsere Unterhaltung fort, bis Geoffrey nach Hause kam.

»Wir brechen Ende der Woche auf«, sagte er.

Er hörte sich meine klägliche Geschichte an und stellte fest, daß ich selbstverständlich mit ihnen nach Hause zurückkehren müsse. Ich umarmte die beiden gerührt und sagte, ich hätte es nicht verdient, so gute Freunde zu haben.

Ich blieb über Nacht dort und kehrte am nächsten Morgen in Jacques' Haus zurück und packte meine Kleider zusammen. Ich hoffte fortgehen zu können, ohne Jacques noch einmal zu sehen, aber er kam gerade, als ich fertig war.

»Ich gehe«, sagte ich.

Ich hatte das Gefühl, eine gewisse Erleichterung in seinem Gesicht zu sehen.

»Wie du willst«, erwiderte er.

»Ich fahre nach Hause.«

»Das ist sicher klug.«

Ich verspürte ein gewisses Triumphgefühl, weil ich ihn nicht mehr liebte. Ich wollte die ganze Episode nur noch vergessen. Wenn er doch bloß nie nach Cornwall gekommen wäre! *Es schreibt die flüchtige Hand …*«

Aber zumindest hatte ich mich von ihm befreit. Irgendwie würde ich schon aus dieser Sache herauskommen. Und Violetta würde mir sicherlich helfen, wie sie es immer getan hatte.

»Du wirst Geld brauchen«, sagte er. »Deine Überfahrt …«

»Danke, ich komme schon zurecht.«

Er schien überrascht zu sein. Dann zuckte er charakteristischerweise nur mit den Schultern, eine Angewohnheit, die mich schon seit einiger Zeit ärgerte.

»Ich würde dir wirklich gern …«

»Nein, vielen Dank. Leb wohl.«

»*Bon voyage.*«

Und so verließ ich Jacques.

Violetta hatte einmal gesagt, daß schwache, unzuverlässige Menschen wie ich oft gerade im richtigen Augenblick jemanden finden, der ihnen hilft. So war es mit den Baileys. Ich habe seither häufig an jenen glücklichen Zwischenfall in diesem Antiquariat zurückgedacht. Und ich weiß wirklich nicht, was ich damals ohne die Baileys angefangen hätte. Mit Gewißheit werde ich ihnen immer dankbar sein – und was für ein Glück es doch war, daß sie in jenen Tagen Paris verließen!

Die erste Hürde war also ohne große Probleme genommen.

Die Züge hatten großenteils Verspätung, und wir kamen erst ziemlich spät in Calais an. Auch die Abfahrtszeiten der Fähren waren ungewiß.

»Es sieht so aus«, sagte Geoffrey, und das nicht zum ersten Mal, »als wären wir genau im richtigen Augenblick aufgebrochen.«

Wir mußten drei Stunden auf die Fähre warten.

»Auf diese Weise haben wir wenigstens reichlich Zeit zum Essen«, sagte Janet.

Wir gingen in das Restaurant in der Nähe des Hafens, und auf dem Weg dorthin kaufte Geoffrey eine Zeitung.

»Ich frage mich, ob es wohl etwas Neues gibt?« überlegte er, als wir uns hinsetzten und das Essen bestellten. Er schlug die Zeitung auf.

»Hitler unterzeichnet Nichtangriffspakt mit Sowjetunion. Das ist nicht gut. Das heißt, sein Angriff auf Polen wird nicht mehr lange auf sich warten lassen.«

»Und wenn er in Polen einfällt«, sagte Janet, »bedeutet das Krieg. England und Frankreich werden das nicht tatenlos hinnehmen.«

»Nun, wir sind ja Gott sei Dank auf dem Heimweg. Oh …« Er hielt inne und fuhr dann fort: »Es hat eine Mord gegeben … In der Rue du Singe ist eine Leiche gefunden worden.«

»Wo?« rief Janet.

»Im Quartier Latin. Ich erinnere mich, daß ich einmal dort gewesen bin. Seltsamer Name für eine Straße. Und keine besonders anheimelnde Gegend. Die Art Straße, durch die man nach Einbruch der Dunkelheit nur höchst vorsichtig gehen sollte. Aber ich fand den Namen so merkwürdig und habe mich in einem nahegelegenen Café danach erkundigt, warum man die Straße so genannt hat. Es hieß, ein Mann, der einen Affen besaß, hätte dort gelebt. Er hat ihn immer mit hinaus auf die Straße genommen, und die Leute hätten Geld in einen Hut geworfen, den er ihnen hinhielt.«

Dann fuhr er fort: »Es handelt sich um die Leiche eines Mannes … eines Monsieur Georges Mansard, Weinhändler aus Bordeaux.«

Ich starrte Geoffrey fassungslos an.

»Was?« sagte ich. »Darf ich mal sehen?«

»Sie sehen ziemlich erschrocken aus, mein Kind«, sagte Janet.

»Ich habe ihn flüchtig gekannt. Er war ab und zu bei uns. Jacques hat seinen Wein von ihm bezogen.«

»Es ist immer ein Schock, wenn es jemanden trifft, den man kennt. Man glaubt immer, so etwas passiert nur Fremden.«

Ich war sehr erschüttert und fragte mich, wer wohl den freundlichen, harmlosen Georges Mansard getötet haben mochte.

Es war schon ziemlich spät, als wir an Bord der Fähre gingen. Eingehüllt in eine dicke Wolldecke, saß ich mit den Baileys an Deck und mußte unaufhörlich an Georges Mansard denken, wie er da auf dieser Straße lag … tot … mit einer Kugel im Herzen, hatte in der Zeitung gestanden. Wer hatte ihm das angetan, fragte ich mich? Ging es um eine Liebesaffäre … War es ein eifersüchtiger Ehemann gewesen? Man konnte sich nur sehr schwer vorstellen, daß Georges in etwas derartiges verwickelt gewesen sein sollte.

Dann beschäftigte ich mich mit der Frage, was ich tun sollte, wenn wir nach Hause kamen. Am besten fuhr ich, sobald wir Dover erreicht hatten, weiter nach London, von wo aus ich nach Caddington telefonieren konnte, denn dort hielt sich Violetta wahrscheinlich auf, und ich wollte sie um Rat fragen, bevor ich mit irgendeinem anderen Menschen sprach. Es wurde für sie alle ein schrecklicher Schock sein, feststellen zu müssen, daß ich von den Toten zurückgekehrt war, und ich brauchte Violettas Hilfe wie noch nie zuvor.

Angenommen, meine Mutter ging ans Telefon? Konnte ich mit ihr sprechen? Ich konnte meine Stimme verstellen und nach Violetta fragen. Ich würde sie bitten, zu mir zu kommen, bevor ich irgend etwas unternahm. Doch ich war mir ziemlich sicher, ich würde den Hörer auflegen, ohne mich zu melden, wenn meine Mutter oder mein Vater ans Telefon gingen.

Wir waren jetzt fast zu Hause. Es war eine ruhige Nacht, und ich konnte bereits die weißen Felsen Dovers in der Ferne erkennen. Es würde jetzt nicht mehr lange dauern, bis sich der Vorhang vor dem nächsten Akt in meinem Drama hob.

Die Baileys bestanden darauf, mich mit zu sich nach Hause zu nehmen, bis ich mir endgültig darüber im klaren war, was ich tun wollte. Sie hatten ein schönes Haus in einem Vorort namens Bushey, der früher zu Watford gehört hatte und beinahe ein Vorort von London war, denn das ganze Gebiet bis zur Hauptstadt war dicht bebaut.

»Ziemlich bequem, wenn man in der Stadt zu tun hat«, bemerkte Geoffrey.

Ihre Tochter war mit ihrem Mann dort, und ich wurde als eine Freundin vorgestellt, die sie in Paris kennengelernt hatten und mit ihnen zurückgereist war.

Mit Janets Hilfe gelang es mir, peinlichen Fragen auszuweichen, und da der unmittelbar bevorstehende Ausbruch des Krieges alle anderen Themen unwichtig erscheinen ließ, war das auch nicht weiter schwierig.

Ich verbrachte eine ziemlich unruhige Nacht im Gästezimmer der Baileys, und am Morgen stand mein Entschluß fest: Ich würde in Caddington anrufen und Violetta bitten, herzukommen, damit wir alles weitere zusammen planen konnten.

Als ich am nächsten Morgen den Telefonhörer in der Hand hielt, zitterte ich am ganzen Leib, innerlich darauf gefaßt aufzulegen, wenn jemand anders als Violetta das Gespräch annahm … selbst wenn es meine Eltern gewesen wären … Obwohl es gewiß schrecklich für mich sein würde, wenn ich an all die Liebe dachte, mit der sie mich mein ganzes Leben lang überhäuft hatten. Aber ich konnte ihnen einfach noch nicht gegenübertreten, konnte ihnen unmöglich die Wahrheit sagen. Sicherlich wäre es etwas anderes gewesen, wenn ich einfach nur mit einem anderen Mann weggelaufen wäre, aber die Tatsache, daß ich sie glauben ließ, ich sei tot, war unverzeihlich.

Ja, ich mußte zuerst mit Violetta sprechen.

Am anderen Ende der Leitung meldete sich eine Stimme – es ist erstaunlich, was für ein Wechselbad der Gefühle man binnen einer einzigen Sekunde erleben konnte.

»Caddington Hall«, sagte die Stimme, und ich wußte sofort, daß es Amy war, eines der Mädchen. Zuerst war ich erleichtert und dann voller Angst, denn da ich ihre Stimme erkannt hatte, war es gut möglich, daß sie auch meine Stimme erkennen würde, daher nahm ich einen französischen Akzent an.

»Könnte ich bitte mit Mademoiselle Denver sprechen ... Mademoiselle Violetta.«

»Mrs. Violetta ist im Augenblick nicht hier.«

»Nicht da?«

»Nein. Sie ist nach Cornwall gefahren.«

»Oh ... ähm ... vielen Dank.«

Ich legte auf.

Natürlich, sie war in Cornwall. Ich hatte sie schließlich gebeten, sich um Tristan zu kümmern, falls ich nicht dort war. Darum hatte ich sie damals gebeten, als mir klar geworden war, daß ich eine schlechte Besetzung für die Mutterrolle war, während Violetta diese Rolle vollkommen ausgefüllt hätte. Mein kleiner Tristan würde sie in seinem Leben dringend brauchen. Und genau so war es ja auch gekommen!

Also war sie bei ihm. Und was sollte ich jetzt tun? Ich mußte nach Cornwall. Ich mußte mit Violetta sprechen. Sie würde mir helfen, alles weitere zu entscheiden.

Ich verbrachte eine weitere rastlose Nacht, in der ich versuchte herauszufinden, wie ich die Sache am besten angehen konnte. Ich entwickelte einen Plan: Natürlich würde ich Violetta die Wahrheit sagen müssen, und anschließend mußten wir uns dann zusammen etwas ausdenken.

Mir kam die Idee, daß ich bei einem frühmorgendlichen Badeausflug bewußtlos geworden sein konnte. Dann hatte mich ein Fischerboot aus dem Wasser aufgelesen. Ich hatte das Gedächtnis verloren und vor wenigen Tagen erst wiedergefunden. Da ich wußte, daß mich alle für tot halten würden und daß meine Rückkehr ins Leben einen Schock für sie bedeuten würde, mußte ich zuerst mit Violetta sprechen; sie würde es den anderen schonend beibringen. Mein ganzes Leben lang hatte ich mich immer, wenn ich in der Klemme saß, hilfesuchend an Violetta gewandt. Und ich war mir sicher, sie wird einen Ausweg für mich finden.

Ich hatte den Baileys erklärt, daß meine Schwester in Cornwall sei und daß ich zuerst mit ihr sprechen wolle und deshalb sofort zu ihr fahren müsse.

Am nächsten Tag brach ich auf. Ich würde am Abend ankommen, wenn nicht mehr so viele Leute unterwegs waren. Man durfte mich nicht erkennen. Natürlich würde niemand erwarten, mich zu sehen, aber viele Leute hatten mich gekannt, als ich auf Tregarland lebte, und ich konnte mir vorstellen, was die Leute reden würden, wenn ich so plötzlich wieder auftauchte.

Mir war klar, daß ich nicht direkt nach Tregarland gehen konnte, wo Violetta war. Wo sie sich um Tristan kümmerte.

Dann kam mir ein verrückter Gedanke. Ich erinnerte mich an eine Mrs. Pardell, die in West-Poldown an einem ziemlich einsamen Platz auf den Klippen lebte. Sie war die Mutter von Dermots erster Frau, und Violetta hatte sich mit ihr angefreundet, als sie versuchte, die Wahrheit über meine Vorgängerin herauszufinden.

Violetta hatte gesagt, sie sei eine schroffe und ehrliche Landfrau, wie man sie vor allem im Norden findet, und sie war fest davon überzeugt gewesen, daß man ihre Tochter ermordet hatte – wobei sie allerdings den armen Dermot im Verdacht hatte, der nicht einmal einer Fliege etwas zuleide tun konnte.

Ich kam wie geplant am Spätnachmittag in Poldown an. Als erstes wollte ich mich an Mrs. Pardell wenden und ihr erzählen, daß ich Angst hatte, nach Tregarland zu gehen. Wenn sie glaubte, daß Dermot seine erste Frau ermordet hatte, würde sie sicher Verständnis für die Befürchtungen seiner zweiten Frau haben. Ich würde ihr das Märchen mit dem Gedächtnisverlust auftischen – inzwischen hatte ich mir noch ein paar zusätzliche Einzelheiten für meine Geschichte ausgedacht – und ich würde sie um Rat fragen. Die Leute fanden es herrlich, um Rat gefragt zu werden. Es gab ihnen das Gefühl, sehr klug zu sein.

Genau das tat ich dann auch, und zu meiner gewaltigen Erleichterung, in die sich auch ein gutes Maß Überraschung mischte, funktionierte mein Plan.

Ich klopfte an ihre Tür; sie öffnete mir und sah mich argwöhnisch an. Dann veränderte sich ihr Gesichtsausdruck plötzlich. Sie hatte mich erkannt.

»Haben Sie keine Angst«, sagte ich. »Ich bin kein Geist.«

Sie schien unfähig zu sprechen. Dann sagte sie: »Sie sind Mrs. Tregarland … die zweite, meine ich.«

»Das ist richtig. Ich habe mein Gedächtnis verloren. Ich kann alles erklären und würde Ihnen gern davon erzählen. Ich weiß, Ihnen kann ich vertrauen.«

Das war noch so ein Punkt. Die Leute hatten es gern, wenn man ihnen vertraute.

»Es ist alles so schwierig«, fuhr ich fort. »Aber ich weiß, sie werden mir helfen.«

Die Leute wurden gern um Hilfe gebeten und gewährten diese Hilfe auch gern – wenn es nicht zu unbequem für sie war.

»Sie sollten besser hineinkommen«, sagte sie.

Ich konnte sehen, daß sie sich ein wenig unwohl dabei fühlte, möglicherweise einen Geist über ihre Schwelle zu lassen, aber sie war entschlossen, sich an ihren nordenglischen gesunden Menschenverstand zu halten und sich ›keine Sekunde lang um diesen Geisterunsinn zu scheren‹.

Sie war wirklich tapfer, und ich muß sagen, ihre Haltung war bewundernswert.

Kurz darauf wurde ich in ein Wohnzimmer geführt und bekam einen Platz neben einem Bild von der ersten Mrs. Tregarland angewiesen – einem hübschen Mädchen mit sehr fraulichen Zügen. Eine gute Kameradin, dachte ich. Fröhlich und unbedarft, genau richtig, um Kundschaft in den Gasthof zu locken, in dem sie vor ihrer Hochzeit als Barmädchen gearbeitet hatte. Der arme Dermot! Er war damals noch sehr jung gewesen.

Ich erzählte meine Geschichte: Ich war also eines Tages schwimmen gegangen, hatte das Gedächtnis verloren und war ein Stück weiter die Küste hinunter in einem Krankenhaus aufgewacht. Ich konnte mich nicht daran erinnern, wo oder wer ich war.

»Nun, es war eine furchtbare Aufregung, als Sie verschwanden. Ihre Schwester war tief betrübt. Ich schätze, sie wird sich freuen, wenn sie erfährt, daß Sie wieder da sind. Sie sollten am besten gleich zu ihr gehen.«

»Ich möchte aber zuerst mit ihr allein sprechen und ihr alles unter vier Augen erklären. Ich bin sehr unentschlossen,

Mrs. Pardell. Es wird ein großer Schock für sie sein, und ich habe ein wenig Angst, was meinen Mann betrifft.«

Sie schwieg und sah mich mit seltsamen Gesichtsausdruck an.

Ich sagte: »Ich habe Angst zurückzukehren … Angst …«

»Ich weiß, was Sie meinen«, sagte sie. »Dieses Haus hat etwas Seltsames an sich. Aber vor ihm brauchen Sie keine Angst mehr zu haben. Er hat seine wohlverdiente Strafe erhalten, jawohl, das hat er.«

»Was meinen Sie damit, Mrs. Pardell?«

»Er ist tot. Vom Pferd gefallen. Das machte ihn zum Krüppel … ohne Hoffnung auf Besserung. Dann nahm er zu viele Tabletten. Einige meinten, es sei ein Unfall gewesen, andere sagten, er hätte es absichtlich getan. Sicher läßt sich das nicht sagen.«

Ich konnte nicht sprechen; ich war zu entsetzt. Immer wieder dachte ich: Es ist meine Schuld. Oh, mein armer Dermot. Du bist vom Pferd gefallen, und ich war nicht da, und du bist gestorben. Wie viel besser es gewesen wäre, wenn du nie im deutschen Wald Urlaub gemacht hättest! Wie viel besser es für uns alle gewesen wäre!

»Nun«, fuhr Mrs. Pardell fort, »er starb … und dann gab es großes Theater wegen dieser Haushälterin … oder war sie gar keine Haushälterin? Das wußte niemand so richtig … Irgendeine Verwandte oder so etwas. Hat den Verstand verloren. Mußte weggebracht werden. Und jetzt ist sie in Bodmin. Tregarland erlitt eine Tragödie nach der anderen.«

Ich dachte: Wie kann ich ihnen jetzt gegenübertreten … Auch nur Violetta? Sie wird mich für alles verantwortlich machen. Das ändert die Situation.

Ich hatte vorgehabt, ihnen die Geschichte mit dem Gedächtnisverlust aufzutischen. Niemand außer Violetta sollte je etwas von Jacques erfahren, denn ich hatte vorgehabt, mich zu bessern und Dermot bis an mein Lebensende eine gute Frau zu sein. Jetzt … war er tot.

»Das alles ist so schwierig für mich«, stammelte ich. »Es ist ganz anders, als ich erwartet hatte. Ich weiß nicht, wie ich Ihnen jetzt gegenübertreten soll … nicht einmal meiner Schwester.«

»Ihre Schwester ist ein nettes, vernünftiges Mädchen.«

»Ich weiß'... Aber selbst sie ... nach alledem. Mein Mann ... tot.«

»Nehmen Sie es sich nicht so zu Herzen. Ich werde nie glauben, daß er beim Tod meiner Tochter nicht doch irgendwie die Hand im Spiel hatte.«

»Nein ... nicht Dermot. Er hätte niemals irgend einem Menschen etwas antun können.«

»Nun, er war ihr Mann. Da ist es wohl nur natürlich, daß sie ihn verteidigen.«

»Mrs. Pardell, dürfte ich wohl eine Weile hierbleiben? Ich habe etwas Geld. Angenommen, ich würde eine Woche bleiben? Ich werde für alles bezahlen. Ich muß darüber nachdenken, welchen Schritt ich als nächstes tun soll.«

Sie zögerte einen Augenblick, dann sagte sie: »Bitte, seien sie herzlich willkommen.«

»Oh, vielen Dank. Ich brauche nur ein paar Tage. Ich könnte jetzt nicht einmal meiner Schwester gegenübertreten ... nicht sofort jedenfalls, ich muß nachdenken ...«

Wenn ich nun auf jene Zeit zurückblicke, kann ich nicht mehr genau sagen, in welcher Reihenfolge die Dinge geschahen. Ich überdachte meine Pläne und legte mir zurecht, was ich Violetta sagen wollte. Ich würde meinen ganzen Mut brauchen, um mit ihr zu reden. Die Nachricht von Dermot Tod hatte mir auch noch den letzten Rest meiner Entschlossenheit geraubt.

Ich war in Panik und fühlte mich elend und beschämt. Wieder und wieder mußte ich an Dermot denken, wie er ausritt ... ohne sich irgendeiner Gefahr bewußt zu sein, stellte ich mir vor, denn er hatte sich im Sattel stets zu Hause gefühlt. Mrs. Pardell hatte eine dunkle Andeutung gemacht, daß er getrunken habe. O Dermot, dachte ich, was habe ich dir angetan?

Ich sehnte mich so sehr danach, mit Violetta zu sprechen, während ich mir gleichzeitig nicht sicher war, ob ich ihr ins Gesicht sehen konnte.

Eines Tages war ich dann allein zu Haus. Mrs. Pardell war zum Einkaufen nach West Poldown gegangen. Für mich war es ein glücklicher Umstand, daß sie eine Einzelgängerin und höchst verschwiegen war – sie würde in der Stadt nichts ausplaudern. Sie galt als ›Fremde‹ in dieser Gegend, da sie nicht einmal aus Südengland kam, und so rangierte sie sogar noch hinter mir. In schwierigen Zeiten ist man geneigt, selbst für Kleinigkeiten dankbar zu sein.

Es klopfte an der Tür, und ich erschrak. Mrs. Pardell hatte nicht ein einziges Mal Besuch gehabt, seit ich bei ihr wohnte. Ich sah aus dem Fenster meines Schlafzimmers, und die Gefühle überwältigten mich, denn unten stand Violetta.

Das war der Augenblick, auf den ich gewartet hatte, und doch blieb ich stocksteif stehen. Panik überwältigte mich. Ich konnte mich nicht von der Stelle rühren, obwohl ich nur darauf gewartet hatte, sie endlich wiederzusehen. Und jetzt, da sich die Gelegenheit dazu ergab, bekam ich es mit der Angst. Ich war nicht vorbereitet. Ich sah immer noch den unglücklichen Dermot vor mir, mit gebrochenem Herzen, wie er zuviel trank, wie er in einer besonders verwegenen Stimmung sein Pferd aus dem Stall holte und sich dann verletzte – und wie er später seinem Leben ein Ende machte.

Das war *meine* Schuld. Ich stand am Fenster und sagte zu mir: Noch nicht.

Sie klopfte abermals. Ich zitterte. Ich wollte nach unten gehen und mich in ihre Arme werfen. Aber ich tat es nicht. Ein wenig später sah ich sie weggehen, und gleich nachdem sie fort war, wäre ich am liebsten hinter ihr hergelaufen.

Wie dumm ich doch war! Was würde Mrs. Pardell denken, wenn ich es ihr erzählte? Ich stand da, klammerte mich an die Vorhänge und verfluchte mich. Ich hatte die beste Gelegenheit, die sich mir je bieten würde, einfach verscheiden lassen.

Ich erzählte Mrs. Pardell nichts davon. Sie hätte mich verachtet und für einen Feigling gehalten, und zwar mit Recht.

Das war nicht die einzige Dummheit, die ich beging. Aus Angst, daß man mich sehen und erkennen könnte, hatte ich tagsüber keinen Schritt aus dem Haus gemacht. Aber nach einer Weile wurde ich so unruhig, daß ich es einfach nicht mehr ertragen konnte, länger im Haus zu bleiben, da ich mich wie in einem Käfig fühlte. Meine eigene Torheit und Feigheit hatten mich zu einer Gefangenen gemacht. Ich mußte nach draußen. An einem Nachmittag, als es schon ziemlich spät war, verließ ich in einem Anfall von Leichtsinn das Haus. Es war ein unglückseliger Zufall, daß ich auf einem der Klippenpfade mich plötzlich einem Mädchen aus Tregarland gegenübersah. Aber zumindest war ich so vorausschauend gewesen, mir einen Schal um den Kopf zu binden.

Zu meinem Entsetzen wurde mir klar, daß sie mich erkannt hatte, denn sie erbleichte und starrte mich an. Sie hielt mich für einen Geist, das war unübersehbar. Ich versuchte, ausdruckslos und unirdisch auszusehen und starrte einen Punkt hinter ihr an und ging an ihr vorbei.

Ich wußte, sie würde nach Tregarland zurückkehren und erzählen, sie habe meinen Geist gesehen. Und was würde Violetta denken? Sie konnte dem Mädchen natürlich nicht glauben, aber sie würde wieder anfangen, an mich zu denken, und ich wußte, die Trauer um mich würde aufs neue aufbrechen.

Ich kehrte in das Cottage zurück. Die ganze Nacht lag ich in meinem Bett und warf mich unruhig von einer Seite zur anderen – so konnte es nicht weitergehen. Ich bat Mrs. Pardell, an Violetta zu schreiben und sie herzubitten. Das erschien mir vernünftig.

Sie erklärte sich dazu bereit.

Und so sah ich Violetta schließlich wieder.

Ich erinnere mich noch an jede Einzelheit dieser Begegnung. Ich öffnete die Tür und stand vor ihr. Niemals werde ich ihren Blick vergessen, das Staunen, die Ungläubigkeit und das plötzliche Aufflackern von Freude, als ihr klar wurde, daß ich lebte.

Wie immer brachte Violetta mich auf den richtigen Weg. Als erstes mußte ich ihr die Wahrheit sagen, und sie stimmte mir zu, daß das etwas war, das um unser allen willen nicht bekannt werden durfte. Das Leben würde unerträglich für uns sein, wenn solche Geschichten in der Nachbarschaft herumerzählt wurden, und die Leute würden sicherlich die Geschichte im Laufe der Zeit mit immer ungeheuerlicheren Einzelheiten ausschmücken. Man mußte an Tristan denken – er durfte nicht in einen Skandal verwickelt werden.

Violetta fand mit ihrem Sinn fürs Praktische bald eine Lösung. Sie meinte, es sei lächerlich zu behaupten, man hätte mich von unserem Teil der Küste weg und nach Grimsby gebracht. Wenn ich schon von einem Fischerboot aufgenommen worden sei, mußte es ein kornisches gewesen sein. Man hätte mich sofort erkannt, in das Krankenhaus von Poldown gebracht und – Gedächtnisverlust hin oder her – Tregarland verständigt.

Schließlich einigten wir uns, daß das Märchen vom Gedächtnisverlust bleiben mußte, aber Violetta meinte, ich müsse von einer Yacht aufgelesen worden sein, deren Besitzer unterwegs nach Nordengland waren. Sie waren vorher in Spanien gewesen. Ihnen wurde nicht sofort klar, daß ich mein Gedächtnis verloren hatte, und als sie es schließlich begriffen, waren wir bereits an der Nordküste. Also brachten sie mich dort in ein Krankenhaus.

»Die Geschichte ist nicht sehr gut«, sagte sie, »aber sie muß genügen.«

Sie arrangierte alles, wie sie es immer getan hat. Meine Eltern kamen sofort nach Tregarland, denn sie mußten die Wahrheit wissen. Allen anderen erzählten wir unser Lügenmärchen.

Violetta sagte, man hätte uns eine solch unglaubliche Geschichte niemals abgenommen, wäre nicht die Tatsache gewesen, daß ungefähr zu dieser Zeit der Krieg erklärt wurde und die Leute Wichtigeres im Kopf hatten als die Eskapaden einer untreuen Ehefrau.

Ich hatte mir alle Mühe gegeben, den Zwischenfall mit Jacques zu vergessen, so wie ich mit all den anderen unerfreulichen Zwischenfällen in meinem Leben verfahren war. Es ist eine tröstliche Angewohnheit, die ich über lange Jahre kultiviert habe.

Und dann ... stand er plötzlich vor mir, an unserer Küste mitten in der Nacht, in Begleitung einer Schwester, von der ich noch nie zuvor gehört hatte.

Violetta

Verdacht

Die Ankunft der französischen Flüchtlinge hatte in den beiden Poldowns – West und Ost – große Aufregung zur Folge. Sie wurden willkommen geheißen, da sie unsere Verbündeten waren, die der deutschen Tyrannei mit dem Ziel entflohen waren, zu uns zu stoßen und uns bei unseren Kriegsanstrengungen zu unterstützen.

Mir wäre es lieber gewesen, sie wären irgendwo anders angekommen und nicht gerade an unserem Küstenabschnitt, denn ich sah ja, welche Wirkung das Auftauchen ihres Liebhabers, den sie vor nicht allzu langer Zeit verlassen hatte, auf Dorabella hatte. Sie war zutiefst beunruhigt, obwohl er sich als nonchalant genug erwies – als ob es für ihn etwas ganz alltägliches sei, eine verflossene Liebe zu treffen.

Gordon Lewyth in seiner praktischen Art half uns. Er brachte in Erfahrung, wo General de Gaulles Hauptquartier war, und kurz darauf verließ Jacques uns. Simone blieb. Sie wollte irgendeine Arbeit aufnehmen, und Gordon sah sich um, um etwas für sie zu finden.

Damals hatten alle das Gefühl, etwas tun zu müssen, weil die Lage Woche für Woche immer bedrohlicher wurde. Inzwischen bombardierten die Deutschen England, und mit besonderer Heftigkeit richteten sich die Angriffe gegen London. Und wir alle wußten – selbst wenn der Premierminister es uns nicht eigens mitgeteilt hatte –, daß der Feind versuchte, zur Vorbereitung der Invasion unsere Luftverteidigung zu zerstören.

Wir mußten also auf alles gefaßt sein.

Ich besuchte Mrs. Jermyn häufig, und wir waren einander ein großer Trost. Wie niemand sonst es vermocht hätte, teilten wir unsere Befürchtungen um Jowan, und wir beide weigerten uns zu glauben, daß er tot war.

Normalerweise besuchte ich sie zum Tee, der von ihrem Mädchen serviert wurde, Morwenna, genau wie immer, obwohl das Gebäck jetzt ohne Butter gebacken und der Tee etwas schwächer war als früher; und wenn wir über Jowan sprachen, war es, als ob er irgendwo in der Nähe sei und jeden Augenblick zu uns hereinkommen würde.

Mrs. Jermyn überließ sich nicht dem Selbstmitleid. Sie hielt bei sich – und bei mir – die Überzeugung aufrecht, daß er eines Tages heimkommen würde.

Als sie von der Ankunft Jacques' und seiner Schwester hörte, lud sie die beiden zu sich ein, denn sie erinnerte sich noch daran, daß Jacques vor dem Krieg zum Malen hiergewesen war.

Sie fragte auch Dorabella, die sich aber unter dem Vorwand, bereits anderswo eingeladen zu sein, entschuldigte, denn natürlich mied sie die Gesellschaft von Jacques, so weit sie konnte.

Wir sprachen – wie sollte es anders sein – über die ganze gräßliche Situation. Mrs. Jermyn hatte Verständnis dafür, daß Jacques und Simone nicht in Frankreich unter Petain leben wollten, der nicht nur kapituliert hatte, sondern sogar so weit gegangen war, dem Feind zu helfen. Und sie meinte auch, die einzige Möglichkeit, etwas zu tun, bestehe darin, nach England zu kommen und sich de Gaulle anzuschließen.

»Und Sie, meine Liebe«, sagte sie zu Simone, »man sagt, daß Sie eine Arbeit suchen. An was hatten Sie denn gedacht?«

Simone erwiderte, daß sie gern überall helfe, wo Not am Mann sei, ganz gleich, worum es sich handele. Vielleicht fände sie etwas in einer Munitionsfabrik. »Mr. Lewyth … ist sehr freundlich. Das ist er doch, Jacques?« sagte sie.

Jacques antwortete, daß Mr. Lewyth ein Mann mit großen Kenntnissen und in der Tat sehr freundlich sei.

»Wie würde es Ihnen denn gefallen, auf dem Land zu arbeiten?« fragte Mrs. Jermyn.

»Auf dem Land?« sagte Simone. »Was heißt ›auf dem Land‹?«

»In der Landwirtschaft. Da sich so viele Männer freiwillig gemeldet haben, werden dafür jetzt Mädchen gesucht. Und ich habe gehört, daß Sie sich dabei ganz gut machen. Wäre das nichts für Sie?«

»In der Landwirtschaft ...« Sie zog die Augenbrauen hoch und blickte Jacques fragend an.

»Wäre es denn hier ... in dieser Gegend?« fragte er.

»Ich denke schon. Ich weiß, daß unser Verwalter, Mr. Yeo, nach Ersatz für einen Mann sucht, der gerade eingezogen worden ist.«

Jacques sagte: »Hier zu arbeiten ... auf diesem Gut ... auf Jermyn ... das wäre doch sehr schön, nicht wahr, Simone?«

»O ja. Wenn ich ... diese Landarbeit tun kann. Ich brauche ja einen Lebensunterhalt ... Wir konnten ja kaum etwas mitbringen, Sie verstehen?«

»Aber natürlich. Ich sage Ihnen, was Sie tun werden. Nach dem Tee werde ich nach Mr. Yeo schicken. Er hatte leichte Bedenken wegen der Landarbeiterinnen, fürchte ich, aber das ist nur natürlich, nicht wahr, Violetta? Wir werden mit ihm sprechen und dann entscheiden.«

»Bald werden wir es gar nicht mehr zu entscheiden haben«, sagte ich. »Man spricht davon, die Frauen genauso einzuziehen wie die Männer. Man wird ihnen dann passende Tätigkeiten zuweisen, nehme ich an.«

»Also, Mademoiselle«, sagte Mrs. Jermyn zu Simone, »Sie müssen mit Mr. Yeo sprechen.«

Es war erstaunlich, wie gut sich alles traf. Mr. Yeo war sich sicher, daß er Simone irgendwo unterbringen konnte, und kurz nachdem die Dubois' an unserem Strand gelandet waren, hatte sich Jacques der Armee des freien Frankreich angeschlossen, und Simone arbeitete auf dem Gut Jermyn.

Dorabella hatte mir zu verstehen gegeben, sie sei erleichtert, daß Jacques nicht in der Nachbarschaft blieb.

»Hattest du Angst, er könnte vielleicht deine Leidenschaft wiederbeleben?« fragte ich.

Ich war beunruhigt, weil sie nicht sogleich antwortete. Sie schien mir etwas anvertrauen zu wollen. Aber dann sah ich diesen bestimmten Blick in ihren Augen: Sinnlos zu versuchen, es Violetta zu erklären. Sie würde es doch nie verstehen.

Dann sagte sie: »O nein, nichts dergleichen.«

Aber mir war nach wie vor etwas unwohl bei der ganzen Geschichte, und ich fürchtete, daß sie weiterhin in seinem

Bann stand, obwohl sie wußte, daß er ein Schürzenjäger und unbeständiger Liebhaber war.

Ich war sehr froh, als er endlich fort war.

Die Nachrichten von den Kriegsschauplätzen wurden immer niederschmetternder. Es zerriß uns fast das Herz, wenn wir von den furchtbaren Zerstörungen hörten, die in London angerichtet wurden. Und es gingen Gerüchte, daß auf der anderen Seite des Kanals zur Vorbereitung der Invasion Landungsboote gebaut würden.

Es war erstaunlich, wie sich die Menschen auf das Schlimmste einstellten. Ich glaube, als größte Bedrohung erschien es uns, den Feind im eigenen Land zu haben. Der Umgang der Menschen miteinander wurde im allgemeinen freundlicher; das war deutlich spürbar. Das Bewußtsein um das, was uns bevorstehen konnte, machte uns den Mitmenschen gegenüber großzügig und hilfsbereit.

Man berichtete vom Heldenmut der Londoner. Viele von ihnen hatten ihre Kinder fortgeschickt und sahen den Bombardierungen stoisch und mit grimmigem Humor entgegen.

Es war in der Tat eine denkwürdige Zeit, und ich wußte, daß ich sie niemals vergessen würde, solange ich lebte.

Und es gab immer noch keine Nachricht von Jowan.

Eines Tages, als ich zum Tee bei Mrs. Jermyn war, sagte sie zu mir: »Ihre Familie hatte doch diese Anlage in Essex. Im Ersten Weltkrieg hatten sie ein Lazarett daraus gemacht.«

»Ja, so war es. Meine Großmutter hat das damals organisiert, und meine Mutter hat auch geholfen. Sie hat uns oft davon erzählt.«

»Ich habe an uns hier gedacht. Vielleicht nicht ein Lazarett, aber viele der Männer brauchen vielleicht eine Gelegenheit, sich von ihren Krankheiten und Operationen zu erholen. Ich habe gedacht ... bei all dem Platz hier könnten wir einige von ihnen aufnehmen. Sie könnten sich hier erholen ... eine Art von Genesungsheim. Was halten Sie davon?«

»Wäre es nicht zu viel für Sie?« Ich mußte daran denken, daß sie selbst fast wie eine Invalide gewirkt hatte, als ich sie kennenlernte.

»Ich würde Hilfe benötigen. Und ich habe dabei an Sie gedacht.«

»Ja, natürlich!« rief ich. »Ich habe schon hin und her überlegt, welchen Beitrag ich leisten könnte. Man sagt, daß wir demnächst alle einberufen werden.«

»Meine Liebe«, sagte sie, »es wäre schwer für mich, wenn Sie fortgingen. Es ist mir eine große Hilfe, mit Ihnen zu reden, denn Sie kennen meine Gefühle. Sie verstehen …«

Sie meinte, daß wir beide Jowan liebten und daß wir den Glauben aufrechterhalten müßten, daß er lebendig zurückkehrte. Wir unterstützten uns gegenseitig dabei.

Ich sagte: »Es scheint mir eine ausgezeichnete Idee zu sein. Hier gibt es genug Schlafräume und ich bin mir sicher, es würde ein wunderbares Genesungsheim werden.«

»Das habe ich mir auch überlegt. Wir könnten uns von Ihrer Mutter ein paar Tips geben lassen, wie sie es damals gemacht haben.«

»Sie würde sich sehr freuen, wenn sie helfen könnte.«

»Sie und ich könnten das Heim zusammen betreiben. Und vielleicht würde auch Ihre Schwester gerne helfen.«

»Das würde sie sicherlich. Es ist eine wunderbare Idee.«

Wir waren begeistert von der Idee. Sie lenkte uns von der Angst davor ab, was uns wohl noch bevorstehen mochte – und was Jowan vielleicht zugestoßen war.

Wie dankbar ich für alles war, was in den nächsten Wochen getan werden mußte! Ich war jetzt ständig auf Jermyn Priory. Vertreter der Behörden kamen, um sich die Baulichkeiten anzusehen, und wir nahmen Verbindung mit dem Krankenhaus in Poldown auf. Es hatte den Anschein, als sie die Idee, ein Genesungsheim für Kriegsverwundete einzurichten, ausgesprochen willkommen.

Die Zimmer wurden vorbereitet, und wir erwarteten die Ankunft der ersten Kriegsversehrten. Die Jermyns hatten etwas Personal, das dableiben und beim Betrieb des Genesungsheims helfen würde statt zur Arbeit in Fabriken oder auf dem Land einberufen zu werden, wie es so vielen anderen erging. Zweifellos wurde der Betrieb eines solchen Heims auf Jermyn Priory als eine kriegswichtige Aufgabe angesehen.

Aber mitten in unseren Vorbereitungen geschah etwas sehr Tragisches.

Wie jeden Tag damals verließ ich morgens das Haus, um zu den Jermyns herüberzugehen, als Gordon mir plötzlich aus seinem Büro entgegenkam und mich bat, für einen Moment hineinzukommen.

Er war sehr ernst.

»Es gibt schlechte Neuigkeiten«, sagte er. »Die Eltern der Jungen, Mr. und Mrs. Trimmel … Ihr Haus ist getroffen worden. Es ist gestern nacht passiert.«

»O nein! Und …?«

Er nickte. »Beide waren auf der Stelle tot.«

»Wie entsetzlich! Die armen Jungen. Was wird aus ihnen werden?«

»Sie werden eine Weile hierbleiben … Nun, solange sie wollen. Ist es nicht tragisch? Mutter und Vater … so zu verlieren. Offensichtlich hatte der Vater von der Navy Heimaturlaub bekommen, so daß sie beide zu Hause waren.«

»Wir müssen es den Jungen sagen«, sagte ich.

Er blickte mich hilfesuchend an. »Das ist es ja, wovor ich Angst habe. Ich weiß nicht, ob ich es kann, Violetta. Und ich hoffte, Sie wüßten vielleicht besser, wie man das macht.«

Ich schwieg und dachte an die Jungen. Wie sollte man es ihnen beibringen? Es war wirklich offensichtlich, daß Gordon nicht der Richtige dafür war.

Ich überlegte. Dann sagte ich, es wäre vielleicht das beste, ich spräche zuerst mit Charley, dann könnten wir es Bert danach erklären. Charley war ein kluger Junge. Ich hatte immer den Eindruck, daß er viel reifer war, als er es nach seinem Alter hätte sein sollen. Manchmal glaubte man sogar, zu einem jungen Mann von achtzehn Jahren zu sprechen; und dann wirkte er wieder ganz wie ein Kind. Er würde seine Reife jetzt dringend brauchen.

Zögernd ging ich hinaus ins Kinderzimmer, wo mich Tristan mit überschäumender Freude begrüßte und auch Hildegarde, die Tristan immer alles nachmachte, ihre Freude über meine Ankunft zeigte.

Ich deutete Nanny Crabtree an, daß ich sie sprechen mußte und erzählte, was geschehen war.

»Die armen Würmer«, weinte sie. »Ich wünschte, ich hätte

diesen Hitler hier, dann würde ich ihm das gleiche antun, was er diesen kleinen Kindern angetan hat.«

Ich verabredete mit ihr, daß sie Charley ausrichtete, ich wollte mit ihm sprechen, wenn die Jungen aus der Schule kamen. Ich würde es ihm dann sagen und mit seiner Hilfe auch Bert – wenn es nicht sogar besser war, daß er es ihm allein mitteilte.

Als er schließlich kam, fühlte ich mich hundeelend, da ich auch immer noch nicht wußte, wie ich es ihm am besten sagen sollte.

Sein Gesicht strahlte vor Erwartung, und ich sagte zögernd: »Charley, es gibt da etwas, das ich dir sagen muß …«

Ich hielt inne. »Ja, Miss«, sagte er.

Ich biß mir auf die Lippen und wandte mich ab. Dann stammelte ich: »Es ist etwas passiert. Es ist sehr traurig. Du weißt, daß London schwer bombardiert worden ist?«

Er starrte mich an. »Ist es meine Mama … oder Tante Lil … oder sonst jemand?«

Ich sagte: »Charley, es ist dein Vater und deine Mutter. Dein Vater hatte Heimaturlaub …«

Er stand reglos da; er war sehr bleich geworden, und dann schoß ihm das Blut wieder in die Wangen.

»Charley, du weißt, wie furchtbar dieser Krieg ist …«

Er nickte. »Weiß Bert davon?« fragte er. »Natürlich nicht. Sie haben es zuerst mir gesagt.«

»Ja. Ich dachte, du weißt, wie wir es ihm am besten sagen.«

Er nickte.

»Charley, es tut uns allen sehr leid.«

»Wenn wir bloß dagewesen wären«, sagte er.

»Ihr hättet nichts für sie tun können, weißt du.«

»Warum waren sie nicht in einem von diesen Bunkern?«

»Ich weiß es nicht. Vielleicht erfahren wir es noch. Aber ich vermute, manchmal gehen die Luftangriffe schon los, bevor die Leute die Bunker erreichen können.«

Er nickte wieder.

»Dies ist jetzt euer Zuhause, Charley, das sollt ihr wissen. Mr. Lewyth wollte, daß ich dir das sage.«

Er schwieg einen Augenblick und sagte dann: »Ich muß es Bert erzählen.«

»Du weißt sicher, wie du es am besten machst.«

Er sah ratlos aus, und ich folgte einem plötzlichen Impuls, ging zu ihm hinüber und nahm ihn in die Arme. Ich hielt ihn ein paar Augenblicke lang fest. Obwohl er nichts merken ließ, spürte ich, wie froh er war, daß ich das getan hatte.

Dann ging er, um es Bert zu sagen.

Nanny Crabtree war an jenem Abend sehr lieb zu ihnen. Sie nannte Bert ›mein Schätzchen‹, wenn sie sich an ihn wendete.

Es waren seltsame Jungen. Ich glaube nicht, daß ihre Eltern ihnen jemals ihre Liebe besonders gezeigt hätten. Den ganzen Abend lang mußte ich an sie denken und ging noch einmal zu ihnen hinauf, nachdem sie zu Bett gegangen waren.

Als erstes schaute ich bei Charley herein – er war nicht da. Dann ging ich in Berts Zimmer. Charley war auf Berts Bett und hielt ihn in den Armen. Das Nachtlicht auf dem Tisch neben dem Bett brannte noch.

Charley sah mich fast aggressiv an, als ich hereinkam.

»Ich wollte noch einmal hereinschauen, wie es euch geht.«

»Gut«, sagte Charley schon fast herausfordern.

»Und Bert?« fragte ich. Es war klar, daß es Bert nicht ›gut‹ ging.

»Er konnte nicht einschlafen«, sagte Charley, um so seine Anwesenheit zu erklären. »Deswegen bin ich hergekommen, um mit ihm zu reden.«

Bert fing an zu weinen.

Charley sagte: »Es ist schon gut. Dies ist jetzt unser Zuhause. Sie hat es gesagt. Und es ist schön hier. Ist doch besser als in der Oban Street, oder vielleicht nicht?«

Ich setzte mich mit aufs Bett.

»Charley hat recht«, sagte ich. »Dies ist jetzt euer Zuhause. Ihr braucht euch um nichts Sorgen zu machen.« Ich nahm ihn in die Arme, und überraschenderweise sah er mich an. Mitfühlend strich ich ihm übers Haar.

»Ja«, beruhigte ich ihn, »es ist sehr traurig, und es tut uns allen sehr, sehr leid. Aber du bist jetzt hier, und Charley ist hier bei dir.«

Er nickte und drückte sich an mich.

Charley ließ sich wieder aufs Kissen fallen.

»Es ist schon gut, Miss«, sagte er. »Ich kümmere mich um ihn.«

Ich nickte, stand auf und ging leise aus dem Zimmer.

Ich traf Charley am nächsten Tag. Bert war nicht bei ihm, und Charley schien zu glauben, daß er mir Berts Benehmen am Vorabend erklären müsse.

»Er wird bald darüber hinweg sein«, sagte er. »Es war nicht besonders gut dort. Hier ist es besser. Das sage ich Bert. Unser Alter, der war ständig betrunken, und wenn er das war, dann setzte es was mit dem Gürtel … bei Bert mehr als bei mir. Und Mama, die hat immer nur an uns herumgenörgelt.«

»Armer Charley«, sagte ich. Er warf mir einen verächtlichen Blick zu und sagte: »Ich kam schon klar und habe mich um Bert gekümmert. Aber na ja, es war sowas wie sein Zuhause. Und er ist noch klein, deswegen geht ihm das Ganze so nah. Es war sein Zuhause, wissen Sie.«

Ich sagte, daß ich es verstehe.

»Es wird hier wirklich besser sein«, versicherte ich ihm. »Dafür werden wir sorgen. Du bist doch ganz gerne hier, oder?«

»Es ist schon in Ordnung«, sagte Charley widerwillig.

Ich dachte: Wir müssen dafür sorgen, daß es so bleibt. Er war ein guter Junge, dieser Charley. Es überraschte mich nicht, daß sein kleiner Bruder ihn bewunderte.

Mrs. Jermyn trieb ihren Plan voran. Es war nicht schwierig gewesen, Priory in die Art von Heim zu verwandeln, die sie im Sinne hatte, und sie hatte bereits ein halbes Dutzend Soldaten aufgenommen. Einige von ihnen gingen an Krücken, und andere mußten regelmäßig nach West Poldown ins Krankenhaus gebracht werden, damit ihre Wunden versorgt wurden, so daß wir viel zu tun hatten. Mrs. Jermyn hatte ihr Projekt mit solchem Enthusiasmus begonnen, daß sie um Jahre verjüngt schien. Ich konnte gar nicht glauben, daß sie die gleiche Frau war, der Jowan mich vor so langer Zeit vorgestellt hatte.

Dorabella, Gretchen und ich arbeiteten alle bei ihr. Dorabella war ein voller Erfolg bei den Soldaten. Man merkte sofort, wie gut es ihnen tat, wenn sie, wie es ihre Art war, mit ihnen scherzte und spaßeshalber ein wenig flirtete. Gretchen arbeitete hart, und ich, das muß ich sagen, desgleichen.

Wir waren alle ungeheuer enthusiastisch, und wir arbeiteten mit voller Unterstützung der Behörden.

Tom Yeo hatte auf dem Gut sofort eine Arbeit für Simone gefunden, und sie teilte sich jetzt einen Kotten mit der alten Mrs. Penwear. Das hatte sich ganz günstig so ergeben, weil Mrs. Penwear erst kürzlich Witwe geworden war und nicht gern allein wohnte. Sie war einige Jahre vor seinem Tod in Rente gegangen, und ihr war zugesagt worden, den Kotten behalten zu können, solange sie lebte.

Simone gefiel das Leben hier sehr gut. Sie war offensichtlich erleichtert, daß sie aus Frankreich heraus war, und eifrig darauf bedacht, alles in ihrer Kraft stehende zu tun, um zu Hitlers Niederwerfung beizutragen. Sie erwies sich als ein durch und durch freundlicher Mensch, und Mrs. Penwear war offensichtlich hocherfreut, ihr Zuhause mit ihr zu teilen. Abends, so erzählte Simone mir, redeten sie miteinander. Mrs. Penwear erzählte gern von den Leuten in der Nachbarschaft. Diese Gespräche waren eine große Hilfe für Simone, und ihr Englisch verbesserte sich spürbar. Alle waren sehr freundlich und zuvorkommend zu ihr. Und sie fanden es sehr mutig, daß sie mit ihrem Bruder den Kanal überquert hatte, und alle konnten auch verstehen, warum Simone nicht in ihrem eigenen Land hatte bleiben wollen und sich genötigt gefühlt hatte, nach England zu kommen, um mit dem wackeren de Gaulle zusammen dazu beizutragen, den Feind aus Frankreich zu verjagen.

Die meisten der Soldaten, die zu uns kamen, blieben zwei oder drei Wochen lang. Viele von ihnen wirkten wie Jungen, die man plötzlich einer schrecklichen Erfahrung ausgesetzt hatte und die dadurch in einen Zustand der Verwirrung geraten waren. Aber im allgemeinen waren sie unbekümmert und voller Lebensfreude.

Sehr deutlich erinnere ich mich an einen ziemlich ernsten

jungen Mann, für den ich mich besonders interessierte, weil er auch bei der Artillerie war und seine Ausbildung am Lark Hill absolviert hatte; ich dachte mir, er könnte vielleicht Jowan gekannt haben.

Er war nur leicht verletzt, am Bein, und ging am Stock. In einigen Monaten, so hoffte er, würde er den Stock nicht mehr brauchen.

Eines Tages traf ich ihn im Garten alleine an und gesellte mich zu ihm.

Ich sprach ihn an: »Sie werden uns bald verlassen.«

»Ich werde dieses Haus nie vergessen«, sagte er mir. »Es war eine frohe Zeit hier. So friedlich … weit fort von allem.«

»Das wohl kaum«, erwiderte ich. »Es ist doch eine einzige Betriebsamkeit, und dann das ständige Wachehalten wegen der Invasion.«

»Ach ja, das ist wohl wahr, aber wo könnte man diesem entsetzlichen Krieg ganz entgehen? Sie und die anderen jungen Damen und natürlich Mrs. Jermyn selbst haben hier wirklich etwas Großartiges auf die Beine gestellt.«

Wir schwiegen eine Weile, und dann sagte ich: »Habe ich Ihnen erzählt, daß mein Verlobter … drüben war?«

»Ja«, sagte er.

»Seit Dünkirchen sind jetzt schon einige Monate vergangen. Glauben Sie …?«

»Man kann es nie genau wissen. Einige von ihnen wurden gefangengenommen, andere sind vielleicht noch auf der Flucht. Es gibt einige gute, tapfere Leute drüben, die dieses hastige Flickwerk von einem Frieden hassen und im Untergrund arbeiten. Ich glaube, sie helfen anderen, über die Grenze auf neutrales Gebiet zu kommen … in der Schweiz zum Beispiel. Die Glücklichen, die es schaffen, könnten wieder zurückkehren … irgendwann.«

»Was ist mit den Soldaten, die gefangengenommen wurden?«

»Selbst die Deutschen sollten das Kriegsrecht respektieren und müßten sich bei der Behandlung der Gefangenen danach richten. Aber das hieße warten, bis der Krieg vorbei ist …«

»Glauben Sie, daß es möglich ist, daß jemand entkommt?«

»Alles ist möglich.«

»Glauben Sie wirklich, es ist vernünftig, noch zu hoffen? Bitte, sagen Sie mir die Wahrheit.«

Er sagte feierlich: »Ja, ich glaube, daß es guten Grund gibt zu hoffen. Woher sollen wir wissen, was drüben geschieht?«

Ich fühlte mich danach etwas getröstet und war davon überzeugt, daß Jowan irgendwo am Leben war und zurückkommen würde.

In der Nacht fand ich keinen Schlaf. Ich mußte immer an Jowan denken, der vielleicht in einem Kriegsgefangenenlager in Frankreich ... in Belgien ... in Deutschland saß. Es konnte in jedem dieser Länder sein. Vielleicht war er aber auch der Gefangennahme entgangen und versteckte sich bei irgendwelchen Franzosen, die für ihn sorgten und ihn in die Schweiz brachten.

Während ich so dalag, sah ich plötzlich ein Licht über den Himmel blitzen. Ich sprang aus dem Bett und blickte hinaus aufs Meer. Es war dunkel; aber dann sah ich wieder einen Lichtstrahl. Er blitzte auf und war dann wieder verschwunden.

Angesichts unserer Angst vor einer Invasion konnte ich diese Geschichte nicht leichthin abtun. Aber gleichzeitig fiel mir ein, welches Gelächter wir geerntet hatten, als wir einen Fischschwarm für die Invasionsarmee gehalten hatten. Ich war vorsichtig geworden.

Schnell zog ich mir etwas über und ging hinaus. Bis hin zum Horizont war nichts zu sehen. Ich wartete eine Weile und ging dann wieder zu Bett, konnte jedoch nicht einschlafen. Ich hatte diese Lichtblitze bestimmt gesehen.

Als ich zum Frühstück hinunterkam und Gordon traf, erzählte ich ihm, daß ich in der Nacht mehrere Male einen Lichtstrahl gesehen hätte.

»Merkwürdig«, sagte er. »Es könnten Blitze gewesen sein. Ich glaube nicht, daß eine Invasionsarmee uns mit Lichtsignalen ihre Ankunft ankündigen würde.«

»Nein. Deswegen habe ich ja auch keinen Alarm ausgelöst. Ich wollte mich nicht wieder lächerlich machen. Und da alles ruhig war, bin ich wieder zu Bett gegangen.«

»Es waren wohl mit Sicherheit Blitze.«

Aber es schien, als hätten auch andere die Lichter gesehen. Und wir beschlossen auch weiterhin, nächtliche Wachdienste einzuteilen, obwohl es inzwischen nicht mehr so wahrscheinlich schien, daß die Deutschen eine Invasion wagen würden.

Nach dem, was wir erfuhren, leisteten wir in der Luft starken Widerstand, und die Luftschlacht, welche zuerst gewonnen werden mußte, bevor eine Landung in Angriff genommen werden konnte, war noch nicht vorüber. Anders als die Franzosen hatten die Briten gezeigt, daß sie entschlossen waren zu kämpfen, ganz gleich, was es sie kosten würde.

Aber gleichwohl mußten wir auf der Hut sein.

Über diese nächtlichen Lichter wurde viel spekuliert.

Natürlich gab es Übertreibungen, aus den Lichtern wurden Signale, und es kam zu der unvermeidlichen Schlußfolgerung, daß es unter uns Verräter geben müsse, die dem Feind über See Botschaften zusandten.

Eines Tages kam Charley wieder einmal mit zerschundenem Gesicht und einem blauen Auge von der Schule heim.

Nanny Crabtree bekam ihn sofort zu fassen.

»Wieder eine Prügelei!« rief sie. »Eines Tages wird dir noch etwas zustoßen, junger Freund. Laß dir gesagt sein, ich werde das nicht dulden. Worum ging es denn diesmal?«

Charley sah sie störrisch an. »Hab mir den Kopf an einem Pfosten gestoßen«, sagte er mißmutig.

»Erzähl mir doch sowas nicht«, sagte Nanny Crabtree. »Du hattest eine Rauferei, so war es.«

Sie nahm ihm die Sache außerordentlich übel, aber Charley weigerte sich, darüber zu reden und fiel in Ungnade. Es überraschte mich, festzustellen, wie sehr ihn selbst das störte; aber er hatte nichts anderes für Nanny Crabtree übrig als diesen herausfordernden, beinahe unverschämten Blick, der sie so rasend machte.

»Ich will kein Kind, das mich so ansieht«, erklärte sie. »Er sagt nichts … sieht einen bloß an, als ob er alles wüßte und man selbst gar nichts. Und was kann man dagegen tun? Er hat einen ja *nur* angesehen. Und ich kann kein Kind ertragen, das lügt. Ist gegen einen Pfosten gelaufen, sowas!«

Armer Charley, er tat mir leid. Wie gleichgültig seine Eltern auch immer gewesen sein mochten, es war seine Familie gewesen, und jetzt war anscheinend niemand mehr da außer Tante Lil, für die er ganz offensichtlich nur wenig Respekt oder Zuneigung übrig hatte. Er hatte nichts als seinen kleinen Bruder, und es berührte mich sehr, wie er ihn schützte und für ihn sorgte. Ich mochte Charley gern und haßte es, wenn er mit Nanny Crabtree aufs Kriegsfuß stand.

Dann und wann besuchte ich Mrs. Pardell. Sie hatte sich bei Dorabellas Rückkehr als gute Freundin erwiesen, und ich wußte, daß sie sich freute, wenn ich bei ihr hereinschaute – obwohl ihr Wesen es nicht zuließ, diese Freude zu zeigen.

Sie war von leidenschaftlichem Patriotismus beseelt und strickte ständig Pullover und Wollmützen für unsere Soldaten; außerdem arbeitete sie einige Stunden pro Woche beim Roten Kreuz.

Sie gab mir ein Glas selbstgemachten Wein und erwähnte, als wir uns hingesetzt hatten, um etwas zu plaudern, die Lichter, die draußen über der See aufgeblitzt waren.

Ich sagte: »Mr. Lewyth meint, es seien wahrscheinlich Blitze gewesen.«

»Das könnte sein«, stimmte sie zu. »Aber andererseits *müssen* es keine gewesen sein.«

»Wenn es keine Blitze waren, was war es dann?«

Sie preßte ihre Lippen fest aufeinander und meinte dann: »Nun, ich nehme an, es könnte etwas dort draußen gewesen sein … ein Unterseeboot oder etwas in der Art … irgend etwas, das man nicht sieht und das trotzdem nah herankommen kann … und irgend jemand hat ihm vielleicht vom Land aus eine Botschaft gesendet.«

»Das ist mit Sicherheit nicht ausgeschlossen.«

»Heutzutage ist wohl alles möglich. Es gibt ein paar merkwürdige Leute hier in dieser Gegend, und die Lichter kamen aus ihrer Richtung. Daran sollten Sie denken und vielleicht noch eine Extrawache aufstellen.«

»Aber …« sagte ich.

»Nun«, fuhr sie fort, »Sie haben doch dieses deutsche Mädchen bei sich. Man kann nicht vorsichtig genug sein in diesen Tagen.«

»Aber Sie meinen doch nicht …«

»Nun, sie ist eine Deutsche. Man kann keinem von denen trauen. Kleine Hitlers, die meisten davon.«

»Gretchen!« rief ich. »Aber das ist völlig absurd. Sie haßt Hitler und Hitlers Regime. Er hat das Leben ihrer Familie zerstört.«

»Das mag ja sein, aber einmal eine Deutsche, immer eine Deutsche.«

Ich wußte aus der Vergangenheit, daß man Mrs. Pardell von einer einmal gefaßten Meinung nicht mehr abbringen konnte. Und ich war aufs äußerste verstört, denn ich vermutete, daß sie nicht die einzige war, der Gretchen verdächtig erschien. Ihr Akzent verriet sie überall, und seit der Episode mit den Lichtblitzen, die, wie man beobachtet hatte, aus der Richtung von Tregarland gekommen waren, hieß es: Da ist ja diese Deutsche.

Danach fiel mir auch auf, wie man Gretchen begegnete, wenn wir nach Poldown gingen. Ständig warf man ihr verstohlene Blicke zu.

Es war einfach lächerlich. Und ich konnte nur hoffen, daß Gretchen nichts davon merkte. Aber ich sah auch, daß es ganz unvermeidlich war. Die Leute wollten irgend jemanden verdächtigen, und natürlicherweise verfielen sie auf Gretchen.

Das bestätigte sich, als ich etwas später mit Bert Trimmel sprach.

Eines Tages traf ich ihn in der Nähe unseres Haupthofes. Er saß auf einem Zaunübertritt und hatte gerade irgendeine Kleinigkeit erledigt, die Gordon ihm aufgetragen hatte. Beide Jungen arbeiteten gern in unserem Hofbetrieb, besonders wenn es dabei um die Tiere ging.

Er wirkte bekümmert, fast den Tränen nah. Ich blieb stehen und sagte: »Hallo Bert. Was ist los?«

Er zögerte einen Augenblick und antwortete dann doch: »Nanny Crabtree mag uns nicht mehr leiden. Wird sie uns fortschicken?«

»Großer Gott, nein. Das würde sie niemals tun. Sie mag euch eigentlich sehr gerne.«

»Sie mag Charley nicht. Charley sagt, sie könnte uns fortschicken.«

»Das würde sie niemals tun. Wir würden es auch nicht zulassen, und sie würde es selbst nicht wollen. Sie mag nur keine Raufereien, und Charley erzählt ihr nicht, warum er sich trotz ihres Verbotes gerauft hat.«

»Charley war der Meinung, daß er es ihr nicht erzählen sollte, nicht wahr?«

Ich war inzwischen an die Ausdrucksweise der Jungen gewöhnt. Sie baten einen um die Bestätigung von Tatsachen, von denen man nichts wissen konnte. Ich hatte schon gemerkt, daß dies eigentlich keine Fragen waren. Es war nur eine Form der Mitteilung.

»Ihr was zu erzählen?« fragte ich.

»Worum es bei dem Kampf ging.«

»Warum?«

»Weil er nicht glaubte, daß es richtig wäre, oder?«

»Was, meinte er, sei nicht richtig?«

»Es ihr zu erzählen. Er sagte, daß es einige Dinge gebe, die man besser für sich behielte.«

»Bert, bitte erzähl es mir. Ich verspreche, daß ich es nicht weitersage, wenn es etwas ist, was man mir nicht hätte erzählen sollen.«

Er überlegte einen Moment und sah mich dann direkt an.

»Also gut«, sagte er. »Es war dieser Junge, nicht wahr? Er sagte, wir hätten einen Verräter in unserem Haus. Sie sei eine deutsche Spionin und sendete den Deutschen dort draußen Botschaften.«

»Ja«, sagte ich schwach.

»Nun, Charley sagte, das sei eine Lüge. Wir hätten keine Verräter im Haus, und dann hat der andere ihm das blaue Auge verpaßt, nicht wahr?«

»Ich verstehe. Darum ging es also.«

»Charley hat ihm eine ganz schöne Abreibung verpaßt«, kicherte Bert. »Und Charley gibt ihm noch mal das gleiche, wenn er noch mal irgend etwas über irgend jemanden in unserem Haus sagt.«

»Ich verstehe. Bert, ich glaube, das solltest du Nanny Crabtree erzählen.«

»Das möchte Charley nicht, und dann schimpft er mit mir, weil ich nicht dichthalte.«

»Ich denke, Charley wird es doch gefallen. Es war eine gute Sache, daß er es getan hat. Ich werde es Nanny erzählen. Dann wird sie ihn wieder leiden mögen ... sehr gut sogar, und Charley braucht nicht länger unglücklich zu sein.«

Bert war einen Augenblick still und sagte dann: »Also gut. Sie müssen es wissen, Miss.«

Ich ging sofort zu Nanny Crabtree.

»Nanny«, sagte ich. »Ich habe herausbekommen, warum Charley sich geprügelt hat.«

»Dieser Racker«, sagte Nanny. »Nachdem ich ihm gesagt hatte, daß ich das hier nicht dulde.«

»Ich glaube, Sie werden Ihre Meinung ändern, wenn sie alles gehört haben. Irgendein Junge sagte nämlich, Gretchen sei eine Spionin und sende Botschaften hinaus auf See. Und Charley wollte das nicht hinnehmen. Er wollte nicht hinnehmen, daß irgend jemand irgend etwas gegen irgend jemanden in unserem Haus sagt.«

Nanny Crabtrees Gesicht entspannte sich zu einem wunderschönen Lächeln.

»Und dann hat er sich mit diesem Jungen deswegen geprügelt? Verrückter Kerl. Warum hat er mir das nicht erzählt?«

»Er scheint die Vorstellung zu haben, daß es Ihnen nicht gefällt, wenn davon die Rede ist.«

»Also gut, was sollen wir nun mit ihnen machen, hm?«

»Es war also eigentlich eine edle Tat«, sagte ich.

»Sie sind wirklich von rechtem Korn und Schrot. Ich werde ihm jedenfalls meine Zuckerration geben.«

Ich umarmte und drückte sie. Nanny naschte gern, und ihre Zuckerration Charley zu geben bedeutete für Nanny ein großes Opfer.

Danach würde Charley wissen, daß ihm vergeben war.

Ich wandte mich wieder an Nanny: »Ich freue mich so darüber. Es zeigt doch, daß er Tregarland als sein Zuhause betrachtet, oder?«

»Mehr jedenfalls als das, was er zu Hause bei seinen Eltern hatte. Und mehr als diese Tante Lil. Von der höre ich nicht viel Gutes.«

»Ja«, sagte ich. »Er hat das Gefühl, uns alle verteidigen zu müssen. Das bedeutet, Nanny, daß er *uns* als sein Zuhause betrachtet.«

Wir hatten einen Besucher auf Priory. Er kam eines Nachmittags vorgefahren, als ich gerade im Garten war, um einige Blumen für eines der Zimmer zu schneiden. Ich hörte den Wagen und ging hin, um zu sehen, wer da kam.

Ein großer, gefälliger Mann in der Uniform eines Hauptmanns stieg aus.

»Ich wüßte gern, ob ich wohl Mrs. Jermyn sprechen könnte«, fragte er mich. »Mein Name ist Brent.«

»Natürlich können Sie das, kommen sie doch herein.«

Ich brachte ihn ins Wohnzimmer im Erdgeschoß und bat eins der Mädchen, Mrs. Jermyn auszurichten, daß wir einen Besucher hätten.

»Sehr schön haben Sie es hier«, sagte er. »Und alles wie geschaffen für Ihr Genesungsheim, denn deswegen bin ich im Grunde hergekommen.«

»Von den Behörden und vom Krankenhaus ist schon jemand hiergewesen. Das war ganz im Anfang.«

»Ja, ich weiß, und alle sind von dem, was sie hier tun, begeistert. Ich bin eigentlich Stabsarzt bei der Armee. Mein Hauptmannsrang ist nur eine Zugabe. Ich frage mich, ob Sie mir nicht gestatten wollen, gelegentlich vorbeizuschauen und nach den Männern zu sehen, die sie hier haben. Viele von ihnen habe sehr schlimme Erlebnisse gehabt und benötigen eine Spezialbehandlung, wenn sie auch körperlich soweit instandgesetzt sind, daß sie aus dem Krankenhaus entlassen werden konnten.«

Mrs. Jermyn kam herein. Sie schüttelten einander die Hände, und er stellte sich vor: »Ich bin James Brent – vom medizinischen Stab. Ich habe gerade Miss …«

»Denver«, ergänzte ich.

Er lächelte. »… Miss Denver erklärt, daß wir gerne ab und an nach einigen der Männer schauen würden. Sie haben teilweise Entsetzliches durchgemacht, und wir wollen sicherstellen, daß sie wieder gesund werden. Ich hoffte, es würde Sie nicht stören, wenn ich von Zeit zu Zeit vorbeikäme …

nur, um mich zu vergewissern, daß es allen gut geht. Es gibt ein oder zwei, die uns Anlaß zur Besorgnis geben.«

»Aber natürlich, Sie sind jederzeit herzlich willkommen«, sagte Mrs. Jermyn.

»Wir sind der Meinung, daß sie ihre Sache hier ganz großartig machen. Diese Wochen der Erholung sind genau das, was die Männer benötigen.«

Mrs. Jermyn lächelte erfreut.

»Es ist doch nur eine Kleinigkeit in solchen Zeiten.«

»Es sind die Kleinigkeiten, die später zusammengerechnet werden. Ich habe Miss Denver schon gesagt, wie wunderschön Sie es hier haben. Ideal für die Ruhe, die diese Männer verdienen und benötigen. Ich nehme an, Sie sind schon seit jeher hier ansässig, Mrs. Jermyn?«

»O ja. Es ist der Familiensitz. Ich kam durch meine Heirat hierher. Aber die Familie meines verstorbenen Mannes ist schon seit dreihundert Jahren hier. Jetzt gehört alles meinem Enkel. Er …«

»Er war bei den Streitkräften«, warf ich ein. »Wir hofften, er wäre von Dünkirchen mit zurückgekehrt …«

»Miss Denver ist seine Verlobte«, sagte Mrs. Jermyn ruhig. »Wir empfinden …

»Es sind noch viele von unseren Männern drüben«, sagte er schnell. »Eine ganze Reihe von ihnen wurde gefangengenommen.«

»Es ist die Ungewißheit …« sagte Mrs. Jermyn.

»Das tut mir sehr leid. Aber es ist nicht gut, die Hoffnung aufzugeben.«

»Darin bestärken wir uns gegenseitig«, sagte ich.

»Und Sie tragen Ihren Anteil zum Betrieb dieses Genesungsheimes bei, Miss Denver. Wenn Sie hören würden, was einige der Männer über sie alle sagen, dann hätten Sie bestimmt das Gefühl, daß es sich lohnt. Und Sie haben noch weitere Helfer, glaube ich?«

»O ja, das Personal hat sich mit ganzer Kraft unserem Projekt gewidmet, nicht wahr, Violetta?« sagte Mrs. Jermyn.

»Ja, in der Tat.«

»Sie haben noch andere junge Damen hier, die Ihnen helfen?«

»Ich habe drei Helferinnen«, sagte Mrs. Jermyn.

»Ich würde sie gern kennenlernen und ihnen meine Anerkennung aussprechen.«

Mrs. Jermyn sah mich an. »Sie müßten eigentlich irgendwo in der Nähe sein, oder?«

»Ja«, sagte ich. »Ich werde Morwenna bitten, sie zu holen. Ich bin sicher, Sie werden erfreut sein, sie kennenzulernen, Hauptmann Brent. Und sie werden sich vor allem freuen zu erfahren, daß es den Männern hier so gut gefallen hat.«

»Können Sie mir nicht zuvor noch eine Kleinigkeit von ihnen erzählen?«

»Eine von ihnen ist meine Schwester, Mrs. Tregarland. Sie ist verwitwet. Sie war mit dem jungen Mr. Tregarland verheiratet. Das ist das große Haus direkt auf den Felsen. Sie hat ein kleines Kind, und wir sind eigentlich Zwillinge. Wir haben die meiste Zeit unseres Lebens zusammen verbracht.«

Er nickte und lächelte. »Und dann gibt es noch eine andere junge Dame, glaube ich.«

»Das ist Mrs. Denver.«

»Oh? Ist sie mit Ihnen verwandt?«

»Also, das ist etwas schwierig zu erklären. Sie hat … eine Art Adoptivbruder geheiratet. Meine Mutter hat ihn als Säugling angenommen, und er ist hauptsächlich von meinen Großeltern aufgezogen worden.«

»Könnte es sich dabei um die Familie handeln, die es so hervorragend verstanden hat, im letzten Weltkrieg aus ihrem Haus ein Lazarett zu machen?«

»Ja. Marchlands, das Haus meiner Großeltern. Kurzum, meine Mutter ging 1914 in Belgien zur Schule und fand dort einen Säugling, der seine Pflegeeltern verloren hatte. Sie brachte ihn mit nach England. Er nahm unseren Namen an, Denver. Und Mrs. Denver ist seine Frau.«

»Ist es richtig, daß sie eine Deutsche ist?«

»Ja. Sie ist Jüdin. Ihre Eltern und Brüder sind möglicherweise tot. Wir wissen nicht, wo sie sind. Sie wurden von den Nazis verfolgt.«

»Das ist sehr traurig. Und sie hilft hier jetzt ebenfalls?«

»Sie ist eine große Hilfe«, sagte Mrs. Jermyn. »Sag Morwenna, sie soll sie herbringen, wenn sie sie finden kann, Violetta. Dann kann Hauptmann Brent sie persönlich kennenlernen.«

Nachdem ich Morwenna losgeschickt hatte, erschien als erstes Dorabella.

»Dorabella«, sagte ich, »dies ist Hauptmann Brent. Er ist hergekommen, um nach einigen der Männer hier zu sehen. Hauptmann Brent, meine Schwester, Mrs. Tregarland.«

Sie schüttelten sich die Hände, und ich sah, wie Dorabellas Augen aufleuchteten. Hauptmann Brent war, nehme ich an, attraktiv für sie, und sie war genauso anfällig wie immer.

Er erzählte ihr, wie sehr die Männer ihre Zeit mit uns genössen und wie gut ihnen der Aufenthalt hier täte.

»Dann sind unsere Anstrengungen also nicht umsonst«, sagte sie leichthin.

»Nein, davon kann gar keine Rede sein.«

Auch Gretchen war inzwischen gekommen. Sie wirkte etwas nervös und ängstlich. Ihr war nicht mehr recht wohl gewesen, seit sie die Verdächtigungen der Leute bemerkt hatte, und ihr Akzent trat deutlicher hervor, weil sie sich fürchtete.

»Hauptmann Brent hat uns einige schöne Komplimente gemacht«, sagte Mrs. Jermyn. »Er möchte allen sein Lob aussprechen, die an unserem Unternehmen beteiligt sind.«

»Das ist gut«, sagte sie.

»Es ist sicherlich Schwerarbeit, für all diese Männer zu sorgen.«

»Wir tun es gerne«, sagte ich.

»Bleiben Sie in der Nachbarschaft, Hauptmann Brent?« fragte Dorabella.

»Eine Zeitlang. Ich bin ständig unterwegs, wissen Sie.«

»Ich verstehe. Und sie werden uns also dann und wann besuchen, um nach dem Rechten zu sehen.«

»So haben wir es uns vorgestellt. Und es wird mir ein Vergnügen sein.«

»Ganz unsererseits«, sagte Dorabella.

Die Tage vergingen schnell. Der Sommer war vorüber, und der November stand vor der Tür. Hauptmann Brent hatte

Priory verschiedentlich Besuche abgestattet, und ich wußte, daß Dorabella jeden einzelnen davon genossen hatte.

Eines Morgens saß ich bereits am Frühstückstisch, als Gordon hinzukam. Er arbeitete sehr viel, und wir sahen uns wenig. Er hatte zu wenig Personal, und die jetzt so genannte Heimwehr kostete ihn viel Zeit. Der Premierminister fand, Heimwehr sei eine angemessenere Bezeichnung als Freiwillige Ortsverteidigung.

Nun sagte er, er habe über Tag ein paar Stunden frei und wolle nach Bodmin fahren, und fragte mich, ob ich mir wohl auch frei nehmen könne, um ihn zu begleiten. Er wollte nach Fahrrädern für Charley und Bert sehen.

»Sie haben so viele kleine Arbeiten auf dem Gut erledigt«, sagte er. »Sie sind immer eifrig dabei und waren mir wirklich eine große Hilfe, und sie brauchen etwas, damit sie hier etwas mehr herumkommen. Ich denke, Fahrräder würden ihnen gut zupaß kommen.«

»Das ist eine ausgezeichnete Idee!« rief ich. »Sie werden ganz aus dem Häuschen sein.«

Er sah mich beinahe flehentlich an. »Ich sehe Sie sehr selten in letzter Zeit«, sagte er.

»Wir sind alle so beschäftigt. Wann wollen Sie denn nach Bodmin fahren?«

»Morgen … oder übermorgen.«

»Ich werde es Mrs. Jermyn sagen und sehen, daß ich einige meiner Aufgaben vorher oder nachher erledige.«

Am nächsten Tag fuhren wir.

Gordon machte diese Fahrt oft, um seine Mutter zu besuchen, und ich fragte mich unterwegs, ob er wohl an sie dachte. Ich vermutete, er konnte gar nicht anders.

Ich hatte das Gefühl, Gordon niemals wirklich gekannt zu haben. Von meinem ersten Besuch auf Tregarland an hatte er bei mir immer gewisse Bedenken ausgelöst, aber er hatte sich stets mustergültig betragen. Der Wohlstand der Tregarlands war ihm zu verdanken, und seine Mutter hätte sich keine liebevolleren Sohn wünschen können.

Als wir in die Stadt kamen, kümmerten wir uns als erstes um die Fahrräder. Ich fand es sehr schön, daß er auf diese Idee gekommen war, denn ich konnte mir die Freude auf

den Gesichtern der Jungen gut vorstellen, wenn sie die Fahrräder sahen. Es war eine sehr freundliche und aufmerksame
Geste von Gordon.

Wir beschlossen, die Fahrräder im Wagen zu verstauen
und etwas zu essen. Gordon kannte ein altes Gasthaus am
Rand des Moors; es war nicht weit bis dort, und nach dem
Essen konnten wir wieder heimfahren.

Ich war einmal mit Jowan in einem Gasthaus auf dem
Moor gewesen, und jetzt war ich mir nicht sicher, ob ich mir
wünschen sollte, daß es das gleiche gewesen wäre oder
nicht. Erinnerungen konnten schmerzhaft sein, und dennoch
verspürte ich das ständige Verlangen, mich in die Vergangenheit zu versenken.

Aber unser Ziel, das *Gasthaus auf dem Moor*, war mir gänz-
lich unbekannt. Im Speiseraum waren nicht viele Gäste, und
wir konnten uns etwas abseits setzen.

Die Wirte hatten es während des Kriegs schwer, überhaupt Speisen aufzutreiben, die sie den Gästen vorsetzen
konnten, und statt des gewohnten Roastbeefs, einer Köstlich-
keit vergangener Tage, gab es Hackfleischrollen. Das Fleisch
war verdächtig unsichtbar, aber zusammen mit Bohnen und
anderem Gemüse schmeckten die Rollen recht gut; dazu gab
es Bratkartoffeln. Zum Essen tranken wir Cidre.

Gordon sprach von der Heimwehr und den Schwierigkeiten, den Gutsbetrieb in Kriegszeiten aufrechtzuhalten; aber
ich glaube, seine Gedanken waren ganz woanders.

Er sagte: »Ich bin froh, daß Sie hier sind, Violetta. Ich habe
immer gedacht, Sie gingen vielleicht eines Tages zurück in
Ihr Elternhaus.«

»Ich will hier sein. Wenn es irgendeine Nachricht von Jowan geben sollte, dann wird sie zuerst seine Großmutter erreichen, nehme ich an, und dann würde ich hier ebenfalls sofort davon erfahren. Und dann ist Dorabella hier ... und
Tristan natürlich. Und jetzt habe ich ja auch die Arbeit hier.«

»Wir haben schlechte Zeiten durchgemacht, Violetta.«

»Das haben wir auf jeden Fall. Gordon, wie geht es Ihrer
Mutter? Hat sich irgend etwas geändert?«

»Nein ... nicht wirklich. An manchen Tagen geht es ihr
besser als an anderen. Ich glaube, sie will nicht, daß sich et-

was ändert. Und wenn sie wieder gesund würde, müßte sie sich daran erinnern, was sie getan hat ... und wie sie versucht hat, dem Kind etwas anzutun. Man darf wirklich gar nicht daran denken.«

Seine Hand lag auf dem Tisch; ich streckte meine Hand aus und berührte seine. Er hielt meine Hand fest.

»Sie verstehen es, Violetta. Sie mehr als alle anderen.«

»Ich hätte es nicht erwähnen sollen.«

»Das macht keinen Unterschied. Es ist ohnehin ständig da, ganz gleich, ob man es erwähnt oder nicht.«

»Und Sie kommen regelmäßig hierher. Wir hätten in eine andere Stadt fahren sollen ... nicht nach Bodmin.«

»Nun, es ist die nächste, und wir dürfen uns von diesen Dingen nicht beeinflussen lassen. Sie gehören zum Leben.«

Er wechselte das Thema. »Was halten Sie von Hauptmann Brent?«

»Oh ... ein charmanter Mann.«

»Ich meine seine Aufgabe, nach den Männern auf Priory zu sehen.«

»Nun, ich denke, man hält das für notwendig. Die Männer haben furchtbare Erlebnisse gehabt, und die Ärzte sind sich nicht sicher, ob sie psychiatrische Behandlung benötigen oder nicht.«

»Ich glaube, es steckt noch etwas anderes dahinter.«

»Und was soll das sein?«

»Ich denke, daß man uns vielleicht in Verdacht hat.«

»Verdacht?«

»Es heißt, daß diese Lichter auf See hinausgestrahlt worden seien. Es ist sehr gut möglich, daß es sich um Blitze handelte, aber sie wurden gesehen, und es gibt Gerüchte. Allem, wie abwegig es auch immer erscheinen mag, wird sicherlich nachgegangen. Überlegen Sie doch, in welcher Lage wir uns befinden! Wir haben Hitler gezeigt, daß mit unserer Luftwaffe zu rechnen ist, und die Invasion scheint nicht mehr unmittelbar bevorzustehen, wie es noch vor kurzem war; und jetzt wäre auch nicht die passende Jahreszeit, um ein solches Unternehmen zu wagen. Aber wir müssen weiterhin auf der Hut sein.«

»Sie meinen, daß man den Verdacht haben könnte, daß irgend jemand in unserer Nachbarschaft dem Feind Signale sendet?«

»Ich denke, das wäre eine Möglichkeit.«

»Um welche Botschaften könnte es sich denn dabei handeln?«

»Alle Art von Information könnte für den Feind von Nutzen sein. Die Lage von Fabriken ... Beobachtungen der Schiffahrt ...«

»Woher sollte jemand hier etwas über die Schiffahrt wissen?«

»Es könnte jemand sein, der mit anderen in Verbindung steht. Es muß im ganzen Land Spione geben ... einige von ihnen schon vor dem Krieg eingeschleust. So etwas gibt es immer, wissen Sie.«

»Es klingt phantastisch.«

»Wir leben in phantastischen Zeiten. Mir ist der Gedanke gekommen, daß Hauptmann Brent zur Beobachtung hierhergekommen ist. Ich habe ihn vor ein paar Tagen auf den Felsen gesehen. Er hielt mit seinem Feldstecher Ausschau – landeinwärts. Ich werde das Gefühl nicht los, daß seine Aufgabe nicht nur darin besteht, sich um die verwundeten Soldaten zu kümmern, sondern noch in etwas ganz anderem.«

»Aber warum sollte er dann auf Priory nach dem Rechten sehen?«

»Das habe ich mich auch gefragt ... vielleicht wegen Gretchen.«

»O nein, das ist doch absurd. Gretchen sollte denen helfen, die sich ihrer eigenen Familie gegenüber so schlecht benommen haben?«

»Die Tatsache, daß sie eine Deutsche ist, macht sie in den Augen mancher Leute jedenfalls verdächtig.«

»Haben Sie von Charleys Rauferei gehört?«

Er kannte die Geschichte nicht, also erzählte ich sie ihm.

Er erwiderte darauf nur kurz: »Na also. Sie verstehen, was ich meine.«

»Armes Gretchen. Es ist hart für sie. Ich hoffe, daß sie diese Dinge nicht alle mitbekommt.«

»Ich wollte einmal mit Ihnen darüber geredet haben. Es ist immer besser zu wissen, was vorgeht.«

»Gordon, wenn tatsächlich jemand Signale sendet ... jemand aus unserer Nähe. Ich weiß, daß es nicht Gretchen ist. Aber wer ...

»Also, wenn jemand Botschaften sendet, und es ist zu bedenken, daß es in Kriegszeiten immer leicht zu wilden Gerüchten kommt, dann müssen wir unser Bestes tun, um herauzufinden, wer es ist. Es ist nicht so einfach, Lichtsignale hinaus auf See zu senden, wie wir gesehen haben. Wir müssen auf alles achten, was ungewöhnlich ist. Ich meine, wir wollten auch nicht zu anderen darüber sprechen. Vielleicht ist es besser, Gretchen nichts davon zu sagen, und sie da ganz herauszuhalten. Sie könnten einmal mit Dorabella sprechen. Und verlassen Sie sich darauf, daß ich meine Augen aufhalten werde.«

Wir schwiegen eine Weile, bis er fortfuhr: »Violetta, haben Sie immer noch Hoffnung?«

»Ich muß hoffen. Welche andere Möglichkeit hätte ich?«

»Es ist schon viel Zeit vergangen ...«

»Gordon, meinen Sie, wir werden es jemals erfahren?«

»Wenn wir es nicht erfahren, dann müssen Sie die Tatsache akzeptieren ...«

»Daß er gefallen ist? Das könnte ich nicht. Ich muß hoffen, bis ich weiß ...«

»Es geht vielleicht für immer so weiter.«

»Der Krieg, meinen Sie?«

»Diese Ungewißheit.«

»Ich will nicht zu weit in die Zukunft schauen.«

»Natürlich nicht. Ich möchte, daß Sie wissen, daß ich viel an Sie denke. Wenn ich Ihnen in irgendeiner Weise behilflich sein kann ...«

Er sah mich wehmütig an. Es sah Gordon gar nicht ähnlich, seine Gefühle zu zeigen. Ich dachte, er will mir vielleicht sagen, daß er, Gordon, da sein würde, um mir durch meinen Kummer zu helfen, falls Jowan nicht zurückkehrte.

Dorabella und ich hatten uns ein Auto gekauft, das wir gemeinsam benutzten. Es war sehr nützlich, wenn wir zum Einkaufen nach Poldown wollten. So brauchen wir nicht mehr schwere Taschen über die Felsen zu schleppen oder zu warten, bis uns die Waren geschickt wurden.

Und es war vor allem nützlich, um unsere Rekonvaleszenten zum Krankenhaus zu bringen und wieder abzuholen, da viele von ihnen den steilen Weg zu Fuß nicht bewältigen konnten.

Wir waren oft zusammen unterwegs und hatten bei einer dieser Gelegenheiten Jack Brayston mitgenommen, einen jungen Mann von nicht mehr als achtzehn Jahren, dessen Bein frisch verbunden werden mußte.

Wir lieferten ihn im Krankenhaus ab, parkten den Wagen und machten uns auf den Weg in die Stadt. Plötzlich standen wir Jacques Dubois gegenüber.

Dorabella fuhr erschreckt zusammen und rief: »Sieh mal, wer da ist!« Sie war ein Stück zurückgeblieben, aber er hatte uns bereits gesehen.

Lächelnd kam er auf uns zu.

»Was für eine erfreuliche Überraschung«, sagte er.

Dorabella erwiderte: »Nun, du siehst ja, daß dies ein geschäftiges Zentrum ist, und wir wohnen da drüben auf dem Felsen. Da ist es wohl kaum ungewöhnlich, daß wir hier sind. Aber wir sind überrascht, dich hier zu treffen, nicht wahr, Violetta? Was treibst du hier?«

»Ich bin auf einem Kurzbesuch hier«, sagte er.

»Bist du gerade erst angekommen?«

»Gestern nacht. Ich habe im Hotel übernachtet ... Wie hieß es noch? Zum schwarzen Felsen. Ich wollte meine Schwester besuchen. Wir treffen uns heute. Und heute abend fahre ich wieder.«

»Wo wohnst du denn jetzt?«

Er hob die Hände und wiegte den Kopf hin und her.

»Ich bin in London ... ich bin hier ... ich bin dort ... Aber wir müssen uns unterhalten ... wo es bequemer ist, hm? Warum gehen wir nicht in das Hotel? Wir könnten ein Glas Wein zusammen trinken, ja?«

Ich sah Dorabella an. Ich vermutete, sie würde nicht besonders erfreut sein über die Gesellschaft dieses Geistes aus ihrer Vergangenheit, und überließ ihr die Entscheidung.

Sie zögerte und schaute auf die Uhr.

»Wir haben noch einiges zu erledigen. Ich könnte nicht lange bleiben.«

»Ach, komm schon. Ich wäre sonst sehr enttäuscht. Nur auf einen Sprung, hm? Ein Glas Wein?«

»Nun, ich denke, wir müssen ohnehin auf Jack warten«, sagte sie. »Er ist einer der Soldaten, der bei uns auf Priory ist. Wir haben ihn zum Krankenhaus gebracht, damit er frisch verbunden wird, und müssen ihn dort wieder abholen.«

»Dann werdet ihr also kommen? Das ist gut. Ihr kennt das Hotel?«

»Ja«, sagte ich. »Ist es gut?«

»Die Aussicht ist erstklassig«, sagte er.

Ich lachte. »Nun, wir haben Krieg«, sagte ich. »Da können sie keine *haute cuisine* erwarten.«

Wir gingen in das Hotel, setzten uns in eine Ecke der Halle, und er bestellte eine Flasche Claret.

»Jetzt«, sagte er, »müßt ihr mir erzählen, wie euer Leben im Augenblick aussieht.«

»Ich wage zu sagen, daß deins interessanter ist«, sagte Dorabella.

»Was macht der General?« fragte ich.

»Er ist sehr beschäftigt. Er wendet sich in Rundfunkbotschaften an das französische Volk. Auf diese Weise will er seine Leute um sich scharen.«

»Stoßen denn viele zu seiner Truppe?«

»Ständig.«

»Du meinst, sie fliehen aus Frankreich und kommen über den Kanal?«

»Einige ja. Es ist ja nicht unmöglich. Ah, hier kommt unser Wein.« Er sah zu, wie eingeschenkt wurde, und hob dann sein Glas. »Auf euch beide, meine Freunde. Und auf ein schnelles Ende des Krieges, hm? Damit wir alle wieder glücklich sein können.«

Wir tranken, aber er kaute den Wein mehr, wie um durchblicken zu lassen, daß er nicht viel davon hielt.

»Es war zu eigenartig«, sagte Dorabella, »daß du ausgerechnet an unserem Strand gelandet bist. War es tatsächlich ein Zufall oder war es geplant?«

»Nun, an dieser Küste war ich ja schon einmal, nicht

wahr? Natürlich läßt sich der Kanal am besten überqueren, wo er am schmalsten ist … aber hier ist es sehr ruhig … sehr einsam … an dieser Küste. Es wäre nicht so einfach gewesen, von Calais aus in See zu stechen. Oder von Boulogne … oder Dünkirchen. Aber diese stille Küste … schien ein Versuch wert.«

»Es muß sehr gefährlich gewesen«, sagte ich.

»Mademoiselle Violetta, es war gefährlich, ja, aber die Gefahr lauerte auch überall sonst … und weder Simone noch ich wollten in Frankreich in Ketten leben.«

»Ich wußte vor deiner Ankunft gar nicht, daß du eine Schwester hast«, sagte Dorabella.

»So? Nun, in den letzten Jahren haben wir uns nicht oft gesehen. Sie wohnte in Paris, weißt du. Sie lebte zusammen mit unserer Tante in der Nähe von Lyon. Ich sah sie dann und wann, aber nicht häufig. Aber als sie merkte, was in Frankreich los war, kam sie zu mir. Sie konnte in einem gedemütigten Frankreich nicht länger leben. Und ich auch nicht. Also sind wir zusammen geflohen.«

»Es war sehr mutig, in diesem kleinen Boot zu kommen.«

»Das Meer war uns hold, und als wir hier an Land gingen, war ich froh. Ich wußte, daß ich bei Freunden war.«

»Bei Freunden?« sagte Dorabella ein wenig kurz angebunden.

»Wir sollten immer Freunde bleiben«, sagte er und lächelte sanft.

»Und Sie sind direkt vor Tregarland gelandet. War das ein Zufall?«

Er lächelte mich schelmisch an. »Ich gebe zu … ich wußte ungefähr, wo wir waren. Sie wissen ja, daß ich schon vorher zum Malen hier war. Ein Künstler hat ein ganz besonderes Auge, um es einmal so zu sagen. Diese … diese Form der Felsen. Aufregend. Faszinierend.«

»Es war dunkel, als sie ankamen.«

»Ich wußte in etwa … hatte eine ungefähre Vorstellung, wo wir waren. Ich konnte es kaum glauben, daß wir gleich unterhalb von Tregarland gelandet waren. Ich hätte gedacht, wir wären etwas weiter westlich … bei Falmouth oder vielleicht am Point Lizard. Aber wir hatten das große Glück, daß wir bei Freunden ankamen.«

»Das war bestimmt sehr klug gemacht von Ihnen«, sagte ich.

»O nein, Mademoiselle. Reines Glück. Manchmal hat man es im Leben, wissen Sie.«

»Haben Sie Simone schon getroffen?« fragte ich.

»Noch nicht. Ich habe gehört, daß sie hier sehr glücklich ist. Die Menschen, sagt sie, seien sehr freundlich, und sie wohnt bei Mrs. ...«

»Penwear«, sagte ich.

»Ja, Mrs. Penwear, die Simone für eine sehr mutige junge Dame hält, weil sie ihr Land verlassen hat und hergekommen ist, um für die Freiheit zu kämpfen.«

»Sie scheint ganz gerne auf dem Land zu arbeiten.«

»Simone wird mit allem zurechtkommen, was getan werden muß.«

»Hat sie vorher schon einmal solche Arbeit getan?«

»Sie hatte einen kleinen Landbesitz in Frankreich – mein Onkel und meine Tante, meine ich. Vielleicht hat sie sich dort etwas abgeschaut. Noch etwas Wein?«

»Nein danke«, sagte Dorabella und fügte hinzu: »Übrigens, ist jemals herausgekommen, was dem Weinhändler zugestoßen ist?«

»Dem Weinhändler?« fragte er und zog die Augenbrauen hoch.

»Wir lasen es in der Zeitung, als wir gerade im Aufbruch waren, daß Georges Mansard ermordet aufgefunden worden sei. Es muß sich doch um den Weinhändler handeln, oder?«

»Welchen Weinhändler?« fragte ich.

»Er war ein Freund von Jacques. Er kam immer in Jacques' Studio, um ihm Wein zu verkaufen. Deswegen komme ich darauf, weil du gefragt hast, ob wir noch Wein wollten.«

»Ich erinnere mich jetzt«, sagte Jacques. »Ja, es war ein Raubmord. Ich hatte ihn gewarnt und gesagt, er solle nicht mit soviel Geld in den Taschen herumlaufen. Er war nicht besonders diskret, wie Sie es nennen würden. Ich sagte ihm immer: ›*Mon ami*, eines Tages wirst du noch überfallen werden.‹ Und so ist es dann ja auch gekommen.«

»Sind denn die Täter jemals ermittelt worden?«

Jacques zuckte mit den Schultern. »Es war in dieser Straße ...«

»Irgend etwas mit einem Affen, nicht wahr?« sagte Dorabella.

»Die Rue du Singe. Spätnachts kein besonders empfehlenswerter Aufenthalt.«

»Es tut mir leid«, sagte Dorabella. »Ich mochte ihn.«

»O ja, er war charmant. Aber bei Gott, er hat die Gefahr herausgefordert.«

»Und über den Mörder hat man nichts erfahren?«

»Man ist darüber hinweggegangen. Der Krieg stand dicht bevor.«

»Was für ein furchtbarer Tod!« sagte Dorabella.

»Waren Sie schon einmal hier und haben Simone besucht?« fragte ich.

»Dies ist unser erstes Treffen, seit wir herkamen. Es wird schön sein, sie wiederzusehen und aus ihrem eigenen Mund zu hören, daß es ihr gut geht und sie glücklich ist.«

»Dann gehören Sie jetzt zur Truppe des Generals?« fragte ich.

»Ja ... ja, aber es ist viel zu tun. Wir müssen uns – wie sagen sie doch? – auf Vordermann bringen. Es ist unglaublich viel zu tun, ja, aber wenn die Zeit kommt, dann werden wir bereit sein.«

»Glauben Sie, daß Deutschland die Invasion wagen wird?«

Er hob die Schultern. »Sie hatten es sich vorgenommen. Aber es hat sich einiges verändert, nicht wahr? Ein wenig, ja? Es ist nicht so einfach, wie sie es sich vorgestellt haben. Sie haben geglaubt, sie könnten Großbritannien aus der Luft lahmlegen, und das wäre auch nötig gewesen für eine Invasion. Aber sie haben es nicht geschafft, und es heißt, daß sie große Verluste dabei erleiden. Wir werden sehen.« Er hob sein Glas. »Aber wenn sie kommen – falls sie kommen –, werden wir bereit sein.«

Langsam wurde ich unruhig und ich sagte: »Wir müssen jetzt gehen. Jack wird inzwischen verarztet sein.«

Wir verabschiedeten uns von Jacques, der mit Leidenschaft sagte, er hoffte, uns bald wiederzutreffen.

Auf dem Weg zum Krankenhaus sprach ich mit Dorabella über ihn: »Er hat die Angewohnheit, unerwartet aufzutauchen, dieser Mann. Erst landet er an unserem Strand, und dann treffen wir ihn hier, wie er in Poldown herumstromert.«

Dorabella stimmte mir zu.

Das alte Jahr war ins Land gegangen, ein neues hatte begonnen, ohne daß der Versuch einer Invasion unternommen worden wäre – aber wir mußten viele Blessuren hinnehmen.

Es war ein tristes Weihnachtsfest gewesen. Auf London waren sowohl Brandbomben als auch Sprengbomben niedergegangen. Die Guild Hall und acht Wren-Kirchen waren zerstört worden, und obwohl London die volle Wucht dieser Angriffe zu spüren bekam, hatte auch andere Städte gelitten.

Doch trotzdem war die Stimmung seit der Evakuierung von Dünkirchen besser geworden. Wir standen allein, aber wir glaubten mittlerweile, daß wir dazu auch in der Lage waren.

Unser Leben verlief größtenteils in den bekannten Bahnen. Wir hatten uns daran gewöhnt, sorgsam mit unseren Nahrungsmitteln umzugehen und niemals etwas verkommen zu lassen, das eßbar war. Anscheinend hatten wir begriffen, daß, was immer auch geschehen mochte, wir unser Leben weiterleben mußten, so gut es ging.

Charley und Bert Trimmel hatten sich sehr über ihre Fahrräder gefreut. Sie sausten mit der sorglosen Selbstvergessenheit glücklicher Kinder die Straßen entlang und die Wege durch die Klippen hinauf und hinunter. Sie zumindest waren zufrieden.

Der Frühling kam und war auch schon wieder vorbei. Wieder hatten wir Juni. Bald würden wir sagen: Jetzt sind es zwei Jahre her, daß der Krieg angefangen hat, und zuerst hieß es, er würde bis Weihnachten vorüber sein. Wie falsch das doch gewesen war!

Und mit jedem Tag wurden wir stärker.

Dann erreichte uns die Nachricht, daß Deutschland ohne jede Kriegserklärung in Rußland eingefallen war.

Das konnte nur eines bedeuten: Hitler glaubte nicht, daß eine erfolgreiche Invasion Britanniens möglich sei. Was unser Premierminister von unseren Fliegern gesagt hatte, war wahr: »Niemals in der ganzen Geschichte menschlicher Konflikte hatten so viele so wenigen so viel zu verdanken.« Sie hatten die Welt gerettet, und jetzt richtete sich der ganze Zorn von Hitlers Angriff nicht mehr allein gegen uns. Wir teilten dieses Los mit den Russen.

Die Zeit verging – und Jowan war immer noch nicht wieder heimgekehrt.

Dorabella

Der Einbruch

Ich war zutiefst erschrocken, als ich herausfand, daß der Mann und die Frau im Boot Jacques und seine Schwester waren. Wer wäre nicht erschrocken, wenn ihm so etwas passiert wäre, und das auch noch mitten in der Nacht!

Ich hatte Jacques nie wiedersehen wollen. Er hatte mich enttäuscht und gedemütigt, als er seine zweifelhafte Freundin Mimi mit geradezu beleidigender Gleichgültigkeit einfach ins Haus brachte, als wäre es das normalste von der Welt, die eine Geliebte mit der anderen zu konfrontieren.

Die Arroganz dieses Mannes war unerträglich, und ich wollte ihn und alles, was mit ihm zusammenhing, für alle Zeit aus meinem Gedächtnis löschen.

Und dann stand er plötzlich vor mir!

Ich war wirklich dankbar, als er fortging, aber Simone mochte ich ganz gern. Sie war so anders als Jacques – irgendwie bescheiden. Natürlich hatte Jacques als Maler im Quartier Latin gelebt und sich eingebildet, er sei Degas, Manet oder Monet oder dieser Kleine mit den kurzen Beinen, Toulouse-Lautrec. Simone war eher ein Mädchen vom Land – sie wollte es jedem recht machen, und Tom Yeo meinte, sie sei eine gute Arbeiterin und er könne sich glücklich schätzen, sie in seinen Diensten zu haben.

Ich freundete mich schon bald mit ihr an; sie schien ein wenig einsam zu sein, und ich konnte nicht einsehen, warum meine Beziehung zu ihrem Bruder einen Schatten auf die unsere werfen sollte.

Trotz des Krieges und der Trauer meiner armen Schwester um ihren Verlobten – an dessen Rückkehr ich nicht glaubte, war ich gar nicht so unzufrieden mit dem Leben. Ich war gern mit den Soldaten zusammmen, die hierhergeschickt worden waren, um sich zu erholen. Und ich wußte, daß auch sie mich besonders mochten. Sie plauderten gern und machten sich einen Spaß daraus, so zu tun, als hätten sie sich in mich verliebt. Das Ganze war sehr unbeschwert und fröhlich.

Aber ich machte mir ständig Sorgen um Violetta. Mich konnte sie mit ihrer aufgesetzten Heiterkeit nicht täuschen. Es war die ganze Zeit da … eine Wolke, die uns den Spaß verdarb, die es uns zumindest unmöglich machte, ihn voll auszukosten. Und wir fanden noch an den dümmsten Kleinigkeiten des täglichen Lebens unseren Spaß. Mehr als alles wünschte ich mir jedoch, daß Jowan Jermyn nach Hause käme – oder wenn das schon zuviel verlangt war, wünschte ich mir wenigstens, daß man erfuhr, was aus ihm geworden war. Wenn er tot war, wäre es auf alle Fälle besser, wenn sie es erführe. Dann konnte sie vielleicht langsam vergessen. Ich glaubte, Gordon Lewyth war auf seine Weise in sie verliebt. Der Mann war mir immer ein Rätsel. Violetta meinte, das läge daran, daß er sich nicht zu mir hingezogen fühle und ich deshalb glaubte, etwas könne mit ihm nicht stimmen. Nun, so sprach sie halt manchmal mit mir, und nicht selten traf sie damit den Nagel auf den Kopf.

Aber Gordon ist ein merkwürdiger Mann. Ich spüre eine verborgene Tiefe in seinem Wesen. Und schließlich ist seine Mutter eine Mörderin, die jetzt in einer Irrenanstalt sitzt. Ich weiß, er besucht sie regelmäßig und wird deshalb wohl ständig an die schrecklichen Ereignisse erinnert, die Tregarland in der Vergangenheit heimgesucht haben. Ich glaube wirklich, daß Violetta ihm etwas bedeutet, und ich bin sicher, er würde einen sehr treuen Ehemann abgeben. Aber sie liebt Jowan, und ich nehme an, daran wird sich bis an ihr Lebensende nichts ändern – auch wenn sie ihn irgendwo da drüben in Europa für immer verloren haben sollte.

Ich habe mich ein wenig verändert. Erfahrungen verändern die Menschen wirklich; je größer die Erfahrung, um so größer die Veränderung. Ich bin nicht mehr dieselbe Frau, die gedankenlos ihr Zuhause, ihren Mann und ihr Kind aufgegeben hat, um mit einem französischen Maler auf und davon zu gehen. Manchmal denke ich an Dermot, daran, wie er war, als ich ihn in Deutschland kennenlernte. Danach schien er nie mehr ganz derselbe gewesen zu sein, und als ich nach Tregarland kam, war die Atmosphäre dort wirklich unheimlich. Kein Wunder bei all dem, was im Haus vorging! Violetta versuchte mir einzureden, daß Dermots Tod nicht meine Schuld sei. Er ist vom Pferd gefallen. Es hieß, er habe zuviel getrunken. Ja, aber warum? Armer Dermot! Er war so schwer verletzt, daß es durchaus möglich ist, daß er sich das Leben genommen hat, obwohl man die Möglichkeit eines Unfalls auch nicht ganz ausschließen kann. Ich versuche mir einzureden, daß es ein Unfall war. Auf diese Weise fühle ich mich etwas besser. Und dann ist da natürlich noch mein kleiner Sohn.

Tristan ist wirklich ein Sonnenschein. Endlich fängt er nun an, mich ein wenig zu mögen. Zuerst lief er immer zu Violetta oder Nanny Crabtree, wenn ich ihn auf den Arm nehmen wollte – das hat sich jetzt aber geändert. Wenn er mich Mami nennt, möchte ich ihn an mich drücken und rufen: »Ich werde es wiedergutmachen, daß ich dich verlassen habe, mein Liebling, das verspreche ich!«

Also könnte ich trotz des Krieges und meiner Gewissensbisse, die, wie ich zugeben muß, im Laufe der Zeit schwächer werden, das Leben durchaus genießen, wenn Violetta wieder so wäre wie früher – und damit ist nicht zu rechnen, solange wir keine Nachricht von Jowan bekommen.

Und seit kurzem gibt es für mich einen neuen Grund, das Leben zu genießen.

Ich mochte ihn vom ersten Augenblick an. Er ist ziemlich groß und nicht im gewöhnlichen Sinne gutaussehend, aber gerade deshalb mag ich ihn um so mehr; außerdem strahlt er eine gewisse Autorität aus, die mir gefällt.

Am Tag nach seinem Inspektionsbesuch bei uns traf ich ihn auf den Klippen.

»Mrs. Tregarland, nicht wahr?« sagte er.

»Und Sie sind Hauptmann Brent.«

»Ich habe Sie sofort erkannt«, fuhr er fort.

»Das will ich Ihnen auch geraten haben!« gab ich zurück. »Wir haben uns doch erst gestern kennengelernt.«

Wir lachten.

»Was für ein herrliches altes Haus Priory ist«, fuhr er fort.

»Tregarland ist genauso schön.«

»Ja natürlich, Ihr Zuhause.«

»Ja. Das sind die beiden großen Häuser hier in der Gegend.«

»Und Ihr Mann …«

»Ich bin verwitwet. Mr. Gordon Lewyth kümmert sich jetzt um Tregarland. Das hat er schon zu Lebzeiten meines Mannes getan. Er versteht sich sehr gut darauf und ist hier in der Gegend hoch angesehen. Darüber hinaus leitet er die Heimwehr. Ich glaube, er würde gern zur Armee gehen, aber Tregarland kann ihn nicht entbehren.«

»Nun, er leistet zu Hause die bestmögliche Arbeit.«

»Wir denken im Moment darüber nach, einige der Räume auf Tregarland dem Genesungsheim zur Verfügung zu stellen, damit wir mehr Leute gleichzeitig aufnehmen können.«

»Das ist eine hervorragende Idee. Ich nehme an, Sie und die anderen jungen Damen würden sich darum kümmern.«

»Nun, die Idee kommt ursprünglich von Mrs. Jermyn, und Tregarland wäre eine Art Erweiterung des eigentlichen Genesungsheims. Mehr wohl nicht.«

»Und Ihre Schwester ist mit dem Erben von Priory verlobt?«

»So ist es.«

»Sie leisten hier wirklich wunderbare Arbeit. Sie alle geben Ihr Bestes, dessen bin ich mir ganz sicher. Außerdem finde ich es sehr interessant, daß Sie alle miteinander verwandt sind.«

»Ja, in gewisser Weise … Obwohl Gretchen eigentlich nicht dazugehört. Sie ist mit Edward verheiratet.«

Es fiel mir so leicht, mit ihm zu reden, daß ich ihm plötzlich die ganze Geschichte von Edward erzählte, wie meine Mutter ihn, als er noch ein kleiner Junge war, aus Belgien herausholte. Er hörte aufmerksam zu. Dann sprach ich von dem Zwischenfall im Bayrischen Wald, als wir plötzlich mit dem Naziregime konfrontiert wurden.

»Das war eine Art Vorspiel«, sagte er. »Es machte den Weg für das folgende Drama bereit.«

»Ja, genauso war es. Obwohl wir damals nicht wußten, wie wichtig diese Dinge noch werden würden.«

»Nur wenige Leute haben die Bedeutung all dessen begriffen, und auch sie waren nicht in der Lage, etwas daran zu ändern.«

Er sah mich an, und die düstere Stimmung des letzten Themas war wie weggewischt.

»Es war mir jedenfalls ein großes Vergnügen, Sie kennenzulernen, Mrs. Tregarland.«

»Ich fand es auch keineswegs unerfreulich, Sie kennenzulernen, Hauptmann Brent«, erwiderte ich.

Wir lachten an diesem Morgen ziemlich viel, und beim Abschied fragte er mich: »Kommen Sie oft hierher?«

»Eigentlich nicht. Für gewöhnlich habe ich zuviel zu tun. Ich habe einen kleinen Sohn und verbringe gern einen Teil meiner Zeit mit ihm. Er hat die beste Nanny auf der Welt. Sie hat sich früher eine Weile auch um mich und Violetta gekümmert, und meine Mutter hielt so große Stücke auf sie, daß sie sie für Tristan engagierte.«

»Tristan?« wiederholte er.

»Na ja, das wird Ihnen sicher gefallen! Meine Mutter war eine große Opernfreundin. Also bekam meine Schwester den Namen Violetta, und ich heiße Dorabella, und ich dachte, wir sollten an der Tradition festhalten, daher also Tristan. Wenn es ein Mädchen geworden wäre, hätten wir es Isolde getauft.«

Er lachte. Es war ein sehr fröhliches Zwischenspiel.

Schließlich fiel mit etwas ein. »Ach übrigens, wie schätzen Sie Jowan Jermyns Chancen ein, nach Hause zurückzukehren? Sie wissen ja, meine Schwester ist mit ihm verlobt.«

Er schwieg einen Augenblick lang. Dann sagte er: »Nun, nichts ist unmöglich.«

»Aber … Sie halten es für unwahrscheinlich?«

»So muß man es wohl ausdrücken.«

»Es ist immer besser, der Wahrheit ins Gesicht zu sehen.«

»Immer.«

»Ich muß jetzt gehen«, sagte ich.

»Es war mir wirklich eine Freude, Sie kennenzulernen, Mrs. Tregarland.«

»Das haben Sie schon einmal gesagt.«

»Es ist durchaus eine Wiederholung wert, und ich wiederhole es mit Nachdruck.«

Wir sagten auf Wiedersehen, und das beim ersten Mal. Danach trafen wir uns häufiger. Unsere Begegnungen waren nicht direkt verabredet, aber irgendwie schafften wir es immer wieder, uns zur gleichen Zeit am gleichen Ort zu treffen.

Violetta hätte gesagt, ich hätte die Dinge vorhersehen müssen. Aber so war ich eben. Ich hatte Dermot überstürzt geheiratet und nicht lange gebraucht, um herauszufinden, welch ein Fehler das gewesen war. Dann kam die Affäre mit Jacques, die noch nicht so überaus lange zurücklag. Violetta hatte mir aus dieser Klemme herausgeholfen, und eigentlich hätte ich vorsichtiger sein müssen; aber wenn Leute wie ich einem Abenteuer entgegensteuern, werden sie von ihrem festen Glauben daran vorwärts getrieben, daß alles genau so ausgehen wird, wie sie es sich wünschen – mit dem Ergebnis, daß sie sich manchmal in höchst peinlichen Situationen wiederfinden.

Meine Begegnungen mit Hauptmann Brent waren jedenfalls die Höhepunkte jener düsteren Tage.

Zuerst trafen wir uns scheinbar zufällig – später war das dann natürlich anders.

Es gab so vieles zu bereden. Er interessierte sich wirklich für alles und jedes. Nichts schien ihm zu unwichtig. Er wollte alles über die Leute wissen, die in unserer Gegend lebten, sogar über die Dienstmädchen. Nichts war zu unbedeutend, als daß er sich nicht dafür interessiert hätte.

Wir lachten sehr viel. Das war einer der Gründe, warum wir uns in der Gesellschaft des anderen so wohl fühlten. Es war eine unbeschwerte Beziehung, und selbst Dinge, die für gewöhnlich nicht komisch schienen, gaben in seiner Gesellschaft Grund zum Lachen.

Er erkundigte sich sogar nach Nanny Crabtree, Tristan und Hildegarde. Dann kamen Charley und Bert an die Reihe. Ich hatte noch nie jemanden kennengelernt der sich so sehr für andere Menschen interessierte. Die Unterhaltungen mit ihm machten mir großen Spaß und waren einfach unwiderstehlich für mich.

Er wohnte in einem kleinen möblierten Cottage am Rande von Ost-Poldown. Einmal erzählte er mir, die Armee hätte es für ein Jahr gemietet, um Personal dort unterzubringen, das für eine gewisse Zeit in der Gegend zu tun hatte. Er war sich nicht sicher, wie lange er bleiben würde; und tatsächlich wurde er manchmal für gewisse Zeit fortgerufen.

Ich nehme an, ein gewisses Maß an Unsicherheit gibt einer Beziehung einen Anflug von Dringlichkeit, und sie entwickelt sich dann viel schneller, als es ansonsten vielleicht der Fall gewesen wäre.

Sein Bursche, Joe Gummer, verrichtete die Hausarbeit, kochte und kümmerte sich insgesamt mit außergewöhnlicher Effizienz um seinen Hauptmann. Er war ein Cockney, der stets übers ganze Gesicht zu grinsen pflegte und die Gewohnheit hatte, übertrieben zu blinzeln, damit man auch ja merkte, wenn er einen Witz machte, was er ziemlich häufig tat. Ich zweifelte keine Sekunde daran, daß er James Brent treu ergeben war. Die ganze Sache war überaus komisch.

Das Cottage, in dem Hauptmann Brent wohnte, war klein; zwei Schlafzimmer, ein Badezimmer im oberen Stock und zwei Räume und eine Küche unten. Das kleine Haus war spärlich möbliert und in Friedenszeiten offensichtlich dazu bestimmt, Urlauber zu beherbergen; daher wirkte es insgesamt eher unpersönlich.

Aber der Garten war hübsch. Er reichte bis hinunter an den Fluß. Nach Süden konnte man die alte Brücke sehen, die die beiden Ortsteile Poldowns quer über den Fluß verbindet, und trotzdem vermittelte dieser Garten das Gefühl völliger Einsamkeit. Rhododendronbüsche, Azaleen und Sommerflieder wuchsen in üppiger Fülle. Ich fühlte mich sehr wohl dort.

Diese Tage waren für mich voller Aufregung. Ich nutzte jede Gelegenheit, um nach Poldown zu kommen. Meist fuhr ich mit dem Wagen, und das bedeutete, daß ich an Brents Cottage vorbeikam. Dann schaute ich hinein, und Joe rief mir, wenn er mich sah, zu: »Der Herr ist aus, Miss. Ich sag ihm, daß Sie hier waren. Das wird ihn freuen. Wie geht's Ihnen, Miss? Ich hab mir heute morgen doch beinahe meine Kartoffelstampfer wund gelaufen.« Ich mußte mich erst an seinen rhythmischen Cockneyslang gewöhnen und fand nach einer Weile auch heraus, daß seine ›Kartoffelstampfer‹

seine Füße waren. Später erzählte er mir, sein Kampfhuhn – seine Frau – sei in ihrer Wohnung in Bow ausgebombt worden.

»Küchendecke runtergekommen. Was für ein Chaos! War 'ne Menge Arbeit, die Schweinerei aufzuräumen. Sie sagte: Ob Hitler wohl dachte, sie sei sein Dienstmädchen? Schade nur, daß er seine eigene Schweinerei nicht selber wegräumen konnte.«

Während er sprach, blinzelte er pausenlos, eine Angewohnheit, an die ich mich mittlerweile ebenso gewöhnt hatte wie an seine unvermittelten Lachanfälle. Es gefiel mir immer gut, mit ihm zu plaudern.

Ja, es waren herrliche Tage. Ich hatte es mir angewöhnt, morgens, bevor ich nach Priory ging, etwa eine Stunde mit Tristan zu verbringen, und dann noch einmal, wenn ich nach Hause zurückkam. Ich saß bei den Kindern und las ihnen eine Geschichte vor, während Nanny Crabtree freudig nickend zusah. So sollte sich eine Mutter in ihren Augen sicherlich benehmen … statt sich mit irgendwelchen Ausländern irgendwo herumzutreiben. Denn Nanny Crabtree hatte diese Geschichte mit dem Gedächtnisverlust natürlich nie geglaubt.

»Gedächtnisverlust, wahrhaftig«, hatte sie gesagt. »Diese Dorabella ist kein Mensch, der plötzlich sein Gedächtnis verliert. Nein, da steckt was anderes dahinter.« Und Violetta hatte damals gemeint: »Wir müssen Nanny die Wahrheit sagen. Sie wird furchtbar schockiert sein, aber sie wird dir verzeihen, und außerdem würde sie ohnehin keine Ruhe geben, bevor sie weiß, was wirklich passiert ist.«

Dann war da Simone. Ich lief ihr regelmäßig irgendwo über den Weg. Sie war mittlerweile ganz anders als das stille, ernste Mädchen, das nach England gekommen war, um für ihr Land zu kämpfen; sie war unbeschwert und irgendwie leichtfertig – gar nicht so viel anders als ich.

Sie schien nur höchst ungern über Jacques zu reden. Nun, das war bei mir nicht anders, also gab es da keine Probleme. Nur einmal hatte sie von Jacques erzählt und dabei erwähnt, daß sie ihn als Kind nur selten zu Gesicht bekommen hatte, da sie bei einer Tante auf dem Land aufgewachsen war.

Sie erzählte mir, daß es auf der Farm einen Mann gebe, der ihr nachlief. Er kam aus Cornwall und hieß Daniel Ferret, und sie brachte mich immer zum Lachen, wenn sie versuchte, seinen Akzent nachzuahmen, und es war erst recht komisch, wenn sie mir ihre Bemühungen schilderte, sich mit ihm zu unterhalten – da ihr Englisch recht beschränkt war und ihr Akzent nicht besonders hilfreich, war ihr der kornische Dialekt unverständlich.

Wir kicherten viel miteinander, und ich muß sagen, das war damals eine große Erleichterung für mich, denn die düsteren Wolken des Krieges konnten einem stark aufs Gemüt schlagen.

Natürlich wollte sie alles von mir wissen. Ich erzählte ihr von Dermot, und sie war selbstverständlich im Bilde, was meine Affäre mit Jacques betraf. Sie erzählte mir, daß er immer irgendwelche Liebesaffären gehabt habe und daß er länger mit mir zusammen gewesen sei als mit den meisten anderen Frauen, und schließlich sei ich diejenige gewesen, die ihn verlassen hätte.

Schon bald erzählte ich ihr von Hauptmann Brent.

»Er ist charmant, dieser«, sagte sie. »Wie mein armer Daniel? O nein! *Quelle différence!* Erzähl mir von ihm. Ich bin ganz Nase.«

»Ohr«, verbesserte ich sie, und wir begannen von neuem zu kichern. Ich erzählte ihr von meiner Begegnung mit dem Hauptmann auf den Klippen und von den Fortschritten, die unsere Freundschaft seither gemacht hatte.

Das Leben war damals ungeheuer interessant. Selbst diese langweiligen Deutschen hatten ihr Augenmerk auf die Russen gerichtet, was alle für eine ›gute Sache‹ hielten – wenn nicht für die Russen selbst, so doch eindeutig für uns.

Es war ein warmer Tag – geradezu drückend warm. Ich beschloß, in die Stadt hinunterzugehen, um ein paar Dinge zu bestellen. Es gab immer bestimmte Waren, die wir brauchten. Da ich viel Zeit hatte, ging ich über die Klippen, erledigte meine Bestellung und schlug dann die Richtung zum Cottage ein. Schon den ganzen Nachmittag hatte ein Unwetter in der Luft gelegen, und über dem Meer hingen

Gewitterwolken. Als ich die Stadt hinter mir hatte, hörte ich den ersten Donnerschlag. Dann begann es in Strömen zu regnen, und als ich das Cottage erreicht hatte, war mein dünnes Kleid völlig durchnäßt, ich hatte Wasser in den Sandalen, und mein Haar klebte mir am Gesicht.

James war zu Hause.

Er stellte fest, was unübersehbar war: »Sie sind ja patschnaß!«

»Und das ist noch milde ausgedrückt«, sagte ich.

»Schnell, ziehen Sie Ihre Sachen aus.«

»Wo ist Joe?«

»Nach Bodmin gefahren, um ein paar Erledigungen zu machen. Gehen Sie ins Bett, und in der Zwischenzeit suche ich Ihnen etwas zum Anziehen heraus. Dann werden wir Ihre nassen Kleider trocknen.«

Ich ging die Treppe hinauf in das kleine Badezimmer. James ließ mich dort allein und kehrte nach wenigen Augenblicken mit einem Frotteebademantel zurück. Er war mir viel zu groß – denn er gehörte ihm.

Als ich wieder aus dem Bad herauskam, war er im Schlafzimmer und saß auf dem Bett.

Er musterte mich. »Der Bademantel steht Ihnen ausgezeichnet. Ich hielt ihn immer für ein unattraktives Ding ... bis jetzt.«

»Er ist ziemlich groß.«

»Nun ja, ich bin ja auch ein wenig größer als Sie.«

Er stand auf und legte seine Hände auf meine Schultern.

Es besteht keine Notwendigkeit, in die Einzelheiten zu gehen: Es war unausweichlich. Es war eine sehr romantische, wenn auch etwas stereotype Situation. Es kam mir vor wie in einem Schauspiel: Der Held und die Heldin werden zusammengeführt ... der Wagen hat eine Panne ... oder das Mädchen gerät in ein Unwetter ... ganz gleich, auf welche Weise es bewerkstelligt wird, die beiden in diese Situation zu manövrieren. Aber dann ist sie eben da ... sie können nichts dagegen tun.

Er streifte den Bademantel von meinen Schultern. Jetzt wäre der richtige Zeitpunkt gewesen, zornige Proteste zu äußern. Aber habe ich das getan? Natürlich nicht. So war ich eben nicht. Ich wollte es genauso wie er, und es hätte keinen Sinn gehabt zu heucheln. Also passierte es.

Als wir danach nebeneinander im Bett lagen, dachte ich daran, daß Joe bald zurückkommen könnte. Ich sah sein typisches Blinzeln direkt vor mir; ich wußte, daß er nicht wirklich überrascht sein würde. Immerhin war er nur das alte ›Mädchen für alles‹, wie er sich selber manchmal nannte.

Ich lag einfach nur in einem Zustand köstlicher Euphorie neben ihm.

James flüsterte mir ins Ohr, wie wunderbar es doch sei, daß er mich gefunden habe. Und ich erwiderte, es sei wunderbar, daß wir einander gefunden hätten. Wir wußten, daß dies erst der Anfang war.

Danach gab es viele solcher Begegnungen. Joe wußte davon und reagierte mit der Nonchalance, die ich erwartet hatte. Manchmal hörten wir ihn unten rumoren. In dieser Zeit nutzte ich jede Gelegenheit, um zum Cottage zu gehen, wo James auf mich wartete.

Danach saßen wir unten oder vielleicht auch im Garten noch eine Weile zusammen, James brachte eine Flasche von seinem französischen Lieblingswein heraus, und wir redeten.

Er erzählte mir, daß er verheiratet gewesen war. Es hatte nicht funktioniert. Das war vor dem Krieg gewesen. Sie hatten eine Weile in London gelebt, waren aber häufig umgezogen. Sie hatte das Leben nicht gemocht, das die Ehe mit einem Mann im Militärdienst mit sich brachte; sie wünschte sich ein ruhiges Dasein auf dem Lande. Also hatten sie sich getrennt. Es war ein Glück, daß ihre Scheidung freundschaftlich und ohne Bitterkeit über die Bühne gegangen war. Das war drei Monate vor Kriegsausbruch gewesen.

Für mich waren das herrliche Tage. Die Affäre mit James hatte einen gewissen Kitzel – das gefiel mir. Der einzige, der davon wußte, war Joe. Aber es sollte nicht lange dauern, bis ich erfuhr, daß das nicht ganz der Wahrheit entsprach.

Natürlich bin ich in gewisser Hinsicht ein verantwortungsloser Mensch. Und eines Tages, als ich mit Simone zusammen war, kam es heraus.

Völlig unerwartet sagte sie: »Du siehst ... wie soll ich es ausdrücken? Und siehst anders aus? Ist etwas passiert?«

»Oh«, sagte ich ausweichend. »Das Leben ist ganz erträglich. Wie geht es Daniel?«

»Da gibt's nichts Neues.«

»Er liegt dir zu Füßen?«

Sie zuckte die Achseln. »Und der gute Hauptmann?«

Ich imitierte ihre Geste.

»Ich hatte gedacht, ich würde dich gestern zu sehen bekommen. Warst du beschäftigt?«

»Sehr.«

»Mit dem guten ... James?«

»Ja, ich habe ihn tatsächlich getroffen.«

»Er hat ein hübsches, kleines *maison*. Ich bin neulich daran vorbeigekommen. Und ich dachte mir – nett.«

»O ja, das ist es.«

»Du kennst es gut, nehme ich an.«

»Ich bin ein oder zwei Mal dort gewesen.«

Sie nickte lächelnd. Dann erzählte sie mir irgend etwas von Daniel. Ich hörte nicht richtig zu.

Meine Liebesgeschichte mit James Brent ging weiter. Ich wußte, daß sie für uns beide wichtig war. Leider ist es schwierig, jemandem, der diese Erfahrung nicht selbst gemacht hat, so etwas zu erklären. Aber Menschen, die so etwas selbst einmal erlebt hatten, werden es sofort begreifen.

Ich wußte, wenn ich ins Cottage kam, nie, ob er dort sein würde oder nicht, und er hatte mir gesagt, daß er jeden Augenblick abkommandiert werden könne. Er glaubte nicht, daß das in nächster Zeit passieren würde, aber man konnte nie wissen.

Wie konnte in jenen Tagen überhaupt irgend jemand etwas sicher wissen? Woher sollten wir wissen, wann einer von uns dem Tod entgegensah? Dieses Gefühl gab dem Leben eine gewisse Eindringlichkeit. Es hieß: »Eßt, trinkt und seid fröhlich, denn morgen werden wir sterben.« Wir lebten tatsächlich gefährlich. Und ich schätze, ich wollte jedem Tag so viel Vergnügen abringen wie nur möglich, denn woher wollte ich wissen, wie lange ich in der Lage sein würde, es zu genießen? Wenn man etwas schön fand, wollte man sich daran festklammern, bevor jemand es einem wegreißen konnte.

Das gab meiner Beziehung zu James eine zusätzliche Würze.

Manchmal war ich nah daran, Violetta alles zu gestehen. Ich konnte mir nicht vorstellen, wie sie darauf reagieren würde. Sie glaubte, meine letzten Erfahrungen mit Jacques hätten mich ernüchtert. Aber manchmal dachte ich, es würde niemals etwas geben, das mich endgültig ernüchtern konnte.

Ich brauchte James damals sehr. Er tat wirklich viel für mich. Nanny Crabtree hatte einst zu Violetta gesagt – und meine Schwester hatte es mir weitererzählt –, daß ich nur einen Raum zu betreten brauche, und man hätte das Gefühl, die Sonne bräche durch die Wolken. »Sie quält sich nicht unnötig mit irgendwelchen Sorgen, nicht wahr? Und genau dasselbe Gefühl vermittelt sie auch anderen. Nun, es ist nicht das schlechteste, wenn man so recht darüber nachdenkt.«

Ich war überzeugt: Ja, es ist wunderbar, wenn man in der Lage ist, in diesem ganzen Durcheinander ein wenig Glück zu finden. Das war meine Entschuldigung. Ich verstand mich meisterlich darauf, Entschuldigungen für mich zu finden.

So war mein Leben in jenen Tagen, ich tanzte um die Flamme wie die sprichwörtliche Motte – ohne je einen Gedanken daran zu verschwenden, daß ich mir die Flügel versengen könnte.

Für die Soldaten auf Genesungsurlaub standen jetzt auch die Zimmer auf Tregarland zur Verfügung, die man dort für sie fertig gemacht hatte. Wegen der geringen Entfernung zwischen beiden Häusern war das ein überaus bequemes Arrangement, denn wir konnte mühelos von einem Haus zum anderen gehen.

»Was für eine wunderbare Entwicklung!« sagte Violetta. »Vor allem, wenn man an die alte Fehde zwischen den beiden Familien denkt.«

»Auch ein Problem, das aus der Welt geschafft worden ist, meine liebe Schwester, von dir und …«

Wie gedankenlos ich war! Eigentlich wollte ich sagen: »Von dir und Jowan.« Allerdings war er auch so ständig in ihren Gedanken, und sie brauchte keine unbedachten Bemerkungen von mir, um sich seiner zu erinnern.

Hastig fügte ich hinzu: »Ich glaube, wir schlagen uns wirklich gut.«

»Das denke ich auch«, gab Violetta mir recht.

Unsere Tage waren wirklich ausgefüllt, jetzt da wir die beiden Häuser zu versorgen hatten, obwohl es mir immer noch gelang, Zeit zu finden, um mich zu James' Cottage am Fluß hinunterzustehlen. Es gab immer eine Entschuldigung, um in die Stadt zu gehen, und falls meine Ausflüge dorthin zu lang gewesen sein sollten, so bemerkte jedenfalls niemand etwas darüber.

James hatte mir einen Schlüssel für das Cottage gegeben.

»Das ist sehr praktisch so«, sagte er, »wenn ich nicht da bin und Joe auch nicht. Auf diese Weise können wir einander eine Botschaft hinterlassen.«

Es war mittlerweile Oktober, und die Tage wurden kürzer. Es war die Jahreszeit der Stürme, die so typisch für unsere Küste waren.

Eines Morgens, als ich hinunterging, saß Violetta bereits mit Gretchen am Tisch, und während wir uns unterhielten, brachte eins der Mädchen die Post hinein. Wir bekamen alle drei einen Brief. Noch bevor wir einen Blick auf die Umschläge warfen, wußten wir, daß sie von meiner Mutter kamen, denn wenn sie an eine schrieb, schrieb sie auch an die beiden anderen. Wir hatten immer darüber gelacht – Violetta und ich –, als wir noch zur Schule gingen, denn die Briefe fielen stets fast identisch aus. Nicht daß wir es uns anders gewünscht hätten. Es machte uns nur um so mehr bewußt, wie nahe wir alle uns standen.

Gretchen las ihren Brief und sah uns mit aufgeregten Augen an.

»Das sind ja wunderbare Nachrichten«, sagte sie. »Edward wird in Hampshire stationiert. Er wird häufiger Gelegenheit haben, für kurze Zeit wegzukommen. Ich sollte in

seiner Nähe sein. Eure Mutter meint, ich solle nach Caddington zurückkehren. Bis dahin ist es nur ein Katzensprung von
Hampshire aus. Sie schreibt: ›Ich meine, du solltest bald zurückkommen, Gretchen. Du und Hildegarde, ihr könnt bei
uns wohnen. Es wird wunderbar sein, wieder ein Kind im
Haus zu haben.‹«

»Das sind ja wirklich gute Neuigkeiten«, sagte ich.

»Es ist so lange her, daß Edward Hildegarde gesehen
hat«, fügte Gretchen hinzu. Dann zögerte sie einen Augenblick. »Aber meine Arbeit hier …«

»Du wirst auch dort etwas zu tun finden«, versicherte
Violetta ihr. »Ich glaube nicht, daß das schwierig sein wird,
oder was meinst du, Dorabella?«

Ich schüttelte den Kopf. »Unsere erste Pflicht ist, die Soldaten bei Laune zu halten, nicht wahr? Nun, und ich bin mir
sicher, einer von ihnen – nämlich Edward – wäre bestimmt
nicht glücklich darüber, wenn man ihm seine geliebte Frau
und sein Kind vorenthalten würde.«

Gretchen lachte. Sie konnte ihre Aufregung nicht verbergen.

Kurz darauf ließen wir sie allein, damit sie packen konnte
und gingen zu Mrs. Jermyn hinüber, um mit ihr über einen
Ersatz für Gretchen zu reden.

Als wir den kurzen Weg nach Priory hinunterfuhren, sagte Violetta: »In deinem Brief hat wahrscheinlich das gleiche
gestanden wie in meinem?«

»Wahrscheinlich. Wir haben ihr geschrieben, daß es ein
paar unerfreuliche Szenen wegen Gretchen gegeben hat,
nicht wahr?«

»So ist es.«

»Und deshalb glaubt sie, es sei besser für sie, von hier
wegzukommen.«

»Womit sie natürlich recht hat, denn Gretchen belastet die
ganze Sache sehr. Die Leute vergessen einfach nicht, daß sie
Deutsche ist. Und wenn irgend etwas schiefgehen würde,
stünde sie sofort unter Verdacht.«

»Das wäre dort wahrscheinlich nicht anders.«

»Ja, aber Edward ist dort. Er ist Soldat – eine Art Held,
nachdem er von Dünkirchen zurückgekehrt ist, und unsere

Eltern sind die glühendsten Patrioten, die man sich vorstellen kann. Außerdem wird sie auf diese Weise Edward vielleicht wirklich öfter sehen.«

Nanny Crabtree war traurig. Es war ihr ein schrecklicher Gedanke, daß es im Kinderzimmer ohne die brave Hildegarde weniger Leben geben würde. Wahrscheinlich würde sie im Rückblick noch viel braver werden, als sie es in Wirklichkeit jemals war, und Tristan würde in Zukunft noch häufig vorgehalten bekommen, daß Hildegarde so etwas nie getan hätte und sie immer so ein liebes kleines Mädchen gewesen sei.

Nach einigen Wochen nahm Nanny Crabtree die Sache jedoch von der philosophischen Seite. »Hm, ich habe auch so alle Hände voll zu tun mit seiner Lordschaft und diesen beiden Lausebengeln, Charley und Bert!« Sie schnalzte mit der Zunge und hob den Blick himmelwärts, als suche sie nach göttlichem Beistand für das, was sie zu leiden hatte.

»Wie diese beiden Bengel mit ihren Fahrrädern durch die Gegend sausen! Meine Güte, nein! Sie erschrecken mich zu Tode, diese beiden. Da sind mir die kleinen Mädchen doch bei weitem lieber.«

»Wenn ich mich recht erinnere, Nanny«, sagte ich, »hattest du einmal zwei Mädchen, die nicht so engelsgleiche Geschöpfe waren.«

»Das will ich meinen«, entgegnete sie augenzwinkernd. »Sie waren immer ein freches kleines Ding, wahrhaftig!«

Tristan vermißte Hildegarde, denn eines Tages sagte er zu mir: »Wo Hilgar? Will Hilgar haben.«

»Ach«, antwortete ich, »du hast doch Mami.«

Da lächelte er plötzlich und streckte mir die Arme entgegen. Ich nahm ihn hoch, und er drückte mir einen nassen Kuß auf die Wange.

»Habe Mami«, sagte er mit augenscheinlicher Zufriedenheit.

Ich drückte ihn an mich. Mein kleiner Engel. Jetzt liebte er mich. Er hatte vergessen, daß ich ihn einmal im Stich gelassen habe.

Mein geliebtes Kind, dachte ich, wie ich es schon tausend Mal vorher gedacht hatte. Ich werde ihn dafür entschädigen.

Wenn ich auf jene Monate zurückblicke, scheinen sie mir wie eine Oase der Ruhe inmitten der furchtbaren Kämpfe, die überall auf der Welt stattfanden.

Und Tristan liebte mich. Es gibt nichts so Schönes wie die felsenfeste, unschuldige Überzeugung eines Kindes, daß seine Mutter alles in Ordnung bringen könne. Nicht einmal ich, die ich wirklich eine besonders mütterliche Frau bin, konnte dem widerstehen. Ich schwor mir, daß ich ihn nie wieder enttäuschen und immer für ihn da sein würde! Damals hatte ich Tristan, hatte meinen ständigen Trost in Violetta, meinen lieben Eltern … und James Brent.

Ja, es war eine gute Zeit.

Ich war hinunter nach Poldown gefahren, hatte hastig meine Einkäufe erledigt und war dann zum Cottage am Fluß gegangen. Es bestand eine winzige Möglichkeit, daß James da sein würde. Damit man den Wagen von der Straße aus nicht sehen konnte, stellte ich ihn meist hinter dem Cottage ab. Doch zunächst versteckte ich den Wagen nicht, da ich nur kurz nachschauen wollte, ob James zu Hause war; falls er da war, würde ich den Wagen natürlich wegfahren.

Ich öffnete die Haustür, sah, daß niemand im Haus war, kritzelte eine Notiz für James auf einen Zettel und ging zurück zum Wagen. Als ich einsteigen wollte, fuhr ein anderer Wagen vor. Es war Simone mit Jermyns Limousine, mit der sie durch die Gegend fuhr, um Erledigungen für Tom Yeo zu machen.

Sie stieg aus und grinste mich an.

»Er ist nicht … *chez lui?*«

»Nein«, sagte ich.

»*Quel dommage!*« murmelte sie. »Dann … hast du einen Augenblick Zeit? Vielleicht könnten wir einen *Café* zusammen trinken? Nur eine halbe Stunde … zwanzig Minuten … oder fünfzehn?«

»Ja«, sagte ich. »Das läßt sich machen.«

Also fuhren wir hinunter nach Ost-Poldown. Es gab da ein kleines Lokal mit Blick aufs Meer, und Mrs. Yelton, die Wirtin, kam an unseren Tisch, um unsere Bestellung aufzunehmen.

»Wie geht's denn so, meine Lieben?« sagte sie. »Wie wär's mit einer guten Tasse Kaffee?«

»Ja bitte, Mrs. Yelton.«

»Machen sicher eine wohlverdiente Pause, möchte ich wetten. Ihr jungen Damen leistet da oben gute Arbeit, alle beide. Sie sollten mal hören, was die Jungs über das Heim sagen. Engel der Barmherzigkeit, jawohl, so nennen sie die jungen Damen hier.«

Ich lachte. »Aha, ich sehe also aus wie ein Engel?« fragte ich.

»Um die Wahrheit zu sagen, ich dachte immer, Sie hätten mehr was von einem Teufelchen, Mrs. Tregarland. Und was Sie betrifft, Mam'selle … wie Sie mit diesem Boot hier herüber gekommen sind … nun, das war schon eine Leistung.«

Wir lachten, und sie ging fort, um den Kaffee zu holen.

»Es ist hübsch hier«, sagte Simone, während sie in ihrer Tasse rührte.

»Ja, wenn man von den Leuten akzeptiert wird«, erwiderte ich in Gedanken an Gretchen.

Sie wußte sofort, was ich meinte. So war Simone eben; sie begriff immer schnell, was man meinte.

»Es ist wunderbar für sie, daß ihr Mann jetzt ab und zu nach Hause kommen kann«, sagte ich. »Wenn sie hiergeblieben wäre, hätte sie ihn unmöglich so oft sehen können.«

»Und die Tatsache, daß sie Deutsche ist, hat ihr auch nicht gerade geholfen. Und mit dir und deinem guten Hauptmann steht alles zum Besten?«

»So gut, wie es in solchen Zeiten sein kann.«

»Ich sehe, du hast einen Schlüssel zu seinem Haus.«

»O ja. Er hat ihn mir gegeben. Das ist sehr praktisch so. Ich kann hineinschlüpfen, wenn ich mag, und wenn er nicht dort ist, hinterlasse ich ihm eine Nachricht.«

»Er ist ein so aufmerksamer Mann, und so romantisch. Wie schön, daß es trotz des Krieges noch Romantik gibt.«

»Solange die Welt sich dreht, wird sich auch das Karussell der Liebe weiterdrehen.« Hatte ich mir das ausgedacht oder bemerkte ich damit nur einfach das Offensichtliche? Eigentlich war es nur ein wirklich altes Klischee, aber wenn man

über solche Dinge nachdenkt, entdeckt man häufig, daß sie
den Nagel auf den Kopf treffen.

Wir schwatzten noch eine Weile miteinander, verabschiedeten uns dann von Mrs. Yelton und stiegen in unsere jeweiligen Autos.

Als wir eines Abends nach Tregarland zurückkehrten, fanden Violetta und ich Nanny Crabtree in einem ihrer soge-
nannten ›Zustände‹ wieder.

»Ich hab's Ihnen immer wieder gesagt, ich will nicht, daß
sie nach Einbruch der Dunkelheit noch draußen rumlaufen,
diese beiden Bengel, Charley und Bert. Anscheinend begreifen sie nicht, daß sechs Uhr im Mai etwas anderes ist als
sechs Uhr um diese Jahreszeit. Und ich will einfach nicht,
daß sie im Dunkeln noch draußen sind. Es sind natürlich
diese Fahrräder, was auch sonst. Sind wunders wie stolz
drauf, möchte ich meinen. Einen Tag fangen sie Spione, am
nächsten sind sie Kurierreiter im Wilden Westen, dauernd
unterwegs … ich weiß nicht … aber ich erlaube das nicht.«

»Hatten sie irgendein besonderes Ziel?« erkundigte sich
Violetta.

»Nein. Ich hab's ihnen immer wieder gesagt: nach der
Schule Marsch nach Hause, dann können sie sich ihre
schmutzigen kleinen Hälse waschen und sich zu einem schönen Essen niedersetzen. Man sollte meinen, das müßte ihnen
reichen, oder? Aber nein. Sie müssen sich draußen rumtrei-
ben.«

»Ich schätze, sie sind bald wieder da, Nanny«, sagte ich.

»Das möchte ich ihnen auch geraten haben.«

Ich dachte: Sie liebt diese Jungen. Genauso ist sie früher
mit uns umgesprungen. Die gute alte Nanny, ich glaube, sie
macht sich wirklich Sorgen um sie.

Doch nach einiger Zeit wurden auch Violetta und ich
langsam unruhig. Violetta sagte, sie hätte Gordon gesehen,
und der meinte, die beiden müßten mittlerweile eigentlich
wieder zu Hause sein.

»Ich hoffe, sie hatten keinen Unfall«, sagte Violetta.

Als wir dann die Fahrräder der Jungen im Hof hörten,
waren wir alle sehr erleichtert.

Sie waren sicher nach Hause gekommen, und jetzt, da ihre Angst verflogen war, wurde Nanny ausgesprochen zornig. Unverzüglich schritt sie zur Tat. Sie wollte wissen, welche Entschuldigungen sie hätten, und ich konnte an ihrer Miene ablesen, daß ihre Entschuldigungen schon sehr gut sein müßten, um sie zufriedenzustellen.

Die Jungen stellten ihre Fahrräder weg und kamen die Treppe hinaufgerannt, und ihre Gesichter brannten vor Aufregung.

Sofort versperrte Nanny ihnen den Weg, Violetta und ich standen neben ihr.

Charley platzte als erster damit heraus: »Es hat einen Einbruch gegeben. Oder jedenfalls hätte es einen gegeben, wenn wir nicht aufgepaßt hätten.«

»Einen Einbruch?« rief ich. »Wo?«

»In diesem Cottage.«

»Im Cottage am Fluß?« fragte ich hastig.

»Genau da, Mrs. Tregarland. Das Haus meine ich. Ich und Bert, wir sind mit dem Fahrrad dort vorbeigekommen, ja? Es gibt da eine Abkürzung hinterm Haus, wenn man sich auskennt ... am Fluß entlang.«

»Da habt ihr allerdings nichts zu suchen«, sagte ich.

»Es ist doch nur ein kleines Stück. Na ja, jedenfalls, Bert und ich, wir waren da. Man konnte von hinten ins Haus reingucken, und ich wußte, Hauptmann Brent war nicht da, ja?«

»Das wußtest du?« fragte ich. »Woher?«

»Na ja, er war nicht da, oder? Er war eine ganze Weile weg. Ich hörte einen der Soldaten sagen, daß er wohl noch länger fortbleiben würde, und wußte daher, daß er es nicht war wegen dieser Taschenlampe, ja? Das Licht bewegte sich im Haus ... genau wie in einem Film, und ich sagte zu Bert: ›Vielleicht ist der Strom ausgefallen.‹ Aber dann habe ich gesehen, daß die Laternen auf der Straße an waren. Tja, also haben wir unsere Fahrräder stehengelassen und sind zum Haus hinauf, und dann habe ich gesehen, daß die Hintertür aufgebrochen war. Da wußte ich Bescheid.«

»Was habt ihr dann getan, Charley?« fragte ich.

»Ich sagte zu Bert: ›Schätze, das sind Einbrecher. Wir

müssen sie fangen.‹ Ich glaube nicht, daß Bert und ich alleine das konnten, und also sagte ich zu ihm: ›Du wartest hier und hältst Wache. Wenn sie in einen Wagen steigen, schreib dir die Nummer auf … genau wie man das immer im Film sieht … und dann gehe ich zu Constable Darkin. Das ist nicht weit.‹«

»Das war sehr einfallsreich von dir, Charley«, sagte Violetta.

»Was, Miss?«

»Sehr klug. Sehr vernünftig. Daß du dich an Constable Darkin gewendet hast.«

»Er wollte gerade seinen Tee nehmen, als ich kam. Aber ich sagte sofort: ›Ich bin gekommen, um einen Einbruch zu melden.‹ Er war aber nicht im mindesten aufgeregt, ja? Denn er meinte nur: ›O ja, mein Sohn.‹ Als wäre ich ein kleiner Junge, der ein Spielchen spielt. Aber ich war hartnäckig: ›In Hauptmann Brents Haus … im Cottage am Fluß.‹ Das war dann was anderes. Er ließ seinen Tee stehen und sagte: ›Du solltest besser nach Hause zurückfahren, Sohn.‹ Dann ging er ans Telefon, und ich konnte nicht hören, was er sagte, weil Mrs. Darkin von der Tür aus pausenlos auf uns einredete. Sie sagte. ›Das habt ihr gut gemacht, aber jetzt ist es Zeit, daß ihr nach Hause fahrt.‹ Also bin ich wieder zurück zu Bert. Er war immer noch da und hat das Haus beobachtet. Er hatte keine Lichter mehr darin gesehen. Kurz darauf hörten wir die Autos, und zwei Männer kamen herausgerannt. Wir konnten sie nicht sehr gut sehen, aber sie konnten weglaufen, bevor die Polizei kam. Das war wirklich ein Mordsding, was, Bert?«

Bert war ganz seiner Meinung.

Ich dachte an James und fragte mich, woher die Diebe wohl gewußt hatten, daß er und Joe nicht da waren, und was sie in einem Cottage für Sommerurlauber Stehlenswertes vorzufinden gehofft hatten.

Eine Weile später kam Constable Darkin nach Tregarland, um den Jungen zu sagen, daß sie ihre Sache sehr gut gemacht hätten. Es war nur ein gewöhnlicher Einbruch, und die Diebe waren entkommen, bevor man sie dingfest machen konnte.

»Du hast das genau richtig gemacht, mein Sohn«, sagte Constable Darkin zu Charley. »Du mußt es uns immer melden, wenn du etwas beobachtest, das nicht ganz astrein ist.«

Und so nahm alles ein glückliches Ende, und Nanny Crabtree nahm ihre Mißbilligung, was die Jungen und ihre Fahrradabenteuer betraf, zurück. Ja, man hatte sogar das Gefühl, daß sie sehr stolz auf ihre beiden Schützlinge war.

Entführt

Es dauerte nur zwei Wochen, da wurde wieder Alarm geschlagen. Diesmal jedoch war die Sache sehr ernst.

Wieder fing es an, als Violetta und ich von Priory zurückkehrten. Wenn Nanny Crabtree schon ›Zustände‹ gekriegt hatte, weil die Jungen nicht nach Hause gekommen waren, war sie jetzt in heller Panik.

Genau wie wir alle.

Tristan war verschwunden. Er hatte nach dem Essen sein Mittagsschläfchen gehalten, und Nanny war ebenfalls eingedöst. Auf diese Weise, sagte sie, konnte sie einmal die Füße hochlegen. Sie legte sich auf ihr Bett, was die einzige Möglichkeit war, wirklich Ruhe zu finden, und sie ließ die Tür ihres Schlafzimmers, das an Tristans Zimmer angrenzte, offen.

Er war vormittags besonders lebhaft gewesen und schlief nicht so schnell ein wie gewöhnlich, so daß es schon nach drei Uhr gewesen sein mußte, als Nanny selbst dazu kam, sich hinzulegen. Erst um fünf Uhr wachte sie wieder auf und war höchst erstaunt, daß es schon so spät war. Es sah ihr gar nicht ähnlich, so lange zu schlafen, denn für gewöhnlich hatte sie einen ganz leichten Schlaf. Außerdem hätte sie erwartet, daß Tristan vor ihr aufwachen würde. Aber als sie in sein Zimmer kam, sah sie, daß er nicht in seinem Bett lag. Das hatte sie überrascht, aber noch nicht übermäßig beunruhigt. Er war wohl nach unten gegangen, dachte sie. Aber Tristan war nirgends zu finden. Wir machten uns alle furchtbare Sorgen. Und Tregarland war ein sehr großes Haus, und es gab alle möglichen Winkel, in denen er sich verstecken konnte.

Wir suchten und suchten. Nanny stöhnte immer wieder: »Ich kann es einfach nicht fassen. Ich habe so einen leichten Schlaf. Ich bin immer beim leisesten Geräusch meiner Kinder aufgewacht. Und was tut er? Steigt aus dem Bett ... Macht sich einfach davon. Wo ist er nur? Wo ist mein kleiner Junge?«

Zuerst kam es mir gar nicht in den Sinn, daß etwas Ernstes passiert sein könnte. Erst nach einer ganzen Weile, als wir immer noch keine Spur von Tristan hatten, bekamen wir es wirklich mit der Angst zu tun und beschlossen, die Polizei zu rufen.

Constable Darkin stattete Tregarland also wieder einmal einen Besuch ab. Man suchte Haus und Grundstück ab. Aber die größte Angst hatten wir vor dem Meer. Angenommen, Tristan war in den Garten gegangen, an den Strand hinuntergelaufen, um dort im Wasser zu planschen? Angenommen, die Wellen hatten ihn ins Meer hinausgetragen? Unerträgliche Möglichkeiten schossen mir durch den Sinn.

Violetta und ich gingen ihn suchen, und mehrere Diener schlossen sich uns an. Auch Gordon war sehr hilfsbereit; er arrangierte Suchtrupps und besprach mit der Polizei, was am besten zu geschehen habe. Doch als es Abend wurde, waren wir vollkommen verzweifelt.

Mir war mittlerweile schlecht vor Entsetzen. Mein geliebtes Kind, das langsam lernte, mich zu lieben, mir meine Gleichgültigkeit zu verzeihen, das mich jetzt genauso liebte wie Violetta und Nanny Crabtree, nein, sogar noch mehr, denn ich war seine Mutter. Wo war es jetzt? Jammerte es nach mir? Ich konnte noch immer die Zufriedenheit in seiner Stimme hören, als Tristan gesagt hatte: »Habe Mami.«

Es war einfach zu grausam. Das hatte ich nicht verdient. Und was war mit Tristan geschehen? Schon einmal hätte er sterben können, unter den Händen einer Mörderin, aber die Wachsamkeit meiner Schwester und Nanny Crabtrees hatte diese Greueltat verhindert. Nicht noch einmal, dachte ich, o bitte, nicht noch einmal.

Ich weiß nicht, wie ich diese Nacht überstanden habe.

Nachdem wir das Haus und das Grundstück gründlich abgesucht hatten, bestand kaum noch Hoffnung, daß er dort irgendwo sein konnte.

Aber wo war er dann? Ich konnte das leise Rauschen des Meeres hören. Die See war ruhig, aber … war es möglich, daß er zum Strand hinuntergelaufen war? Wir hatten ihm ausdrücklich verboten, allein dorthin zu gehen. Und im Großen und Ganzen war er ein gehorsames Kind; aber schließlich konnte man nie sicher sein, was einem Kind in den Sinn kam.

Violetta war natürlich bei mir, und ich wußte, daß sie genauso litt wie ich. Nanny Crabtree war vollkommen außer sich. Ich hörte sie leise vor sich hin murmeln und vermutete, daß sie betete.

Auch Gordon überlegte, wo Tristan sein könnte: »Es muß eine Erklärung geben. Er ist irgendwo hingelaufen.«

»Ein Kind, da draußen, ganz allein … so spät in der Nacht!« rief ich.

Gordon sagte ganz langsam und mit sichtbarer Mühe, als frage er sich, ob es auch wirklich klug sei, eine solche Möglichkeit anzudeuten: »Wir müssen auch die Tatsache in Betracht ziehen, daß irgend jemand ihn mitgenommen hat.«

»Mitgenommen!« rief ich.

Gordon nickte, und Violetta fragte vorsichtig: »Sie meinen … entführt?«

»Das könnte durchaus sein. Wenn es so ist … bekommen wir ihn wieder.«

»Wer …?« murmelte Violetta.

»Die Familie ist nicht mittellos und könnte durchaus ein Lösegeld zahlen.«

An diese Idee klammerte ich mich, denn das war immer noch besser, als sich vorzustellen, die See hätte ihn geholt.

»O ja, ja«, rief ich. »Er ist entführt worden. Wir werden zahlen, was sie haben wollen, und dann bekommen wir ihn zurück.«

»Es ist nur eine Möglichkeit«, meinte Gordon.

Ich war mit jetzt ganz sicher. Wo hätte er auch sonst sein können? Irgendein abscheulicher Mensch stürzte uns um des Geldes willen in solche Qualen. Alles, alles, was wir hatten, würde ich geben, um Tristan zurückzubekommen. Ich war so in meine eigenen Angelegenheiten verstrickt gewesen, daß mir gar nicht klargeworden war, wie sehr ich ihn liebte. Er war mir wichtiger als alles andere auf der Welt.

In dieser Nacht bekamen wir keinen Schlaf. Ich verspürte einen wilden Haß auf diese Leute, die ihn fortgeholt hatten, und verachtete mich dafür, daß ich ihn nicht genug geliebt hatte. Ich hatte den unwiderstehlichen Wunsch, irgend jemandem die Schuld zu geben. Wie konnte Nanny Crabtree nur so tief schlafen, als all das meinem Sohn widerfuhr? Es sah ihr so gar nicht ähnlich. Ich erinnerte mich daran, wie sie und Violetta während jener Nächte über ihn gewacht hatten, als sie den Verdacht hegten, irgend jemand könne ihm Böses wollen. Dann … Gordon. Ein schrecklicher Gedanke kam mir. Wenn Tristan starb, würde Gordon Tregarland erben. Im Augenblick verwaltete er das Land nur für ihn. Und Gordon liebte Tregarland. Er hatte sein ganzes Leben hier gearbeitet. Er war der Sohn des alten James Tregarland – wenn auch ein unehelicher Sohn –, und er würde alles erben, wenn ihm kein rechtmäßiger Erbe im Wege stand. Und das war Tristan. Was für ein Motiv.

O nein! Das konnte nicht sein! Gordon würde so etwas niemals tun. Aber was wußte ich denn schon von dem, was in den Menschen vorging.

Und so ging es immerzu.

Ich wußte nicht, was ich tun sollte. Noch einmal das Grundstück absuchen? Nur für den Fall, daß er doch nur irgendwo steckte? Das Haus …?

Wir waren verzweifelt und hilflos. Die Polizei suchte nach ihm.

Violetta sagte: »Ich kann einfach nicht glauben, daß wir überhaupt nichts tun können. Gordon hat Recht. Wir werden sicher bald etwas hören. Ich denke, sie werden anrufen.«

Ich konnte es einfach nicht länger ertragen – ich hatte das Bedürfnis, allein zu sein. Immer wieder kehrten meine Gedanken in die Vergangenheit zurück. Ich hatte mein Verschwinden arrangiert, ich hatte mir eingeredet, daß alles am

Ende wieder gut werden würde. Immer hatte ich mir die Zukunft so vorgestellt, wie ich sie haben wollte. Dann dachte ich an mein letztes Beisammensein mit Tristan. Ich hatte ihm seine Lieblingsgeschichte über den Elefanten, der niemals etwas vergaß, vorgelesen, und er hatte sich an mich gelehnt und über die Heldentaten des Tieres gelacht. Diesmal hatte ich die Geschichte ein wenig abgewandelt, nur um des Vergnügens willen, ihn sagen zu hören: »Nein, Mami, das hat er aber nicht getan.«

Nehmt alles, was ich habe … alles, was ihr wollt … aber gebt ihn mir zurück, flehte ich die unbekannten Mächte an.

Ich ging in mein Zimmer und starrte aus dem Fenster. Unten sah ich Simone, die mit Violetta sprach. Aber ich wollte nicht zu ihnen hinuntergehen, denn ich konnte es nicht ertragen, mit irgend jemandem zu reden.

Eines der Mädchen klopfte an meine Tür. Sie hatte einen Umschlag in der Hand.

»Das ist für Sie abgegeben worden, Mrs. Tregarland«, sagte sie.

Sie gab mir den Brief. Mein Name und meine Adresse standen darauf, mit der Schreibmaschine getippt. Ich bemerkte: »Der ist aber nicht mit der Post gekommen.«

»Nein, Mrs. Tregarland. Er lag einfach da auf dem Tisch im Flur.«

Als sie gegangen war, öffnete ich den Umschlag und starrte das Blatt Papier vor mir an. Einige Sekunden lang begriff ich nicht, was diese Worte bedeuteten. Doch dann spürte ich, wie mir innerlich kalt wurde, und meine Hände zitterten.

Wir haben Ihren Sohn. Bisher ist er bei uns in Sicherheit. Wenn Sie unseren Anordnungen Folge leisten, werden Sie ihn bald wiederhaben. Sie sollen allein ins Hollow Cottage kommen, auf der Straße nach Pen Moroc, auf der Bodmin Road. Um fünf Uhr werden Sie dort Ihre Instruktionen erhalten. Das Hollow Cottage liegt ungefähr eine halbe Meile vom Wegweiser nach Pen Moroc entfernt. Wenn Sie diesen Brief irgend jemandem zeigen, wird Ihr Sohn sterben. Wir beobachten Sie. Bringen Sie diesen Brief mit. Denken Sie daran, es ist gefährlich, wenn Sie versuchen, uns zu überlisten. Wenn sie nicht kommen oder wenn Sie nicht allein kommen, wird Ihr Sohn sterben.

Ich konnte es nicht glauben. Genau solche Dinge las man in Büchern, oder man sah sie im Film – und jetzt war genau das passiert!

Mein erster Impuls war, Violetta zu suchen. ›Wenn Sie diesen Brief irgend jemandem zeigen, wird Ihr Sohn sterben.‹ Nein, ich wagte es nicht, das Risiko einzugehen Aber was sollte ich nur tun? Sollte ich zu diesem Haus gehen, diesem Hollow Cottage auf der Straße nach Pen Moroc? Ich kannte die Straße. Ich hatte sie ein oder zwei Mal benutzt – ein einsames Stück Moorland. Seinerzeit waren mir keine Cottages dort aufgefallen, aber ich würde das betreffende Haus wohl finden, obwohl es um fünf Uhr schon dunkel sein würde. Ich hatte Angst und war doch seltsam erregt. Alles war besser als diese unglückselige Untätigkeit.

Zumindest wußte ich jetzt, daß Tristan wirklich entführt worden war. Er war nicht ertrunken oder lag irgendwo tot in den Felsen. Ich spürte in diesem Moment, daß ich mir noch nie so sehr gewünscht hatte, mit meiner Schwester reden zu können, wie in diesem Augenblick. Aber ich wagte es nicht. Ich las den Brief noch einmal, und begriff, daß dies erst der Anfang war. Ich würde in dieses Haus gehen und mir meine ›Anweisungen‹ geben lassen. Was konnten sie von mir wollen? Nur eines, nahm ich an: Geld. Sie würden mir sagen, was ich zu tun hatte, und ich würde Tristan, sobald das Lösegeld gezahlt war, zurückbekommen.

Also fuhr ich zu diesem Hollow Cottage, und ich fuhr allein hin, denn ich wagte es nicht, irgend jemanden in meine Pläne einzuweihen.

Violetta würde sagen, ich hätte irgend jemanden verständigen sollen … die Polizei … Gordon … irgend jemanden, der wußte, was man in einer solchen Situation tat. Aber ich konnte dieses Risiko nicht eingehen.

Meine Schwester sagte immer, ich handele übereilt und ohne die nötige Überlegung. Aber was gab es schon zu überlegen, wenn diese Leute drohten, meinen Sohn zu töten, falls ich mich ihren Anweisungen widersetzte?

Ich verließ Tregarland um vier Uhr, da ich pünktlich dort sein mußte – und glücklicherweise gelang es mir fortzukommen, ohne daß irgend jemand etwas bemerkte. Ich hatte nur einen einzigen Gedanken: Herauszufinden, was diese Leute wollten, es ihnen zu geben, und meinen Sohn zurückzubekommen.

Es wurde an diesem Abend früh dunkel, denn es war ein trüber Tag gewesen, selbst für einen Novembertag. Um halb fünf war ich auf der Straße nach Pen Moroc. Sie war menschenleer.

Ich fuhr langsam und hielt nach dem Hollow Cottage Ausschau. Es gab kaum ein bewohntes Haus in dieser Gegend. Dann sah ich den Wegweiser. Noch eine halbe Meile also.

Ich schaute in die Dunkelheit. Ein Stück weiter tauchte ein Gebäude auf. Es lag in einer kleinen Senke ein Stückchen abseits der Straße. Hollow Cottage. Das mußte es sein.

Es sah irgendwie unheimlich aus. Mein Herz hämmerte wahnsinnig laut; es war wie ein Trommeln in meinen Ohren. Ich bog zu dem Haus hinab und stieg aus dem Wagen. Vorsichtig sah ich mich um. Alles war still. War ich zu früh?

Ich ging auf das Cottage zu. Es war unbewohnt – nur eine Ruine. An der Tür war kein Schloß, also drückte ich sie auf – sie quietschte beim Öffnen. Vorsichtig trat ich ein.

Wäre da nicht die furchtbare Angst um Tristan gewesen, hätte ich nie den Mut gehabt, allein an einen solchen Ort zu gehen. Als ich eintrat, dachte ich: Vielleicht hätte ich Violetta den Brief zeigen sollen. Aber wenn diese Leute daraufhin Tristan etwas angetan hätten, hätte ich mir das nie verziehen. Ich hatte gar keine andere Wahl gehabt.

Ich trat in ein Zimmer, oder zumindest mußte es wohl mal ein Zimmer gewesen sein. Es war dunkel, und ich konnte kaum etwas sehen. Es war niemand da. Ich war zu früh gekommen. Und als ich auf meine Uhr sah, stellte ich fest, daß es erst zehn vor fünf war. Wohl oder übel würde ich warten müssen. Langsam paßten sich meine Augen an die Finsternis an, und ich konnte an der anderen Seite des Raumes eine weitere Tür erkennen. Genau in dem Augenblick, in dem ich zu ihr hinüberschaute, öffnete sie sich mit einem vernehmlichen Quietschen. Mein Herz setzte vor Furcht aus. Ein Mann stand dort. Er trug irgendeine Art von Maske über dem Gesicht.

Es war so unwirklich … wie etwas, das ich gelesen, in einem Film gesehen oder geträumt hatte.

Plötzlich hörte ich eine Stimme: »Es war sehr gut, daß Sie gekommen sind und daß Sie allein gekommen sind, Mrs. Tregarland.« Es war eine kultivierte Stimme.

»Wo ist mein Sohn?« rief ich.

»Man wird ihn Ihnen zurückgeben. Was wir von Ihnen wollen, ist nur eine winzige Kleinigkeit. Alles, was Sie tun müssen, ist, es uns zu bringen, und Ihr kleiner Junge kann nach Hause zurückkehren. Zuerst geben Sie mir bitte den Brief, den ich Ihnen geschickt habe.«

Ich holte ihn aus meiner Tasche und legte ihn in seine ausgestreckte, behandschuhte Hand.

»Was wollen Sie von mir?« fragte ich.

»Sie sind doch eine gute Freundin von Hauptmann Brent.« Ich schauderte. »Was …?« begann ich.

»Sie haben Zugang zu seinem Cottage. Alles, was Sie tun müssen, ist folgendes: Bringen Sie uns einen kleinen Metallkasten, den Sie dort finden werden. Heute ist Mittwoch. Am Freitagnachmittag um diese Zeit bringen Sie den Kasten hierher. Dann werden wir Ihnen im Austausch dafür Ihren kleinen Jungen zurückgeben.«

»Ich habe keine Ahnung, was für einen Kasten Sie meinen … Wo ist er? Wie kann ich sicher sein, daß Sie mir meinen Sohn zurückgeben werden?«

»Es gibt Situationen im Leben, da muß man einfach Vertrauen haben.«

»Ich kann niemandem vertrauen, der kleinen Kindern etwas antut.«

»Niemand wird Ihrem Kind etwas antun, wenn Sie diese Sache für uns erledigen.«

»Wo … wo finde ich diesen Kasten?«

»Er ist im Cottage am Fluß. Wahrscheinlich an einem unauffälligen Platz. Sie haben zwei Tage Zeit, ihn zu finden.«

»Hauptmann Brent wird mir nicht erlauben, irgend etwas wegzunehmen.«

»Er wird nicht wissen, daß Sie es getan haben.«

»Sein Bursche …«

»Wird auch nicht dort sein. Es sollte nicht weiter schwierig sein. Sie haben den Schlüssel, und beide Männer werden noch eine Woche oder länger fortbleiben. Also kommen Sie, Mrs. Tregarland, das Schicksal Ihres kleinen Jungen muß doch eine so geringe Mühe wert sein?«

Ich wußte nicht, was ich sagen sollte. Ich hatte begriffen, daß es sich nicht um eine gewöhnliche Entführung handelte, bei der die Verbrecher ein Lösegeld erpressen wollten. Irgendwie war ich in ein bizarres Gewebe von Spionage und Intrige hineingeraten – genau die Art von Erlebnis, die man im wirklichen Leben nie erwarten würde. Aber wir lebten in einer außergewöhnlichen Zeit.

Meine Beziehung zu James Brent, der mehr war als nur ein Armeearzt, hatte mich in diese Situation gebracht. Und jetzt begriff ich, daß zu seiner Arbeit wohl nicht nur die Fürsorge für kranke Soldaten gehörte.

Ich mußte von hier fort. Ich mußte klar denken können. Am liebsten hätte ich diesen Mann angeschrien: »Das mache ich nicht. Nehmen Sie doch lieber Geld.« Das war natürlich töricht, denn er wollte kein Geld. Er wollte nur diesen Kasten. Wenn ich Tristan retten wollte, mußte ich das verflixte Ding finden.

»Woher soll ich wissen, daß es sich um den richtigen Kasten handelt, wenn ich ihn sehe?« sagte ich so ruhig ich konnte.

»Ich werde Ihnen eine Abbildung davon geben. Der Kasten ist ungefähr sechs mal vier Zoll groß. Sie werden ihn sofort erkennen. Und zeigen sie ihn niemandem. Suchen Sie bei Tageslicht, damit Sie keine Taschenlampe benutzen müssen.«

Das war sehr interessant. Die Einbrecher, die Charley aufgespürt hatte, mußten zu diesem Mann gehören.

Ich hatte das Gefühl, in der Falle zu sitzen, und sagte mir einerseits, daß ich den Kasten suchen müsse, und andererseits, daß ich da in etwas hineingeraten war, das selbst die Entführung eines Kindes überstieg.

Ich mußte aus diesem Haus verschwinden … und nachdenken.

»Geben Sie mir das Bild«, sagte ich.

Eine schwarz behandschuhte Hand hielt mir ein Stück Papier hin, das ich entgegennahm und einsteckte.

»Also, damit es klar ist«, sagte der Mann. »Das Leben Ihres Kindes hängt davon ab. Am Freitag um die gleiche Uhrzeit. Aber ich muß Sie noch einmal davor warnen, irgendwelche Tricks zu versuchen. Sie wollen doch nicht für den Tod Ihres Kindes verantwortlich sein, oder, Mrs. Tregarland?«

Ich wandte mich ab und taumelte aus dem Haus. Heute weiß ich nicht, wie es mir gelungen ist, den Wagen nach Tregarland zurückzufahren, aber irgendwie habe ich es geschafft, und niemand hatte bemerkt, daß ich das Haus verlassen hatte.

Den Rest des Abends verbrachte ich in einem Zustand absoluter Benommenheit. Niemand sagte etwas dazu. Die anderen dachten wohl, es sei die Angst um Tristan, die mich in diesen Zustand versetzte.

Gordon, Violetta und ich saßen am Abendbrottisch und taten so, als äßen wir. Der alte Mr. Tregarland war in seinem eigenen Zimmer. Wir hatten beschlossen, ihm noch nichts von dieser Sache zu erzählen, denn Gordon glaubte, es würde ein zu großer Schock für ihn sein.

Wir gingen früh auf unsere Zimmer, da es nichts gab, was wir tun konnten. Und in Gordons Zimmer befand sich ein Telefonanschluß, so daß er gegebenenfalls einen Anruf würde entgegennehmen können.

Aber es würde keinen Anruf geben, das wußte ich; ich hatte ihnen jedoch nichts davon gesagt.

Ich entkleidete mich und setzte mich im Bademantel auf einen Stuhl, starrte aus dem Fenster und sah nichts außer dem einsamen Cottage mit seiner quietschenden Tür und seiner finsteren Atmosphäre – und ich durchlebte noch einmal jede einzelne schaurige Sekunde, die ich dort zugebracht hatte.

Ich mußte den Kasten finden. Morgen würde ich hingehen und mit der Suche beginnen. Dieses Ding mußte von allergrößter Wichtigkeit sein, möglicherweise für den Feind unseres Landes, und wenn ich es fand und ihm überließ, würde ich damit für diese Spione arbeiten. Wie konnte ich das tun? Aber andererseits würden sie, wenn ich es nicht tat, Tristan töten.

Niemals hätte ich in dieses Cottage gehen dürfen. Ich hätte niemals eine Beziehung mit Hauptmann Brent beginnen dürfen.

Ich dachte an die schöne Zeit des vergangenen Monats, in dem ich wirklich glücklich gewesen war. Ich war verliebt in ihn, genauso wie er in mich; unsere Liebe war unbeschwert, typisch für Kriegszeiten und in jeder Hinsicht unwiderstehlich. Im Krieg nimmt man sein Glück mit offenen Händen entgegen und stellt keine Fragen. Und beide waren wir frei; keiner von uns war irgend jemandem Rechenschaft schuldig. Warum sollten wir uns in diesen erdrückenden, vom Krieg gezeichneten Monaten nicht ein wenig Freude gönnen?

Aber seine Arbeit war offensichtlich gefährlich. Davon hatte er mir natürlich nichts erzählt. Und wegen unserer Beziehung war ich, ohne irgend etwas zu wissen, in diese Sache hineingeraten. Deshalb und nur deshalb war mein Kind jetzt in Gefahr. Der Mann in dem Cottage hatte etwas Todernstes an sich gehabt, und ich wußte, daß er genau das meinte, was er gesagt hatte.

Wenn ich ihm am Freitag nicht diesen Kasten gab, würden sie Tristan töten. Und wenn ich irgend jemandem erzählte, was geschehen war, würden sie ohne Zweifel auch mich töten.

Nicht daß ich mir große Sorgen um mich selbst gemacht hätte. Das wäre ein einfacher Ausweg aus meinen Schwierigkeiten gewesen, dachte ich.

Das war natürlich töricht. Ich wollte nicht sterben. Aber ich würde nie wieder glücklich sein können, wenn sie meinem Kind etwas antaten. Ich mußte diesen Kasten haben. Ich mußte ihn diesen Leuten geben ... und durfte danach mein Kind nie wieder aus den Augen lassen. Aber wie sollte ich das anstellen? Wie konnte ich James etwas so ungeheuer

Wichtiges stehlen? Und etwas, das nicht nur für ihn wichtig war, sondern für das ganze Land?

Noch nie in meinem Leben war ich in einem so schrecklichen Dilemma gewesen.

Plötzlich öffnete sich die Tür, und ich zuckte zusammen. Sofort wußte ich, wer es war, noch bevor sie ins Zimmer trat. Sie trug ihren Bademantel genau wie ich. Und sie sagte auf diese direkte Art, die so typisch für sie war:

»Was ist passiert?«

Natürlich, sie war meine Zwillingsschwester, und zwischen uns gab es dieses ganz besondere Band. Sie hatte es oft gewußt, wenn ich in Schwierigkeiten war, ohne daß ich es ihr hätte sagen müssen.

»Violetta«, sagte ich. »Du bist es.«

»Wer sonst? Es ist etwas passiert, nicht wahr?«

»Ja«, rief ich hysterisch. »Irgend jemand hat Tristan entführt. Ich bin außer mir vor Sorge.«

»Das sind wir alle. Aber ich weiß, daß etwas passiert ist … am Abend. Was, Dorabella? Du weißt, du erzählst es mir am Ende doch.«

Ich dachte: Sie wird mich daran hindern, das zu tun. Ich weiß, es ist falsch, es zu tun … Aber ich muß Tristan retten. Sie zog sich einen Stuhl neben den meinen und setzte sich.

»Und jetzt erzähl mir alles«, sagte sie.

»Vielleicht bekommen wir ja bald eine Nachricht. Sie … sie werden gewiß Geld wollen. Der alte Mann muß davon erfahren. Er ist reich. Er wird alles bezahlen, um Tristan zurückzubekommen«, stammelte ich.

»Dorabella, du weißt etwas, nicht wahr? Irgend etwas, das du vor uns geheimhältst.«

»Ich weiß, daß jemand meinen kleinen Sohn entführt hat …«

»Das wissen wir alle. Aber da ist noch etwas. Komm schon. Du weißt, du konntest mir noch nie etwas verschweigen.«

Leise begann ich zu weinen, und sie legte ihren Arm um mich.

»Es ist immer besser, wenn wir unseren Kummer teilen«, sagte sie. Sie hatte recht. Sie hatte immer recht. Früher waren

mir die Schwierigkeiten oft riesengroß erschienen, die vor
mir aufragten, und dann war meine Schwester mit ihrer ru-
higen Vernunft herbeigekommen und hatte alle Wogen ge-
glättet.

»Wenn ich es dir erzähle …«

Ich hörte, wie sie tief Luft holte, und wußte, daß ich zu
weit gegangen war, um noch zurück zu können.

»Ja«, drängte sie. »Wenn du es mir erzählst …«

»Du wirst nichts tun, womit ich nicht einverstanden bin.
Versprich mir das.«

»Ich verspreche es.«

»Ich habe mich in letzter Zeit mit Hauptmann Brent angefreundet.«

»Ich weiß.«

»Du weißt!«

»Meine liebe Dorabella, es war offensichtlich. Diese langen Besuche in der Stadt. Ich bin nicht blind, weißt du, vor
allem nicht, wenn es um dich geht.«

»Ich habe einen Brief von ihnen bekommen.«

»Von wem?«

»Von den Entführern.«

»Wann? Wo ist er? Warum hast du nichts gesagt?«

Ich erzählte ihr, wie Morwenna ihn mir aufs Zimmer gebracht hatte, und auch, daß er einfach im Flur auf dem Tisch
gelegen hatte.

»Wie ist er da hingekommen? Aber weiter … Was stand
darin?«

Ich erzählte es ihr.

»Wo ist der Brief?«

»Ich mußte ihn zurückgeben, als ich dort war.« Ich erzählte ihr ganz genau, was geschehen war, und sah die er-
schrockene Ungläubigkeit auf ihrem Gesicht.

»Das ist ja schrecklich, Dorabella.«

»Ich muß Tristan in Sicherheit bringen.«

»Auf so etwas wäre ich nie gekommen. In was für eine
Geschichte bist du da nur wieder hineingeraten?«

»Du verstehst doch, nicht wahr, daß ich diesen kleinen
Kasten finden muß. Ich muß ihn diesen Leuten bringen. Ich
muß allein hingehen und Tristan holen.«

»Dieser Kasten muß von ungeheurer Wichtigkeit für sie sein, wenn sie zu solchen Maßnahmen greifen. Das kannst du nicht tun.«

»Ich muß, ich muß.«

»Der Einbruch, den Charley beobachtet hat ... Sie müssen nach diesem Kasten gesucht haben«, sagte sie langsam.

»Das denke ich auch.«

»Diese Leute sind gefährlich. Sie gehören zum Feind, denn das ist die einzige Erklärung dafür. Sie können nicht noch einmal in das Haus gehen, um einen zweiten Versuch zu wagen, weil die Polizei aufmerksam geworden ist. Ich hatte schon immer den Verdacht, daß Hauptmann Brent hier nicht nur die Aufgabe hat, ein Auge auf die Soldaten zu halten. Er muß irgend etwas mit dem Geheimdienst zu tun haben, und dieser Kasten gehört irgendwie dazu. Und da sie nicht noch einen Einbruchsversuch unternehmen können, sollst du als die Freundin des Hauptmanns in sein Haus eindringen. Du kannst dich darauf verlassen, daß deine enge Beziehung zu ihm kein Geheimnis geblieben ist. Und deshalb glauben diese Leute, daß du den Kasten holen kannst – und daß du es auch tun wirst, damit du dein Kind wiederbekommst.«

»Woher wußten sie nur ...?«

»Solche Leute machen es sich zur Aufgabe, alles zu wissen, was irgendwie wichtig sein könnte. Du wirst beobachtet worden sein.«

»O Violetta!« rief ich. »Ich bin so froh, daß ich dir alles erzählt habe. Was soll ich nur tun?«

»Es gibt nur eins, was du tun kannst.«

»Ich muß Tristan retten.«

»Du kannst diesen Leuten nicht trauen.«

»Ich muß. Ich muß meinen Sohn zurückholen.«

»Aber nicht auf diese Weise, Dorabella. Du kannst unmöglich dein Land verraten. Dieser Kasten ist offensichtlich wichtig. Woher willst du wissen, ob du nicht, wenn du ihn stiehlst, dabei hilfst, Tausende unserer Landsleute zu töten?«

»Aber was ist mit Tristan?«

»Es gibt kluge Leute, die sich da etwas ausdenken könnten.«

»Es ist ganz einfach. Ich gebe ihnen den Kasten, und sie geben mir Tristan.«

»Es gibt keine Garantie dafür, daß sie ihn dir geben werden. Du darfst das nicht tun, Dorabella. Gordon ... Hauptmann Brent ... Sie werden am besten wissen, was in dieser Sache zu tun ist. Tristan wird weniger in Gefahr sein, wenn wir mit ihnen zusammenarbeiten. Hauptmann Brent muß davon erfahren, denn er wird mit Sicherheit wissen, wie wichtig dieser Kasten ist.«

Mein Kopf dröhnte, und ich sagte mir jetzt, daß es eine Dummheit gewesen war, ihr davon zu erzählen. Ich hätte wissen müssen, daß sie so reagieren würde. In meinem Kopf gab es nur einen einzigen Gedanken und sonst nichts: Ich muß Tristan retten. Ich würde alles tun – alles, um ihn wiederzubekommen.

Wir schwiegen eine Weile, und Violetta ergriff meine Hand und hielt sie fest. Sie wußte genau, was ich dachte.

»Wir haben bisher alle Schwierigkeiten gemeinsam überstanden. Immerhin sind zwei Köpfe besser als einer«, sagte sie leise.

Ich nickte.

»Ich weiß, was wir tun müssen«, fuhr sie fort.

»Was denn?«

»Das ist zu wichtig, als daß wir allein damit fertig werden könnten. Es ist durchaus möglich, daß sie dir Tristan nicht zurückgeben, ganz gleich, was du tust.«

»Ich muß ihnen vertrauen. Was bleibt mir anderes übrig?«

»Würdest du solchen Leuten wirklich trauen?«

»Ich muß alles tun, um Tristan zurückzubekommen. Wir müssen dafür sorgen, daß wir ihn heil wiederbekommen.«

»Dorabella, diese Sache ist wichtiger, als du jetzt begreifst.«

»Wichtiger, als ich begreife! Es ist das Wichtigste, was ich je erlebt habe. Diese Leute wollen Tristan nichts antun. Sie benutzen ihn lediglich, um zu bekommen, was sie haben wollen. Und wenn sie es haben, werden sie ihn zurückgeben.«

»Vielleicht tun sie das, aber du kannst dir dessen nicht sicher sein. Wir wissen so wenig von solchen Dingen. Ich schlage vor, wir weihen Gordon ein.«

»Gordon!«

»Er wird wissen, was zu tun ist. Er hat über die Heimwehr Beziehungen zum Militär. Und Hauptmann Brent muß von dieser Sache erfahren. Er weiß, was es mit diesem Kasten auf sich hat. Er wird auch wissen, warum diese Leute ihn unbedingt haben wollen. Er muß von großer Wichtigkeit für sie sein, wenn sie ein solches Risiko eingehen und sich einer solchen Gefahr aussetzen. Sei vernünftig, Dorabella. Die Wahrscheinlichkeit, Tristan sicher wiederzubekommen, ist um so größer, wenn Experten sich darum kümmern ...«

»Nein. Ich muß das selbst machen. Ich muß allein hingehen.«

»Das könnte ganz falsch sein.«

»Woher willst du das wissen?«

»Instinktiv. Man sollte sich niemals mit solchen Leuten einlassen. Das sind keine gewöhnlichen Entführer. Es sind Spione.«

»Oh, wo bin ich da nur hineingeraten, Violetta? Warum passieren mir solche Dinge?«

Sie hielt inne und sagte nachdenklich: »Ich glaube, Menschen, die sich nicht an die Konventionen halten, finden sich häufiger in unangenehmen Situationen wieder als andere. Vielleicht ist das der Grund, warum wir uns an gewisse Regeln halten sollten. Aber das ist jetzt nicht wichtig. Jetzt müssen wir erst einmal darüber nachdenken, wie wir aus dieser Sache herauskommen.«

Das Wort ›wir‹ tröstete mich – wir gingen diese Sache gemeinsam an, wie wir es immer getan hatten.

»Als erstes«, fuhr sie fort, »sollten wir Gordon davon erzählen.«

»O nein ...«

»Er wird am besten wissen, was wir weiter tun müssen. Vergiß nicht, er weiß, was hier vorgeht. Unser Teil der Küste ist ziemlich einsam, und der Feind steht gegenüber auf der anderen Seite des Kanals. Erinnerst du dich an diese Lichtblitze? Wir haben nie eine Erklärung dafür gefunden. Hier passieren Dinge, von denen wir keine Ahnung haben, und Gordon weiß da sicher mehr. Wenn wir ihm genau berichten, was geschehen ist, wird er Kontakt zu Hauptmann Brent aufnehmen.«

»Violetta, ich muß diesen Kasten bis Freitag haben.«

»Ich weiß. Das ist auch der Grund, warum wir Gordon sofort verständigen müssen.«

»Dann also morgen früh.«

»Nein, nein. Sofort.«

»Er ist auf seinem Zimmer. Wahrscheinlich schläft er schon.«

»Glaubst du, irgend jemand in diesem Haus würde heute nacht schlafen?«

»Gut, sag es ihm. Aber was dann? Diese Leute werden wissen, daß ich geredet habe.«

»Werden sie nicht. Gordon wird Hauptmann Brent aufsuchen. Die beiden werden sich etwas ausdenken, da sie wissen, womit sie es zu tun haben und wie die Sache zu regeln ist. Das gehört zu ihrer Arbeit. Man darf unter keinen Umständen dem Feind irgendwelche Geheimnisse preisgeben. Glaub mir, das ist die einzige Möglichkeit.«

»Also wirst du mit Gordon reden.«

»Das ist der erste Schritt, und wir dürfen keinen Augenblick verlieren.«

»Und Tristan?«

»Die Gefahr wird auf diese Weise für ihn um so geringer.«

»O Violetta, ich kann es nicht tun!«

»Vertrau mir, Dorabella. Ich weiß, daß ich recht habe. Es gibt nur einen Ausweg aus dieser Situation, nämlich diesen.«

Wie sie es sich gedacht hatte, war Gordon noch auf und saß voll bekleidet auf einem Stuhl neben dem Telefon.

Als wir klopften, sagte er: »Herein!« Seine Stimme klang erschrocken. »Violetta! Dorabella!« rief er, als wir eintraten.

»Es ist etwas passiert«, sagte Violetta. »Diese Leute haben eine Nachricht geschickt.«

»Eine Nachricht? Wo ist sie?«

Violetta erklärte ihm alles.

»Mein Gott!« murmelte er tonlos.

Er wollte alles genau wissen. Wo war diese Nachricht? Ich

hatte sie wieder abgeben müssen, erklärten wir ihm. Wie wurde sie gebracht? Sie lag im Flug auf dem Tisch, auf den die Briefe gelegt wurden.

»Es muß also jemand hier gewesen sein … im Haus.«

»Gordon«, sagte Violetta, »wir dachten, Sie würden wissen, was zu tun ist.«

»Und Sie haben sich tatsächlich mit diesem Mann getroffen. Er hat Ihnen eine Zeichnung gegeben. Das ist so ungeheuerlich, so unglaublich …«

»Die Sache ist ziemlich ernst, nicht wahr?« sagte Violetta. »Das ist mehr als eine gewöhnliche Entführung, um ein Lösegeld zu erpressen.«

»Ich muß Tristan zurückbekommen«, rief ich. »Es ist mir egal …«

Violetta nahm meine Hand und drückte sie fest, während Gordon aufstand und sagte: »Hauptmann Brent muß diese Zeichnung sofort zu sehen bekommen. Er wird wissen, was das zu bedeuten hat und wie wir reagieren sollten.«

»Er ist fort«, erwiderte ich.

»Ich kann ihn erreichen. Hören Sie zu. Ich werde sofort aufbrechen …«

Ich blickte auf die Uhr auf dem Kaminsims. Es war halb elf.

»Wir dürfen wahrscheinlich nicht viel Zeit verlieren«, fuhr er fort.

»Wie wollen Sie ihn denn erreichen?« fragte Violetta.

»Ich werde schon einen Weg finden, und ich muß es sofort tun.«

Er ging zum Schrank und zog Mantel und Schuhe an. Dann öffnete er eine Schreibtischschublade und nahm seine Brieftasche heraus, in die er die Zeichnung steckte. Schließlich meinte er: »Gehen Sie zurück auf Ihre Zimmer, und sprechen Sie mit niemandem darüber. Wenn ich zurückkehre, benehmen Sie sich, als wüßten Sie von nichts, als hätte ich nur gerade irgendeine Arbeit auf dem Grundstück erledigt. Ich werde dann wahrscheinlich wissen, was weiter geschehen soll. So, und jetzt gehen Sie bitte zurück auf Ihre Zimmer.«

Violetta ging mit mir auf mein Zimmer, und kurze Zeit

später hörten wir, wie Gordon seinen Wagen anließ und davonfuhr.

Wir lagen gemeinsam im Bett. Sie hielt meine Hand, wie sie es so oft getan hatte, als wir noch Kinder waren. Ich fühlte mich ein wenig getröstet, weil sie jetzt alles wußte.

Es war ungefähr zehn Uhr am nächsten Morgen, als Gordon zurückkehrte.

Er kam sofort zu uns.

»Waren Sie bei Hauptmann Brent?« rief ich sofort.

Er nickte. »In diesem Stadium ist es besser«, sagte er, »wenn Sie nicht zuviel wissen. Sie müssen genau das tun, was man ihnen sagt. Heute morgen werden Sie ins Cottage am Fluß fahren, den Wagen hinterm Haus parken, so daß man ihn von der Straße aus nicht sehen kann, und durch die Hintertür eintreten. Sie werden ungefähr eine Stunde dortbleiben. Dann werden Sie herauskommen, in Ihren Wagen steigen und nach Tregarland zurückfahren. Heute nachmittag werden Sie dasselbe noch einmal tun und vielleicht ein wenig länger bleiben. Ich werde heute abend wegfahren und hoffentlich nach ein paar Stunden wieder da sein.«

»Wenn ich den Kasten nicht finde …«

»Keine Bange. Sie werden denen am Freitag einen Kasten bringen. Es wird ein Kasten sein, den ich Ihnen gebe. Aber Sie müssen genau tun, was man Ihnen sagt. Das ist unsere größte Chance, Tristan unversehrt zurückzubekommen.«

»O Gordon«, sagte Violetta, »wie froh bin ich, daß wir Sie eingeweiht haben. Ich danke Ihnen … Vielen Dank!«

»Meine liebe Violetta, wir haben noch nicht gewonnen, und es ist doch selbstverständlich, daß ich alles Menschenmögliche tun würde.«

»Ich weiß«, sagte sie.

Wie habe ich diesen Tag überstanden? Die Minuten erschienen mir wie Stunden. Ich war so dankbar dafür, daß Violetta alles wußte und ich offen mit ihr reden konnte. Und ich befolgte die Anweisungen und fuhr zweimal zum Cottage hinaus. Ich suchte sogar tatsächlich nach dem Kasten. Ich weiß nicht, was ich getan hätte, wenn ich ihn gefunden hätte. Wahrscheinlich die Anweisungen ignoriert und ihn am Freitag den Entführern übergeben. Ich war halb wahnsinnig vor Angst um Tristan. Was mochte er jetzt wohl tun, überlegte ich? Was für ein Gefühl war das für ihn, nicht zu Hause zu sein, ohne mich, ohne Violetta, ohne Nanny Crabtree?

Nachdem ich von James' Cottage zurückgekehrt war, ging ich zu Violetta.

»Ich bin mir, was Gordon betrifft, nicht sicher«, sagte ich. »Wenn Tristan stirbt, bekommt er Tregarland.«

»O Dorabella, er würde niemals einem Kind etwas antun.«

»Es steht viel auf dem Spiel für ihn, und er liebt Tregarland. Vielleicht hätten wir ihn nicht einweihen sollen.«

»Es war richtig, ihm alles zu erzählen. Diese Sache ist überaus gefährlich. Der Kasten ist von größter Bedeutung. O nein, das war unsere einzige Chance.«

»Und wenn das heißt, daß sie Tristan töten werden?«

»Das ist der beste Weg, um ihn unversehrt zurückzubekommen. Da bin ich mir ganz sicher.«

Ich war mir nicht sicher, und ich wünschte, ich könnte den Bildern, die mir durch den Sinn schossen, Einhalt gebieten. Es hatte keinen Sinn – wir mußten abwarten. Ohne Violetta wäre es unerträglich für mich gewesen.

Ich war zutiefst erleichtert, als Gordon zurückkehrte.

Er sagte: »Ich habe einen Kasten, und ich werde Ihnen sagen, was damit zu geschehen hat. Morgen früh fahren Sie wieder zum Flußcottage. Sie werden eine Einkaufstasche mitnehmen. Darin wird sich dieser Kasten befinden. Sie werden das Cottage wie zuvor durch die Hintertür betreten und etwa eine Stunde lang dortbleiben. Wenn Sie herauskommen, werden Sie die Einkaufstasche so tragen, als sei sie ziemlich schwer. Für den Fall, daß man Sie beobachtet, sollten Sie den Eindruck vermitteln, etwas überaus Kostbares bei sich zu tragen. Dann werden Sie zur verabredeten Zeit zu dem Cottage im Moor hinausfahren, so wie Sie es gestern getan haben. Sie werden hineingehen und diesen Leuten sagen, daß Sie den Kasten haben. Sie werden ihn vorzeigen. Ich bin sicher, daß Tristan dort sein wird. Man wird Ihnen im Austausch gegen den Kasten Ihren Sohn zurückgeben.«

»Woher wissen Sie, daß sie ihn mir zurückgeben?«

»Es besteht kein Grund, warum sie das nicht tun sollten. Sie wollen ihn nicht. Sie wollten ihn nur als Mittel zum Zweck, damit Sie ihre Arbeit für sie taten. Wenn es keine Panne gibt, wird man Ihnen das Kind zurückgeben.«

»Keine Panne? Was für eine Panne?«

»Es wird schon nichts geschehen ... wenn Sie den Anweisungen Folge leisten.«

Ich zitterte vor Ungeduld; ich wollte die Sache endlich hinter mich bringen und konnte es kaum erwarten, bis es endlich soweit war.

Gordon hatte einen Kasten ausgepackt. Er sah genauso aus wie der auf der Zeichnung, und ich griff danach. Zumindest würde ich etwas haben, das ich ihnen anbieten konnte.

»Wo haben Sie den her?« fragte ich.

»Sie werden mehr über die Sache erfahren, wenn alles vorbei ist.«

»Es wird jetzt nicht mehr lange dauern, Dorabella«, sagte meine Schwester. Sie legte einen Arm um mich. »Du brauchst nur den Anweisungen zu folgen, und alles wird wieder gut.«

»Haben Sie Hauptmann Brent gesprochen?« fragte ich Gordon.

»Wie ich schon sagte, Sie dürfen an nichts denken als an das, was Sie zu tun haben. Ich versichere Ihnen, daß es so am besten für Tristan sein wird. Sie hätten den Kasten im Cottage niemals gefunden, weil er nicht mehr dort war. Und jetzt bitte, Dorabella, hören Sie auf Ihre Schwester.«

Er warf Violetta einen dankbaren und bewundernden Blick zu. Und ich dachte: Er hat recht. Sie ist so vernünftig. Ihr wäre so etwas überhaupt nicht passiert.

Ich tat genau, was sie sagten. Ich ging mit meiner Einkaufstasche ins Cottage, blieb eine Weile dort, und als ich herauskam, trug ich sie sehr vorsichtig. Ich stellte sie neben mich in den Wagen und fuhr davon.

Der große Augenblick kam langsam näher. Wie entsetzlich sich die Zeit dahinschleppte! Drei Uhr. Würde es denn nie halb vier werden? War die Uhr stehengeblieben?

Um vier Uhr war ich zum Aufbruch bereit. Ich wußte,

daß Violetta mich von einem Fenster aus beobachtete. Ich legte die Tasche mit dem Kasten auf den Beifahrersitz und fuhr hinaus auf die Straße.

Zu meinem Entsetzen traf ich dort auf Simone.

»Du fährst aus?« fragte sie.

»Ja«, stammelte ich.

»Ob du mich wohl nach Poldown mitnehmen könntest?«

Was sollte ich sagen? Ich fuhr sowieso in diese Richtung. Kurz überlegte ich, ob ich ihr antworten sollte, daß ich einen wichtigen Termin hätte, konnte mich aber dann gerade rechtzeitig zurückhalten.

Ich streckte die Hand aus und öffnete die Tür. Sie stieg ein und hätte sich fast auf die Einkaufstasche gesetzt. Erschrocken griff ich danach.

»Ich lege sie auf den Rücksitz«, sagte Simone.

»Nein, nein, ich nehme sie.« Ich legte sie auf den Boden zu meinen Füßen.

Ich zitterte am ganzen Leib. Es gab keinen Grund, so erschrocken zu sein. Sie würde aussteigen, sobald wir in der Stadt waren, und ich konnte auf die Straße Richtung Bodmin abzweigen.

Ich war dankbar, daß sie nicht fragte, wohin ich wollte. Als wir losfuhren, meinte sie nur, daß ich mich schrecklich fühlen müsse, und fragte mich, ob sie etwas für mich tun könne.

»Ich denke, wir werden wohl bald etwas hören«, sagte ich.

»Die Leute von der Polizei sind sehr klug«, fügte sie hinzu.

Wir sagten nicht viel. Es ging uns zuviel im Kopf herum, um uns über alltägliche Dinge zu unterhalten, und sie wußte, wenn wir von Tristan sprachen, wäre das sehr schmerzlich für mich gewesen.

Ich war froh, als sie ausstieg.

Ich fuhr weiter. Das Ganze hatte mich nur eine Minute gekostet, und ich würde immer noch pünktlich sein.

Es war genauso wie beim ersten Mal, nur daß ich diesmal nicht nach dem Cottage zu suchen brauchte.

Ich griff nach der Tasche und ging hinein. Dann hörte ich

eine Stimme, die mir das Herz vor Freude und Furcht zusammenkrampfte.

»Ich will meine Mami.«

»Tristan!«

Ich schrie seinen Namen, und die Tür öffnete sich. Der maskierte Mann vom letzten Mal stand dort.

»Nun, Mrs. Tregarland«, sagte er. »Was haben Sie mir mitgebracht?«

»Was Sie verlangt haben.«

»Zeigen Sie es mir.«

Ich nahm den Kasten aus der Tasche und reichte ihn dem Mann. Ich dachte, ich würde ohnmächtig vor Angst. Es konnte nicht der richtige Kasten sein. Den hätten sie ihm nie überlassen. Würde er wissen, woran er war?

»Wo ist mein Kind?« sagte ich.

»Sie werden es bekommen. Wir pflegen unsere Versprechen zu halten. Da wäre nur noch eine Kleinigkeit.«

»Nein! Nein!« rief ich. »Geben Sie ihn mir.«

»Es ist ganz einfach. Sie müssen sagen, Sie hätten ihn allein irgendwo am Straßenrand gefunden.«

»Ich werde alles sagen, wenn Sie ihn mir geben.«

Er drehte sich um und ich erkannte eine weitere Gestalt – eine Frau, wie ich glaube. Dann stürzte Tristan in meine Arme.

Er lachte und weinte gleichzeitig. »Tristan, mein Liebstes, komm mit mir. Wir fahren nach Hause«, versuchte ich ihn zu trösten.

Ich nahm seine Hand und rannte aus dem Cottage. Draußen schob ich ihn hastig in den Wagen, ließ den Motor an und fuhr davon.

Ich hätte am liebsten Freudengesänge angestimmt, ich wollte Gott danken, all seinen Engeln, Violetta und Gordon.

Mein kleiner Junge saß gesund und munter neben mir.

Er schmiegte sich dicht an mich und hielt sich an meinem Rock fest. Ich warf einen schnellen Blick auf ihn. Er lächelte und bemerkte in einem Tonfall tiefer Zufriedenheit: »Habe Mami.«

In diesem Augenblick brach um uns herum die Hölle los,

und von allen Seiten ertönten Schüsse. Aber ich trat auf das Gaspedal.

Gordon hatte gesagt: »Wenn Sie Tristan haben, verlieren Sie keinen Augenblick. Steigen Sie in den Wagen und fahren Sie, so schnell Sie können, zurück nach Tregarland.«

Und genau das tat ich nun.

Ich frage mich, ob ich je in meinem Leben so glücklich war wie in der Sekunde, als ich, Tristans Hand in der meinen, ins Haus stürzte.

»Er ist wieder da!« rief ich. »Hört ihr, Tristan ist hier!«

Alle kamen hinaus in die Halle gelaufen. Und ich werde niemals Nanny Crabtrees Gesicht vergessen. Tränen strömten ihr über die Wangen. Sie war die erste, die ihn in die Arme schloß.

»Mein Engel!« rief sie. »Komm nach Hause zu deiner Nanny!«

Dann sah ich, wie Violetta Gordon zulächelte … Es war ein Lächeln tiefer Dankbarkeit und Bewunderung. Dann nahm sie mich in die Arme, und alle redeten gleichzeitig drauflos.

Sie würden jetzt bald fragen, wie ich ihn gefunden hatte, und ich war nicht sicher, was ich sagen sollte.

Dann kamen die Fragen.

»Es ist wunderbar, wunderbar. Wo haben Sie ihn gefunden, Mrs. Tregarland?«

Violetta sagte: »Wir sind alle so erschöpft. Wir werden uns die ganze Geschichte später anhören. Ich bringe Mrs. Tregarland jetzt mit Nanny ins Kinderzimmer.« Dann flüsterte sie ihnen zu: »Man redet besser nicht vor dem Kind darüber.«

Typisch Violetta! Wie immer wußte sie genau, was zu tun war!

Nanny hielt Tristan an der Hand und wollte ihn nicht loslassen.

»Kommt«, fuhr Violetta fort. »Wir gehen jetzt alle nach oben. Tristan ist sicher sehr müde.«

Die anderen kehrten ein wenig enttäuscht dorthin zurück,

woher sie gekommen waren, aber jeder einzelne von ihnen war von ehrlicher Freude darüber erfüllt, daß Tristan wieder zu Hause war.

Nanny sah sich Tristan genau an. Er schien in den vergangenen Tagen keinen Schaden gelitten zu haben.

Es war sehr schwierig, aus ihm herauszuholen, was wirklich passiert war.

War er aus seinem Bett aufgestanden und weggelaufen?

Er sah ein wenig verwundert von einem zum anderen und nickte.

Warum hatte er das getan?

»Um die Dinosaurier anzusehen«, sagte er.

»Im Bilderbuch?«

»Nein … richtige Dinosaurier.«

»Wo?«

»Im Garten.«

»Wer hat dir davon erzählt?«

»Die Dame.«

»Was für eine Dame?«

»Sie«, sagte er.

»Wer?« fragte ich.

Er sah mich ausdruckslos an.

»War es eine Dame, die du schon einmal gesehen hast?« fuhr ich fort. Er wirkte immer noch verwirrt.

»Und hast du die Dinosaurier gesehen?« fragte ich.

Er schüttelte den Kopf.

»Wer war da?«

»Sie.«

»War sie nett?«

Er nickte.

Mir war klar, daß ich von ihm nichts erfahren würde. Diese Frau hatte sich ins Haus geschlichen, während Nanny tief geschlafen hatte, hatte Tristan unter dem Vorwand, ihm Dinosaurier zeigen zu wollen, hinausgelockt und ihn dann wahrscheinlich weggetragen.

Zumindest hatten sie ihm keinen Schaden zugefügt, und ich hatte nur einen einzigen, überwältigenden Gedanken: Er war wieder da.

Violetta und ich hatten am Abend ein langes Gespräch mit Gordon. Ich glaube nicht, daß er uns alles erzählte, aber ihm war klar, daß er uns nicht völlig im Dunkeln lassen konnte.

Violetta hatte die Vermutung geäußert, daß Hauptmann Brent das Cottage am Fluß gemietet hatte, weil er einerseits ein Auge auf die genesenden Soldaten werfen sollte und andererseits in eine wichtige geheime Mission verstrickt war. Nach der Episode mit den Lichtblitzen war man auf unseren Teil der Küste aufmerksam geworden, wo, wie es schien, subversive Elemente am Werk waren.

Man vermutete, daß jemand dem Feind Nachrichten übermittelte. Diese Leute hatten anfangs den Fehler gemacht, eine Ausrüstung zu benutzen, deren Signale auch bei uns zu sehen waren. Der Aufruhr, der daraufhin in der Gegend herrschte, war eine Warnung für sie gewesen. Und sie müssen überglücklich gewesen sein, in Gretchen einen bequemen Sündenbock gehabt zu haben.

»Solche Dinge sind in Kriegszeiten unvermeidlich«, sagte Gordon. »Der Feind schickt seine Spione aus, bevor der Krieg überhaupt anfängt. Einige von ihnen haben möglicherweise eine Weile wie ganz normale Menschen gelebt, bevor sie aktiviert werden. Es gibt Unmengen solcher Leute. Und dann wären da natürlich noch die Experten … die Berufsspione, die irgendeinen Weg gefunden haben, ins Land zu kommen.«

»Was hatte es mit diesem Kasten auf sich?« wollte ich wissen.

Gordon zögerte und fuhr dann fort: »Das hängt mit einer Erfindung zusammen, mit der man schon Meilen im voraus weiß, daß sich ein Flugzeug nähert. Es könnte von größter Wichtigkeit sein. Hauptmann Brent hat die Erfindung in diesem Teil der Welt getestet und hatte sie eine Weile in seinem Cottage. Diese Leute wollten sie in die Hand bekommen, und deshalb haben sie dort eingebrochen. Charley hat sie dabei beobachtet und der Sache ein Ende gemacht. Charley war wirklich eine große Hilfe. Aber davon werde ich Ihnen später erzählen.«

»Ich nehme an, damals befand sich der Kasten noch in dem Cottage«, meinte Violetta.

»Ja. Wäre Charley nicht gewesen, hätten sie ihn vielleicht gefunden.«

»Was ist passiert, nachdem ich mit Tristan weggefahren bin?«

»Unsere Leute hatten das Haus umstellt. Ich glaube, wir haben sie getäuscht. Der Kasten, den Sie ihnen ausgehändigt haben, war eine Kopie des richtigen Kastens, obwohl ihm natürlich die wichtigsten Teile fehlten. Sie haben sich natürlich täuschen lassen … Aber sicherlich wäre der Schwindel bald aufgeflogen. Sie glaubten, Sie hätten ihre Befehle ausgeführt, und haben Ihnen Tristan übergeben. Zweifellos hatten sie die Absicht, Sie noch einmal zu benutzen. Wir sind jedenfalls in das Haus eingedrungen, direkt nachdem Sie abgefahren waren.«

»Ich habe Schüsse gehört.«

»Unvermeidlich unter diesen Umständen. Wir haben einen von ihnen am Bein verwundet.«

»Wie viele waren es?« wollte Violetta wissen.

»Sechs. Wir haben sie alle geschnappt. An dieser Stelle kommt übrigens noch einmal Charley ins Spiel. Die Jungen waren mit ihren Fahrrädern unterwegs, als sie ein Motorboot entdeckten, das abfahrbereit am Meeresufer lag. Es war direkt unten am Penwarlock festgemacht, und sie haben es mir sofort gemeldet. Charley liebt offenbar ein kleines Abenteuer, und seit dieser Sache mit den Lichtern hat er immer die Augen offengehalten. Er hat mir schon eine ganze Reihe von Merkwürdigkeiten gemeldet. Nun, das jedenfalls war eine sehr wichtige Information. Wir hatten ein paar Männer in der Nähe des Motorboots postiert. Diese Leute wollten gerade mit ihrer Beute ins Boot steigen – mit der falschen Kiste –, als wir sie alle verhaften konnten.«

»Wer hätte gedacht, daß so etwas möglich ist«, fragte Violetta.

»Wir haben Krieg«, erinnerte Gordon sie.

In einer Gegend wie unserer interessieren sich die Leute sehr für das, was um sie herum passiert; es mußte für alles eine plausible Erklärung geben, und als das Gerücht aufkam, die Tregarlands hätten den Entführern ein Lösegeld gezahlt, wurde dem nicht widersprochen.

Wir beobachteten Tristan genau, um festzustellen, welche Auswirkungen das Abenteuer auf ihn gehabt haben mochte. Er war körperlich unversehrt, so daß sie ihn nicht wirklich schlecht behandelt haben konnten. Andererseits wollte er auf keinen Fall allein in einem Zimmer bleiben, es sei denn, Violetta, Nanny Crabtree oder ich waren dort, und wir bemerkten, daß er uns mit den Augen folgte, wenn wir uns entfernten. Und oft steckte er die Hand aus, um nach unseren Röcken zu greifen. Es war wirklich rührend.

Nachts blieb die Tür zwischen seinem Zimmer und dem von Nanny Crabtree offen, und ich schlug vor, daß man ein Bett in sein Zimmer stellte, damit ich dort schlafen konnte.

Seine Freunde darüber war sehr aufschlußreich. Niemand, nicht einmal ein Kind, das nicht wußte, wie ihm geschah, konnte eine solche Erfahrung machen, ohne gewisse Nachwirkungen davonzutragen.

Ich war so froh, daß ich dort schlief. Manchmal kroch er des Nachts in mein Bett, und ich hielt ihn dann ganz fest in meinen Armen.

Das brachte uns einander sehr nahe, und ich war dankbar dafür, daß ich ein wenig von dem nachholen konnte, was ich durch meine eigene Schuld in der Vergangenheit versäumt hatte. Nie wieder würde ich ihn allein lassen, sagte ich mir, wenn ich nachts in der Dunkelheit neben ihm lag. Solange er mich brauchte, würde ich für ihn da sein.

Wir hielten es für klüger, ihm nicht zu viele Fragen zu stellen, aber nach und nach traten kleine Informationen zutage. Er war in einem Haus gewesen, und da war jemand gewesen, den er ›sie‹ nannte. Allmählich erfuhren wir, daß ›sie‹ ihm erzählt hatte, daß er, wenn er brav sei und nicht weinte, bald zu seiner Mami, seiner Tante Violetta und Nanny Crabtree zurück könnte. Und er mußte auch seinen Teller leeressen.

»War das Essen lecker?«

Er zog die Nase kraus.

»Nicht wie bei Nanny?« hakte ich nach.

»Nicht wie bei Nanny«, stimmte er mir zu.

›Sie‹ war die Frau, die hergekommen war und ihm von den Dinosauriern im Garten erzählt hatte.

»Sie ist in dein Zimmer gekommen?«

Er nickte.

»Ganz allein?«

Er sah mich verwirrt an.

»War noch jemand bei ihr?«

»Draußen vor der Tür«, sagte er.

»Einer von den Dienern?«

Er wußte es nicht.

Das Ganze war sehr mysteriös.

»So etwas darf nie wieder passieren«, sagte ich zu Violetta.

»Das wird es auch nicht. Einmal ist es schließlich schiefgegangen, nicht wahr?«

»Sie könnten es noch einmal versuchen.«

»Es ging nur um den Kasten und deine Beziehung zu Hauptmann Brent.«

»Bitte … Erinnere mich nicht daran.«

»Es tut mir leid. Aber Tristan ist jetzt in Sicherheit.«

Nanny hatte der Zwischenfall zutiefst erschüttert – schlimmer, als uns anfangs klar gewesen war. Sie konnte nicht aufhören, sich Vorwürfe zu machen, daß sie geschlafen hatte, als Tristan entführt worden war.

»Direkt unter meiner Nase«, murmelte sie immer wieder, schüttelte den Kopf und sah erschrocken und verwirrt drein. »Es war doch nur ein gemütliches kleines Schläfchen nach dem Essen. Das mache ich schon, seit ich denken kann.«

Danach gab es jedoch keine gemütlichen kleinen Schläfchen mehr. Ich erinnerte mich daran, daß sie, als wir klein waren, uns ›für ein Stündchen schlafen legte‹ und dann selbst im Nebenzimmer auf dem Schaukelstuhl döste. Als wir älter waren, hatte sie uns ins Kinderzimmer geschickt, wo wir ›schön brav und ruhig spielen‹ sollten, während sie ihren wohlverdienten Mittagsschlaf hielt.

Statt dieses Mittagsschlafs gab es jetzt mehr Tee, denn das war etwas, auf das sie in ihrem augenblicklichen Zustand unmöglich verzichten konnte.

Violetta sagte, für Nanny Crabtree sei die schlimmste Zeit des Tages nun die Stunde nach dem Mittagessen, wenn sie dasaß … hellwach … und an ihrem Tee nippte und in Gedanken jenen schrecklichen Tag noch einmal durchlebte, an dem sie es an Wachsamkeit mangeln ließ, als ihr Schutzbefohlenes in Gefahr war.

Einer von uns leistete ihr zu dieser Zeit des Tages stets Gesellschaft.

Ungefähr eine Woche nach Tristans Rettung saß ich bei Nanny. Ich hörte kaum zu, was sie mir erzählte. Sie sprach von unserer Kindheit ... für gewöhnlich von m einer aufsässigen Art und davon, wie anders meine Schwester doch gewesen sei. Ich hatte das alles schon einmal gehört, und für gewöhnlich amüsierte ich mich darüber, denn wenn Violetta diese Erinnerungen unseres ehemaligen Kindermädchens zuteil wurden, kam sie nicht so gut dabei weg.

Nachdenklich sagte sie nun: »Ich habe Simone in letzter Zeit kaum noch gesehen. Was ist aus ihr geworden?«

»Oh«, sagte ich, »sie ist noch hier. Ich habe sie erst gestern gesehen.«

»Sie trank immer gerne eine Tasse Tee. Sie kam vorbei, wenn ich meinen Tee trank, und sagte mit ihrer komischen Aussprache: ›Dutay‹ oder so etwas. Sie meinte, der Tee, den ich mache, schmecke besser als alle, die sie je gekostet hätte. Reine Schmeichelei, wenn Sie mich fragen. Aber ich muß schon sagen, sie trank wirklich gern Tee.«

»Ich nehme an, sie hat im Augenblick viel um die Ohren. Manchmal kommt sie nach Tregarland, um irgend etwas hier zu erledigen. Dann hat sie wahrscheinlich bei Ihnen hier vorbeigesehen.«

»Ja, Jermyn und Tregarland ... die sind jetzt ein und dasselbe. Dieses Genesungsheim hat sie noch enger zusammengeschlossen. Angefangen hat die ganze Sache wohl mit ihrer Schwester und Jowan. Ach herrje, ich wünschte, er würde wieder nach Hause kommen.«

»Das wünschen wir alle.«

»Ich freue mich immer darauf, wenn diese Simone vorbeikommt. Nettes Mädchen. Hat eine nette Art. Sie ist natürlich Ausländerin, aber dafür kann sie ja nichts. Und ich glaube, sie ist wirklich nett. Wenn man sich vorstellt, auf welche Weise sie mit ihrem Bruder hierhergekommen ist ... Dazu gehört schon eine Menge Mut, würde ich sagen. Mich bekämen keine zehn Pferde in eins von diesen Booten, da können Sie Gift drauf nehmen.«

»Ich hoffe, das wird niemals notwendig sein, Nanny«, sagte ich.

Plötzlich hörten wir einen Laut aus dem Nebenzimmer. Wir waren beide sofort auf den Beinen. Tristan wachte gerade auf und lächelte zufrieden, als er uns sah. Er wußte, daß er in Sicherheit war. Solange wir wie wachsame Engel um ihn herumflatterten, konnte ihm nichts zustoßen. Wir, das heißt ich, Violetta und Nanny würden immer dafür sorgen, daß wir wußten, wo er war, in jeder Sekunde, Tag und Nacht.

Selbst Charley hatte sich zum Wächter Tristans ernannt, und Bert war natürlich sein Helfer. Wenn Tristan im Garten war und die beiden nicht in der Schule saßen, ließen Charley und Bertie Tristan nicht aus den Augen. Charley hatte fast etwas Verschwörerisches angenommen. Er war überglücklich, weil Gordon ihm erzählt hatte, daß es sehr klug von ihm gewesen sei, jenes Motorboot zu melden. Er sei eine große Hilfe gewesen, und Gordon hatte angedeutet, daß ›sehr wichtige Persönlichkeiten‹ ihm zu seiner Wachsamkeit gratulieren wollten. Charley war außer sich vor Stolz, und seit der Entführung, die für ihn eine spannende Geschichte gewesen sein mußte, wollte er natürlich an allem Wichtigen teilhaben.

Ich glaube auch, daß er langsam das Gefühl hatte, ein Teil der Familie zu sein; wir waren die einzigen Menschen, die er noch hatte; unsere Tragödien waren die seinen, und er wollte uns zur Seite stehen.

Außerdem betrachtete er Gordon mittlerweile als Helden. Nichts konnte ihn glücklicher machen, als wenn Gordon ihm irgendeine kleine Aufgabe zuwies.

Violetta hatte das bemerkt.

»Armer Charley!« sagte sie. »Armer Bert! Dieser schreckliche Krieg hat ihnen ihr Zuhause genommen … ihre Eltern … alles, was ihnen vertraut war.«

»Und er hat ihnen Tregarland gegeben – und Gordon«, antwortete ich. »Charley sieht in ihm eine Art Gott. Gordon muß sehr dankbar sein. Wer wäre das nicht, wenn man ihn plötzlich in die Höhen des Olymp emporhebt? Aber er tut so, als bemerke er es gar nicht.«

»Und das«, sagte Violetta, »ist typisch für Gordon.«

Simone war verschwunden. Mir fiel das nicht sofort auf, da ich sie ohnehin nicht regelmäßig sah. Manchmal begegnete ich ihr in Poldown, manchmal auf dem Grundstück, wenn ich zur Arbeit nach Priory ging; aber es kam oft vor, daß wir uns tagelang nicht über den Weg liefen.

Wenn ich mit dem Wagen nach Poldown hinunterfuhr und sie zufällig zur Stelle war und mitgenommen werden wollte, ließ ich sie einsteigen. Also fiel mir nicht sofort auf, daß sie verschwunden war.

Mrs. Penwear hatte berichtet, daß sie sie seit einigen Tagen nicht mehr gesehen hätte – sie hätte Simones Gesellschaft sehr genossen. »Wirklich eine nette junge Dame«, sagte sie. »Immer höflich auf diese französische Art und Weise, die bei einem jungen Ding wie Simone wirklich nett wirkt. Sie plauderte gern, und wir haben oft miteinander geredet. Sie erzählte mir, wie es auf dem Gut ging, und ich erzählte ihr von den Leuten hier aus der Gegend. Sie schien dieser Gespräche nie müde zu werden. Ich habe erst gar nicht gemerkt, daß sie nicht nach Hause gekommen ist. Normalerweise schlafe ich immer schon tief und fest, wenn sie kommt. Manchmal kam sie auch erst ziemlich spät. Und dann mußte sie morgens wieder früh raus. Sie hat immer ihr Bett gemacht und aufgeräumt, bevor sie ging.«

Aber schließlich machte Mrs. Penwear sich doch Sorgen.

»Ich habe mit Daniel Killick gesprochen. Sie war mit ihm befreundet. Ein netter junger Mann. Und auch er hatte sie nicht gesehen. Mr. Yeo hat jemanden hergeschickt, aber er hat sie nicht gefunden.«

Die Neuigkeit sprach sich herum: Simone war verschwunden.

Was konnte ihr nur zugestoßen sein? Was war das hier nur für eine Gegend? Erst vor einer kurzen Zeit war ein Kind entführt worden – und jetzt war ein junges Mädchen verschwunden.

Es gab natürlich die gewohnten Gerüchte. Jemand hätte

sie entführt. Warum? Wer würde schon ein Lösegeld für sie zahlen? Es war ganz anders als bei dem kleinen Tristan Tregarland und seiner reichen Familie. Die Leute kidnappten niemanden, der ihnen ihre Mühe nicht mit einem hübschen Lösegeld vergelten konnte. Sie sei ermordet worden, hieß es, und eine Weile fiel der Verdacht auf den armen Daniel Killick – einen Mann, der keiner Fliege etwas zuleide tun würde –, einfach deshalb, weil er sie gern gehabt hatte.

Es gab keine Verhaftungen – und keinen Hinweis, was aus ihr geworden sein mochte.

Es war schließlich Gordon, der die Lösung fand. Man hatte gesehen, wie einer der Soldaten sich mit ihr unterhalten hatte. Dieser Soldat litt unter einer leichten Bombenneurose, die zu einem vorübergehenden Gedächtnisverlust geführt hatte. Plötzlich erinnerte er sich wieder, daß Simone mit ihm gesprochen hatte.

Sie hatte ihm erzählt, ihr Bruder sei schwer krank geworden und sie müsse sofort zu ihm fahren. Sie hatte einen Brief an Mr. Yeo und Mrs. Penwear geschrieben, um zu erklären, daß sie ohne Verzug aufbrechen müsse, und sie hatte den Soldaten gebeten, diese Briefe weiterzuleiten, aber er hatte es vergessen. Als er sie schließlich in seiner Tasche fand, kehrte auch die Erinnerung zurück, und er brachte Mr. Yeo seinen Brief.

Das Rätsel war gelöst.

Sie hatte ihre Sachen zurückgelassen, aber die würde man später für sie abholen, denn sie war zu ihrem Bruder gegangen, der bei de Gaulles Leuten war. Sie würde wieder zurückkommen, sobald es ihrem Bruder besser ging.

Nanny Crabtree sagte: »In Zeiten wie diesen spinnen sich die Leute alle möglichen Schauergeschichten zusammen. Ich bin froh, daß es dem armen Mädchen gut geht. Und der arme Dan Killick! Wirklich, was die Leute sich alles über ihn erzählt haben! Ich hoffe, nächstes Mal sind sie klug genug, um ein wenig zu warten, bevor sie anfangen, die Leute mit Schmutz zu bewerfen, nicht wahr?«

Aber diese Geschichte entsprach nicht der Wahrheit. Eines Tages kam Gordon erst nach dem Abendessen nach Hause zurück. Er wollte nichts mehr zu essen, kam aber hinauf in mein Zimmer und bat mich, Violetta zu holen, da er uns beiden etwas zu sagen hätte, was wir seiner Meinung nach wissen sollten.

Er sah sehr ernst aus.

»Setzen wir uns«, sagte er.

Violetta setzte sich aufs Bett. Ich saß in meinem Lehnstuhl und Gordon auf der Fensterbank.

»Ich habe mit Hauptmann Brent gesprochen«, sagte er.

Ich spürte, wie mein Herz schneller schlug. Ich vermißte James jetzt, da die Angst um Tristan nicht mehr jede wache Minute meiner Existenz ausfüllte.

»Er glaubt, Sie sollten es wissen, da Sie ja irgendwie mit er Sache zu tun hatten. Die Dubois sind verhaftet worden.«

»Verhaftet!« rief ich.

»Ich glaube, die beiden werden uns in Zukunft keine Schwierigkeiten mehr machen. Sie sind hierhergekommen mit dem Ziel, für den Feind zu spionieren.«

Wir starrten ihn entgeistert an, und Gordon fuhr fort: »Ich weiß, es klingt ungeheuerlich, aber wir befinden uns eben im Krieg. Wir kämpfen um unser Leben, und dasselbe gilt für die andere Seite. Alles, wie unglaubwürdig und verrückt es auch klingt, muß in Betracht gezogen werden. Diese Leute haben einen Fehler gemacht, als sie hierherkamen. Simone ist natürlich nicht Jacques' Schwester. Sie sind wegen seiner Beziehung zu Ihnen hierhergekommen, weil er glaubte, auf diese Weise leichter akzeptiert zu werden. Das bedeutete allerdings auch, daß er den Namen Dubois behalten mußte. Unsere Leute kannten diesen Namen. Er hatte ihn in Paris benutzt und hatte sich verdächtig gemacht, als man einen unserer Leute in einer Pariser Straße ermordet auffand, nicht weit entfernt von dem Haus, in dem Dubois lebte.

»Georges Mansard!« flüsterte ich.

Gordon nickte. »Man entdeckte, wer er war, und tötete ihn.«

»Das ist erst ganz kurz, bevor ich wegging, passiert«, rief ich.

»Ich weiß, und Deutschland stand kurz vor der Invasion Westeuropas. Es war ein günstiger Zeitpunkt, Jacques war

180

vor dem Krieg hiergewesen … zusammen mit einem deutschen Maler.«

»Ich erinnere mich an sie«, sagte Violetta.

»Sie haben die Küste gezeichnet. Alles sehr nützlich für einen Feind, der eine Invasion des Landes plant. Und Dorabella, Sie sind dann in diese Intrige verwickelt worden.«

Ich fühlte mich ganz flau vor Scham und Entsetzen.

»Kurz gesagt«, fuhr Gordon fort, »sie kamen von Frankreich herüber, landeten an der Küste, wo Sie sie fanden, was genau das war, was sie beabsichtigt hatten. Die Frau, die sich Simone Dubois nennt, ist sehr klug und anpassungsfähig. Dieser Teil des Landes ist wegen gewisser Aktivitäten, von denen Sie nichts ahnen können, für den Feind sehr interessant. Der Feind hoffte, das, was in diesem Kasten war, von dem Sie so viel gehört haben, in die Hände zu bekommen. Wir haben sie nicht nur überlistet, was das betrifft, sondern auch gefangengenommen. Simone war natürlich darin verwickelt. Wir hatten sie schon seit einiger Zeit in Verdacht, wollten aber auch Jacques und die anderen schnappen.«

»Also hatte Simone auch mit der Entführung zu tun«, sagte ich.

»Und ob. Sie hatte es sich angewöhnt, mit Nanny Crabtree Tee zu trinken. Es war vergleichsweise einfach, ein leichtes Schlafmittel in ihre Tasse zu geben. Und Nanny fand es offensichtlich nicht weiter ungewöhnlich, daß sie an bewußtem Tag vorbeikam, da sie das schon öfter getan hatte; und dann, als Nanny schläfrig wurde, ließ Simone die Frau herein, die Tristan in den Garten hinunterbrachte, um ihm diese nicht vorhandenen Dinosaurier zu zeigen. Das zumindest erscheint mit eine logische Annahme zu sein.«

»Es war teuflisch!« rief Violetta.

»Diese Leute schrecken vor nichts zurück. Sie sind klug … und einfallsreich. Sie machen sich die Dinge so leicht wie möglich.«

»Nanny hat gar nicht erzählt, daß Simone an diesem Tag bei ihr war.«

»Sie hat sich nichts dabei gedacht. Simone hatte sie während der vergangenen Wochen recht häufig besucht. Nun, ich denke, so hat es sich abgespielt. Die Entführer dachten, sie hätten den Kasten bekommen. Dank Charleys Wachsamkeit haben wir sie jedoch abfangen können. Wir hatten alle Leute, die direkt mit der Sache zu tun hatten, festgenommen. Aber nicht Simone. Sie war bei dieser Gelegenheit nicht bei ihnen und hatte natürlich auch nicht die Absicht, ihre Arbeit für den Feind einzustellen. Wir hatten Simone seit einiger Zeit beobachtet und wußten, daß sie uns zu anderen Spionen führen konnte.«

»Zu ihrem ›Bruder‹?« fragte ich, und Gordon nickte.

»Auch sie ist mittlerweile verhaftet worden, zusammen mit ihrem ›Bruder‹. Wir haben, was wir wollten, und ich glaube, wir können uns gratulieren.«

»Man stelle sich nur vor, daß wir so lange mitten in einer Intrige gelebt haben!« sagte ich.

»Es geht hier viel mehr vor sich, als irgendeinem von uns bewußt ist. Das Leben in Kriegszeiten ist überaus melodramatisch. Nun ja, dies jedenfalls ist ein Triumph für unseren Geheimdienst.«

»Und steckt Hauptmann Brent ebenfalls mit in dieser Sache?« fragte ich.

»Bis über beide Ohren. Aber er fand, Sie sollten über gewisse Dinge Bescheid wissen, da Sie ebenfalls in die Sache verwickelt waren – vor allem Sie, Dorabella, weil Sie ja in Paris gewesen sind, mit diesem Spion zusammengelebt haben und sogar Georges Mansard kannten. Im Laufe der Zeit werde ich durchsickern lassen, daß Simone in der Nähe ihres ›Bruders‹ leben will und sich auf einem Bauernhof dort eine Arbeit gesucht hat. Wir werden so tun, als leiteten wir ihre Kleider und ihr übriges Eigentum an sie weiter. Mrs. Penwear wird alles zusammenpacken, und ich werde die Sachen annehmen und verbreiten, daß man sie an sie weiterschicken würde, nur für den Fall, daß irgend jemand Gerüchte ausstreuen sollte, die im Keim erstickt werden müssen. Niemand darf wissen, weshalb sie hier war. Die Leute müssen in ihr auch weiterhin die fröhliche kleine Französin sehen, die so tapfer ihr Land verlassen hat. Und wenn sie irgend etwas anderes hören, müssen Sie es mir sofort erzählen.«

»Wir verstehen«, sagte Violetta und sah ihn mit unverhohlener Bewunderung an. Ich muß sagen, ich empfand genauso.

Als Hauptmann Brent wieder einmal herkam, um die Männer zu besuchen, wie er es schon früher getan hatte, traf ich ihn in einem Korridor auf Priory.

Er sah mich erst fragend an, legte dann die Hände auf meine Schultern und sagte: »Diese Sache ... sie hat doch nichts geändert, oder?«

Ich lachte vor Erleichterung. »O James«, erwiderte ich. »Es war so furchtbar.«

»Ziemlich melodramatisch, wie?«

»Ich kann nicht vergessen, was geschehen ist ... wegen uns ... Tristan ...«, stotterte ich.

»Ich weiß«, erwiderte er. Dann fügte er hinzu: »Komm heute nachmittag ins Cottage, bitte. Laß uns reden.«

»Ja«, antwortete ich, und meine Laune hob sich augenblicklich.

Ich hatte James sehr gern, und es würde mir guttun, wieder mit ihm zusammen zu sein.

Als ich kam, wartete er bereits auf mich. Er legte seine Arme um mich und küßte mich.

»Es ist so wunderbar, wieder bei dir zu sein ...«, sagte er.

»Ich wußte gar nicht, daß du nicht genau das warst, was du zu sein behauptet hast.«

»Wer ist das schon?« fragte er.

»Ich nehme an, du bist ein sehr wichtiger Mann?«

»Ein Rädchen im Getriebe. Ich habe meinen kleinen Anteil beizusteuern. Aber es tut mir leid, daß du in diese ganze Sache verwickelt worden bist.«

»Es wird anders sein, jetzt, da ich weiß, daß du eigentlich gar nicht hier bist, um dich um diese Männer zu kümmern. Aber davon wollen wir lieber nicht reden.«

Er lächelte. »Dann spielt es also keine Rolle. An dem, was wir einander bedeuten, hat sich nichts geändert. Bist du da meiner Meinung?«

»Ja, das bin ich.«

Es war herrlich, ihn wiederzuhaben. Es war so aufregend.

Wir hatten ein gemeinsames Geheimnis. Er war nicht, was er zu sein schien, sondern ein Mann voller Rätsel, was der ganzen Sache einen noch größeren Reiz verlieh.

Als ich sein Cottage am Fluß verließ und hinunter nach Poldown fuhr, spürte ich dort eine gewisse Erregung in der Luft. Eine kleine Menschentraube hatte sich am Fluß der Brücke zusammengeschart, um eine Zeitung zu lesen. Es mußte etwas besonderes passiert sein.

Ich stieg aus dem Wagen und ging zum Zeitungskiosk.

»Oh, Sie sind's, Mrs. Tregarland«, sagte Mrs. Benn hinter der Theke. »Haben Sie schon die Neuigkeiten gehört?«

»Neuigkeiten? Was für Neuigkeiten?«

»Diese Japsen haben die amerikanische Flotte bombardiert. An einem Ort namens Pearl Harbor, und es heißt, damit wären sie nun endlich mit drin im Krieg.«

Ich kaufte eine Zeitung und las die Schlagzeilen. Dann fuhr ich, so schnell ich konnte, nach Tregarland zurück.

Was für eine Erleichterung. Wir standen nicht länger allein da. Dies mußte der Anfang vom Ende sein.

Violetta

Ein Freund aus der Vergangenheit

Wieder war ein Jahr vergangen ohne jede Nachricht von Jowan. Ich glaube, ich und andere begannen langsam daran zu zweifeln, daß er jemals zurückkehren würde.

Wir unternahmen große Anstrengungen, zusammen mit den Männern in unserem Genesungsheim ein fröhliches Weihnachtsfest zu feiern, und es war uns recht gut gelungen. Alle machten mit, auch meine Eltern, die nach Tregarland gekommen waren, um die Weihnachtstage mit uns zu verbringen.

Es war wundervoll, sie wiederzusehen. Es gab so vieles zu erzählen. Meine Mutter hatte von der Entführung erst gehört, als alles bereits vorüber war. Sie und mein Vater wären völlig außer sich gewesen, und ich war froh, daß wir ihnen nichts davon erzählt hatten, bis Tristan sicher wieder bei uns war.

Meine Mutter war mit allerlei Arbeiten beschäftigt, die mit dem Krieg zusammenhingen. Sie erzählte mir, daß meine Großmutter Marchland wieder eröffnet habe. Sie wäre gerne selbst dorthin gegangen, um zu helfen, aber sie wollte meinen Vater nicht im Stich lassen, der seinerseits auf dem Gut bleiben mußte. Meine Eltern hatten auch in Erwägung gezogen, Caddington zu einem Lazarett zu machen, aber es war ja auch so sehr nützlich – als Tagungsort für alle möglichen Projekte.

Ich wußte, daß meine Eltern tief um mich besorgt waren. Obwohl sie nicht von Jowan redeten, war er doch in ihren Gedanken ständig anwesend, und ich denke, sie unterhielten sich über meine Zukunft, wenn sie allein in ihrem Schlafzimmer waren. Dorabella gab ihnen, wie ich annehme, nicht den gleichen Grund zur Besorgnis – das war eine Art Umkehrung der Verhältnisse, denn gewöhnlich war sie diejenige, die für Unruhe gesorgt hatte.

Dorabella hatte sich zu einer aufopfernden Mutter entwickelt, und das gefiel Nanny Crabtree sehr gut.

»Es ist schön, sie zusammen zu sehen«, sagte sie. »Der arme Wurm, er hat wohl seinen Vater verloren, aber er hat seine Mutter, die ihn dafür entschädigt, und sie ist sein ein und alles.«

Und dann war da ja auch noch Hauptmann Brent. Ich fragte mich, wieviel diese Geschichte zu bedeuten haben mochte. Jedenfalls war er sehr charmant, und Dorabella war wieder diese besondere Ausstrahlung zu eigen, die ich nicht zum ersten Mal an ihr beobachtete. Und gleichzeitig war sie sich offenbar im Klaren darüber, daß ihre Affäre mit dem Hauptmann zur Entführung ihres Sohnes geführt hatte, und machte sich selbst Vorwürfe deswegen. Aber sie war nun einmal anfällig, und es hatte den Anschein, als ob sie sich wieder zusammengefunden hätten. Mir schien es jedenfalls sicher, daß es eine dieser Kriegsromanzen war. Nun, wahrscheinlich brauchte Dorabella das; und bestimmt war sie im Augenblick glücklich. Ich war jetzt diejenige, die meinen Eltern Sorgen machte.

Meine Mutter hatte Nachricht von Gretchen, die jetzt in London war, weil Edwards Regiment in Südostengland in der Nähe der Hauptstadt stationiert war.

»Jedenfalls«, sagte meine Mutter, »haben die Bombardierungen etwas nachgelassen, und die Leute dort scheinen sich daran gewöhnt zu haben.«

»Es muß ja doch ziemlich gefährlich sein.«

»Nun ja. Aber gefährlich ist es überall. Gretchen erzählte mir von einer bekannten Familie, die dachte, es sei besser, die Stadt zu verlassen, und nach Wales gezogen ist. Sie hatten die Luftangriffe auf London unbeschadet überstanden; dann zogen sie in diese entlegene Ecke an der Grenze, und ein Flugzeug, das mit seiner Bombenlast von Birmingham zurückkehrte, lud seine Bomben direkt über ihrem Haus ab. Sie waren alle tot … die ganze Familie. So kann es manchmal gehen.«

»Und Gretchen ist glücklich in London?«

»Ich glaube ja. Die Verdächtigungen hier haben sie sehr mitgenommen.«

»Ich weiß, es war furchtbar für sie.«

»In London ist das ganz anders. Es gibt nicht soviel

Klatsch. Die Leute kümmern sich mehr um ihre eigenen Angelegenheiten. Und Hildegard ist eine einzige Freude für sie. Natürlich ist es dort so gut wie unmöglich, ein Kindermädchen zu bekommen, so daß sie voll damit ausgelastet ist, sich in dem ziemlich kleinen Haus selbst um das Kind zu kümmern.«

»Sie hat dort Freunde, nehme ich an.«

»O ja, und Edward hat ja auch seinen Urlaub. Er kann immer einmal für einen Tag oder so nach Hause kommen. Und sie hat es nicht weit bis zu den Dorringtons. Du kannst dich sicher an sie erinnern.«

»Ja, natürlich. Wie geht es ihnen?«

»Fast so wie früher. Richard ist in der Armee – genau wie Edward ist er in der Nähe von London stationiert. Und seine Mutter macht sich sehr nützlich.«

»Und Mary Grace?«

»Sie arbeitet in einem der Ministerien. Jeder, der nicht durch häusliche Pflichten gebunden ist, wird zur Arbeit einberufen, das weißt du ja. Nicht daß Mary Grace hätte untätig sein wollen. Ach, wäre es nicht wunderbar, wenn wir alle zur Normalität zurückkehren könnten?«

Sie sah mich wehmütig an, und ich wußte, woran sie dachte.

Sie hatte früher einmal gehofft, ich würde Richard Dorrington heiraten, den Freund und Kollegen Edwards. Er hatte auch tatsächlich um mich angehalten. Und ich gebe zu, daß ich mir damals nicht sicher war. Ich hatte in Cornwall bereits Jowan kennengelernt. Aber zwischen uns war niemals von Liebe die Rede gewesen, und ich verstand damals meine eigenen Gefühle noch nicht richtig. Ich hatte Richard sehr gern gemocht, aber selbst damals merkte ich, daß meine Gefühle nicht tief genug waren, um für eine lebenslange Partnerschaft auszureichen. Vielleicht hatte ich in meinem Unterbewußtsein schon gewußt, daß es Jowan sein mußte.

Und jetzt glaubte meine Mutter, daß Jowan nie zurückkehren würde, und daß es da immer noch Richard gebe, der Junggeselle geblieben und durchaus annehmbar war. Vielleicht konnte man ja eine alte Glut wieder anfachen.

Ich wußte, daß sie sich auch um meinen Bruder Robert

sorgte, der sich gerade zum Militärdienst in der Armee gemeldet hatte. Er war jünger als Dorabella und ich und sehr temperamentvoll; sie mußte ihn sehr vermissen. Sie wollte mir irgendwie klarmachen, daß ich nicht länger um Jowan trauern konnte, aber sie mußte sich darüber klar sein, daß ich so lange auf seine Rückkehr hoffen würde, wie nur die kleinste Möglichkeit dazu bestand.

Wie auch immer, wir versuchten jedenfalls, das Weihnachtsfest froh zu verbringen und es so normal und lebhaft erscheinen zu lassen, wie es sonst immer war.

Mrs. Jermyn hatte Dorabella und mich gebeten, einmal die Köpfe zusammenzustecken und ein Programm zu ersinnen, mit dem wir die Männer unterhalten konnten. Wir dachten zuerst an eine Schatzsuche, aber viele der Männer waren behindert und wären nicht in der Lage gewesen, daran teilzunehmen. Schließlich beschlossen wir, ein Stück aufzuführen, bei dem einige der Männer mitspielen konnten.

Wir entschieden uns für *Ernstsein ist alles* und hatten eine Menge Spaß damit. Hauptmann Brent spielte den Ernst, und Dorabella gab eine faszinierende Gwendoline; ich spielte die Cicely, und einer der alten Hauptfeldwebel war als Lady Bracknell der eigentliche Star der Aufführung.

Wir alle schienen unsere Sorgen an jenem Tag für eine kurze Zeit zu vergessen – und das war natürlich der ganze Zweck der Veranstaltung.

Bald danach fuhren meine Eltern ab; sie waren sehr bekümmert über die Trennung und bestanden darauf, daß Dorabella und ich bald einmal nach Caddington kämen.

Wir versprachen, daß wir das so bald als möglich tun wollten, daß es aber schwierig sein würde, unsere Arbeit für die versehrten Soldaten im Stich zu lassen. Außerdem würden wir Tristan und Nanny Crabtree mitnehmen müssen, denn es stand fest, daß sich Dorabella als die Mutter, als die sie sich jetzt erwies, nicht von ihm trennen würde; und ich glaubte nach wie vor, daß eine Nachricht von Jowan auf jeden Fall zuerst Jermyn erreichte, und wenn ich nicht selbst hier wäre, würde mich ständig der Gedanke quälen, ob es nun endlich etwas Neues gäbe.

Eines Tages im März erhielt Gordon eine Botschaft aus

Bodmin. Ob er so schnell wie möglich kommen könne? Es gebe eine Änderung im Zustand seiner Mutter.

Ich wartete, bis er zurück war, und ging dann in sein Büro, wo ich ihn angespannt und etwas ratlos vorfand.

»Was ist passiert?« fragte ich.

Er blickte ins Leere und erwiderte: »Sie ... sie hat sich geändert. Sie erinnert sich jetzt.«

»Sie meinen ... an das, was geschehen ist?«

»Nicht an alles ... an einiges. Sie hat sich verändert. Sie spricht von Tregarland. Sie kommt in ihren weitschweifigen Ausführungen immer wieder darauf zurück. Sie sagt ständig: ›Wie sähe es jetzt dort ohne dich aus, Gordon? Du hast das Gut gerettet. Es sollte deines werden.‹«

»Erinnert sie sich daran ... was sie getan hat?«

»Sie hat Tristan erwähnt. Sie wirkte ... gequält.«

Ich dachte daran, wie sie ins Kinderzimmer gekrochen war, drauf und dran, das Kind zu töten, weil es Gordons Erbschaft im Wege stand; und sie hätte es getan, wenn Nanny Crabtree und ich nicht dagewesen wären, um es zu verhindern. Tristan, so jung und schon im Mittelpunkt solch dramatischer Ereignisse, wußte glücklicherweise nichts von alledem.

Gordon wirkte aufgelöst. »Ich habe Angst um sie. Wenn sie wieder gesund wird, kommt auch die Erinnerung wieder, und sie wird begreifen, was sie vorhatte und auch beinahe getan hätte. Mord! Ach, Violetta, ich weiß nicht, was aus ihr werden wird.«

Ich mußte ihn trösten. »Vielleicht ist es nur eine vorübergehende Phase, die sie durchmacht«, sagte ich. »Und vielleicht erinnert sie sich nicht ...«

Ich dachte, wie furchtbar, daß wir für sie hofften, sie würde nicht aus dieser vernebelten Welt wiederauftauchen, die sie gemeinsam mit Menschen bewohnte, die auf ähnliche Weise geschlagen waren wie sie.

»Sie haben alles für sie getan, was in ihrer Kraft stand«, fuhr ich fort. »Sie hätte sich keinen besseren Sohn wünschen können.«

»Und ich hatte eine Mutter, die bereit war, für mich einen Mord zu begehen. Ich überlege oft, wie viel anders nicht alles hätte sein können. Sie hätte jemanden heiraten können – jemanden in ähnlichen Umständen wie sie selbst; sie hätte ein glückliches Leben führen können. Aber sie lernte meinen Vater kennen, und er nahm sie mit nach Tregarland, in einen Reichtum, wie sie ihn zuvor nicht gekannt hatte. Und sie wollte in alledem einen Platz für mich. Sie war besessen davon, und schließlich hat es sie dahin gebracht, wo sie jetzt ist.«

»Es wäre vielleicht anders gewesen, ja«, sagte ich. »Aber so ist es immer im Leben. Das gilt für uns alle. Dorabella und ich hätten ebensogut nicht nach Deutschland fahren können und hätten so Dermot nicht kennengelernt. Das Leben hängt von Zufällen ab. Wir hätten nie erfahren, daß es Tregarland überhaupt gibt.«

»Ein gutes hat diese ganze Geschichte jedenfalls gebracht«, sagte Gordon. »Daß Sie nach Tregarland gekommen sind.«

Er nahm meine Hand und hielt sie fest. Und ich ließ sie ihm, weil er so verzweifelt war und ihn die Geste zu trösten schien.

Am nächsten Tag fuhr Gordon wieder nach Bodmin. Ungeduldig wartete ich auf seine Rückkehr. Ich konnte mir nicht helfen, aber ich hoffte, daß Matilda wieder in ihren vorherigen Zustand zurückgefallen war.

Die Neuigkeiten waren jedoch überraschend. Sie war ohne Mantel draußen im kalten Wind gewesen, auf dem Anstaltsgelände in Bodmin. Kurz danach hatte sie Fieber bekommen, und der Arzt hatte eine Brustfellentzündung diagnostiziert. Sie war jetzt sehr krank.

»Sie hat nicht viel gesagt«, erzählte Gordon mir. »Sie hat mich nur angelächelt. Sie war still und hatte nicht mehr diesen wilden Blick in den Augen. Sie sah traurig aus. Ich werde morgen wieder hinfahren.«

Zwei Tage später erfuhren wir dann, daß Matilda gestorben war. Sie hatte sich eine Lungenentzündung zugezogen, und nach dieser Diagnose hatte nur noch wenig Hoffnung bestanden.

Gordon fuhr nach Bodmin und blieb den ganzen Tag

dort. Als er wieder heimkam, wirkte er ermüdet und erschöpfter, als ich ihn je erlebt hatte.

Er sagte: »Sie wirkte friedlich ... viel friedlicher als zu Lebenszeiten, friedlicher, als ich sie jemals gesehen habe. Es ist vorbei, Violetta. Ich denke, ich sollte nicht zu sehr um sie trauern. Es ist besser so.«

Ich saß reglos da, und meine Gedanken wanderten einmal mehr in die Zeit zurück, als sie darauf aus gewesen war, Tristan umzubringen. Und ich verstand, daß dieser Tod das beste war, was ihr hatte widerfahren können, denn wenn sie ihre Tat begriffen hätte, wäre sie nie mehr glücklich geworden. Sie hätte ihr Leben, gequält von Reue, zu Ende gelebt.

Letztendlich mußten wir begreifen, daß es so eine Erlösung war, nicht nur für Matilda, sondern für uns alle.

Den alten Mr. Tregarland nahm die Nachricht von Matildas Tod sehr mit. Und ich glaube, er hatte sie auf seine Weise geliebt. Er wußte, daß er sie schlecht behandelt hatte, und mußte sich zum Vorwurf machen, daß er an der Tragödie, die daraus erwachsen war, seinen Anteil hatte.

Seit Matilda fortgebracht worden war, hatte er sich verändert; er war weicher geworden; das Leben war für ihn nicht länger ein amüsantes Spiel, in dem er zu seinem Ergötzen mit dem Leben anderer Menschen herumspielen konnte.

Er traf Vorkehrungen, daß Matildas Leichnam nach Tregarland gebracht und in der Familiengruft in West Poldown beigesetzt wurde. Das hätte ihr gefallen ... im Tod endlich die Anerkennung zu finden, die ihr im Leben versagt geblieben war. Außerdem bestand er darauf, mit zu der Beerdigung zu gehen, obwohl er dazu gesundheitlich eigentlich nicht in der Lage war und der Arzt sich dagegen ausgesprochen hatte. Als ich ihn später unter den Trauergästen sah, konnte ich seine Schwermütigkeit deutlich spüren.

Danach war er einige Tage bettlägerig gewesen, und Gordon ließ den Arzt kommen, da er sich sicher war, der alte Mann sei ernsthaft krank, als er zuzugeben bereit war.

Als der Arzt kam, sagte dieser, Mr. Tregarland sei erschöpft. Er hätte nicht an der Beerdigung teilnehmen und sich dem kalten Wind aussetzen sollen.

Eines Nachmittags kam Amy, eins unserer Mädchen, und richtete mir von Mr. Tregarland aus, daß er mich zu sehen wünsche.

Als ich in sein Zimmer eintrat, saß er in seine Kissen gelehnt im Bett; er wirkte kleiner als sonst und sehr zerbrechlich, aber sein Blick war noch genauso verschmitzt wie eh und je.

»Ah«, sagte er, »die gute Violetta – die vernünftige. Das habe ich von Anfang an gemerkt. Es ist sehr freundlich von Ihnen, daß Sie gekommen sind.«

»Aber selbstverständlich bin ich gekommen.«

Er nickte. »Es ist ja allerhand geschehen hier, nicht wahr? Merkwürdig, nicht wahr, wie alles jahrelang im gleichen Trott geht und sich dann plötzlich alles zu einem Drama entwickelt. Nun, das geht ja im Augenblick überall in der Welt so, und das, was sich auf Tregarland abgespielt hat, ist harmlos genug, wenn man es mit den meisten anderen Tragödien dieser Tage vergleicht. ›Alles könnte so schön sein, wenn nur der Mensch nicht so schlecht wäre.‹ Ist aber nicht wahr. Es gibt auch viel Gutes im Menschen. Meinen sie nicht auch, weise Violetta?«

»Ich weiß nicht, warum Sie mich *weise* nennen. Ich bin genauso dumm wie die meisten anderen Leute auch, denke ich.«

»Sie nicht. Darum will ich ja noch mit Ihnen reden, bevor ich den Drang des Irdischen abschüttele und mein ›Nunc Dimittis‹ singe. Wie ich heute morgen in Zitaten schwelge! Das muß etwas zu bedeuten haben. Wenn man zurückblickt und über seine eigene Vergangenheit nachdenkt, dann fallen einem solche Zeilen ein, die plötzlich besondere Bedeutung gewinnen. Glauben Sie, daß dem so ist?«

»Ich könnte es mir gut vorstellen.«

»Wenn jemand ertrinkt, sagt man, sähe er sein ganzes Leben noch einmal wie im Zeitraffer vor sich ablaufen. Nun, und genauso geht es jemandem, der sich auf anderen Wegen seinem Ende nähert. Die Vergangenheit ist immer da, um ihn zu necken, und sagt: ›Das hättest du eigentlich tun sollen.‹ Aber noch öfter sagt sie: ›Das hättest du nicht tun dürfen.‹ Also, da liegt der Hase im Pfeffer. Ich stehe wieder am

Anfang, Violetta. Die Zeit der Reue ist gekommen. Ich schaue zurück auf mein Leben und frage mich: ›Was hast du Gutes getan, James Tregarland?‹ Ein wenig war es vielleicht, aber die Waage neigt sich schwer zur anderen Seite. Und jetzt bin ich ein kranker Mann, der sich auf die letzte Reise vorbereitet. Ich bin gebeugt von der Last meiner Sünden und der Verwüstungen, die ich angerichtet habe … größtenteils für andere. Keine angenehme Erkenntnis, Violetta.«

»Ich glaube nicht, daß Sie viel schlimmer waren als die meisten anderen«, sagte ich.

Für einen Augenblick wirkte er ernst.

»›Nicht durch die Schuld der Sterne, lieber Brutus, durch eigene Schuld nur sind wir Schwächlinge.‹ Dieser Shakespeare hatte auch für alles das richtige Etikett, nicht wahr? Dies ist eine Art Beichte.«

»Abgelegt vor mir?«

»Warum nicht? Sie sind dafür der geeignetste Mensch in diesem Haus. Sie werden noch hier sein, wenn ich nicht mehr bin. Sie wissen einiges von mir. Mir ist aufgefallen, daß Sie mich früher beobachtet haben. Sie kennen meine Boshaftigkeit; Sie wissen, wie sich mein Leben veränderte, als meine Gesundheit nachließ, so daß ich für meine letzten Jahre an diesen Ort gefesselt blieb. Ich habe immer gerne andere beobachtet – vor allem Matilda. Sie war so interessant für mich, weil ich nie sicher wußte, wie sie sich verhalten würde. Sie müssen wissen, daß sie in einem puritanischen Haus aufgewachsen ist, daß sie aber unter dieser Politur gar nichts Puritanisches an sich hatte. Ihre Eltern hatten sie in etwas eingezwängt, woraus sie früher oder später ausbrechen mußte. Als wir uns kennenlernten, war das der Funken, der für die Zukunft alles entzündet hat.«

»Sie hat das, was sie getan hat, gern getan, nehme ich an.«

»Das war damals nicht so einfach. Matilda war erzogen worden in der Furcht, die Gesetze der Kirche zu verletzen, und das hieß, die Gesetze, die Papa und Mama Lewyth erlassen hatten. Als sie ein uneheliches Kind erwartete, haben sie ihre Tochter hinausgeworfen. Stellen Sie sich das vor! Ich habe ihr eine Wohnung besorgt und sie als Haushälterin hierhergeholt, nachdem meine Frau gestorben war. Das ist eine alte Geschichte, von der Sie schon gehört haben. Dermot auf der einen und Gordon auf der anderen Seite – und um wieviel besser Gordon geeignet war, das Erbe von Tregarland anzutreten. Ich beobachtete sie. Ich reizte sie. Ich würde vielleicht ihren Sohn zu meinem Erben machen … oder auch nicht. So ging es ständig. Meine arme Matty, sie geriet in Verzweiflung und machte sich dann daran, das zu ermöglichen, was ihrer Meinung nach niemals Wirklichkeit werden würde, wenn sie nichts dafür tat.«

»Warum haben Sie sie von Ihren Absichten nicht einfach in Kenntnis gesetzt?«

»Ich wollte sehen, was sie macht. Wenn ich es ihr gesagt hätte, hätte mir das den ganzen Spaß verdorben.«

»Den Spaß, sie zu quälen?«

»So könnte man es sagen – und dennoch hatte ich sie gern. Und jetzt, da ich mich meinem Ende nähere, wünsche ich mir wie so viele andere vor mir, daß ich mich anders verhalten hätte. Das Schreckliche ist, daß Matty dann nicht dieses Ende hätte nehmen müssen. Ich wollte sehen, was sie tat. Und das habe ich gesehen. Ich habe sie in den Wahnsinn getrieben und beinahe eine Mörderin aus ihr gemacht. Glauben Sie, daß ich verantwortlich für das bin, was sie getan hat?«

»Obwohl Sie schlecht und herzlos gewesen sind, bin ich mir sicher, Sie haben niemals auch nur einen Augenblick lang geglaubt, daß es zum Mord kommen würde.«

»Ich kann wahrhaftig sagen, daß ich das nicht habe. Aber erst als ich sah, was sie dem Kind anzutun bereit war, habe ich begriffen, was ich selbst getan habe.«

»Aber jetzt ist es vorbei«, sagte ich, »und Sie können nichts mehr daran ändern.«

»Nur bedauern. Ich habe Wiedergutmachung geleistet, soweit ich konnte. Das Gut wird der Junge bekommen, das muß sein. Es steht ihm von Rechts wegen zu. Eigentlich hätte es Gordon sein sollen. Es ist traurig, daß er auf der falschen Seite der Decke geboren wurde. Dermot taugte nichts. Er war schwach und vergnügungssüchtig … Oh, ein charmanter junger Mann. Wie sein Vater und sein Großvater. Aber Tregarland bedurfte einer starken, beständigen Hand, um es auf Kurs zu halten. Gordon war dafür der Richtige. Das war einer dieser Fallstricke des Schicksals. Der uneheliche Sohn ist derjenige, den das Erbe braucht, und der rechtmäßige Erbe ist unbrauchbar. Warum konnte es nicht umgekehrt sein? Eine der Abwegigkeiten des Lebens, nehme ich an. Der arme Gordon hat viel gelitten; aber das sage ich Ihnen, meine weise Violetta, ich habe so viel wiedergutgemacht, wie ich konnte. Ich habe in diesem Testament Gordon als Sohn anerkannt, und ich hinterlasse ihm ein ausreichendes Vermögen, um damit einen eigenen Hof aufzubauen. Aber ich werde auch klarmachen, daß ich hoffe, Gordon bleibt, bis Tristan alt genug ist, selbst die Verwaltung zu übernehmen.«

»Dann wird es für Gordon zu spät sein, noch einmal selbst von vorn anzufangen.«

»Wenn Tristan zwanzig ist, wird er noch keine fünfzig sein. Das ist noch nicht zu alt für einen Mann von seiner Tatkraft ... falls er gesund beleibt. Jedenfalls werde ich es so machen.«

»Wissen die anderen davon? Weiß Gordon es?«

»Er wird es erfahren, wenn mein Testament verlesen wird.«

»Und warum erzählen sie es mir?«

Er wurde für einen Moment nachdenklich und sagte dann: »Ich glaube, Sie haben ein waches Interesse für Menschen ... so wie ich es auch habe, aber bei Ihnen ist es gütig, während es bei mir boshaft war. Sie hätten niemals getan, was ich getan habe. Sie haben ein zu gutes Herz – und vielleicht, sollte ich sagen, sind Sie auch zu weise, um sich einzumischen. Verstehen Sie, ich habe mich durch das, was ich getan habe, selbst in diesen Zustand der Reumütigkeit gebracht, und das war dumm von mir, denn jetzt jammere ich, da ich meinem Tod entgegengehe, und muß den Allmächtigen bitten, mich nicht so zu bestrafen, wie ich es verdiene. Wieviel klüger wäre es doch gewesen, wenn ich diesen Weg, den wir alle gehen müssen, mit einer Bilanz hätte antreten können, in der die guten Taten die schlechten aufwiegen? Und Sie sind hier ... Sie gehören dazu. Vielleicht werden Sie die Geschichte weiterspinnen, wenn ich nicht mehr bin.«

»Inwiefern?«

»Sie sind bereits ein Teil von Tregarland. Ihre Schwester ist die Mutter des Erben. Violetta, der junge Mann mit dem Sie ... warten Sie immer noch auf ihn?«

»Ich warte immer noch.«

»Und hoffen Sie? Es ist schon viel Zeit verstrichen.«

»Fast zwei Jahre seit Dünkirchen.«

»Dieser Krieg wird eines Tages vorüber sein, und wenn es soweit ist und er nicht zurückgekehrt ist, dann werden Sie ihr Leben in Trauer zubringen um jemanden, der Ihnen für immer verloren ist.«

»Soweit kann ich nicht in die Zukunft schauen.«

»Vergeben Sie mir. Ich mache Sie traurig. Das ist das letzte, was ich will. Sie sind eine ernste junge Dame, das habe ich von Anfang an gewußt. Es wäre anders gekommen, wenn Dermot Sie geheiratet hätte.«

»Es wäre etwas anderes geworden, wen immer er geheiratet hätte.«

»Die launische, reizende Dorabella war nicht die richtige für ihn, aber sie ist die Mutter meines Enkels. Ich würde mich gern für Gordon verwenden. Er ist ein guter Mann; und er wäre ein verläßlicher Ehemann. Wenn der Junge der Jermyns nicht zurückkommt – uns Sie werden bald ihre Hoffnungen aufgeben müssen –, wird Gordon auf Sie warten, dessen bin ich sicher.«

Mir fehlten die Worte. Der Gedanke an die trostlose Zukunft ohne Jowan beherrschte mich.

»Ich würde Sie gern hier auf Tregarland sehen«, fuhr der alte Mann fort. »Gordon ist ruhig, besonnen, ein wenig so wie Sie, meine Liebe. Es wäre schön für mich, wenn ich vom Himmel herabsehe oder, Sie mit Gordon auf Tregarland zu sehen und meinen Enkelsohn, wie er unter Gordons Obhut aufwächst und lernt, dieses Land zu lieben. Ach, ich bin schon wieder dabei, anderen Menschen ihr Leben vorzuschreiben.«

Wir schwiegen eine Weile, bevor er fortfuhr: »Ich denke oft daran, daß ihre Mutter Tristan mitnehmen wollte und wie sie der guten Nanny Crabtree eingeschärft hat, auf ihn achtzugeben. Und Gott sei Dank hat sie das getan. Sie ist auch eine vernünftige Frau. Können Sie sich noch daran erinnern, daß ich mich weigerte, den Jungen gehen zu lassen?«

»Ja, daran erinnere ich mich.«

»Wenn ich das nicht getan hätte, wäre er gar nicht erst in Gefahr geraten; eine weitere Sünde, die auf mich zurückfällt. Wenn ich nicht mehr da bin, müssen Sie ihn mit zu Ihrer Mutter nehmen. Mein liebes Mädchen, Sie werden glücklicher sein, wenn Sie nicht mehr hier sind, denn die Erinnerungen an Jowan lauern hier überall. Hier werden Sie Ihrem Kummer nie entkommen können. Sie müssen fortgehen … Sie, Ihre Schwester und das Kind. Ich hätte Sie schon früher gehen lassen sollen.«

Ich sah, daß er müde war, und sagte ihm, er müsse sich ein Weilchen ausruhen, ich würde ihn später wieder besuchen. Unsere Unterhaltung sei sehr interessant gewesen, fügte ich hinzu.

»Aber nicht sehr ergiebig«, sagte er. »Aber was sollte sich auch schon ergeben? Eine Beichte ist eine Art Sich-gehen-lassen. Gut für die Seele, sagt man. Man redet, und der Zuhörer, den sich ja der, der beichtet, mit Bedacht ausgesucht hat, bietet einem die nötigen tröstlichen Ausreden an, und das haben Sie in bewundernswerter Weise getan, meine Liebe. Ich danke Ihnen. Glauben Sie an Vorahnungen?«

Dieser abrupte Themenwechsel brachte mich ein wenig aus der Fassung.

»Ich bin mir nicht sicher«, sagte ich.

»Ich auch nicht, ab ich hatte gerade eine. Das Ende naht, sagt sie mir. Man hat seine Seele erleichtert – und jetzt, meine Liebe, heißt es Abschied nehmen. Ich hoffe, daß Sie eine glückliche Zukunft haben. Aber ich glaube, daß es so sein wird. Dieser schlimme Krieg muß ein Ende finden, und wenn Sie dann ihre Entscheidung treffen, wird es bestimmt die richtige sein, dessen bin ich mir sicher.«

Ich beugte mich über ihn und gab ihm einen Kuß auf die Stirn.

»Danke, meine Liebe«, sagte er und schloß die Augen.

Drei Tage später hatte er einen schweren Schlaganfall, von dem er sich nicht mehr erholte. Die Vorahnung, von der er gesprochen hatte, hatte sich bewahrheitet.

Also gab es wieder einen Zug zum Friedhof.

Als wir wieder auf Tregarland waren, eröffnete ein Anwalt aus Plymouth das Testament. Tristan wurde der Eigentümer des Landsitzes; Gordon wurde als leiblicher Sohn James' anerkannt, sollte der Verwalter des Gutes bleiben und erbte vierzigtausend Pfund. Sherry wurde gereicht, und im ganzen Haus herrschte eine gedämpfte Atmosphäre.

Es war erstaunlich, wie sehr wir den alten Mann vermißten. Wir hatten nicht viel von ihm gesehen, aber wir waren uns ständig seiner Gegenwart bewußt gewesen. Welche Veränderungen gegenüber meinem ersten Besuch auf Tregarland, obschon der gar nicht einmal so lange zurücklag. So viele Jahre lang war alles im gleichen Trott gegangen, und dann plötzlich waren die Veränderungen da ... drastische Veränderungen, Tod und Unglück. Und was würde jetzt kommen, fragte ich mich?

Die Tage vergingen. Sommer ... Herbst. Meine Mutter schrieb oft. Sie meinte, es wäre gut für mich, für eine Weile zurück nach Hause zu kommen. Ich wußte ja, daß sie glaubte, ich wäre woanders besser aufgehoben, damit ich den Erinnerungen an Jowan nicht zu sehr ausgesetzt war.

Sie waren sich inzwischen alle sicher, daß er für alle Zeit verschwunden war. Und ich konnte mir gut vorstellen, was meine Mutter zu meinem Vater sagen mochte.

»Je eher sie dort fortkommt, desto besser. Sie sollte unter Leute kommen ... unter junge Leute. Dorabella interessiert sich sehr für diesen netten Hauptmann Brent, und das scheint auf Gegenseitigkeit zu beruhen. Vielleicht wird sie wieder heiraten. Aber Violetta ist da ganz anders. Sie kann diese Dinge nicht abtun wie ihre Schwester. Sie sollte fort von dort.«

Aber ich hatte meine Arbeit, die ich sehr ernst nahm. Inzwischen richteten wir auf Tregarland ebenfalls Zimmer für wiedergenesende Soldaten ein und waren damit sehr beschäftigt. Das kam mir sehr gelegen, und ich versuchte, nicht mehr so viel zu grübeln. Oft hatte ich lange Gespräche mit Gordon, und er erzählte mir, er habe seinen Plan, sich selbst einen landwirtschaftlichen Betrieb aufzubauen, zurückgestellt und würde auf Tregarland bleiben, bis Tristan dort alles übernehmen konnte.

Ich fragte mich, was er wohl dazu gesagt haben würde, daß sein Vater davon gesprochen hatte, wir könnten zusammenkommen. Ich glaubte, daß er zarte Gefühle für mich hegte, und manchmal überließ ich mich der Vorstellung, Jowan würde nicht zurückkommen und ich würde Gordon heiraten. Nein, dachte ich dann. Das konnte nicht sein. Und Jowan *würde* zurückkommen. Wir waren zwei – seine Großmutter und ich selbst –, die wir fest mit einer Rückkehr rechneten. Obwohl wir uns vielleicht dazu zwangen, weil wir alles anderes einfach nicht ertragen hätten.

Im September blieb Dorabella bei einer ihrer häufigen Fahrten nach Poldown ziemlich lange fort. Ich wußte, daß sie dort Hauptmann Brent traf. Aber diesmal kehrte sie sehr niedergeschlagen zurück.

»Was ist los?« fragte ich.

»James sagt, daß er in einigen Wochen unsere Gegend verlassen wird.«

»Wo geht er hin?«

»Das weiß er noch nicht genau.«

Sie wirkte todunglücklich, und ich merkte, ich war mir nie im klaren darüber gewesen, wie ernst ihre Verbindung mit Hauptmann Brent war. Ich hatte sie eigentlich für eine oberflächliche Kriegsromanze gehalten, eine einfache Folge des Umstandes, daß sie beide zufällig zur gleichen Zeit am gleichen Ort waren und einander gefielen.

»Was wirst du tun?« fragte ich.

»Ich weiß es nicht. Alles ist so ungewiß. James hat eine wichtige Aufgabe, weißt du.«

»Das habe ich mir gedacht. Ich nehme an, du wirst erfahren, in welchem Teil des Landes er sich aufhält. Das wird doch kein Geheimnis sein, oder?«

»Er wird es mich wissen lassen.«

»Ich nehme an, ihr bleibt in Verbindung?«

»O ja.«

»Ist dir wirklich an ihm gelegen, Dorabella?«

»Ein wenig schon.«

»Habt ihr über eure Zukunft gesprochen?«

»Meine liebe, alte, nüchterne Violetta, du änderst dich wohl nie. Wer von uns weiß schon, was die Zukunft bringt?«

Damit hatte sie recht.

Später erfuhr sie, daß er irgendwo im Südosten sein würde, nicht weit von London, und war nicht mehr ganz so unglücklich.

Wir bekamen wieder Briefe von unserer Mutter. Warum wir nicht für eine Weile nach Hause kämen? Sicherlich würde es doch ein Weilchen ohne uns gehen.

»Wäre es nicht wunderbar, wenn ihr nach Caddington kämt und den kleinen Tristan und Nanny Crabtree mitbringen könntet?«

»Warum eigentlich nicht?« sagte Dorabella.

»Wir haben unsere Arbeit hier?«

»Wir sind nicht unersetzlich. Mrs. Jermyn wird leicht andere finden, die unseren Platz einnehmen können. Es gibt so viele Frauen hier in der Nähe, die eine Aufgabe suchen, irgend etwas, das die Kriegsanstrengungen unterstützt. Mrs. Pardell zum Beispiel würde sofort zusagen.«

»Ich glaube nicht, daß die Männer mit ihr als Ersatz für dich zufrieden sein werden, Dorabella.«

»Sie arbeitet sehr effizient, und die Männer würden sich über ihre nordenglische Offenheit amüsieren.«

»Aber doch nicht so wie über die kleinen Flirts mit dir.«

»Etwas Abwechslung tut immer gut.«

»Nur, wenn Sie etwas Besseres bringt.«

»Nun, da ist doch auch noch diese Mrs. Canter vom Seaview Cottage. Sie müßte jemanden bitten, sich um ihre kleine Tochter zu kümmern. Aber das Kind ist ja ohnehin die meiste Zeit in der Schule. Sie wäre doch bestimmt flott genug, und Mrs. Pardell wäre ein sehr schöner Kontrast dazu.«

»Du bist also fest entschlossen zu gehen.«

»Du würdest es doch auch gerne tun, Violetta, also tu doch nicht so, als ob nur ich mich freuen würde, sie alle wiederzusehen.«

»Natürlich würde ich auch gerne fahren. Aber …«

»Kein aber mehr. Wirst du es Mrs. Jermyn sagen? Es wäre besser, wenn es von dir kommt.«

Also saß ich mit ihr auf der Sonnenterrasse, wie schon so

viele Male, und bei einer Tasse Tee sagte ich ihr: »Meine Familie würde Dorabella und mich gern für ein Weilchen bei sich zu Hause haben. Meine Eltern glauben, es würde uns guttun … mir vor allem.«

»Ja«, sagte sie. »Ich verstehe.«

»Natürlich könnten wir nicht gehen, wenn nicht sichergestellt ist, daß jemand hier unseren Platz einnimmt.«

Mrs. Jermyn schwieg eine Zeitlang, und ich glaubte schon, sie würde Einwendungen erheben und sagen, wir könnten unmöglich gehen.

Aber sie meinte: »Sie haben recht. Sie sollten fort von hier, Violetta, und ich weiß, wie die Dinge mit Ihnen und Ihrer Schwester liegen. Dorabella scheint völlig selbständig zu sein, aber in Wirklichkeit ist sie auf Sie angewiesen … weit mehr jedenfalls als Sie auf Dorabella. Und Hauptmann Brent ist fort. Nun, ich verstehe das alles sehr gut. Und Sie, meine Liebe, Sie sind nicht glücklich. Wie könnten Sie es auch sein? Die Erinnerungen sind hier ständig präsent. Ich bin egoistisch und würde Sie gern hierbehalten, aber Ihre Eltern haben recht. Sie sollten dort sein. Sie müssen gehen. Ich verspreche Ihnen eines: Wenn ich Nachricht von Jowan erhalte, dann werde ich mich mit Ihnen in Verbindung setzen … unverzüglich.«

»Ich weiß, daß Sie das werden.«

»Wir werden die Nachricht eines Tages bekommen. Ich bin mir dessen sicher. Ich muß mir dessen sicher sein, Violetta. Es ist dieser Glaube, der mich am Leben erhält. Wir werden alle wieder glücklich sein … eines Tages. Glauben Sie daran, Violetta, und gehen Sie zu Ihrer Familie. Kapseln Sie sich dort nicht ab. Es kann jetzt nicht mehr lange dauern, bis wir wieder glücklich sind. Dann werden uns diese Jahre wie ein böser Traum erscheinen. Aber jetzt lassen Sie uns die praktische Seite bedenken. Wer kann an Ihre Stelle treten?«

»Dorabella schlägt vor, Mrs. Pardell und Mrs. Canter.«

»Mrs. Canter … ja, sie ist immer lebhaft und sollte mit den Männern gut zurechtkommen. Mrs. Pardell … ist etwas streng, meinen Sie nicht auch?«

»Aber sehr tüchtig. Ich denke, sie ist ein Gewinn. Es gibt allerdings noch ein oder zwei andere Frauen auf dem Gut, die etwas Zeit hätten. Ich nehme an, sie würden sich alle gern irgendwie nützlich machen.«

»Ich bin sicher, das wird nicht weiter schwierig werden. Natürlich wird es nicht mehr das gleiche sein. Es war eine Freude, Sie in der Nähe zu haben, Violetta, und Dorabella war immer der Liebling der Männer. Aber so geht es eben, und ich weiß, daß es Ihnen helfen wird, einmal eine Weile von hier wegzukommen. Wie steht es denn mit Gordon Lewyth?«

»Wie soll es mit ihm stehen?«

»Was sagt er dazu, daß Sie fortgehen?«

»Darüber ist noch nicht geredet worden.«

»Aber er muß doch wissen, daß Sie darüber nachdenken. Ich bin sicher, er wird ziemlich traurig sein, wenn Sie Tregarland verlassen.«

Sie hatte wohl von der Freundschaft zwischen Gordon und mir gehört. Es gibt ja immer Gerüchte.

Ich sagte so unbeteiligt ich konnte: »Wir kommen ja zurück. Es geht ja nur darum, daß wir eine Weile bei unseren Eltern sind.«

Sie drückte mir lange die Hand.

»Gott segne Sie, Violetta«, sagte sie. »Ich weiß, daß eines Tages alles wieder gut sein wird.«

So wie wir es uns gedacht hatten, war es nicht weiter schwierig, jemanden für unsere Stellen zu finden. Mrs. Canter war gleich dazu bereit und Mrs. Pardell zögerte nur einen Tag. Und natürlich gab es ein oder zwei Frauen, die etwas pikiert waren, weil man nicht sie gefragt hatte. Aber für uns war der Weg jetzt frei.

Nanny Crabtree war ganz begeistert.

»Es ist, als wenn es heimwärts ginge«, sagte sie. »Ich werde wieder mein altes Kinderzimmer haben, und an diesen Ort hier hatte ich mich niemals wirklich gewöhnt. Wenn man nicht aufpaßt, ist man auch ins Meer gestürzt … und nach allem, was hier vorgefallen ist, ist es kein Wunder, daß meine Nerven angespannt sind. Man fragt sich ja immer, was wohl als nächstes geschehen mag.«

Auch ich muß zugeben, daß die Aussicht, nach Hause zurückzukehren, meine Stimmung hob.

Meine Eltern holten uns vom Bahnhof ab, und gleich wurden wir mit Umarmungen, Küssen und Freudenrufen begrüßt. Es war wundervoll. Meine Mutter hörte gar nicht mehr auf zu reden, und mein Vater stand da und lächelte auf seine besondere Art, die ich so sehr liebte. Und schon lag ich in seinen Armen.

»Endlich bis du wieder daheim«, sagte er. »Darauf haben wir lange gewartet.«

Was für eine Heimkehr das war! Ich sagte, allein um solch einen Empfang zu bekommen, lohne es sich ja, so lange fort zu sein.

»Es ist euer Zuhause«, sagte meine Mutter bewegt. »Und das wird es immer sein. Und da ist ja auch Tristan ... Hallo, mein kleiner Schatz. Und Nanny. Willkommen, willkommen!«

Tristan zog zum Zeichen seiner Freude die Schultern hoch.

»Schön, schön«, sagte er.

Dann standen wir in der alten Eingangshalle – die der von Tregarland gar nicht so unähnlich war, da die beiden Häuser etwa zur gleichen Zeit gebaut worden waren. Im großen Kamin brannte ein Feuer, und an den Seitenwänden standen Blumen. Ein Gefühl des Friedens überkam mich. Wenn ich weiter um Jowan trauern mußte, dann konnten mir die, die mir noch zu lieben geblieben waren, darin ein großer Trost sein.

Wir gingen auf unsere Zimmer.

»Genauso wie immer«, sagte Dorabella fröhlich.

Sie nahm Mutter in die Arme und tanzte mit ihr durchs Zimmer.

»Langsam«, sagte unser Vater. »Sie ist auch nicht mehr so jung, wie sie mal war!«

»Ungehobelter Kerl!« rief meine Mutter glücklich.

»Es ist so wunderschön, wieder daheim zu sein«, sagte Dorabella, so daß ich mich gleich fragte, ob sie wohl schon an ein Rendezvous mit Hauptmann Brent dachte.

Im Kinderzimmer war Nanny Crabtree dabei, ›sich einzurichten‹, wie sie es nannte, und jubelte dabei vor Freude.

»Der alte Schrank!« Sie drehte sich zu Dorabella um.

»Das ist der, in dem du dich einmal versteckt hast, nur um uns zu foppen und uns Angst zu machen. Du warst ein schönes Früchtchen, das warst du. Und diese beiden Betten dort nebeneinander. Weißt du noch, als du klein warst. Schau mal, Tristan, da hat deine Mama früher geschlafen ... und Tante Violetta, als sie so alt waren wie du.«

Tristan untersuchte mit ernster Miene das Bett; offensichtlich hatte er Schwierigkeiten, sich vorzustellen, daß wir einmal seine Größe gehabt hatten.

Natürlich war es wunderschön, wieder zu Hause zusein. Meine Eltern hatten Recht gehabt, darauf zu bestehen, daß wir kommen. Es würde mir helfen – nicht helfen, zu vergessen, denn dazu würde ich nie in der Lage sein, sondern helfen, diese Tage des Wartens durchzustehen und ein wenig Glück und Trost in der Liebe meiner Familie zu finden, indem wir die Erinnerungen an lang vergangene Tage wiederbelebten.

Das hoffte ich wenigstens.

Dorabella hatte an Hauptmann Brent geschrieben, der froh war, sie in der Nähe Londons zu wissen. Und wir waren noch keine Woche in Caddington, als er ihr antwortete und fragte, ob sie nicht nach London kommen wolle, da er für ein paar Tage Urlaub bekommen könne?

Sicher könne sie bei Gretchen wohnen, die sich freuen würde, sie ein paar Tage bei sich zu haben, sagte meine Mutter.

Und so wurde alles vereinbart.

Sie kam strahlend zurück, mit Geschenken für uns alle. Gretchen ging es gut, sagte sie, und freue sich sehr, daß wir in Caddington seien. Es sei so schön, daß wir jetzt in der Nähe seien und London relativ leicht erreichen könnten. Sie hoffte, irgendwann einmal zu uns herauskommen zu können, wenn Edward für ein solches Vorhaben genug Urlaub erhielt.

»London hat sich völlig verändert«, sagte Dorabella. »Diese gräßlichen Verdunkelungen! Man bekommt dort mehr vom Krieg mit, und es gibt dort den schrecklichen Luftalarm zu den unmöglichsten Zeiten, und dann ist es gut, irgendwo

Schutz zu suchen. Aber sonst ist es immer noch das gute, alte London – immer ein Tick aufregender, als es sonstwo ist.«

Ein paar Tage später sagte meine Mutter: »Ich habe eine Überraschung für dich. Was glaubst du wohl, wer am Wochenende kommt?«

»Ich habe keine Ahnung«, entgegnete ich. »Willst du mich noch lange im Ungewissen lassen?«

»Erinnerst du dich noch an Mary Grace?«

»Mary Grace!« rief ich. »Wie geht es ihr? Was macht sie denn im Augenblick?«

»Das wird sie dir alles erzählen, wenn sie kommt.«

»Das wird bestimmt wunderbar werden.«

»Ich wußte ja, daß es dir gefallen würde.« Sie lächelte ein wenig geheimnistuerisch, so daß ich vermuten mußte, daß noch etwas anderes außer dem Wiedersehen mit Mary Grace ihr Freude machte.

Schließlich kam sie damit heraus.

»Es ist möglich, daß ihr Bruder auch mitkommt. Er ist inzwischen Major, weißt du. Vielleicht, vielleicht wird er einen kurzen Urlaub bekommen, und dann, nun, er weiß ja, daß wir uns freuen, ihn zu sehen.«

Ich muß sagen, daß ich etwas überrumpelt war. Richard Dorrington hatte sich einmal für mich interessiert – das heißt, ausreichend interessiert, um eine Heirat vorzuschlagen; und ich mußte ihn zumindest so weit gemocht haben, daß ich ihm kein klares Nein zur Antwort gegeben hatte. Die Sache war nie zufriedenstellend bereinigt worden. Ich hatte meine echten Gefühle für Jowan entdeckt und Richard vor dem Krieg nicht mehr gesehen. Es würde seltsam sein, ihn wiederzusehen. Meine Eltern betrachteten ihn als wünschenswerten Ehemann für mich, und wie die meisten Eltern waren sie sehr daran interessiert, daß ihre Tochter gut verheiratet wurde; und Richard Dorrington war in ihren Augen ein sehr vernünftiger und verläßlicher Mann. Nach Dorabellas katastrophalem Eheabenteuer hofften sie natürlicherweise, wenigstens mich in einen sicheren Ehehafen lotsen zu können.

Ich hatte schon immer die Gedanken meiner Mutter lesen können, und fühlte daher, wie sehr sie hoffte, daß Richard kommen können würde und daß wir an unsere Gefühle füreinander anknüpften. Sie glaubte in ihrem Innersten nicht, daß Jowan noch einmal zurückkehren würde.

Das Wiedersehen mit Richards Schwester, Mary Grace, würde eine große Freude sein; ich hatte sie immer gemocht und erinnerte mich noch gerne daran, wie ich entdeckt hatte, daß sie ganz exquisite Miniaturen zu malen verstand. Sie hatte zuerst eine von mir gemalt, die ich Dorabella schenkte, und dann eine von meiner Schwester, die ich von Dorabella geschenkt bekam. Diese Miniaturen waren uns nicht nur wichtig, weil sie so schön waren, sondern auch, weil sie Mary Grace einen guten Dienst erwiesen hatten, den bald bekam sie von Leuten, die unsere Miniaturen gesehen hatten, den Auftrag, auch für sie zu malen.

Das Wochenende stand unmittelbar bevor, und wir wußten immer noch nicht, ob Richard kommen würde. Obwohl wir erfahren hatten, daß er wohl Urlaub bekam, wußten wir doch, daß er aber auch im letzten Augenblick noch gestrichen werden konnte. Also waren wir immer noch im Ungewissen, als wir zum Bahnhof gingen, um auf den Zug aus London zu warten.

Er kam pünktlich an, und als Mary Grace ausstieg, wurde hinter ihr die hochgewachsene Gestalt ihres Bruders sichtbar.

Wir liefen auf die beiden zu. Richard sah in seiner Uniform blendend aus. Er nahm meine Hände und sagte mit Inbrunst: »Violetta, es ist wundervoll, Sie wiederzusehen.«

Ein wenig später fuhren wir zurück nach Hause, wo mein Vater bereits darauf wartete, unsere Gäste zu begrüßen, und er gab seine Freude darüber zu erkennen, daß es Richard möglich gewesen war zu kommen.

»Alles ist so ungewiß in diesen Zeiten«, sagte Richard. »Aber ich hatte Glück. Ich freue mich, hier zu sein.«

An diesem Abend saßen wir sehr lange zu Tisch. Alle hatten so viel zu erzählen. Mein Vater und Richard sprachen ernst über den Verlauf, den der Krieg jetzt nahm.

»Seit Pearl Harbour hat sich alles geändert«, sagte Richard. »Selbst die größten Pessimisten können jetzt nicht mehr daran zweifeln, daß wir siegen werden.«

»Hitler muß es doch immer mulmiger werden«, bemerkte mein Vater.

»Ich glaube, es war ein Fehler, eine zweite Front zu eröffnen. Es ist ja klar, daß er keinen leichten Sieg über Rußland erringen kann. Ich nehme an, er glaubte, ebenso schnell damit fertig werden zu können wie mit Belgien, Holland und Frankreich. Er hätte sich die Sache besser überlegen müssen. Glück für uns, daß er es nicht getan hat.«

»Und jetzt sind auch noch die Amerikaner dabei.«

»So daß es nur noch eine Frage der Zeit ist«, versicherte Richard uns.

»Aber es zieht sich immer weiter in die Länge«, warf meine Mutter ein. »Angeblich sollte der Krieg doch schon beim ersten Weihnachtsfest vorüber sein.«

»Wir waren nicht vorbereitet«, wandte Richard ein. »Und jetzt zieht das ganze Land an einem Strang.«

»Selbst ich«, sagte Mary Grace.

Sie erzählte uns von ihrem Ministerium. Alle mußten jetzt arbeiten, sofern sie nicht durch häusliche Aufgaben verhindert waren. Sie kümmerte sich außerdem noch mit um ihre Mutter, obwohl sie auch noch eine Haushälterin hatten, die schon viele Jahre bei ihnen und zu alt war, um sich noch irgendwie in der Kriegswirtschaft nützlich zu machen. Jedenfalls hatte Mary Grace eine Teilzeitarbeit. Die Tätigkeit sei interessant, meinte sie, und gefiele ihr ganz gut.

»Und deine Malerei?« fragt ich.

»Das mache ich nach wie vor.«

Richard konnte uns, wie die Dinge lagen, natürlich wenig von seinen Aktivitäten berichten, aber er sagte zumindest, daß er bereit sein müßte, auf dem Kontinent zu landen, wenn die Zeit dazu gekommen war. Wir mußten zunächst einmal abwarten, wie es zwischen Deutschland und Rußland ausgehen würde, und auch im Nahen Osten gebe es starke Aktivitäten. Aber die Aussichten waren auf jeden Fall besser als noch vor einiger Zeit.

Sie waren am Freitag angekommen und würden am späten Sonntagnachmittag wieder nach London zurückkehren müssen. Es war ein sehr kurzer Besuch, aber wir schafften es, ein großes Programm zu absolvieren. Am Samstag ritten

Dorabella und ich mit Richard und Mary Grace aus; unterwegs kehrten wir in eins der Gasthäuser ein, die wir gut kannten, um etwas zu essen; dort wurden wir vom Wirt herzlich empfangen.

Wir redeten und lachten viel, und es tat mir leid, daß sie so bald schon zurück mußten. Wir gingen alle zum Bahnhof, um sie zu verabschieden und ihnen eine gute Reise zu wünschen. Die Züge waren alle ziemlich unsicher, und sie konnten nicht wissen, ob sie nicht aufgehalten werden würden. So etwas kam in Kriegszeiten vor, und Richard mußte bis Mitternacht zurück sein.

»Laßt uns das ruhig wiederholen ... sobald es geht«, sagte mein Vater, und meine Mutter fügte hinzu: »Also denkt daran, bei der ersten Gelegenheit müßt ihr wieder herkommen.«

»Vielleicht würdest du auch gerne einmal nach London kommen«, sagte Richard und sah mich an.

»Meine Mutter würde sich sehr freuen, dich zu sehen«, meinte Mary Grace. »Sie spricht oft von dir.«

Der Zug fuhr ein. Und als er wieder abfuhr, standen wir auf dem Bahnhof und winkten.

Meine Mutter sah sehr zufrieden aus.

»Ein sehr schönes Wochenende«, meinte sie, und ich wußte, wenn sie erst mit meinem Vater allein war, würde sie sagen, daß es mir unglaublich gut getan hätte.

Mrs. Jermyn schrieb mir, daß auf Priory alles gut lief. Mrs. Canter war ein voller Erfolg, und über Mrs. Pardell amüsierten die Männer sich bestens. Sie ließen sich nicht von ihr herumkommandieren und neckten sie recht unverschämt. Mrs. Jermyn hatte befürchtet, daß sie sich dagegen verwahren würde, aber merkwürdigerweise schien es ihr sogar zu gefallen.

Ihr Schwester sagte mir, daß es Ihnen gut bekomme, in Ihrem alten Zuhause zu sein (sie hat mir geschrieben). Ich vermutete ja schon, daß es hilfreich sein würde. Liebe Violetta, Sie müssen dort so lange bleiben, wie Sie es für notwendig erachten. Ich weiß, wie glücklich es Ihre Eltern macht, Sie bei sich zu haben, und ich bin mir sicher, daß auch Dorabella den Aufenthalt dort genießt.

Sie werden stets willkommen sein, wenn Sie wieder herkommen, aber so sehr ich Sie hier auch vermisse, glaube ich doch, es ist das Beste für Sie, zu bleiben, wo Sie sind.

Und vergessen Sie nicht, daß ich Sie auch von der allerkleinsten Neuigkeit sofort in Kenntnis setzen werde.

Sie hatten recht, natürlich. Mir ging es besser, wenn ich nicht dort war, wo ich meine gemeinsame Zeit mit Jowan verbracht hatte.

Kurz darauf bekam ich auch von Mary Grace einen Brief.

Meine Mutter wollte genau wissen, wie wir unser Wochenende bei Euch verbracht haben. Sie wollte jede Kleinigkeit hören. Und sie sagt immerzu, wie sehr sie sich freuen würde, Euch beide zu sehen. Es wäre sicher ein großer Spaß, wenn ihr kommen könntet. Es gibt hier immer viel zu sehen und zu unternehmen, und wir haben nur noch gelegentlich Luftalarm. Ich habe mit Gretchen darüber geredet, und sie sagt, sie würde sich sehr freuen, wenn Ihr herkämt und bei ihr wohnen würdet. Ich glaube, sie ist manchmal ziemlich einsam. Sie hat nur ein Mädchen, das bei ihr wohnt und ihr eine große Hilfe mit Hildegarde ist, aber das bedeutet natürlich, daß Gretchen nicht sehr viel herumkommt, und sie hat auch nicht allzuviele Freunde. Sie würde sich einfach freuen, Euch bei sich zu haben.

Als ich meiner Mutter den Brief zeigte, sagte sie: »Ja, ich mache mir Sorgen um Gretchen. Es ist nicht leicht für sie. Diese Geschichte in Cornwall hat sie sehr mitgenommen. Armes Mädchen. Sie war in ihrem eigenen Land unerwünscht, und hier ... nun, dieser Hauch eines Verdachtes wird immer da sein. Ich wünschte, sie käme hierher und bliebe hier, aber hier sind wir zu weit vom Schuß für Edwards kurze Urlaube.«

»Ich meine, wir sollten hinfahren und sie besuchen«, erwiderte ich.

Dorabellas Wünschen kam diese Idee mit Sicherheit entgegen. Sie könnte sich in London kurzfristig mit Hauptmann Brent verabreden. Und was mich betraf, ich war ganz gerne eine Zeitlang bei Gretchen.

»Also«, sagte meine Mutter, »für Tristan ist hier gesorgt, er hat hier seine Großeltern und Nanny.«

Also machten wir aus, daß wir für eine Woche zu Gretchen nach London fuhren.

Gretchen war hocherfreut, uns wiederzusehen. Sie hoffte, daß Edward rechtzeitig Urlaub bekam, um uns ebenfalls begrüßen zu können, wenn auch nur kurz. Sie hatte es sich in dem Haus, das sie vor Kriegsausbruch gekauft hatte, gemütlich eingerichtet. Ihr Mädchen war ihr eine große Hilfe, sowohl bei der Hausarbeit als auch bei der Betreuung von Hildegarde, aber trotzdem hatte Gretchen alle Hände voll zu tun. Ich wußte, daß sie ständig über das Schicksal ihrer Familie nachgrübelte; sie würde vielleicht niemals erfahren, was aus ihren Eltern und Geschwistern geworden war. Es war rührend zu sehen, wie sie sich über unseren Besuch freute.

Dorabella war bester Stimmung. Es gefiel ihr, daß ihre Liebesgeschichte mit Hauptmann Brent weiterging, und ich nehme an, daß die Art seiner Tätigkeit und das Geheimnis, das sie umgab, diese Romanze für sie um so erregender machte.

Sehr bald erhielten wir eine Einladung in das Haus der Dorringtons, wo wir von Mrs. Dorrington herzlich aufgenommen wurden. Im Laufe des Abends erschien unerwarteterweise auch Richard.

»Als ich hörte, wen du zu Gast hast«, sagte er seiner Mutter, »habe ich gleich alle Hebel in Bewegung gesetzt … und es hat funktioniert. Wie gefällt Euch London in Kriegszeiten?« fragte er uns.

»Gewaltig«, rief Dorabella.

»Und dir, Violetta?«

»Genauso«, erwiderte ich. »Besonders dieser Abend.«

Es gab viel zu erzählen, und alle waren guter Dinge.

Richard sagte zu mir. »Wenn ich Urlaub bekomme, würdest du dann einen Abend opfern, um mit mir ins Theater zu gehen?«

Ich nahm seine Einladung freudig an, und als der Abend vorüber war, gingen wir, da Edward und Gretchen nicht allzu weit entfernt wohnten, zu Fuß durch die verdunkelten Straßen heimwärts.

Am nächsten Tag rief Richard an. Er konnte sich am Donnerstag frei machen. Ob wir Zeit hätten?

Dorabella war am Apparat; sie sauste immer als erste hin, wenn das Telefon klingelte, weil sie hoffte, es sei ein Anruf von Hauptmann Brent.

Sie sagte: »Richard lädt uns für Donnerstag ins Theater ein.« Ihr Blick wurde leicht hinterhältig. »Ich kann leider nicht«, sagte sie in die Sprechmuschel. »Ich habe schon eine andere Verabredung, aber ich weiß, daß Violetta Zeit hat.«

»Hast du denn eine Verabredung am Donnerstag?« fragte ich sie kurze Zeit später.

»Was spielt das für eine Rolle? Er hoffte, daß ich eine hätte. Ich konnte den armen Mann doch nicht enttäuschen.«

»Wie kannst du das wissen?«

»Oh, natürlich weiß ich das. Dein Problem, Schwester ist, daß dir die Raffinesse fehlt. Er will mit dir zusammen sein ... nicht mit der ganzen Familie. Ich sehe, was sich vor meinen Augen abspielt, auch wenn du es nicht siehst. Ich will weder die Anstandsdame noch das fünfte Rad am Wagen sein.«

»Du bist ein Idiot.«

»Das mag ich in mancher Hinsicht sein, aber was diese Dinge anbelangt, bin ich ein kluger Kopf.«

So kam es, daß ich am Donnerstagabend mit Richard ins Theater ging.

Ich kann mich nicht mehr an das Stück erinnern; ich glaube, es war eine seichte Komödie. Aber woran ich mich erinnere ist, daß das Theater voller uniformierter Männer war, die herzlich über jeden Scherz lachten, wie albern er auch er sein mochte, als ob sie entschlossen wären, den Abend um jeden Preis zu genießen.

Während des zweiten Aktes trat ein Mann vorn auf die Bühne und verkündete, daß die Sirenen losgegangen seien und daß alle, die das Theater verlassen wollten, das bitte möglichst still tun sollten, damit sie die nicht störten, die zu bleiben wünschten.

Alle blieben, das Stück ging weiter, und ungefähr fünfundvierzig Minuten später kam der Mann noch einmal auf die Bühne, um zu erklären, daß Entwarnung gegeben worden sei.

Danach gingen wir zu einem späten Essen. Wir saßen in einem verdunkelten Restaurant, wo die gleiche Stimmung entschlossenen Frohsinns herrschte, die mir schon im Theater aufgefallen war. Wir waren schon fast ehrfürchtig an unseren Tisch geführt worden – wegen Richards Uniform, nahm ich an. Jeder einzelne war sich bewußt, was wir unseren Fliegern, Soldaten und Matrosen verdankten.

Wir sprachen vom Krieg, von den Hoffnungen auf einen Sieg in nicht mehr allzu ferner Zukunft, von meinen Eltern, von seiner Mutter und von Mary Grace.

Er sagte, er würde niemals vergessen, was ich für seine Schwester getan hätte. Sie hätte sich regelrecht verändert, als sie diese Miniatur von mir malte. Ob ich sie immer noch hätte, wollte er wissen.

»Ich habe sie Dorabella geschenkt«, sagte ich. »Und ich habe von ihr die bekommen, die Mary Grace von ihr gemacht hat. Sie sind wirklich sehr gut.«

»Ja, ich glaube, sie ist wirklich eine Künstlerin, und niemand von uns hat das gewußt, bis Sie uns darauf hingewiesen haben. Sie hat sich seither verändert. Sie hat das Selbstvertrauen erlangt, das ihr früher immer fehlte. Sie haben damit sehr viel für sie getan, und jetzt scheint sie auch ganz gerne in diesem Ministerium zu arbeiten. Es war ein Glückstag für uns, als Edward uns miteinander bekannt gemacht hat.«

»Ich mache mir Sorgen um Gretchen.«

»Armes Mädchen. Es ist traurig. Ich glaube, sie muß ständig an ihre Familie denken. Das ist ja auch nur natürlich.«

»Was könnte aus ihnen geworden sein?«

»Ich denke nicht gerne darüber nach. Es macht krank, an das Schicksal der Juden in Deutschland zu denken. Wenn es jemals einen Grund gegeben hat, diesen Krieg zu führen, dann ist es das.«

»Wir müssen am Ende Erfolg haben.«

»Das werden wir, aber zu welchem Preis!«

Ich mochte Richard. Er war auch nicht mehr der gleiche Mann, den ich vor dem Krieg gekannt hatte. Damals war er auf fast selbstgerechte Weise selbstsicher gewesen. Jetzt wirkte er anders. Ich hätte ihn nicht gern als ›verwundbar‹ bezeichnet, aber das Wort kam mir in den Sinn. Manchmal dachte ich, daß er drauf und dran war, mit etwas zu erzählen … irgend etwas Wichtiges, das ihn quälte. Es war fast wie ein Hilferuf, aber das konnte nicht sein, Richard war nie auf fremde Hilfe angewiesen.

Als wir uns trennten, sagte er: »Ich kann diese Woche keinen Urlaub mehr bekommen … und danach sind Sie schon wieder in Caddington.«

»Nun, das ist ja nicht so weit von hier.«

»Werden Sie noch einmal herkommen? Bei uns Zuhause ist Platz, und Mary Grace würde sich sicher freuen, wenn Sie kommen. Oder werden Sie zurück nach Cornwall gehen?«

»Ich bin noch unentschlossen. Meine Mutter möchte nicht, daß ich es tue. Sie glaubt, daß ich besser bei ihnen in Caddington bliebe und gelegentlich einmal einen Besuch in London machte. Aber Sie wissen ja, daß ich Arbeit in Cornwall hatte.«

»Sie könnten auch hier etwas tun.«

»Das vermute ich auch. Es war auch nicht schwierig, dort Ersatz für mich zu finden.«

»Sie müssen sich es einmal überlegen. Cornwall ist etwas abgelegen, und das Reisen ist nicht einfach im Krieg. Auf jeden Fall war es ein sehr schöner Abend für mich.«

»Für mich auch.«

»Wir sollten so etwas noch einmal machen.«

»Das wäre sehr schön.«

»Ist das eine Zusage?«

»Natürlich.«

Er küßte mich flüchtig auf die Wange, und ich ging in das Haus von Gretchen. Dorabella wartete oben schon auf mich; sie sah mich gespannt an.

»Nun?«

»Nun was?«

»Wie war es denn?«

»Das Stück war nicht besonders bemerkenswert; zwischendurch gab es einen Luftalarm, und danach waren wir noch essen.«

»Und Richard ... wie war er?«

»Wirklich außerordentlich nett.«

»Und?«

»Ist das nicht genug?«

»Unter diesen Umständen, nein.«

»Unter welchen Umständen?«

»Er ist sehr attraktiv.«

»Ach, gute Nacht, Dorabella.«

»Also nichts zu berichten?«

»Nichts.«

»Du enttäuscht mich.«

»Es hat schon Gelegenheiten gegeben, da hast du mir zum gleichen Gefühl verholfen.«

Geplänkel, dachte ich. Was erwartete sie? Sie war wie meine Mutter. Sie hofften beide, daß ich aufhörte, um Jowan zu trauern. Sie konnten nicht glauben, daß ich ihn niemals vergessen würde.

Das dunkle Geheimnis

Mary Grace hatte uns viel von ihrer Arbeit im Ministerium erzählt und von ihren Arbeitskolleginnen dort. Sie meinte, es würde mich vielleicht interessieren, ihre neuen Freundinnen ebenfalls kennenzulernen.

»Du darfst dir nicht vorstellen«, sagte sie, »daß wir dort für den Krieg lebenswichtige Arbeit leisten – mit streng geheimen Sachen zu tun haben und dergleichen. Es ist ja nur das Ministerium für Arbeit, und unsere Aufgabe besteht hauptsächlich darin, Akten alphabetisch zu ordnen und für diejenigen Leute, die wir registriert haben, Jobs zu finden, die möglichst gut zu ihren Fähigkeiten passen. Und meinen Kolleginnen fehlt – genau wie mir – die Erfahrung in dergleichen. Manche haben nie zuvor irgendwo gearbeitet; also ist ganz klar, daß uns nur einfache Aufgaben zugewiesen werden, solche, die jedermann bewältigen kann.«

Ich erklärte ihr, daß ihre Ausführungen, sehr nach falscher Bescheidenheit klängen.

»Nein nein«, antwortete sie. »So ist es nicht. Du wirst sehen, daß ich recht habe, wenn du meine Kolleginnen kennenlernst. Wir sitzen alle zusammen an einem Tisch, sortieren Akten, machen Vermerke und werden dabei von unserem Aufseher überwacht. Der Aufseher ist natürlich ein echter, solider Beamter.«

Ich begriff, was sie meinte, als ich die Mädchen kennenlernte. Sie aßen oft mittags eine Kleinigkeit in einer Lyons- oder ABC-Teestube. Zusammen mit Mary Grace waren sie zu viert. Sie war ein sogenannter ›Teilzeitler‹, weil sie sich auch um ihre Mutter kümmern mußte. Die anderen arbeiteten ganztags – von neun bis fünf.

Das Ministerium lag im Stadtteil Acton, nicht weit außerhalb der Stadtmitte, und ich sollte sie um halb eins in der Lyons-Teestube treffen.

Kaum hatte ich das Restaurant betreten, stand Mary Grace auch schon auf, um mich zu begrüßen. Die drei anderen, deren Bekanntschaft ich machen sollte, saßen zusammen mit ihr am Tisch. Sie alle musterten mich interessiert.

»Mrs. Marian Owen, Mrs. Peggy Dunn und Miss Florette Fields«, sagte Mary Grace mit ernster Würde. »Und dies ist Miss Violetta Denver.«

»Oh, das ist ein vornehmer Name«, sagte Miss Florette Fields. »Er gefällt mir. Ich hieß eigentlich Flora, aber ich habe Florette daraus gemacht. Aus beruflichen Gründen, verstehen sie?«

»Florette«, sagte ich. »Wie bezaubernd.«

Sie warf mir ein freundliches Lächeln zu – sie wirkte sehr herzlich.

»Wir bestellen Pastete nach Art des Hauses«, sagte Mary

Grace. »Die Zutaten mögen zwar etwas geheimnisvoll sein, aber es schmeckt ganz gut.«

Alle lachten. Sie lachten schnell, und darin erinnerten sie mich an die Soldaten im Theater.

»Bleiben Sie denn eine Weile in London?« fragte Marian. Sie war anders als die anderen beiden und darauf erpicht, mich das auch wissen zu lassen.

»Ja«, sagte ich. »Ich werde Ende der Woche wieder zu meinen Eltern fahren.«

»Sie Glückliche«, sagte Florette.

Sie waren zuerst alle ein wenig steif, aber es dauerte nicht lange, bis das Gespräch locker wurde. Es ging hauptsächlich um das Ministerium. Dort gab es eine Mrs. Crimp, die ›Löckchen‹ genannt wurde, und einen Mr. Bunter, den man aus naheliegenden Gründen ›Billy‹ nannte. Die vier Mädchen kicherten ständig.

Florette und Peggy Dunn trugen ihr Herz auf der Zunge; Marian Owen war eher zurückhaltend.

Während des Essens entdeckte ich, daß Mary Grace über die bisher bei ihr nicht vermutete Gabe verfügte, Menschen zum sprechen zu bringen. Ich glaube, sie war sehr darauf bedacht, daß ihre Freundinnen etwas von sich preisgaben, und bei Pastete Hausmacherart, die sich in der Tat als überraschend schmackhaft erwies, und Kaffee erfuhr ich etwas mehr über Peggy und Florette.

Sie waren durchaus verschieden, aber beide hatten die Gabe, über sich selbst lachen zu können. Florette war ein Mädchen mit Träumen. Wir kannten uns noch keine fünfzehn Minuten, da wußte ich schon, welche Ziele sie hatte. Sie war völlig ohne List und Arg. Sie wollte ein ›Star‹ werden, wie sie es nannte. Und Peggy bewunderte sie als jemanden, an den sie selbst niemals heranreichen würde. Sie las ihr die Worte von den Lippen und starrte sie dabei voller Bewunderung an.

»Florette hat einmal einen Wettbewerb gewonnen«, erzählte Peggy mir. »Du bist Erste geworden, nicht wahr, Florette?«

Florette lächelte strahlend.

»Erzähl Violetta davon«, sagte Peggy – wir waren inzwischen bei den Vornamen angelangt.

»Also«, sagte Florette, »es war ein Wettbewerb für Nachwuchstalente, nicht wahr?«

Ihre Ausdrucksform erinnerte mich unwillkürlich an Charley und Bert. Auch Florette bat mich jetzt nicht, daß ich mich an ein bestimmtes Ereignis erinnerte – die rhetorische Frage war einfach ihre Form der Aussage.

»Da hingen große Plakate draußen an der Konzerthalle. Am Empire, nicht wahr? ›Versuchen Sie Ihr Glück‹, stand darauf. ›Vielleicht fängt hier Ihr Weg zum Erfolg an.‹ Und alle haben gesagt: ›Also los, Flor, du nimmst es im Singen mit allen auf.‹«

»Sie hat eine schöne Stimme«, warf Peggy ein.

»Also«, sagte Florette bescheiden, »sie ist nicht übel. Sie hätten mich mal erleben müssen. Habe wochenlang geübt, habe ich.«

»Und sie ist Erste geworden«, rief Peggy, die den Höhepunkt nicht abwarten konnte.

»Also, ich gehe da hinauf, nicht wahr? Ob meine Knie wohl weich waren? Darauf können Sie wetten. Ich fühlte mich wie ein Klumpen Wackelpudding. Ich dachte: Wenn ich den Mund auftue, kommt nichts als ein Krächzen heraus. Aber da stand ich nun einmal. ›Der blaue Himmel überm weißen Fels von Dover.‹ Damit kommt man immer durch, und dann noch etwas Altmodisches. ›Als der Ball vorüber war.‹ Meine Mama wollte immer, daß ich mal singe, und sie hat es mit mir geübt. Nun, ich kam unter die ersten sechs … und dann das Ganze noch einmal.«

»Und sie wurde Erste«, rief Peggy wieder.

»Fünf Pfund habe ich bekommen. Erster Preis. Obwohl es Glück war. Es war ein Versuch. Also, ich denke, ich hätte es schon geschafft, wenn dieser dämliche Krieg nicht dazwischengekommen wäre. Was kann man in Zeiten wie diesen schon erreichen? Aber immerhin war es ein Anfang, und den kann mir keiner mehr nehmen. Haben mir eine Urkunde gegeben, haben sie, da steht drauf, daß ich den ersten Preis habe.«

»Das muß ja wunderbar gewesen sein«, sagte ich.

»Warten Sie ab. Sie werden mich auf der Bühne sehen. Meine Mama erzählte immer von Marie Lloyd. So etwas werde ich auch. Warten Sie nur, bis dieser Krieg vorüber ist.«

Ich hörte alledem aufmerksam und mit ernster Miene zu. Peggy war genauso aufgeregt wie Florette selbst, und Mary Grace beobachtete mich, weil sie wissen wollte, ob mir das Treffen mit ihren Freundinnen gefiel. Mary Owen saß still dabei, ein feines Lächeln auf dem Gesicht. Ab und zu tauschte sie einen Blick mit mir, als wolle sie sagen: »Wir müssen nachsichtig mit diesen Menschen sein. Sie hatten nicht den Vorzug einer guten Erziehung.« So jedenfalls verstand ich es. Ich würde ja bald meine Eindrücke mit Mary Grace besprechen können.

»Und dann habe ich meinen Namen in Florette umgeändert«, fuhr die Trägerin jenes Namens fort. »Nun, Flora ... wissen Sie, das ist ja ein hübscher Name. Ich habe nichts dagegen einzuwenden, aber doch nicht im Bühnengeschäft.«

»Florette macht sich besser auf den Plakaten«, sagte Peggy.

»Ich finde das sehr interessant«, sagte ich. »Ich hoffe, Sie haben Erfolg. Ich bin sicher, daß Sie es schaffen.«

Florette nickte zustimmend, und Mary Grace sagte: »Violetta wollte euch alle gerne kennenlernen. Sie fand es so interessant, was ich von euch zu erzählen hatte.«

»Mich werden Sie nicht sehr interessant finden«, sagte Peggy. »Mit mir ist nicht viel los.«

»Ich bin sicher, auch Sie hatten ein interessantes Leben«, sagte ich und meinte das auch. Peggy war klein, schmal und schätzungsweise Mitte vierzig. Ihr Gesicht war vor der Zeit mit Fältchen durchsetzt, ihr – nicht sehr fachmännisch – gefärbtes Haar tiefschwarz. Nach ihrem Gesicht hatte ich den Eindruck, daß sie viel erlebt haben mußte – hauptsächlich Schlechtes. Man brauchte Peggy nur anzuschauen, um zu wissen, daß ihr Leben nicht leicht gewesen war.

Und so war es auch, wie sich herausstellte – bei diesem ersten Treffen und bald danach. Sie hatte jung geheiratet, nicht besonders glücklich, und zwei Kinder bekommen. Eins davon war fünf Jahre vor dem Krieg nach Australien ausgewandert, das andere hatte geheiratet und war in den Norden gezogen. Ihr Mann hatte jeden Freitagabend seinen Lohn vertrunken, und sie hatte versuchen müssen, so gut es ging, für den Haushalt zu sorgen. Sie hatte irgendwelche merk-würdigen Arbeiten verrichtet, war Putzen gegangen und hatte sich so durchgeschlagen. Und jetzt war sie hier – der Mann war tot, die Kinder waren weit weg und würden sich nicht die Mühe machen, einmal herzukommen, um sie zu besuchen; und sie gab zu, daß es für sie eine große Freude war, diesen ›bequemen kleinen Job im Ministerium‹ ergattert zu haben. Ich bewunderte sie. Sie war unverwüstlich. Ihr verschrumpeltes kleines Gesicht leuchtete immer wieder auf, und sie konnte den meisten Situationen etwas Amüsantes abgewinnen. Ich nehme an, daß das Leben ihr so übel mitgespielt hatte, daß sie gar nicht anders konnte, als das zu genießen, was sie jetzt hatte. Florette war ihr Ideal, und sie war von deren späteren Erfolg genauso überzeugt wie Florette selbst.

»Was ich tun werde«, sagte sie, »ich werde draußen vor dem Theater stehen und ihren Namen buchstabieren und sagen ›ich kenne sie vom Ministerium.‹«

Sie lächelte Florette selig an, die darauf erwiderte: »Hör bloß auf! Ich nehme dich mit hinter die Bühne, und du bekommst Freikarten für den Orchestergraben. Wer weiß, vielleicht finde ich ja sogar jemanden, der einen Schoßhund braucht.«

Das war ein uralter Witz, wie ich erfuhr. Peggy hatte einmal erzählt, daß sie sich die Hunde im Park angesehen habe und das ganze Getue, das um sie gemacht werde. Kleine Pekinesen mit merkwürdigem Haarschnitt, mit Diamanthalsbändern … und sie hätte bei sich gedacht: »Wie gut es diese Hunde haben … Sie brauchen nichts zu tun, als ein Schoßhund zu ein. Mir würde es nichts ausmachen, so ein Hund zu sein. Ich wünschte, jemand würde mich zu seinem Schoßhund machen. Kennt ihr nicht jemanden, der einen Schoßhund braucht?«

Das hatte Florette amüsiert, und so war der Scherz entstanden.

»Peggy sucht jemanden, der einen Schoßhund braucht«, sagte sie zu mir. »Kennen Sie jemanden?«

Und alle einschließlich Peggy lachten ausgelassen.

Peggy und Florette waren leicht zu verstehen. Mit Marian

war es anders. Sie kam nicht aus den gleichen Verhältnissen wie die anderen. Sie hatte mir von Anfang an zu verstehen gegeben, daß sie, Mary Grace und ich zusammengehörten – und die beiden anderen etwas anderes seien. Marians Haar war wahrscheinlich auch behandelt, aber sehr unauffällig; sie trug maßgeschneiderte Kostüme und sprach äußerst gepflegt.

Sie erzählte mir, ihr Mann sei Soldat gewesen bei der Army, und sie sei jetzt seit fünfzehn Jahren Witwe. Sie kam zurecht, aber es war nicht mehr so, wie sie es einmal gewohnt war. Sie hatte ein kleine Etage in Crouch Hill und hatte sich den Verhältnissen anpassen müssen.

Ich bemerkte sofort, daß sie irgendwie verschlossen wirkte; ihr schien immer etwas unbehaglich zumute zu sein. Ich war mir bald sicher, daß sie irgendein Geheimnis hegte.

Als wir aus der Teestube kamen, gestärkt von der obskuren, aber schmackhaften Pastete Hausmacher Art und zwei Tassen heißen Kaffees, hatte ich die Vergangenheit endlich einmal vollständig hinter mir gelassen; ich war fesselnd unterhalten worden. Das gelang mir nur sehr selten.

Mary Grace und ich verabschiedeten uns von den anderen, die als ›Vollzeitler‹ wieder zurück ins Ministerium mußten, und fuhren mit der U-Bahn zurück nach Kensington.

»Und?« sagte Mary Grace, als wir allein waren.

»Sehr interessant. Auch amüsant manches.«

»Ich mag sie alle sehr gern. Vor kurzer Zeit waren sie noch Fremde für mich, und jetzt sehe ich sie jeden Tag – viel öfter als meine engsten Freunde. Man lernt die Menschen unter diesen Umständen wirklich gut kennen.«

»Florette ist erheiternd«, sagte ich. »Armes Mädchen, ich frage mich, wie weit sie mit ihrem Traum kommt. Und Peggy … nun, sie muß einem leid tun. Sie muß ein hartes Leben gehabt haben, und trotzdem hat sie sich tatsächlich kein bißchen entmutigen lassen. Und Marian umgibt irgendein Rätsel.«

»Oh, die arme Marian. Ja, sie hat auch schon bessere Tage gesehen. Mir tun solche Leute immer leid. Sie verschwenden soviel Zeit darauf, der Vergangenheit nachzuweinen, daß sie die Gegenwart nicht mehr genießen können. Wenn sie sich doch nur nicht ständig so sorgen würde, ob wir auch wirklich den Unterschied zwischen ihr und den anderen spüren. Ihnen macht es nichts aus, so zu sein, wie sie sind ... und auch allen anderen nicht.«

»Mary Grace, ich möchte mich jedenfalls für das wirklich sehr interessante Mittagessen bedanken.«

»Ich bin froh, wenn dir die hausgemachte Pastete geschmeckt hat.«

»Unglaublich – aber vor allem hat mir die Gesellschaft gefallen.«

Als wir nach Caddington zurückgekehrt waren, brannte meine Mutter bereits darauf, alles zu erfahren, was wir erlebt hatten.

»Für mich bestehen nicht die geringsten Zweifel, daß diese Woche dir außerordentlich gut getan hat«, merkte sie dazu an.

Und wenn ich es mir überlegte, kam ich zu dem Schluß, daß sie recht hatte. Ich hatte Cornwall weiter hinter mir gelassen, Cornwall mit seinem Murmeln der Wellen und seiner Landschaft, in der mich alles an Jowan erinnerte.

Und die Tage gingen ins Land. Durfte ich weiter auf Nachricht von Jowan hoffen?

Dorabella und ich gingen unserer Mutter bei ihrer Arbeit fürs Rote Kreuz zur Hand; aber die Arbeit im Genesungsheim war etwas anderes gewesen – eine fest umgrenzte Aufgabe, wie sie jeder, der dazu fähig war, in Kriegszeiten übernehmen sollte.

Ich meinte, ich müßte eigentlich zu meiner Arbeit dort zurückkehren.

Als ich diesen Vorschlag machte, protestierte Dorabella. Mrs. Canter und Mrs. Pardell erledigten unsere ehemalige Aufgabe zu aller Zufriedenheit. Sie wollte natürlich nicht zurück; aber wir konnten nicht endlos lange abseits stehen. Sie konnte keine häuslichen Verpflichtungen geltend machen, weil sich ja Nanny Crabtree um ihr Kind kümmerte. Es traf sich, daß Hauptmann Brent vorschlug, sie könne in einem der Büros, die zu seiner Einheit gehörten, arbeiten. Es sei eine Teilzeitarbeit, eine nicht übermäßig wichtige Bürotätigkeit, aber sie müssen nach London ziehen, könne natürlich weiterhin ihre Wochenenden in Caddington verbringen.

»Und was wird aus Violetta?« fragte meine Mutter.

»Vielleicht hat Mary Grace eine Idee«, sagte ich. »Soweit ich verstanden habe, ist es ihre Aufgabe, passende Arbeitsstellen für die Leute zu finden.«

Ich sprach halb im Scherz, aber ich begriff langsam, daß ich wirklich nicht zurück nach Cornwall wollte. Es war ganz richtig gewesen; es war besser für mich, von dort fortzugehen. Ich nehme an, ich hätte auch einfach in Caddington bleiben und meiner Mutter helfen können, aber ich hatte das Gefühl, daß ich mehr tun sollte.

So weit waren wir schließlich mit unseren Überlegungen gediehen, als Mary Grace für das Wochenende nach Caddington kam. Wir redeten mit ihr darüber, und sie sagte auf Anhieb, sie sei sich sicher, daß es möglich sein müsse, mich im Ministerium unterzubringen.

»Ich weiß, daß wir in meiner Abteilung zu wenig Leute haben«, fügte sie hinzu.

Begeistert malte ich mir aus, wie ich an einem Tisch saß und zusammen mit den Frauen, die ich kennengelernt hatte, Akten sortierte. Ich stellte mir vor, wie ich mit ihnen zum Lunch in das kleine Restaurant ging –Pastete Hausmacher Art, Kaffee und ein wenig Unterhaltung; und meine liebe Mary Grace würde da sein. Der Gedanke ließ mich vor Freude erschaudern.

Mary Grace entging mein Interesse nicht, und sie sagte: »Ich könnte es versuchen, wenn es dir recht ist.«

Wir redeten noch einmal darüber, und meine Mutter, die meine Begeisterung spürte, stürzte sich sofort auf diese Idee.

»Ich werde mich danach erkundigen«, sagte Mary Grace. »Ich fände es wunderbar, dich bei mir zu haben.«

Es wurde Neujahr, bis ich im Ministerium anfing. Bis dahin hatte ich meine Zeit zwischen Gretchen in London und meinen Eltern in Caddington geteilt.

Dorabella gefiel ihre Teilzeitarbeit in London. Wie abgemacht verbrachten wir die meisten Wochenenden in Caddington, und widmeten dort den größten Teil unserer Zeit

Tristan. Das schien eine sehr befriedigende Regelung zu sein, und Dorabella war mit ihrem Leben ganz glücklich.

Richard Dorrington und ich trafen uns häufig – wann immer er Urlaub bekam –, und ich fand unsere Zusammenkünfte immer sehr angenehm. Glücklicherweise schien er damit zufrieden zu sein, es bei unserer Freundschaft zu belassen. Es war ganz anders als in der Zeit, als er mich mit dem Gedanken an eine Heirat umworben hatte. Er war jetzt zurückhaltender, brachte nie die Vergangenheit ins Spiel und schlug auch nie vor, unsere alte Beziehung wieder aufzunehmen. Natürlich gab es Gelegenheiten, bei denen er, wie ich annehme, etwas Zuversicht faßte. Mir war diese anspruchslose Freundschaft aber sehr recht.

Anfang 1944 wuchs im ganzen Land die Hoffnung. Deutschland war dabei, den Krieg an der russischen Front zu verlieren; wir erfuhren von den Schwierigkeiten, mit denen Deutschlands Armeen sich auseinandersetzen mußten – nicht nur mit solchen, die ihnen die Russen bereiteten, sondern auch mit dem Winter, der härter war, als es ihren Vorbereitungen entsprach. Zum ersten Mal seit seiner Machtergreifung schien es tatsächlich so, als würde Hitler auf eine Niederlage zusteuern.

Die Möglichkeit einer Invasion Britanniens schien jetzt in weite Ferne entrückt zu sein. Es gab zwar immer noch Luftangriffe, und einige unserer Städte waren schwer verwüstet worden, aber überall keimte Hoffnung. Die Amerikaner waren jetzt unsere Verbündeten, und wir standen nicht länger allein da.

Mitte Januar nahm ich meine Tätigkeit im Ministerium auf. Ich wurde von den Freundinnen, die ich in den letzten Monaten öfter getroffen hatte – ich war verschiedentlich zusammen mit Mary Grace, Florette, Peggy und Marian Mittagessen gewesen – herzlich begrüßt.

Es traf sich glücklich, daß an ihrem Tisch noch ein Platz frei war und ich, da ich mit ihnen befreundet war, diesen Platz einnehmen durfte.

Wir arbeiteten in einem großen Raum mit Fenstern an beiden Seiten, die den größten Teil der Wände einnahmen. Das machte den Raum sehr hell, schien aber auch gefährlich, falls einmal eine Bombe in der Nachbarschaft niedergehen sollte. Wir saßen an einem Tisch, der eigentlich für sechs Mitarbeiter bestimmt war, und da wir nur zu fünft waren, konnten wir bequem die Akten ausbreiten und uns so die Arbeit etwas einfach machen.

In der Mitte des Raumes thronte an seinem Schreibtisch Mr. Bunter – genannt Billy –, beaufsichtigte alle und gab uns Arbeitsanweisungen.

Die Arbeit war recht anspruchslos, und nach wenigen Tagen war ich mit dem, was ich zu tun hatte, vertraut. Schnell bekam ich Routine, beteiligte mich an den Witzeleien, lachte viel und machte bei den kleinen Feiern mit, wenn eine von uns einmal ›ein klein wenig Glück‹ gehabt hatte. Marian Owen pflegte überraschenderweise ein – einziges, wie sie betonte – Laster, und das war das Pferdewetten.

»Nur ein Schilling oder zwei hier oder da, damit etwas Schwung ins Leben kommt – und manchmal glückt es ja auch.«

Wenn es dann ›glückte‹, lud sie uns alle auf ein Glas ins Café Royal ein, und dort feierten wir unseren ›Totomillionär‹. Unglücklicherweise waren die Gewinne nicht sehr häufig, aber das machte sie natürlich um so aufregender, wenn sie sich tatsächlich einstellten.

Einmal brachte Florette uns ihr Album mit Zeitungsausschnitten mit, das sie uns zeigen wollte; sie hatte darin Fotos von Schauspielerinnen gesammelt und so geordnet, daß man ihren Weg zum Ruhm nachvollziehen konnte.

Auf der ersten Seite klebte ein Zeitungsartikel, der den Leser darüber informierte, daß Miss Florette Fields den Gesangswettbewerb in der Empire Music Hall mit ihrer hervorragenden Interpretation von ›Die weißen Felsen von Dover‹ und ›Als der Ball vorüber war‹ gewonnen habe. Ihr sei der erste Preis von fünf Pfund zugesprochen worden. Alles Gute, Florette.

Wir alle brachten gebührend unsere Bewunderung zum Ausdruck, und ich sagte ihr, sie solle das Buch nicht mit Berichten über andere allzusehr füllen, weil sie ja noch genug Platz für die Artikel über sich selbst brauchen würde.

Das gefiel ihr. Sie erzählte uns, daß sie das Buch neben ihrem Bett aufbewahre für den Fall eines Luftangriffs. Und ich glaube, daß dieser Zeitungsausschnitt über ihren Erfolg das kostbarste in Florettes Leben war.

Und stets gab es Gelächter, wenn Peggy, überwältigt von irgendeiner Kleinigkeit, die gerade auf ihr lastete, jammerte: »Will mich nicht irgend jemand als Schoßhund haben?«

Wir konnten über Kleinigkeiten lachen.

Es wurde März; ich arbeitete inzwischen zwei Monate im Ministerium. Meine Mutter sagte, das sei das Beste, was ich hätte tun können. Und Dorabella pflichtete ihr bei; selbst ich neigte dazu, ihnen recht zu geben. Ich genoß die Gesellschaft während der Arbeitszeit. Mary Grace wurde wegen ihrer Zeichenkunst außerordentlich bewundert, und wenn irgend etwas Außergewöhnliches geschah, dann zeichnete sie eine kleine Karikatur davon.

Diese Zeichnungen wurden dann in der Abteilung herumgereicht und lösten meist große Heiterkeit aus. Als eine von ihnen Billy Bunter in die Hände fiel, lächelte er milde und versuchte sich einen gestrengen Gesichtsausdruck zu geben, aber er konnte sein Lächeln einfach nicht unterdrücken und sprach von Mary Grace seither nur noch als von ›unserer Künstlerin‹.

Leider wußten wir aber nie, wann die nächste Luftschutzwarnung kam. Der Alarm wurde recht häufig ausgelöst – jedesmal, wenn ein feindliches Flugzeug bei der Überquerung des Kanals gesichtet wurde. Wir hätten dann eigentlich unseren Raum mit den vielen Fenstern verlassen und hinunter in den Keller gehen sollen, aber sehr oft kamen diese Flugzeuge nicht besonders weit, und es wurde so viel Zeit damit verschwendet, in die Schutzräume zu laufen und dann wieder hinauf nach oben; daher wurde die sogenannte ›unmittelbare Warnung‹ eingeführt, das heißt, wir wurden erst gewarnt, wenn ein feindliches Flugzeug schon fast über uns war. Und dann sollten wir uns wirklich beeilen, Schutz zu suchen.

Wie schnell diese Tage vergingen! Die Arbeitswoche, die Wochenenden in Caddington, die Verabredungen mit Richard, wenn er sich frei machen konnten, die Mittagessen in der Teestube. Das Leben war erfreulicher, als es je gewesen war, seit sich herausgestellt hatte, daß Jowan nicht zu den Rückkehrern von Dünkirchen gehörte.

Ende März merkte ich, daß Dorabella vor Aufregung geradezu überschäumte.

»Irgend etwas ist passiert«, sagte ich.

Sie schüttelte den Kopf, so heftig, als sei sie verrückt geworden.

»Diesmal werde ich es dir zusammen mit den anderen sagen. Ich werde ein Erklärung abgeben – beim Supper, denke ich – wenn unsere Eltern beide dabei sind.«

Sie spitzte die Lippen, als fürchtete sie, ihre Neuigkeiten vorschnell zu verraten.

Weil wir nie vorher genau wußten, wann wir in Caddington ankamen, wartete Mutter immer mit einem kalten Abendbrot auf uns. Und da mein Vater ebenfalls immer Wert darauf legte, im Haus zu sein, wenn wir kamen, waren wir normalerweise zu viert – es sei denn, Mary Grace wäre fürs Wochenende mit uns hinausgefahren.

Wir saßen dann im Dunkeln, damit wir nicht die Verdunkelungsvorhänge zuziehen mußten, und erzählten, was wir in der Woche so erlebt hatten. Meine Familie kannte inzwischen Florettes geheime Ambitionen, das dunkle Geheimnis, das, wie wir vermuteten, Marian hütete, und Peggys Wunsch, als Schoßhund adoptiert zu werden.

Als wir uns setzten, merkte ich, daß es Dorabella immer schwerer fiel, ihre Erregung zurückzuhalten. Sobald wir saßen, platzte es aus ihr heraus: »Ich habe eine Erklärung abzugeben. James und ich werden heiraten.«

Darauf folgte ein kurzes Schweigen. Dann stand meine Mutter auf und küßte sie.

»Ach, mein Liebling, ich hoffe …«

»Diesmal ist es das richtige«, sagte Dorabella. »*Ich* bin mir dessen sicher, und *James* ist sich dessen sicher. Deswegen muß es wohl das richtige sein.«

Offensichtlich war sie so glücklich, daß wir mitgerissen wurden. Wir hatten nur gezögert, weil wir die letzte Katastrophe noch vor Augen hatten.

»Ihr werdet James sehr gern haben«, sagte Dorabella.

»Alle mögen ihn. Er ist der wunderbarste Mann auf der Welt. Sieh mich nicht so an, Violetta. Diesmal ist es wirklich das richtige. Ich habe ja jetzt meine Erfahrungen. Ich weiß, was Liebe bedeutet. Also hör auf, dir Sorgen zu machen.«

»Na ja, du kennst ihn ja noch nicht allzulange«, gab meine Mutter zu bedenken.

»Seit Ewigkeiten!« rief Dorabella. »Er ist ideal. Und ich wünsche mir, daß Tristan ihn auch liebt.«

»Das ist sehr wichtig«, sagte meine Mutter ernst.

»Ach, kommt schon!« rief Dorabella. »Das sollte doch ein Anlaß zur Freude sein. Daddy, willst du nicht einen Champagner spendieren?«

»Ich glaube, es sind noch ein paar Flaschen da«, sagte er. »Ja … darauf müssen wir anstoßen. Ich bin mir sicher, daß du sehr glücklich sein wirst, mein Schatz.«

»Und ich«, sagte Dorabella bestimmt, »weiß, daß ich es sein werde.«

Ich wußte, daß meine Mutter an diesem Abend noch auf mein Zimmer kommen würde, nachdem ich mich zurückgezogen hatte; das tat sie immer, wenn sie sich Sorgen um Dorabella machte.

»Was hältst du davon?« sagte sie.

»Bei Dorabella weiß man nie.«

»Denkst du an Dermot?«

»Natürlich. Sie ist immer so schnell überschäumend begeistert, und in Kriegszeiten neigen die Menschen erst recht zu überstürzten Taten.«

»Dorabella ist jederzeit für etwas Überstürztes gut.«

Ich lachte und nickte.

»Dieser junge Mann …«

»Er hat eine wichtige Aufgabe in der Armee, wie sich herausgestellt hat, als Tristan entführt wurde. Er ist sehr charmant, und Dorabella hat schon seit einiger Zeit etwas für ihn übrig.«

»Und sie bedeutet ihm ebenfalls etwas, nehme ich an?«

»So muß es wohl sein, wenn er sie heiraten will.«

»Deinem Vater und mir ist etwas unbehaglich zumute,

nach allem, was vorgefallen ist. Dieser Ausflug nach Frankreich ... und was sie sonst noch getan hat ...«

»Vielleicht hat sie etwas dabei gelernt. Die Sache mit Tristan hat sie sehr mitgenommen, und seither liebt sie ihn ganz abgöttisch. Und sie ist im Augenblick sehr glücklich ...«

Plötzlich wurde die Tür geöffnet, und Dorabella kam ins Zimmer.

»Ich habe gehört, daß ihr beiden die Köpfe zusammensteckt«, sagte sie. »Ich kann euch sagen, es ist diesmal bestimmt das richtige. Ich bin glücklicher, als ich es je gewesen bin. Ich bete James an und er mich. Hört also auf, euch aufzuführen wie ein paar alte Hexen, die Düsteres prophezeien, und freut euch mit mir.«

Wir konnten nichts dagegen tun. Meine Mutter empfand es genauso wie ich. Es mußte einfach das richtige sein diesmal. Sie war so glücklich, und sie riß uns mit in ihrer Begeisterung.

Wir kamen zu dem Schluß, es sei das Wichtigste, daß Dorabella glücklich war, denn um die Zukunft konnten wir uns noch sorgen, wenn die Zeit dazu gekommen war.

Am folgenden Wochenende kam James Brent nach Caddington. Meine Eltern kannten ihn bis dahin nicht, und sie waren positiv beeindruckt. Hauptmann Brent war weltläufig, weitgereist, ein Fachmann für viele Dinge. Er kannte den Gutsbetrieb, da seine Familie einen Landsitz auf dem West Riding von Yorkshire besaß, und vor dem Krieg war er dort tätig gewesen.

Meinem Vater gefiel er ganz offensichtlich, und sie unterhielten sich angeregt über den Krieg – ein Gespräch, das noch interessanter dadurch wurde, daß der Hauptmann zu einer gewissen Vorsicht in seinen Aussagen genötigt war.

Er sagte, daß es eine Landung auf dem Kontinent geben müsse und daß sich diese Landung seiner Meinung nach, da der Feind jetzt geschwächt sei, nicht mehr lange hinausschieben lasse.

Dann besprachen sie die Hochzeit. Es gab keinen Grund, lange zu warten. Und ich vermutete, er rechnete damit, bei Beginn der Invasion des Kontinents gleich mit dabei zu sein.

Es schien alles sehr dringlich zu sein, und wir hatten Verständnis dafür, daß er, bevor die große Schlacht losging, noch ein wenig junges Glück mit Dorabella genießen wollte.

Bevor das Wochenende vorüber war, hatte James die Zweifel meiner Eltern zerstreut, und man gab sich gemeinsam den aufregenden Vorbereitungen des Hochzeitsfestes hin. Es solle eine kleine, stille Feier werden und irgendwann während der nächsten Wochen stattfinden.

Tristan mochte Hauptmann Brent von Anfang an, so daß sich alles in idealer Weise zusammenzufügen schien.

Schließlich heirateten sie Ende April auf einem Standesamt; am gleichen Tag wie eine ganze Reihe anderer Paare – Männer in Uniform mit ihren lächelnden Bräuten.

Natürlich mußte ich an Jowan denken; ich muß zugeben, daß ich die beiden beneidete.

Nach der Trauung gab es in einem Hotel in Kensington einen kleinen Empfang, zu dem wir auch meine Kolleginnen aus dem Ministerium eingeladen hatten.

Meine Mutter war ganz erpicht darauf, die Menschen kennenzulernen, von denen sie schon so viel gehört hatte. Florette hatte sich, wie es sich für einen großen Star gehört, ziemlich in Schale geworfen; Peggy sah aus wie ein trauriges Hündchen, das ein Zuhause suchte, und Marian gab sich vornehm kultiviert und war sehr beeindruckt davon, mit Sir Robert und Lady Denver plaudern zu können.

Als das Fest vorüber war, meinte meine Mutter: »Sie waren großartig. Genau wie du sie beschrieben hast. Es war schön, sie einmal in Fleisch und Blut zu sehen.«

Und dann fuhren eine strahlende Dorabella und ihr sehr attraktiver Ehemann auf eine kurze Hochzeitsreise nach Torquay.

Richard hatte zwei Tage Urlaub, also trafen wir uns, wie gewöhnlich. Aber diesmal war er ganz begeistert, weil ein Freund, der eine kleine Etagenwohnung mit Bedienung gleich an der Victoria Station besaß, ihm diese zur freien Benutzung zur Verfügung gestellt hatte. Der Freund war nach Nordengland abkommandiert worden, so daß die Wohnung leer stand, und Richard konnte sie vielleicht von Nutzen sein, wenn er gelegentlich Urlaub hatte.

»Natürlich«, sagte Richard, »könnte ich immer nach Hause zu meiner Familie gehen, aber ich glaube, daß das für Mary Grace nur eine Last ist, da sie ja nicht viel Hilfe im Haus hat.«

»Ich bin mir sicher, daß sie sich jedesmal freut, wenn du dort bis – und deine Mutter auch.«

»Manchmal möchte man ja auch gern allein sein. Es ist eine nette kleine Wohnung, und man ist schneller dort als in Kensington. Jedenfalls habe ich das Angebot angenommen. Ob Sie vielleicht Lust hätten, mitzukommen und sich die Wohnung einmal anzusehen?«

Ich nahm den Vorschlag freudig an, und wir gingen hin.

Es war wirklich eine schöne kleine Wohnung mit einem Schlafzimmer, einem kleinen Abstellraum, einem Wohnzimmer und einer gemessen an der Gesamtwohnung relativ großen Küche. Da sie im obersten Stockwerk lag, wirkte sie luftig und lichtdurchflutet. Der Küchenschrank war voller Konserven – Kriegsware natürlich.

»Ich kann mir nehmen, was ich brauche. Natürlich werde ich alles wieder auffüllen, bevor ich die Wohnung zurückgebe.«

Richard war ganz begeistert. Oft hatte er nur einen Tag frei, und er freute sich dann schon darauf, mit mir zusammen in die Wohnung zu gehen. Ich suchte dann irgendwelche Konserven heraus, und wir gaben uns dann gemeinsam dem Vergnügen hin, das Essen zuzubereiten, denn Richard meinte, das sei gemütlicher, als im Restaurant zu essen.

Meine Kolleginnen wußten davon, und ich nehme an, daß sie darüber redeten, wenn ich nicht anwesend war. Ich denke, sie waren zu dem Schluß gelangt, daß ich Richard heiraten würde, und so mußten natürlich meine Besuche in der Wohnung ihren Spekulationen reichlich Nahrung geben.

Sie waren allesamt Träumerinnen, vor allem Florette natürlich, die in einer Welt spektakulärer Theatererfolge lebte; Peggy dagegen, die sehr wenig Hoffnung hatte, ihre Ambitionen zu realisieren, konnte für andere träumen. Bei Marian war ich mir inzwischen sicher, daß sie in einer Atmosphäre der ständigen Erwartung lebte, irgendein fatales Geheimnis ihrer Vergangenheit werde entdeckt werden. Und Mary Grace, nun, ich wußte, daß sie sich über nichts mehr freuen würde, als wenn ich in ihre Familie einheiratete.

Es störte mich nicht im geringsten, daß sie meinen Besuchen in Richards Wohnung und unseren gemeinsamen Mahlzeiten dort eine besondere Bedeutung beimaßen. Aber ich sprach Richard gegenüber ganz offen von Jowan, und er verstand meine Gefühle. Er war praktisch veranlagt, gutmütig, und ich denke, daß er schon vor langer Zeit, als sich nach meiner Ablehnung seines Antrages unsere Wege getrennt hatten, zu dem Schluß gekommen war, daß wir nicht ganz zueinander paßten. Aber das hieß ja nicht, daß wir nicht gute Freunde sein konnten, und das waren wir nun.

Also freute ich mich auf die Tage, an denen ich wieder in der Küche der kleinen Wohnung experimentieren konnte, und wenn es mir gelang, mit den verfügbaren Zutaten eine gute Mahlzeit zuzubereiten, waren wir regelrecht begeistert.

Inzwischen stand wieder der Frühling bevor, und im nächsten September würde sich der Kriegsbeginn zum fünften Mal jähren. Alle sagten: »Jetzt kann es nicht mehr lang dauern.«

Richard war vorsichtig. Er glaubte, die Landung wäre keine Angelegenheit von ein paar Wochen. Die Deutschen verfügten noch über einige Kampfkraft und seien daher eine wahrlich furchterregende Rasse.

Dorabella kehrte von ihrer Hochzeitsreise wie betäubt vor Glück zurück. Ihr war die Fähigkeit gegeben, ganz in der Gegenwart zu leben. Gewaltige Ereignisse standen bevor, aber das kümmerte sie nicht. So vergingen die Tage.

Marian hatte wieder einmal auf das richtige Pferd gesetzt, und wir gingen zum Café Royal, um ihren Erfolg zu feiern. Die Nächte waren jetzt hell, und das war gut so, denn es war immer mühselig gewesen, während der Verdunkelung von einem Ort zum anderen zu kommen.

Wir hatten jeder ein Glas Sherry vor uns und waren sehr fröhlich.

»Hier ist es toll«, sagte Florette. »Hier sind sie früher alle gewesen, all die alten Stars. Marie Lloyd, Vesta Tilly … und die Stutzer, die ihnen nachgelaufen sind, haben sie hier getroffen.«

»Welche Stutzer?« frage Peggy.

»Komm schon, Peg. Tu nicht so, als wüßtest du das nicht! Du weißt doch, diese Stutzer … die Kavaliere, die immer am Bühneneingang lauern. Und den Schauspielerinnen nachstellen. Jeden Abend im Theater, bis sie sich ihren Liebling ausgesucht haben. So war das damals. Kein Krieg natürlich.«

»1914 hat es schon einmal einen gegeben«, erinnerte ich sie.

»Ach, den! Der war nichts im Vergleich mit diesem.«

»Ich nehme an, die Menschen haben ihn ebenfalls als schrecklich erlebt«, sagte Mary Grace.

»Es war nicht das gleiche. Wäre es nicht schön, wenn der Krieg endlich vorbei wäre? Ich schätze, dann ist hier unheimlich was los.«

»Die Menschen halten nicht mehr so viel aus«, kommentierte Marian.

»Früher …« Sie seufzte. »Ich erinnere mich noch an das goldene Jubiläum der Königin. Es gab einen Tag schulfrei. Ich sehe sie noch vor mir … eine kleine alte Dame in einer Kutsche. Aber sie war die Königin. Das konnte jeder spüren.«

Plötzlich hielt sie inne, und ein Ausdruck von Panik überzog ihr Gesicht.

»Ist dir nicht gut, Marian?« fragte Mary Grace.

»O doch … doch, mit geht es gut. Mir war nur einen Augenblick etwas komisch.«

»Das ist der Sherry«, sagte Peggy.

»Ich weiß nicht. Es kam einfach so über mich.« Ihre Hände zitterten.

»Du erzähltest gerade von Königin Victorias goldenem Kronjubiläum.«

»O nein … nein. Ich meinte nicht das goldene Jubiläum … es war das diamantene.«

»Bleib ein Weilchen ganz ruhig sitzen«, sagte Florette. »Das wird dir helfen.«

Marian gehorchte und schloß die Augen. Wir alle sahen sie besorgt an, aber nach ein paar Minuten öffnete sie die Augen und lächelte uns an.

»Es ist schon gut«, sagte sie. »War nur so eine kleine Anwandlung.« Dann wechselte sie das Thema und erzählte von irgendwelchen Pferden, die sie für die nächsten Rennen als Favoriten betrachtete.

»Es hängt alles von der Form ab«, sagte sie. »Darauf muß man achten.«

Wir verstanden: Sie wollte nicht über diese ›kleine Anwandlung‹ reden.

Mary Grace und ich sprachen nachher über den Zwischenfall.

»Irgend etwas hat sie aus der Fassung gebracht«, sagte ich. »Es passierte, als sie von früher erzählte.«

»Wahrscheinlich ist damals irgend etwas passiert. Irgendeine Tragödie, die mit dem goldenen Jubiläum zusammenhing und an die sie jetzt denken mußte.«

»Das ist doch schon so lange her. Ich hätte gedacht, daß sie damals noch gar nicht lebte. Sie sagte, das goldene Jubiläum … und schien dann großen Wert darauf zu legen, uns wissen zu lassen, daß es das diamantene war. Es muß das diamantene gewesen sein. Wenn sie damals zur Schule ging, was sie ja andeutete, dann müßte sie schon über sechzig sein, und im Ministerium gibt es nur Mitarbeiter bis zu sechzig Jahren. Ich frage mich, was da wohl geschehen sein mag?«

Marian wurde damals zu einem Gegenstand der Spekulation, denn auch Florette und Peggy war der Schock, den sie im Café Royal erlitten hatte, nicht entgangen.

Immer, wenn Marian nicht dabei war, sprachen wir davon. Sie ließen ihrer Phantasie freien Lauf. Peggy glaubte an eine unglückliche Liebe. Bestimmt hatte Marian einen jungen Mann kennengelernt, für den sie nicht standesgemäß war.

»Ihr wißt doch, was Rang und Stellung und diese Dinge ihr bedeuten. Er versprach ihr eine große Zukunft; sie glaubte, ein schönes Zuhause zu bekommen, wo sie verwöhnt werden würde und für den Rest ihres Lebens keine Sorgen mehr hätte. Und dann, praktisch vor dem Altar, gab er ihr den Laufpaß. Daraufhin heiratete sie Mr. Owen.«

Florette mutmaßte: »Er war ein guter Ehemann, aber er war nicht ihre große Liebe, die sie nie vergessen konnte. Sie

234

hatte einen reichen Geliebten. Er war ein großer Music-Hall-Star, und alle Frauen waren verrückt nach ihm. Er sah Marian an, und von da an war sie anders als die anderen. Diese Schauspieler verlieben sich sehr leicht und lassen ihre Liebchen wieder im Stich. Er verführte sie, und es gab ein Kind. Sie gab das Kind weg, und dann eines Tages, bei diesem Jubiläum, sah sie ihr Kind wieder, aus dem eine schöne junge Frau geworden war.«

»Beim diamantenen Kronjubiläum kann sie höchstens fünf Jahre alt gewesen sein«, wandte ich ein.

»Oh, dann war es eben ein anderes. Irgendeine andere Prozession. Da gab es doch noch die Krönung von Edward VII., nicht wahr? Ich schätze, die ist es dann gewesen.«

»Also, was immer es gewesen sein mag«, sagte Mary Grace, »irgend etwas war es jedenfalls, und wir dürfen nicht versuchen, darin herumzustochern. Sie erzählt es uns vielleicht irgendwann einmal. Seien wir besonders freundlich zu ihr, bis sie soweit ist.«

Und das waren wir. Ich weiß nicht, ob Marian etwas davon merkte, denn meist wirkte sie immer irgendwie bedrückt, und das war nach dem Zwischenfall im Café Royal noch deutlicher geworden.

Ungefähr drei Wochen später entdeckten wir Marians Geheimnis. Und zwar auf völlig unerwartete Weise.

Eines Morgens erfuhren wir, daß ein Inspektor der Polizei im Ministerium sei. Das war natürlich gleich in aller Munde.

»Er ist hier, um Nachforschungen anzustellen«, sagte eine der Frauen.

»Glaubst du, wir haben einen Spion hier?« fragte eine andere und blickte sich mißtrauisch um.

»Irgend etwas in der Art«, sagte die erste. »Jedenfalls finde ich es sehr aufregend, vor allem jetzt im Krieg.«

Während die Stunden vergingen, fiel mir auf, daß Marian sich immer unbehaglicher zu fühlen schien; Mary Grace merkte es auch.

»Ich bin mir sicher, daß sie sich ängstigt«, sagte sie zu mir. »Ich frage mich, was es ist, das sie getan hat ... oder immer noch tut?«

»Ich kann mir Marian nicht als Spionin vorstellen, und auch nicht, daß sie in irgendwelche dramatischen Aktivitäten verstrickt ist«, entgegnete ich.

»Man kann nie wissen«, sagte Mary Grace. »Ich könnte mir es auch nicht vorstellen, aber manchmal tun Menschen so etwas, von denen man es am wenigsten erwartet hätte.«

Zwei oder drei Tage vergingen, als wir erfuhren, daß der Inspektor noch bis Donnerstag im Ministerium bleiben würde. Niemand hatte die geringste Vorstellung, was er bei uns tat. Billy Bunter wurde dann und wann in das Büro des Inspektors gerufen und wirkte, wenn er wieder zurückkam, wichtiger denn je.

Die arme Marian befand sich in einem Zustand der Angst, das war unverkennbar. Jedesmal, wenn die Tür aufging und jemand in unsere Abteilung kam, trat Panik in ihre Augen. Ich versuchte mir vorzustellen, welches Vergehens sie sich schuldig gemacht haben könnte, und kam zu dem Schluß, daß es etwas Ernstes sein mußte, um diese Wirkung bei ihr zu zeitigen.

Es wurde Donnerstag. Der Inspektor würde uns an diesem Tag verlassen. Sie war in Sicherheit. Ich konnte ihre Erleichterung spüren. Aber dann kam im Laufe des Vormittags Billy Bunter an unseren Tisch.

»Mrs. Owen, der Inspektor hätte sie gern kurz gesprochen«, sagte er.

Ich sah, wie ihr das Blut ins Gesicht schoß, und dann wurde sie so bleich, daß ich fürchtete, sie würde in Ohnmacht fallen. Ich wollte ihr schon zu Hilfe eilen, hielt mich aber zurück. Billy Bunter lächelte sein unverbindliches Lächeln. Als sie mit ihm durch die Tür verschwand, sahen wir ihr nach und blickten uns dann bestürzt an, zu schockiert, um etwas sagen zu können.

Wir saßen einfach da, täuschten Arbeit vor, schoben unsere Papiere hin und her und hatten nichts vor Augen als Marians unglückseliges Gesicht.

Und dann kam sie schließlich zurück.

Wir starrten sie an, da wir nicht damit gerechnet hatten, sie wiederzusehen. Wir hatten uns vorgestellt, sie würde in Handschellen ins Gefängnis gebracht, wegen Spionage für den Feind. Oder vielleicht hatte sie vor Jahren einen Mord begangen, der jetzt erst entdeckt worden war.

Sie lächelte, wie ich sie nie hatte lächeln sehen, und sie wirkte mindestens um zehn Jahre verjüngt.

Wir warteten atemlos. Sie verströmte eine ganz neue Zuversicht.

»Es ist alles in Ordnung«, sagte sie. »Ich habe mir um nichts und wieder nichts Sorgen gemacht.«

»Worum ging es denn?« wollte Florette wissen.

Marian blickte in die Runde.

»Ich will es euch jetzt nicht erzählen«, sagte sie. »Ich will, daß ihr alle heute abend als meine Gäste ins Café Royal kommt. Ist euch das recht? Könnt ihr kommen?«

»Ach, du bist gemein, uns so lange warten zu lassen«, rief Florette. »Wir sterben vor Neugierde.«

»Ihr müßt geduldig sein«, sagte Marian.

Mit einem glücklichen Lächeln nahm sie ihre Akten zur Hand und begann sie zu sortieren.

Florette hatte recht, als sie sagte, daß wir alle darauf versessen seien, das Geheimnis zu erfahren, und als es Abend wurde, saßen wir alle an unserem Lieblingstisch im Café Royal, und Marian bestellte eine Runde Sherry. »Wißt ihr, ich habe mir große Sorgen gemacht. Ich kann es euch ja ruhig erzählen, ich war auf diese Arbeit dringend angewiesen. Ich hatte zwar meine kleine Pension, aber damit kam ich vorne und hinten nicht zurecht. Dann kam der Krieg, und überall wurden Leute gesucht, die arbeiteten. Und dies hier war die Art von Arbeit, die ich gern haben wollte. Ich wollte nicht irgendwo als Dienstbote anfangen. Dies hier ist eine schöne Büroarbeit, wo man mit netten Leuten zusammen ist.«

»Also gut«, sagte Florette. »Du wolltest also diese Arbeit, und dann?«

»Sie wollten niemanden über sechzig. Nun, ich muß ein Geständnis machen. Ich habe gelogen, was mein Alter betrifft.«

»Ist das alles?« verlangte Florette zu wissen.

»Es war gelogen«, sagte Marian. »Es ist furchtbar, so etwas in Kriegszeiten zu tun, und als dieser Inspektor kam, dachte ich, er würde es herausfinden. Er überprüfte uns alle, und woher sollte ich wissen, wie genau er es machte? Ich dachte, er käme mir auf die Schliche, und wußte nicht, was ich dann hätte tun sollen.«

»Und was ist dann geschehen?« fragte ich.

»Nun, Billy hat mich zu ihm gebracht und uns dann alleingelassen. Der Inspektor war ein freundlicher Mann. Er hatte das Personalverzeichnis aufgeschlagen auf seinem Schreibtisch liegen und sagte: ›Nehmen Sie bitte Platz, Mrs. Owen.‹ Ich zitterte am ganzen Leib. Dann sagte er: ›Es geht um diese Sache mit dem Alter.‹ Da wußte ich, daß es herausgekommen war. Er würde mich wegschicken, dachte ich, und ich fragte mich schon, was ich dann tun solle. Es hätte einen großen Unterschied bedeutet. Das hier war ja genau das, was ich wollte.«

»Ja ja«, sagte Florette ungeduldig.

»›Nach ihren Papieren‹, sagte er, ›sind sie zweiundsechzig.‹«

Sie sah uns aufmerksam an, um festzustellen, welche Wirkung diese Information auf uns haben würde.

»Wißt ihr, ich hatte es so hingestellt, als sei ich zehn Jahre jünger. Niemand hatte das angezweifelt. Ihr doch auch nicht, oder?«

»Ich habe nie darüber nachgedacht«, sagte Peggy.

»Niemand von uns«, sagte ich.

»Ich mache mir niemals Gedanken über das Alter anderer«, fügte Mary Grace hinzu.

»Dann lachte er«, fuhr Marian fort, »und ich konnte nicht mehr an mich halten: ›Ich wollte diese Arbeit. Ich brauchte diese Arbeit. Wenn man mein wahres Alter gekannt hätte, hätte ich sie nicht bekommen.‹ ›Also, Mrs. Owen‹, sagte er, ›es ist immer das Beste, die Wahrheit zu sagen. Aber ich vermute, daß Sie recht haben. Es wäre ein Problem gewesen, Sie in Ihrem Alter einzustellen. Nun, jetzt sind Sie ja einmal hier, und Mr. Bunter sagte mir, daß Sie ebenso gute Arbeit leisten wie die anderen auch. Ich glaube nicht, daß es Mr. Hitler sehr stören würde, daß Sie zu alt für diese Stelle sind, was meinen Sie?‹ Er lachte. Das schien mir so komisch, daß ich mitlachte. Ich glaube, wenn ich das nicht getan hätte, wäre ich in Tränen ausgebrochen. ›Damit wollen wir die Sache auf sich beruhen lassen, Mrs. Owen‹, sagte er. ›Ich kann es Ihnen nicht verdenken, daß sie ein paar Jahre abgezogen haben. Und niemand würde Ihnen das ansehen.‹ Und damit hatte es sein Bewenden.«

»Und nur davor hast du die ganze Zeit Angst gehabt?« wollte Florette wissen.

Wir vier tauschten beredte Blicke und lächelten angesichts dessen, was wir uns in unserer Phantasie ausgemalt hatten.

»Woher wußtet ihr, daß ich mir Sorgen mache? War es so offensichtlich?«

»Arme alte Marian«, sagte Florette. »Im Showgeschäft knapsen alle ein paar Jahre ab. Das gehört einfach dazu.«

Wir alle lachten, und es wurde ein sehr fröhlicher Abend im Café Royal.

Das Ende eines Traums

Der Mai war gekommen, und überall spürte man eine gewisse Erwartung. Große Ereignisse warfen ihre Schatten voraus, und es hieß, das Ende des Krieges könne nun nicht mehr lange auf sich warten lassen.

Richard war sehr zurückhaltend, was seine Tätigkeit anbelangte, und ich nahm an, daß es sich dabei um geheime Kommandosachen handelte. Er hatte nicht mehr so häufig Urlaub, aber wenn, versuchten wir das Beste daraus zu machen.

Am liebsten waren ihm die Abende, die wir in der Wohnung an der Victoria Station zubrachten. Stets sandte er mir dann eine Nachricht, und ich ging in die Wohnung und sah zu, daß ich im Schrank etwas fand, woraus ich ein Essen zubereiten könnte, bis er ebenfalls kam. Es war immer sehr ungewiß, wie lang er bleiben konnte, und manchmal wurde er fast sofort wieder zurückgerufen, denn es gab ein Telefon in der Wohnung; einmal kam der Befehl zur Rückkehr sogar, während wir noch beim Essen saßen.

Es war ein schöner Tag, und er hatte mich tags zuvor wissen lassen, daß er kommen könne. Ob ich auch käme? Ich glaube, daß wir damals alle das Gefühl hatten, uns unbedingt die Zeit nehmen zu müssen, wenn sich ein befreundeter Soldat mit uns treffen wollte. Es bestand ja immer die Möglichkeit, daß es vielleicht für lange Zeit die letzte derartige Gelegenheit war.

Also ging ich in die Wohnung, für die Richard mir einen Schlüssel hatte machen lassen. In der Küche bereitete ich eine Mahlzeit vor. Damit war ich fast fertig, als er etwas abgespannt eintraf.

»Ging es hektisch zu bei Ihnen?« fragte ich.

»Das kann man wohl sagen! Man sitzt kaum mal eine Minute still. Und ich glaube, diese kleinen Ruhepausen werden in den nächsten Wochen noch seltener werden.«

»Ich werde Sie bedienen«, sagte ich und schüttete ihm etwas zu trinken ein.

»Es ist schön, daß ich hier sein kann«, sagte er. »Ich habe diese kleine Wohnung richtig liebgewonnen. Sie auch, Violetta?«

»Ja, ich auch.«

»Ich war niemals in der Situation, auf dem Weg durch eine Wüste auf eine Oase zu stoßen, aber ich stelle mir vor, daß das so ähnlich sein muß.«

»Ich habe das Essen jetzt fertig.«

»Das klingt sehr verheißungsvoll.«

»Dann glauben Sie also, daß bald irgend etwas geschehen wird?«

Er zog die Schultern hoch.

Ich fuhr fort: »Alles sehr *psst psst* nehme ich an.«

»Streng geheim.«

»Ich verstehe. Ich hoffe, daß Ihnen das Essen schmeckt – ich mußte nämlich ein wenig improvisieren.«

»Es ist bestimmt köstlich, da bin ich mir sicher.«

»Seien Sie sich nicht allzu sicher. Hoffen Sie nur.«

Ich setzte mich zu ihm, während er austrank. Ich meinte zu bemerken, daß ihm etwas unbehaglich zumute war, und versuchte deshalb ihn mit dem Klatsch aus dem Ministerium zu erheitern und bauschte die Geschichte von Marian gehörig auf.

Doch plötzlich unterbrach er mich: »Violetta, ich möchte ernsthaft mit Ihnen reden. Vielleicht ist dies für eine ganze Weile mein letzter Besuch hier in der Wohnung.«

Ich war auf der Hut. Seine ganze Haltung schien verändert.

»Ich kann gar nicht sagen, wieviel mir unsere Abende hier bedeutet haben. Sie wissen ja, wie es früher mit uns stand.«

»Ich weiß es«, sagte ich.

»Ich fragte Sie, ob Sie meine Frau werden wollten. Wenn Sie nur …«

»Wir hatten doch beide Vorbehalte.«

»Es gab Mißverständnisse. Die hätten wir ausräumen können … Und dann war da dieser Mann aus Cornwall.«

»Ja, der war immer da«, sagte ich.

»Glauben Sie, daß er wieder zurückkommt?«

»Ich muß glauben, daß er das wird. Ich muß hoffen.«

»Es gibt nur eine Hoffnung. Falls er Kriegsgefangener ist, wird er vielleicht nach der Befreiung Europas zurückkehren.«

»Ich bin mir sicher, daß er noch lebt.«

»Das sind Sie, weil Sie es glauben wollen, aber es ist doch sehr unwahrscheinlich, Violetta.«

»Es geschehen sehr viele, sehr unwahrscheinliche Dinge.«

»Ich denke, Sie sollten wissen, daß ich Sie liebe.«

»Ich weiß, daß wir sehr gute Freunde sind. Wie wir es immer waren.«

»Man kann ja auch einen guten Freund lieben, nicht wahr? Immer wenn wir in diesen Tagen zusammen waren, mußte ich mich beherrschen, Ihnen nicht alles zu erzählen.«

»Alles?«

»Ja. Ich habe sehr viel zu erzählen.«

»Wollen Sie es mir denn erzählen?«

»Ich muß.«

»Gut, ich werde Ihnen zuhören.«

»Es ist nicht leicht, Violetta. Wenn der Krieg vorüber ist und es vollkommen feststeht, daß Jowan nie wieder zurückkehren wird, würden Sie mich dann heiraten?«

»Ach, Richard!« rief ich. »Ich darf mir nicht gestatten zu glauben, daß er nicht zurückkommt. Ich glaube nicht, daß ich jemals jemand anderen als Jowan heiraten will.«

»Sie können nicht ihr ganzes Leben in Trauer um jemanden zubringen, der nicht mehr zurückkehren wird.«

»Ich denke, daß einige Menschen das durchaus getan haben. Jedenfalls kann ich nicht glauben, daß er tot ist. Seine Großmutter empfindet es genauso. Und wir verstehen einander völlig.«

»Vielleicht bestärken Sie sich gegenseitig in Ihren Illusionen. Aber wenn nun der Krieg vorüber ist und er nicht heimgekehrt ist …«

»Er wird heimkommen. Ich weiß, daß er es wird.«

Für eine Weile herrschte Schweigen, dann sagte er: »Ich wage die Vermutung, daß Sie sich bereits gefragt haben, wieso die Dinge zwischen uns so verändert sein konnten … verändert gegenüber dem, wie sie einmal waren, meine ich. Erinnern Sie sich noch daran, wie ich Sie in der Vergangenheit gedrängt habe, mich zu heiraten?«

»Ja, aber es ist nicht dazu gekommen.«

»Ich hatte Gründe, Sie nicht noch einmal zu bitten … meiner Sache, wie es heißt, nicht mehr Nachdruck zu verleihen.«

»Ich habe angenommen, wir seien gute Freunde, und alles andere sei erledigt.«

»Für mich ist es nicht erledigt. Aber ich werde Ihnen sagen, warum ich Sie nicht noch einmal bitten konnte, meine Frau zu werden. Der Grund dafür, Violetta, ist, daß ich etwas sehr Dummes getan habe. Ich bin bereits verheiratet.«

Ich starrte ihn erstaunt an. »Wo ist dann …?«

»Wo meine Frau ist? Ich habe keine Ahnung. Ich habe seit über einem Jahr nichts mehr von ihr gehört. Es war ein katastrophaler Fehler. Der Krieg hatte gerade begonnen, und ich hatte mich mit Kameraden in der Armee angefreundet – einer von ihnen hatte eine Schwester. Sie war eine sehr vielseitige junge Dame. Lady Anne Tarragon-Lee war ihr Name. Sie war elegant, klug, irgendwie hochnäsig, und ich war ziemlich geschmeichelt, glaube ich, daß sie sich für mich interessierte. Heute weiß ich nicht, wie ich so dumm sein konnte, aber es waren die ersten Tage des Krieges, in denen alle wie berauscht waren. Wir warteten alle darauf, daß der Kampf losging, und Sie wissen ja, daß es ein langes Warten wurde, und der Krieg wurde plötzlich sehr unwirklich. Für mich war das Leben beim Militär wie eine zweite Schulzeit. Ich nehme an, ich fühlte mich irgendwie nicht mehr verantwortlich für das, was ich tat, und ich kann nicht ganz erklären, wie es eigentlich dazu gekommen ist. Damals kam es mir ganz wunderbar vor.«

Ich war so verblüfft, daß ich stumm blieb. Daß Richard, den ich immer für so praktisch, nüchtern und vernünftig gehalten hatte, Hals über Kopf geheiratet hatte! Ich konnte es kaum fassen.

Er verstand meine Gefühle, denn er sagte: »Ich sehe, daß es für Sie schwer zu verstehen ist. Es war die Zeit damals, nehme ich an. Wir waren alle ein wenig abwesend.«

»Und jetzt sind Sie nicht mehr abwesend?«

Er nickte. »Ich habe bald die Dummheit dessen begriffen, was ich getan hatte.«

Er schwieg einen Moment, so daß ich die Luftschutzwarnung hören konnte, schwach zuerst, dann aber lauter.

Er kümmerte sich nicht weiter darum, schließlich waren wir es gewohnt, die Sirenen heulen zu hören.

»Und jetzt ... wo ist Ihre Frau jetzt?« fragte ich.

»Ich habe keine Ahnung.«

»Sehen Sie sich denn nicht?«

Wir zuckten zusammen, als das Krachen einer Bombe die Luft zerriß.

»Das war nicht weit von hier«, meinte Richard erschreckt. »Ich hoffe, Sie kommen nicht gerade hier herunter.« Dann beantwortete er meine Frage: »Ich glaube, sie ist genauso sehr bestrebt, wieder frei zu sein, wie ich.«

»Dann wird es eine Scheidung geben?«

»Das erwarte ich. Es gibt viele Fälle wie diesen. Man stürzt sich in diese Kriegsehen und muß dann sehen, wie man wieder herauskommt.«

»Nun, wenn Sie beide es so sehen, dann wird es sicherlich leichter sein, denke ich.«

Wieder hörten wir eine Bombe einschlagen, diesmal etwas näher; wir saßen da und hörten das dumpfe Aufschlagen zusammenstürzenden Mauerwerks.

»Das war ganz in der Nähe. Ich denke, wir sollten lieber sehen, daß wir hier hinauskommen«, rief Richard.

Ich stand auf und dachte, wir gehen in den Keller, der als Schutzraum für die Bewohner des Hauses hergerichtet war. Ich nahm meinen Mantel und meine Handtasche, und wir waren schon auf dem Weg zur Tür, aber wir erreichten sie nicht mehr, denn plötzlich schien die Erde sich aufzutun, und ich stürzte. Richard war nicht mehr da. Meine Augen waren voller Staub; mein Mund ebenfalls. Ich lag irgendwo, und dann senkte sich Dunkelheit über mich.

Ich erwachte in einem Bett in einem mir unbekannten Zimmer. Weitere Betten. Ich war in einem Krankenhaus.

Ich sah ein Mädchen in Schwesterntracht; da begann ich mich undeutlich zu erinnern, daß ich in der Wohnung gewesen war und die Bomben hatte fallen hören.

Richard, dachte ich. Wo war Richard? Wir waren zusammen auf dem Weg in den Keller gewesen … und dann war es geschehen.

Die Schwester kam und blieb an meinem Bett stehen.

»Hallo«, sagte sie. »Geht es einigermaßen?«

»Wo bin ich?«

»St. Thomas.«

»Ein Krankenhaus?« fragte ich.

»Genau. Das war ein böser Schock, nicht wahr?«

»Ja, wir sind bombardiert worden.«

»So ist es … und es hat eine ganze Reihe erwischt. Es war eine schlimme Nacht.«

»Mein Freund?«

»O ja, dem geht es gut. Ich meine, er ist hier, aber ihn hat es schlimmer erwischt als sie.«

»Kann ich ihn sehen?«

»Jetzt besser nicht. Versuchen Sie lieber, die Augen zuzumachen – ein gesunder Schlaf ist jetzt für Sie das Allerbeste.«

»Wieviel Uhr haben wir?« fragte ich.

Sie sah auf die Uhr, die sie an ihrem Kittel stecken hatte.

»Genau zwei.«

»Morgens?«

»Nachmittags, meine Beste.«

»Und die ganze Zeit …«

»Jetzt ruhen Sie sich etwas aus.«

»Aber ich muß wissen …«

»Ihnen geht es ganz gut. Sie haben Glück gehabt.« Ich merkte, daß sie nicht bereit war, mir mehr zu sagen.«

Ich war müde und benommen, unfähig, mich genau an das zu erinnern, was geschehen war.

Ich muß wohl geschlafen haben, denn als ich wieder wach wurde und die Augen aufschlug, waren meine Eltern da. Meine Mutter beobachtete mich besorgt.

»Ah, sie ist zu sich gekommen«, hörte ich sie sagen. »Violetta, Schatz, es ist alles gut. Wir sind hier, dein Vater, ich und Dorabella. Wir sind sofort hergekommen, als wir es erfuhren.«

»Es war eine Bombe«, sagte ich.

Sie saß da und hielt meine Hand; mein Vater stand an der anderen Seite des Bettes. Auch Dorabella war da, und ich sah die Sorge in ihren Gesichtern.

Ich war zu müde, um nachzudenken, aber es war auf jeden Fall ein Trost, sie bei mir zu wissen.

Am nächsten Tag fühlte ich mich schon viel besser, und meine Mutter erklärte mir, ich hätte mich in einem Zustand des Schocks befunden. Offensichtlich hatte die Bombe ein Haus in der Nachbarschaft zerstört, und was wir zu spüren bekommen hatten, war die Wucht der Explosion gewesen. Auch das Haus mit den Wohnungen war beträchtlich zerstört worden; das Dach war eingestürzt, die Fenster waren allesamt herausgeflogen. Wir hatten Glück gehabt, daß wir uns nicht in größerer Nähe zu dem getroffenen Haus befanden. Zwei Menschen waren getötet und eine Reihe verletzt worden.

Glücklicherweise sagte man mir, daß ich das Krankenhaus am nächsten Tag verlassen könne.

Doch bevor ich entlassen wurde, durfte ich Richard besuchen. Obwohl er mehr abbekommen hatte als ich, war auch er zu meiner Erleichterung nicht ernsthaft verletzt.

Sein Gesicht war aufgeschürft, und er hatte durch eine Verletzung am Bein ziemlich viel Blut verloren, aber keine Knochen gebrochen, und die Ärzte meinten, daß er in etwa einer Woche entlassen werden könne, obwohl das Bein natürlich weiterer Behandlung bedurfte.

Meine Mutter sagte sofort, er müsse unbedingt nach Caddington kommen, wenn es ihm wieder besser gehe. Mich nahm sie sofort mit.

Es war wunderbar, wieder zu Hause zu sein. Ich wurde von Tristan und Nanny Crabtree stürmisch begrüßt, mit einer Mischung aus Zärtlichkeit mir gegenüber und Zorn auf ›diesen Hitler‹. Sie meinte, wenn sie ihn einmal in die Hände bekäme, wüßte sie schon, was zu tun sei. Sie hatte Tränen in den Augen, als sie mich begutachtete.

»Ich habe nie begriffen, wie Sie fortgehen konnten, um in diesem Ministerium zu arbeiten. Nun, jetzt sind Sie ja wieder daheim. Wir werden Sie schon wieder aufpäppeln.«

Nannys Kur für alles hieß ›aufpäppeln‹.

Es waren müßige Tage, denn nach diesem Schrecken brauchte ich Ruhe. Ich träumte ein oder zwei Mal davon, wieder in der Wohnung zu sein, die Explosion der Bomben zu hören und wieder in Dunkelheit zu versinken – ich nehme an, daß die Erinnerung solcher Erfahrung einen nie mehr verläßt.

Ich dachte viel über Richards Enthüllung nach, aber es war für mich immer noch schwer vorstellbar, daß er so eine katastrophale Ehe eingegangen war. Ich hätte eigentlich gedacht, daß er einen solchen Schritt sehr sorgfältig bedacht haben würde, bevor er sich dazu entschloß. Er war mir immer so prosaisch vorgekommen, so extrem nüchtern.

Ich vermutete, daß sie sehr attraktiv war. Lady Anne! Vielleicht hatte er auch an dem Titel Gefallen gefunden. Schön … verführerisch … der arme Richard, er schien kein Glück in der Liebe zu haben. Ich begriff, daß man andere Menschen nie wirklich kannte. Wie oft straften sie nicht alles Lügen, was man von ihnen zu wissen schien, und taten etwas völlig Unerwartetes.

Und jetzt war er mit ihr verheiratet. Er mußte wohl ernsthaft an Scheidung denken, da er mich gebeten hatte, seine Frau zu werden. Er tat mir leid. Ihm war offensichtlich daran gelegen gewesen, nicht bekannt werden zu lassen, daß er verheiratet und seine Ehe ein Mißerfolg war. Und Richard gehörte zu den Männern, die in keiner Hinsicht gerne für nicht erfolgreich gehalten werden. Deswegen hatte er die Ehe wohl geheimgehalten.

Er mußte geglaubt haben, mir sein Geständnis schuldig zu sein. Er hatte mir erklären müssen, warum er mich bisher nicht wieder gebeten hatte, seine Frau zu werden. Ich vermutete, daß er die Treffen in seiner Wohnung ein wenig ungewöhnlich fand und mich wissen lassen wollte, daß ihm immer noch an mir gelegen war. Er wollte damit andeuten, daß eine Heirat zwischen uns durchaus möglich sei, wenn er wieder frei und ich mir sicher war, daß Jowan nicht mehr zurückkäme.

So betrachtet, schien das alles sehr vernünftig zu sein. Ja, und ›vernünftig‹ war das Wort, mit dem ich Richard immer in Verbindung gebracht hatte.

Dorabella kam übers Wochenende nach Caddington, und auch sie war froh, daß ich für eine Weile wieder daheim war. Wir hatten zwei schöne Tage, und meinen Eltern war erkennbar unwohl bei dem Gedanken, daß sie wieder zurück nach London fuhr. Sie hatten nicht gern, wenn eine ihrer kostbaren Töchter sich in Gefahr begab, und das, was mir zugestoßen war, vergrößerte ihre Angst nur. Man konnte natürlich überall im Land in Gefahr geraten, aber die Hauptstadt war besonders verwundbar.

Dorabella war bereit, jeder Gefahr ins Auge zu sehen, um weiter ihr aufregendes Leben führen zu können; sie gefiel sich in Andeutungen darüber, daß ihr faszinierender Ehegatte ein Mann von großer Bedeutung sei, der die Geheimnisse der Nation behütete.

Auch Richard wurde endlich aus dem Krankenhaus entlassen und bekam eine Woche Urlaub, bevor er sich wieder bei seinem Regiment melden mußte; die Hälfte davon verbrachte er bei uns, die andere Hälfte bei seiner Familie in London.

Ich erinnere mich noch gut an diesen Tag im Juni. Es war der sechste – ein unvergeßlicher Tag. Die Luft vibrierte vor Erwartung, und den meisten Menschen muß klar gewesen sein, daß große Ereignisse bevorstanden. Wir alle versammelten uns vorm Radio und lauschten begierig den Nachrichten.

Und da war es dann.

»*Unter dem Kommando von General Eisenhower haben die al-*

247

liierten Seestreitkräfte mit Unterstützung aus der Luft mit der
Landung der alliierten Landstreitkräfte an der Nordküste Frank-
reichs begonnen ...«

Wir sahen einander an, aufgewühlt und angespannt. Die
unvermeidliche Invasion des Kontinents hatte begonnen.

Es gab kein anderes Gesprächsthema mehr. Als sein Urlaub
abgelaufen war, begab sich Richard wieder zu seinem Regiment, wurde aber noch nicht für voll einsatzfähig befunden.
In der Woche darauf ging ich wieder zurück nach London
und nahm meine Arbeit im Ministerium wieder auf.

Die Stimmung war überall euphorisch. Ständig war von
den Landungen die Rede. Das sei der Anfang vom Ende,
hieß es. Wir erreichten das Ende des Tunnels, ließen die
Dunkelheit hinter uns, die uns während der letzten fünf
Jahre umgeben hatte, und bald würde alles wieder normal
sein.

Diese Stimmung hielt an, obwohl der Premierminister uns
vor allzugroßem Optimismus warnte. Die Sache hatte sich
zwar ausgezeichnet angelassen, aber es blieb noch sehr viel
zu tun. Wir warteten begierig auf jede Nachrichtensendung.
Eine ganze Reihe von französischen Kanalhäfen war inzwischen in der Hand der Alliierten. Und nichts konnte uns davon überzeugen, daß das keine guten Neuigkeiten waren,
daß wir uns nicht auf dem Weg zum Sieg befanden.

Obwohl ich ganz gern eine Weile zu Hause gewesen war,
um mich zu erholen, freute ich mich jetzt darauf, meine Kolleginnen wiederzusehen.

Mary Grace hatte mich auf dem Laufenden gehalten; es
schien, als hätte sich nichts geändert, außer, daß Marian wie
ausgewechselt war – vollkommen glücklich. Es verblüffte
mich, daß ihr Leben durch eine solch triviale Angelegenheit
so hatte überschattet werden können; aber natürlich hängt,
was man als eine Trivialität ansieht, immer davon ab, welche
Bedeutung es für einen Menschen hat.

Am Sonntagabend wollte ich nach London zurückkehren,
und am vorausgehenden Freitag erfuhren wir von einer neu-
en Waffe, die gegen uns eingesetzt werden sollte. Sie wurde
von den Deutschen ›Hitlers Geheimwaffe‹ genannt; wir be-

trachteten sie als seinen letzten, verzweifelten Versuch, das Kriegsglück zu wenden.

In der Nacht des Fünfzehnten war zum ersten Mal über Britannien ein führerloses Luftfahrzeug aufgetaucht – eine Art fliegende Bombe –, das den Kanal überquert hatte und, als seine Maschine stoppte, niederging und explodierte. Die Bombe habe wenig ausgerichtet, wurde uns gesagt, und würde in keiner Weise den weiteren Gang der Kriegsgeschehnisse aufhalten.

Offiziell wurden diese Maschinen fliegende Bomben genannt, aber die Leute hatten bald einen eigenen Namen dafür. Damals nannte man sie die Brummbomben, weil man sie deutlich herankommen hörte. Wenn der Lärm des Triebwerkes sehr laut wurde, war das Ding genau über einem, und wenn er plötzlich aussetzte, befand man sich in Gefahr, denn die Bombe würde jetzt niedergehen. Wir gewöhnten uns bald daran. Es war eine neue Gefahr, aber die euphorische Stimmung blieb, und wir waren uns alle sicher, daß der Sieg kurz bevorstand.

Als ich wieder ins Ministerium kam, wurde ich stürmisch empfangen. Alle gratulierten mir dazu, daß ich so glücklich davongekommen war. Billy Bunter sprach von mir als ›unserer Heldin‹, aber das, fand ich, war denn doch zuviel des Lobes dafür, daß ich gar nichts Heroisches getan hatte.

Marian meinte, daß meine Rückkehr gefeiert werden müsse; also tranken wir wieder im Café Royal und tranken unsere Sherrys.

Es war sehr merkwürdig, Marian fast fröhlich zu erleben, nachdem sich ihr dunkles Geheimnis als bedeutungslos erwiesen hatte. Solange der Krieg dauerte, brauchte sie die furchtbare Wahrheit, daß sie zweiundsechzig war, nicht mehr zu verbergen. Abgesehen davon hatte sich kaum etwas geändert.

Aber eines Tages kam eine junge Frau auf mich zu, als ich aus dem Büro kam.

»Sie sind Miss Violetta Denver, glaube ich«, sagte sie.

Ich gab zu, daß ich das war, und sie fuhr fort: »Und ich bin Anne Tarragon-Lee. Ob ich wohl einmal kurz mit Ihnen sprechen kann?«

Ich war schockiert. Richards Frau! Ich verstand nicht, warum sie mit mir sprechen wollte.

»Worüber wollen Sie denn sprechen?« fragte ich.

Sie blickte sich um. »Hier können wir nicht reden. Lassen Sie uns irgendwo hingehen, wo wir uns setzen können. Vielleicht können wir irgendwo ein Glas trinken oder einen Kaffee.«

Immer noch wie vor den Kopf geschlagen sah ich mich um. Das einzige, was in Frage kam, war die Teestube, wo wir gewöhnlich unseren Lunch nahmen.

»Wir könnten dort hineingehen«, meinte ich.

Sie rümpfte leicht die Nase. »Es scheint keine Alternative zu geben.«

Sie war sehr elegant. Ihr Kostüm war aus einem feinen, blaßgrauen Stoff; ihr randloser, mit weichen, grauen Federn besetzter Hut reichte ihr auf einer Seite bis in die Stirn und betonte ihre großen, eindrucksvollen grauen Augen. Sie war groß und schlank, die Gesichtszüge fein modelliert, wie aus Stein gemeißelt. Und sie strahlte den Eindruck unerschütterlicher Kälte aus.

Wir setzten uns und bestellten Kaffee.

»Ich nehme an, Sie fragen sich, warum ich hier bin«, sagte sie.

»Ja, das tue ich. Ich habe keine Vorstellung, warum Sie mich treffen wollten.«

»Sie wissen, wer ich bin. Das kann ich spüren. Ich nehme an, Richard hat Ihnen von mir erzählt.«

»Er hat Sie erwähnt«, sagte ich.

»Und er hat Ihnen alles erzählt, nehme ich an?«

»Das glaube ich nicht. Eigentlich hat er mir sehr wenig erzählt. Er hat Sie nur kurz erwähnt, bevor uns ein Luftangriff überrascht hat.«

»Tja, ich weiß von diesem Luftangriff. Sie befanden sich zusammen in einer Wohnung, als es passierte, nicht wahr? Es muß ein großer Schock gewesen sein.«

»Natürlich ist so etwas ein großer Schock.«

»Und wie geht es Richard?«

»Wissen Sie das nicht? Er hat das Krankenhaus verlassen und sich zu seinem Regiment zurückgemeldet.«

»Aber ich glaube, er ist noch nicht auf dem Kontinent.«

»Es kann noch einige Zeit dauern, bis es ihm dafür gut genug geht.«

»Unsere Heirat war ein Fehler«, sagte sie bedauernd. »Wir paßten nicht zusammen. Es ist ganz merkwürdig, daß man zuerst daran glaubt und dann schnell entdeckt, daß man falsch liegt.«

»Das geht vielen so.«

»Sie kennen Richard gut?«

»Er ist ein Freund meiner Familie. Ich kenne ihn seit einigen Jahren.«

»Er hatte diese Wohnung …«

»Ja, sie gehörte einem Freund, der sie ihm überlassen hat. Er fand sie praktisch für seine Urlaube, obwohl seine Familie ja ein Haus in Kensington hat.«

Sie lächelte ein wenig hinterhältig. »Ich weiß. Die Mutter und die Schwester wohnen dort. Die Wohnung muß sehr bequem für Sie gewesen sein.«

Sie war mir ein Rätsel. Ich fragte mich, warum ich überhaupt hier sitzen und mit ihr Kaffee trinken sollte, als wären wir alte Bekannte.

Ihr Blick schweifte hinter mir in die Weite, verlor sich. Sie war eine merkwürdige Frau, und ich verstand nicht, worum es bei diesem Treffen eigentlich ging, aber ich spürte, daß irgend etwas Wichtiges dahinter steckte. Es konnte doch nicht bloße Neugier sein, eine Freundin von Richard kennenzulernen?

»Ich denke, es geht ihm bald wieder gut«, sagte ich. »Er ist nicht schwer verletzt.«

»Nein.« Sie setzte ihre Tasse ab. »Es war sehr interessant, Sie kennenzulernen«, stellte sie fest.

»Woher wußten Sie … wer ich bin?«

»Nun, ich habe von der Bombardierung gehört, natürlich, und daß Sie bei ihm waren, als es passierte. Er hat früher Ihre Familie ein oder zwei Mal erwähnt. Deswegen … dachte ich, ich käme einmal her, um mit Ihnen zu sprechen. Ich wollte wissen, wie schwer er verletzt war.«

»Ich hätte gedacht, daß man Ihnen das als seiner Frau gesagt haben würde«, sagte ich.

»Oh, ich habe ihn eine Weile nicht gesehen. Wir waren nicht lange zusammen, wissen Sie. Ich habe meinen Mädchennamen wieder angenommen. Deswegen.«

»Ich verstehe. Ich glaube nicht, daß Sie sich um ihn Sorgen machen müssen. Er wird bald wieder völlig gesund sein, dessen bin ich mir sicher.«

»Ich danke Ihnen, daß Sie mir Ihre Zeit gewidmet haben.«

Sie erhob sich. Verschiedene Augenpaare ruhten auf ihr. Elegante Geschöpfe, wie sie eines war, tauchten nicht jeden Tag in der Teestube auf.

Wir traten hinaus auf die Straße.

»Auf Wiedersehen«, sagte sie auf ihre kalte Art.

Ich war immer noch etwas ratlos. Ich verstand nicht, warum sie dieses Treffen arrangiert hatte, aber ich war mir sicher, daß es nicht ohne irgendeinen Zweck geschehen war.

Richard wurde nicht sofort auf dem Festland eingesetzt, aber an der Küste stationiert, bevor ich ihm erzählen konnte, daß seine Frau mich aufgesucht hatte.

Und natürlich konnte ich auch Dorabella oder meinen Eltern nicht erzählen, daß ich Richards Frau kennengelernt hatte, weil ich nicht wußte, ob er wünschte, daß seine Ehe ein Geheimnis blieb; jedenfalls hatte ich das Gefühl, daß es nicht meine Sache sei, dieses Geheimnis zu lüften.

Ich versuchte, nicht mehr an diese Begegnung zu denken, aber das fiel mir nicht leicht. Irgend etwas an Lady Anne stieß mich ab, irgend etwas, das ein wenig finster wirkte. Ich kam mir selbst lächerlich vor, reimte mir aber trotzdem ein Drama zusammen.

Sie war seine Frau, und wie Richard angedeutet und sie bestätigt hatte, war die Ehe ein Mißerfolg. Sie würde wahrscheinlich geschieden werden, wenn der Krieg vorüber war.

Allmählich wurde das Leben wieder normal. Es gab die gleichen Witzchen, die gleichen Mittagessen in der Teestube, aber ich mußte immer, wenn ich dorthin kam, an die kühle, schlanke Gestalt in Grau denken.

Wir hatten jetzt zusätzlich unter der Plage der Flugbomben zu leiden, die in großer Zahl über uns kamen. Viele von ihnen wurden an der Küste kampfunfähig gemacht, aber das nützte nicht viel, denn die beschädigten Bomben flogen ja weiter, gingen nieder und explodierten – waren also genauso tödlich wie die unbeschädigten.

Es war einfach eine zusätzliche Plage. Man sagte, ihr unmißverständliches ›hum-hum‹, wenn sie herangeflogen kamen, hieße ›du-du‹, denn wenn man dieses Geräusch hörte, war man in Gefahr, und das Ding vielleicht tatsächlich für einen selbst bestimmt.

Aber die zuversichtliche Stimmung hielt an, und die Flugbomben konnten die Moral der Menschen nicht beeinträchtigen, solange es nur auf dem Kontinent vorwärts ging.

Ich kann mich noch gut an den Tag im Juli erinnern – ich werde ihn in der Tat niemals vergessen. Der Juni war vorüber. An einem schönen Julinachmittag saßen wir an unseren Tischen und arbeiteten, und ab und zu fiel eine Bemerkung in gedämpfter Stimme – Billy Bunter wußte zwar, daß es unmöglich war, das Geflüster zu unterbinden, aber er wollte auch nicht, daß unsere Stimmen sich zu sehr erhoben.

Florette war an diesem Nachmittag besonders glücklich. Vor einer Woche hatte sie einen jungen Mann kennengelernt, der ›im Geschäft‹ war; er war ein Zauberkünstler und vor ein paar Wochen in Blackpool aufgetreten. Nicht Spitzenklasse, aber doch nicht übel. Er arbeitete in der Munitionsherstellung, weil er für den Militärdienst nicht tauglich war; und er hatte große Hoffnung für die Zukunft.

So hatte sie also endlich einen Gefährten gefunden, mit dem sie gemeinsam träumen und von dem sie eine ganze Menge über die Welt der Bühne lernen konnte.

Peggy freute sich für Floretta, wie sie sich für sich selbst nicht hätte freuen können, und so ließ sich – mit einer nicht mehr von Schuld gequälten Marian und Mary Grace, die ruhig und verläßlich war wie immer – der Nachmittag sehr gut an.

Terry Travers, der Zauberkünstler, hatte Florette ein paar Zeitungsausschnitte über seinen Auftritt in Blackpool gegeben; sie hatte sie in ihr Album geklebt, das sie mitgebracht hatte, um es uns zu zeigen. Da aber auf dem Tisch kein Platz dafür war, hatte sie es in der Garderobe gelassen.

Der Nachmittag war halb vorüber, da heulten die Sirenen. Wie gewöhnlich nahm niemand viel Notiz davon. Dann plötzlich schrillte ein gellendes Pfeifen durch das Gebäude. Es war der unmittelbare Alarm und bedeutete: Was auch immer da auf uns zukam, war schon sehr nahe.

Wir standen auf und sahen dabei, wie das Objekt in Sicht kam. Ich hatte nie zuvor eine Flugbombe aus solcher Nähe gesehen. Sie befand sich fast auf der Höhe des Fensters und hatte Schlagseite, was darauf hindeutete, daß sie beschädigt worden war.

Entsetzt starrten wir sie an. Es war zu spät, um noch Schutz zu suchen. Das Ding hatte uns jeden Augenblick erreicht.

»Ich habe mein Album in der Garderobe«, schrie Florette und hätte uns damit beinahe zum Lachen gebracht, weil sie in einem Augenblick, da der Tod uns ins Gesicht sah, noch an so etwas denken konnte – aber uns war nicht zum Lachen zumute.

›Du-du‹ brummte das Ding sehr vernehmlich, und wir krochen ängstlich unter den Tisch. Jeden Augenblick mußte es soweit sein. Es würde auf uns stürzen, und das wäre sowohl unser Ende als auch das aller anderen in dem Gebäude. ›Du-du‹. Mary Grace neben mir griff nach meiner Hand. Mir gingen Dinge aus der Vergangenheit durch den Kopf; die Miniaturen, die sie von Dorabella und mir gemalt hatte; der Tag, als ich meine Dorabella geschenkt hatte; die Zeit, als wir dachten, meine Schwester sei ertrunken; das Warten auf Nachricht von Jowan nach Dünkirchen ...

Die Sekunden wurden immer näher. Im Raum war kein anderes Geräusch zu hören als das der erbarmungslosen Maschine, die jede Sekunde aussetzen mußte ... und das würde das Ende sein.

›Du-du‹. Allmählich klang es ein wenig schwächer. Billy Bunter stand auf.

»Es ist vorbei, aber bleibt in Deckung«, rief er. Aber er selbst tat es nicht und ging zum Fenster.

Plötzlich sagte Florette: »Ich werde mein Buch holen. Ich hatte schon Angst, es zu verlieren. Ich werde es von jetzt an immer bei mir behalten.«

»Warte!« rief ich ihr nach, aber sie war schon fort.

Dann schrie Billy Bunter, der immer noch am Fenster stand: »Oh, ich glaube tatsächlich ... Großer Gott! Es kommt zurück!«

Alle Geräusche verstummten.

»Du-du-du«. Es wurde lauter.

Billy hatte recht – das Ding hatte gewendet und kam mit letzter Kraft wieder zurück, und das hieß, daß es direkt vor dem Gebäude war.

»Geht in Deckung!« rief Billy, und noch einmal warfen wir uns unter die Tische. Langsam, bedächtig gewissermaßen, wurde das Geräusch lauter; die beschädigte Bombe kam auf uns zu.

Näher, näher und dann ... die gefürchtete Stille.

Es war wie bei der anderen Bombenexplosion. Das Krachen und dann ein anhaltendes Gerumpel. Irgend etwas stürzte auf den Tisch, unter den wir uns kauerten. Es war wohl ein Teil der Decke. Aber da der Tisch standhielt, konnten es nur kleine Stücke davon sein.

War das Gebäude getroffen worden? Es war nicht besonders hoch, aber lang und weitläufig. Ich war benommen. Dies war das zweite Mal innerhalb weniger Wochen. Ich kam mir verloren vor, vom Schicksal verfolgt.

Ich hörte lautes Rufen. Billy Bunter war da und gab Anweisungen, wie er es immer getan hatte. Mary Grace war neben mir. Peggy zitterte. Marian wirkte erschüttert. Aber sie alle hatten es überlebt ... zusammen mit mir, unter dem Tisch. Der stabile Tisch hatte uns vor Verletzungen durch herabfallenden Stuck von der Decke bewahrt. Das Geheul von Sirenen und Feuerwehrwagen füllte die Luft. Es war wie ein Alptraum. Ich weiß nicht, wie lange es dauerte. Es waren vertraute Klänge in dieser kriegsgeprüften Stadt. Wir hatten sie so oft gehört. Aber diesmal war es etwas anderes. Diesmal galt es uns.

Es ist schwer, sich genau an das zu erinnern, was geschah. Ich weiß nur noch, daß plötzlich überall ungeheure Aktivitäten in Gang waren. Wir waren benommen, verwirrt ... und erstaunt, als wir merkten, daß wir anscheinend unverletzt waren.

Dann hörte ich Peggy rufen: »Wo ist Florette? Sie war nicht bei uns. Sie ist doch losgelaufen, um sich ihr Album zu holen.«

Billy Bunter sagte etwas. Wir würden das Gebäude verlassen, sobald es möglich sei ... nur für den Fall, daß es zusammenstürzte. Die Bombe hatte offensichtlich nicht das Gebäude selbst getroffen, sondern war dicht daneben niedergegangen. Es gab beträchtliche Zerstörungen, und es sei besser für uns, wenn wir hinausgingen. Und wir könnten nichts anderes tun, als auf Anweisungen zu warten.

»Man wird sich um Sie kümmern, so bald wie möglich. Sie werden von einem Bus heimgebracht werden. Sie müssen sich im Krankenhaus zu einer Untersuchung vorstellen, aber das Wichtigste ist jetzt, sich um die Verletzten zu kümmern. Sie können nicht auf normalem Wege hinausgehen, man wird es Ihnen zeigen. Bleiben Sie bitte ganz ruhig. So helfen Sie am besten.«

Wir standen dicht beieinander. Peggy war sehr ängstlich und sagte immer wieder: »Florette. Wo ist Florette? Warum ist sie fortgegangen? Warum ist sie nicht bei uns geblieben?«

»Sie wird in der Garderobe sein«, überlegte Mary Grace.

»Ich hoffe, sie hat ihr Album wirklich gefunden«, sagte Marian.

Es schien sehr lange zu dauern, bis wir aus dem Gebäude gebracht wurden. Der Bus wartete schon, und wir stiegen ein.

Als wir davonfuhren, warf ich einen Blick zurück auf das mir so wohlbekannte Gebäude. Es war nicht mehr wiederzuerkennen und würde es nie wieder sein. Ein Flügel war völlig verschwunden und hatte einfach eine gewaltige Lücke hinterlassen. Ich blickte in ein Büro mit Aktenschränken – und darüber nichts als der Himmel.

Überall waren Menschen. Ich sah die Krankenwagen. In einen wurde gerade eine Bahre geschoben.

Dann waren wir unterwegs. Ich war erleichtert. Ich wollte diesen Ort der Verwüstung nicht länger vor Augen haben.

Es dauerte zwei Tage, bevor wir etwas über Floretta erfuhren. Die Garderobe hatte in jenem Teil des Gebäudes gelegen, der die größte Wucht der Explosion abbekommen hatte, und Florette war getötet worden – mit ihrem Album in der Hand.

Diese Nachricht schockierte uns furchtbar, aber ich glaube, Peggy nahm sie am meisten mit. Sie wirkte verwirrt und war völlig in sich zusammengesunken.

Danach kamen wir noch einmal zusammen. Mary Grace nahm uns mit nach Hause. Wir konnten nicht mehr zusammen ins Café Royal gehen; das wäre zu schmerzlich geworden. Wir hätten dort ständig Florette vor Augen gehabt. Auch im Hause der Dorringtons war unser Treffen noch traurig genug.

Die ganze Ausgelassenheit war dahin. Wir waren alle so unglücklich, wenn wir an Florette dachten, mit ihren Träumen von einer Zukunft, die es nun nicht mehr geben würde. Und obwohl wir versuchten uns ganz normal zu unterhalten, war es unmöglich.

Marian hätte eigentlich froh sein sollen, weil sie und Peggy zu einer anderen Abteilung des Ministeriums versetzt worden waren. Deren Büros befanden sich in unmittelbarer Nachbarschaft von Peggys Zuhause und waren auch von Marians Wohnung nicht allzu weit entfernt, und sie hatten beide befürchtet, ihre Arbeit zu verlieren; aber an Glück war für keine von ihnen zu denken, vor allem nicht für Peggy.

Ich sagte ihnen, daß ich für eine Weile zu meinen Eltern gehen würde und mir dann überlegen, wie es weitergehen solle. Aber Mary Grace würde nicht mehr beim Ministerium arbeiten.

Es war sinnlos zu versuchen, nicht über Florette zu reden. Es war beinahe so, als sei sie dort bei uns.

»Wenn sie doch nur nicht gegangen wäre, um dieses Album zu holen«, sagte Peggy, »dann wäre sie bei uns unter dem Tisch gewesen. Warum mußte sie unbedingt gehen?«

»Keiner von uns wußte ja, daß das Ding umkehren würde«, gab ich zu bedenken.

»Ach, warum hat sie es bloß getan?« jammerte Peggy. »Wenn sie nur …«

Ihr armes Gesicht sah noch älter und abgehärmter aus als gewöhnlich, noch jämmerlicher, als wenn sie sich danach sehnte, jemandes Schoßhund zu werden. Sie hatte ihre

Freundin verloren, und zwar, wie es ihr schien, ohne Not. Es wäre ja niemals passiert, wenn Florette nicht dieses Album holen gegangen wäre.

»So ist das Leben«, sagte Marian. »Es beruht alles auf Zufall.«

Und wir saßen schweigend da, dachten an Florette, die solche Träume gehabt hatte und so grausam gestorben war, bevor sie versuchen konnte, sie Realität werden zu lassen.

Ein Hauch von Skandal

Ich hatte mich im Krankenhaus gemeldet. Glücklicherweise war nichts gebrochen, aber mir wurde Ruhe empfohlen, vor allem, da ich vor kurzem bereits etwas Ähnliches erlebt hatte.

Als meine Eltern davon erfuhren, waren sie hocherfreut, mich wieder zu Hause zu haben.

»Ich wünschte nur, Dorabella bliebe nicht in London«, sagte meine Mutter. »Diese elenden Bomben sind schlimmer, als es die anderen waren, so scheint mir.«

Ich verbrachte viel Zeit mit Tristan. Nanny Crabtree neigte dazu, mich wie einen Invaliden zu behandeln und versuchte sich am ›Aufpäppeln‹; jedenfalls freute sie sich sehr, mich wieder zurück in ihrer Herde zu haben.

Da ich nicht müßig sein wollte, half ich meiner Mutter bei ihrer Arbeit für die verschiedenen Organisationen, denen sie angehörte.

Es wurde sehr viel über die Kriegserfolge gesprochen, die trotz gewisser Rückschläge beträchtlich zu sein schienen; aber es war leider klar, daß das Ende doch länger auf sich warten lassen würde, als wir alle gehofft hatten.

Ich überlegte mir, daß Jowan, falls er in Kriegsgefangenschaft war und die Alliierten weiter vorrückten, sicherlich befreit werden würde, wenn unsere Truppen das Lager erreichten. Tag für Tag wartete ich jetzt hoffnungsvoller auf eine Nachricht. Mrs. Jermyn würde natürlich zuerst informiert werden, aber sie würde sich dann unverzüglich mit mir in Verbindung setzen.

Meine Mutter wußte davon und hatte Angst um mich. Ich glaube, daß sie in ihrem Innersten meinen Optimismus nicht teilte.

Eines Tages sagte sie zu mir: »Violetta, du glaubst immer noch, daß Jowan zurückkommen wird, nicht wahr? Er ist nun schon vier Jahre fort.«

Das war einer der Tage – die es ab und zu gab –, an denen meine Hoffnung zu schwinden schien. Es war tatsächlich eine lange Zeit. Manchmal fragte ich mich, ob er noch der gleiche sein würde, wenn er zurückkam. Die Menschen änderten sich. War seine Liebe zu mir genauso beständig wie meine für ihn?

Ich zögerte, und meine Mutter merkte das.

»Die Zeit vergeht«, fuhr sie fort. Ich wußte, was in ihr vorging. Ich wurde im Oktober fünfundzwanzig, und ich war nicht mehr sehr jung. Sie fragte sich langsam, ob ich mein ganzes Leben in Trauer um einen verlorenen Geliebten verbringen würde. Sie hatte eine Freundin gehabt, die mit einem jungen Mann verlobt war, der während des letzten Krieges an der Somme gefallen war – meine Mutter hatte sie früher gelegentlich erwähnt. Nicht nur, daß ihr die Ehe und Familie versagt geblieben war, nein, sie hatte auch ihr ganzes Leben in Trauer verbracht für einen Mann, den sie mit achtzehn verloren hatte. Sie wollte mich vor einem ähnlichen Schicksal bewahren.

»Ich bin mir sicher, daß es dir hier besser geht als in Cornwall. Ob Richard wohl bald aufs Festland kommt? Gordon hat Glück. Nicht daß er seine Arbeit nicht ganz ausgezeichnet machte. Sie wären auf dem Gut gar nicht ohne ihn ausgekommen. Ach, ich hoffe, daß dieser elende Krieg vorüber ist, bevor Richard an die Front muß.«

Ich wußte, was sie meinte. Sie dachte: Hier gäbe es zwei gute Männer, die beide bei der kleinsten Ermutigung bereit wären, mich zu heiraten, und ich mußte weiter um jemanden trauern, der vielleicht niemals zurückkehrte.

Eines Tages rief Richard an. Meine Mutter war am Apparat, und als sie mir davon erzählte, war sie ganz aufgeregt.

»Was meinst du, wer gerade angerufen hat? Richard. Er hat etwas Urlaub bekommen und möchte uns am Wochenende besuchen.«

»Und du hast gesagt, du würdest dich sehr freuen, ihn zu sehen, habe ich recht?«

»Ja, das habe ich.«

»Hat er den Urlaub bekommen, weil er an die Front muß?«

»Ich habe ihn danach gefragt. Er sagte nein, sie könnten noch keine Entscheidung darüber treffen. Er sagte, die Verletzung mache einige Schwierigkeiten, und sie wollten ihn in diesem Zustand nicht ziehen lassen.«

Man sah ihr an, daß sie sich freute. Und ich wußte, welche Hoffnung sie hegte.

Richard traf ein. Mein Vater freute sich ebenfalls sehr, ihn zu sehen, und meine Mutter war geradezu aus dem Häuschen, weil mein Bruder Robert ebenfalls Urlaub hatte – ich dagegen fürchtete, das könne bedeuten, daß er mit seinem Regiment bald auf den Kontinent mußte.

Richard kam am Freitagabend und mußte schon am Sonntagnachmittag wieder zurückfahren, damit er rechtzeitig wieder in der Kaserne war.

Als er eintraf, wirkte er etwas abgespannt.

Später saßen wir am Eßtisch und sprachen über die Kriegsereignisse, und erst am nächsten Morgen war ich einmal mit Richard alleine.

Er schlug vor, daß wir einen Ausritt machten, und so setzten wir uns am Vormittag in Bewegung. Meiner Mutter sagten wir, wir würden irgendwo unterwegs eine Kleinigkeit zu Mittag essen.

Richard konnte ganz gut reiten, trotz der Verletzung an seinem Bein, aber auf diesem Ritt über Wege, die ich seit meiner Kindheit kannte, schien er irgendwie zurückhaltender als sonst.

Als es Mittag wurde, kehrten wir im Weißen Hengst ein, einem Restaurant, das ein prächtiges Pferd in seinem Schild über dem Eingang führte.

Beim Essen kam Richard damit heraus, was ihn umtrieb.

»Anne wird sich von mir scheiden lassen«, sagte er schließlich.

»Das wollten Sie doch beide, oder?«

»Sie ist entschlossen, es auf ihre Weise zu machen.«

»Sie hat mich aufgesucht.«

»Was?«

»Ja, als ich noch im Ministerium arbeitete. Sie hat mich abgepaßt, als ich aus dem Gebäude kam.«

Er starrte mich mit einem Gemisch aus Erstaunen und Ekel an.

»Ich habe nicht ganz verstanden, worum es ihr eigentlich ging«, fuhr ich fort. »Die Sache schien gar keinen Sinn zu machen. Sie sprach über meine Freundschaft mit Ihnen. Sie fragte mich nach der Wohnung.«

»Nach der Wohnung!«

»Sie meinte, ich müsse Sie ja gut kennen.«

Er schloß die Augen und murmelte etwas vor sich hin, das ich nicht verstehen konnte.

»Ich sage es Ihnen besser sofort. Sie wird sich wegen Ehebruch von mir scheiden lassen.«

»Oh«, sagte ich schwach, »ich verstehe.«

»Meines Ehebruchs ... mit Ihnen.«

Ich starrte ihn an. »Wie sollte ihr das gelingen? Es ist ja nicht wahr.«

»Das wird sie nicht stören. Ich nehme an, daß sie die Wohnung hat überwachen lassen. Es ist bekannt, daß wir dort zusammen waren. Und dann war da ja auch noch der Luftangriff. Es war spätabends, und wir beide waren dort allein zusammen. Vielleicht wird das schon als ausreichender Beweis angesehen werden.«

»Ach, das kann doch gar nicht sein.«

»Sie ist beharrlich. Wenn sie etwas will, dann bekommt sie es auch. Sie hat es hinausgeschoben, weil sie dachte, ich wäre vielleicht an der Front und hätte ohnehin keine große Chance davonzukommen. Damit hätte diese Ehe ein elegantes und einfaches Ende gefunden. Aber ich bin hier, und sie glaubt, daß der Krieg vorüber sein wird, bevor ich an die Front komme, daß ich also in relativer Sicherheit bleibe und daß ihre schöne, einfache Methode, mich loszuwerden, nicht funktionieren wird.«

»Glauben Sie wirklich, daß sie so berechnend ist?«

»Berechnung ist ihre zweite Natur. Ich kenne sie gut. So

etwas amüsiert sie. Sie hat immer über mich gelacht ... den tugendhaften Anwalt hat sie mich genannt. Also wird sie sich amüsieren, mich in eine häßliche Scheidung verwickeln zu können.«

»O nein!«

»Das hat sie im Sinn. Es ist die schnellste Möglichkeit, die Ehe zu beenden, und das ist ihr Ziel; sie ist die Sache leid und will sie beenden und selbst so unbeschadet wie möglich daraus hervorgehen. Die gelangweilte Ehefrau, die sich von ihrem Mann scheiden läßt, der derweil seinem Land dient, würde nicht besonders viele Sympathien ernten. Aber wenn er ihr untreu ist, dann hat sie natürlich einen guten Grund.«

»Aber es entspricht nicht der Wahrheit. Wir waren nur gute Freunde. Es war doch nur natürlich, daß ich gekommen bin und etwas für Sie gekocht habe.«

»Nicht für sie. Sie wußte, daß wir früher schon befreundet waren. Und sie wußte, welche Gefühle ich für Sie hegte. Das wird sie ausnutzen.«

»Was können wir dagegen tun?«

»Nichts. Nur warten.«

»Wann ... wann wird es losgehen?«

»Ich weiß nicht. Anne wird sich sicherlich schon einige Zeit damit beschäftigt haben. Die Sache mit dem Luftangriff wird sie davon überzeugt haben, daß sie gute Aussichten hat. Diese Dinge brauchen ihre Zeit, wissen Sie.«

»Ich muß es meinen Eltern sagen.«

»Wäre es Ihnen lieber, wenn ich dabei wäre?«

»Nein ... nein. Ich werde es ihnen erzählen, wenn Sie abgefahren sind. Ich glaube, das ist am besten.«

Meine Hand lag auf dem Tisch, und er beugte sich vor und drückte sie fest.

»Es tut mir so leid, daß ich Sie in all das hineinziehe«, sagte er. »Es ist eine unglückliche Sache für Sie.«

»Für Sie ebenfalls.«

»Für mich? O ja. Aber ich habe es mir selbst eingebrockt. Und man muß für seine Dummheiten büßen. Aber daß ich es Ihnen eingebrockt habe ... das macht mich krank. Ich, ich würde alles darum geben, wenn ich es vermieden hätte. Sie müssen wissen, daß Anne in manchen Kreisen wohlbekannt ist. Über ihre Abenteuer wird berichtet. Als wir geheiratet haben, wurde darüber in bestimmten Zeitungen berichtet. Und vielleicht wird auch die Scheidung einigen Staub aufwirbeln, und es ist möglich, daß ihr Name erwähnt werden wird.«

»Ich verstehe. Ich würde als lockeres Frauenzimmer gebrandmarkt werden, nehme ich an. Ist es das, was Sie meinen?«

»Man würde erwarten, daß wir heiraten, wenn ich frei bin.«

»Richard, Sie wissen …«

»… daß Sie auf Jowans Rückkehr warten. Aber wenn es soweit ist, Violetta, wenn es soweit ist? Sie werden sich bald entscheiden müssen. Wenn Europa befreit ist … nehmen Sie einmal an, er kommt nicht zurück?«

Ich schwieg, und er fuhr fort: »Ich werde warten. Und Violetta, machen Sie sich nicht zuviel Gedanken über diese Scheidung. Das sind Eintagsfliegen.«

»Vielleicht droht Anne ja auch nur.«

»Das glaube ich nicht. Sie will eine schnelle Scheidung, und sie sieht dies als den leichtesten Weg an, ihr Ziel zu erreichen. Vielleicht will sie wieder heiraten und möchte deshalb schnell frei sein. Das ist sehr gut möglich. Es ist offensichtlich, daß sie unsere Heirat ebenso bedauert wie ich.«

»Ich verstehe jetzt, daß ich sehr dumm war«, sagte ich. »Ich hätte nicht in diese Wohnung kommen dürfen.«

»Sagen Sie das nicht. Diese kleinen Abendmahlzeiten waren wunderbar. Und ich kann Ihnen gar nicht sagen, wieviel sie mir bedeutet haben. Ich habe mich jedesmal so sehr darauf gefreut. Nun, was immer geschehen mag, ich werde bald frei sein. Und dann …«

Er meinte, wenn ich mir sicher sein konnte, daß Jowan nicht mehr zurückkäme. Aber das konnte ich nicht in Erwägung ziehen. Seit der Landung in der Normandie waren meine Hoffnungen gestiegen.

»Wir sollten jetzt gehen«, sagte ich.

Er ließ sich die Rechnung geben, und wir brauchen auf.

Es wurde mir schwer, den Rest des Wochenendes zu überstehen. Glücklicherweise waren meine Eltern sehr mit Robert beschäftigt, der viel vom Leben beim Militär und von der Aussicht, in Kürze auf den Kontinent überzusetzen, zu erzählen hatte. Für ihn schien das sehr aufregend zu sein, aber meine Eltern empfanden es natürlicherweise ganz anders.

Am späten Sonntagvormittag gingen wir alle mit zum Bahnhof, um ihn zu verabschieden. Richard blieb noch bis spätnachmittags.

Als auch er aufgebrochen war, merkte ich erst, wie erschöpft ich war. Ich mußte immer wieder an Anne denken, wie ich sie bei unserem Zusammentreffen erlebt hatte – so elegant, so kalt, so sicher in dem, was sie wollte. Sie wollte beeindrucken. Und ich verstand jetzt, wieso sie Richard für sich hatte einnehmen können. Mit ihrer kühlen Überlegenheit war sie genau die richtige Frau für einen aufstrebenden Anwalt; zweifellos hatte er sich schon vorgestellt, wie sie über ihre Tafel präsidierte, wenn sie den Justizminister zu Gast hatten. Und ich war mir sicher, daß sie diese Rolle auch perfekt beherrscht hätte. Und so war Richard letztendlich zu etwas verleitet worden, was er nun eine Dummheit nannte.

Irgendwie tat es mir ein wenig leid. Ich hatte ihn immer für so vernünftig gehalten, und die Erkenntnis, daß er so verletzlich war, machte ihn irgendwie menschlicher.

Ich machte ihm nicht die Vorwürfe, die er sich selbst machte. Ich wünschte mir nur, ich wäre nicht in die Dinge verwickelt worden.

Meine Mutter vermutete bereits, daß irgend etwas geschehen war, und abends, als ich zu Bett gehen wollte, kam sie noch einmal in mein Zimmer.

Sie setzte sich aufs Bett und sah mich prüfend an.

»Nun«, sagte sie. »Wo drückt der Schuh?«

Ich war es nicht gewohnt, zu versuchen, etwas vor ihr geheimzuhalten. Ich hatte mich ohnehin entschlossen, es ihr zu erzählen.

»Richard ist verheiratet«, erklärte ich.

Ihr entsetzter Gesichtsausdruck verwandelte sich in Widerwillen. Sie hatte nun einmal beschlossen, daß Richard *der* Mann für mich und in jeder Hinsicht tadellos war.

»Hat er dir das gerade erzählt?« fragte sie.

Ich schüttelte den Kopf.

»Er hat es mir in London gesagt. Am Abend dieses Luftangriffs. Die Ehe war eine Katastrophe. Sie wird sich von ihm scheiden lassen, wegen Ehebruch ... mit mir.«

Jetzt zeigte ihr Gesicht Anzeichen von Grauen.

»Es ist vollkommen aus der Luft gegriffen«, sagte ich schnell. Es hat niemals einen Ehebruch gegeben ... Ich glaube, mit niemandem, aber bestimmt nicht mit mir.«

Ich erklärte ihr, was es mit der Wohnung und unseren Abendessen auf sich hatte und daß er die ganze Zeit wußte, daß ich auf Jowan wartete. Ich ließ nichts aus; ich erzählte ihr davon, daß seine Frau mich aufgesucht hatte und wir zusammen in der Teestube gewesen waren, wie mich das damals verwundert hatte, daß ich aber jetzt Bescheid wußte.

»Großer Gott!« rief meine Mutter. »Ich glaube das einfach nicht von Richard. Er ist der letzte Mensch ...«

»Die Menschen tun oft Unerwartetes.«

»Das hätte ich von Richard aber nicht gedacht. Aber ... hm ... wenn es vorbei ist, wird Richard frei sein und ...«

»Er hat mich gefragt, ob ich dann seine Frau werden wolle.«

»Das wäre das Beste«, sagte sie. »Weißt du, es wird nicht viel Aufhebens davon gemacht werden, in Kriegszeiten sind diese Dinge nicht wichtig.«

»Richard sagt, daß sie zur feinen Gesellschaft gehört und daß über ihr Tun und Lassen in den Klatschspalten berichtet wird, so daß die Sache allgemein bekannt werden könnte.«

»Ich verstehe. Und du wirst vielleicht erwähnt werden. Nun, wie das halt so geht. Wenn du ihn heiratest, wäre es nicht weiter wichtig.«

»Ich werde ihn doch nicht heiraten, nur weil ...«

»Nein, natürlich nicht. Nun, wir müssen eben abwarten. Ich werde es deinem Vater erzählen. Er wird sich besser in diesen Dingen auskennen als wir. Ich habe wohl bemerkt, daß Richard sehr angespannt war.«

»Das war er natürlich – hauptsächlich, weil er mich hineingezogen hat.«

»Was empfindest du denn für ihn, Violetta? Du magst ihn, oder nicht?«

»Ja, sehr sogar.«

»Und wenn Jowan nicht wäre …«

»Daran kann ich nicht denken. Ich habe immer noch das Gefühl, daß er zurückkommt.«

Sie seufzte und lächelte dann plötzlich.

»Die Hälfte all dessen, um das man sich Sorgen macht, passiert schließlich gar nicht«, sagte sie. »Diese Scheidung geht vielleicht ganz ruhig vonstatten. Die Leute interessieren sich nicht mehr so für diese Dinge, wie es einmal war. Wir haben Krieg, und wir leben nicht mehr in den Zeiten Victorias, als alles so sittsam und prüde zugehen mußte. Mach dir keine Sorgen, du hast in letzter Zeit schon genug durchgemacht. Ich denke, das alles wird sich als ein Sturm im Wasserglas erweisen. Und dein Vater wird sicherlich der gleichen Meinung sein. Ich bin froh, daß du für eine Weile wieder hier bist. Es wird schon alles gut werden. Versuch jetzt erst einmal, gut zu schlafen.«

»Jedenfalls ist mir jetzt besser, nachdem ich es dir erzählt habe«, sagte ich.

Sie küßte mich zart und wartete noch, bis ich zu Bett gegangen war. Dann deckte sie mich zu, so wie früher, als ich noch klein war.

Meine Eltern waren damals ganz großartig. Und Dorabella kam an den Wochenenden, was ebenfalls hilfreich war. Von Richards Scheidung hatten wir nichts weiter gehört, und Dorabella sagte: »So etwas gibt es ständig. Ich bezweifle, daß wir davon jemals wieder hören werden.«

Richard war immer noch nicht für den aktiven Dienst tauglich, und das Kriegsgeschehen entwickelte sich für die Alliierten zufriedenstellend.

Paris war befreit worden, und General de Gaulle hatte seinen Sitz dort genommen. General Montgomery sagte seinen Männern in Nordwestfrankreich, daß das Ende in Sicht sei und nun mit allen Kräften in Rekordzeit erreicht werden müsse.

Inzwischen hatten wir wieder August, und der Krieg dauert nun fast fünf Jahre. Hätte ich nicht, wenn Jowan noch lebte, inzwischen irgend etwas erfahren haben müssen?

Ich wußte, daß meine Mutter sich große Sorgen wegen meiner Zukunft machte, und vermutete, daß dies das Hauptgesprächsthema zwischen ihr und meinem Vater war. Es hatte ihnen beiden mißfallen, zu erfahren, daß Richard eine überstürzte Kriegsehe eingegangen war, die jetzt geschieden werden sollte. Es war gar nicht typisch für ihn, aber trotzdem fanden sie, daß er der beste Ehemann für mich sei, obwohl sie auch Gordon in Erwägung zogen. Gordon war ein ehrlicher, aufrechter Mann, aber seine Mutter war verrückt gewesen; zudem war er in gewisser Weise rätselhaft. Deshalb hatten sie ihre Herzen an Richard gehängt, denn sie waren sicherlich schon vor langer Zeit zu dem Schluß gekommen, daß Jowan nicht mehr zurückkehren würde.

Selbst ich begann jetzt zu zweifeln. Die Zeit verstrich. Die Invasion Frankreichs hatte im Juni begonnen, und jetzt hatten wir beinahe September. Meine Hoffnung schwand. War es mir bestimmt, eine dieser unglücklichen Frauen zu werden, die ihren Liebsten während des Krieges verlieren und den Rest ihres Lebens in Trauer verbringen?

Am 3. September – dem fünften Jahrestag des Kriegsausbruches – waren die Alliierten an allen Fronten siegreich, und im ganzen Land wurde gebetet.

Dorabella war bei uns, mußte aber am Abend zurück nach London, so daß wir früh zu Abend aßen.

Mein Vater sagte: »Es kann nicht mehr sehr lange dauern. Unsere Truppen stehen nur noch vierzig Meilen vor Brüssel, und die Franzosen und die Amerikaner haben Lyon erreicht. Das ist ein großer Fortschritt.«

Plötzlich läutete das Telefon. Dorabella war als erste auf den Füßen. »Ich gehe an den Apparat«, sagte sie.

In wenigen Sekunden war sie schon wieder zurück.

»Es ist Mrs. Jermyn aus Cornwall. Sie möchte Violetta sprechen.«

Mein Herz schlug mir bis zum Halse. War es endlich die erlösende Nachricht?

Meine Mutter warf mir einen ängstlichen Blick zu; sie fürchtete, ich könne enttäuscht werden.

Ich stürzte zum Telefon.

»Violetta ...« – Mrs. Jermyn war atemlos – »ich habe Neuigkeiten.«

»Jowan ...«

»Ja, meine Liebe. Er ist wieder hier in England. Ich bin gerade angerufen worden. Sie sagten mir, er sei hier ... und er war am Telefon. Ich habe mit ihm gesprochen. Er kommt nach Haus!«

Ich konnte nicht sprechen. Ich war zu überwältigt von meinen Gefühlen.

Schließlich stammelte ich: »Ich werde kommen ... auf der Stelle.«

»Ja, ja«, sagte sie.

Dann ging ich wieder ins Eßzimmer. Sie sahen mich alle erwartungsvoll an.

»Es ... es ist endlich passiert. Jowan kommt heim«, stammelte ich aufgeregt.

Wiedersehen

Mein Vater hätte mich nach Cornwall gefahren, aber wir kamen zu dem Schluß, daß ich mit dem Zug eher dort sein würde. Meine Mutter wollte mich begleiten, aber ich sagte ihr, daß ich lieber allein führe. Aber zumindest konnten sie mich nach London bringen, wo ich den Zug nach Cornwall nahm.

Ich war außer mir vor Freude. Endlich war der Zug gekommen, auf den ich so lange gewartet hatte.

Meine Eltern standen auf der Paddington Station auf dem Bahnsteig und winkten mir nach, als der Zug losfuhr und die lange Reise in den Westen begann. Wie langsam der Zug zu fahren schien! An Schlaf war gar nicht zu denken – nur das Wiedersehen mit Jowan beherrschte meine Gedanken. Er würde sich verändert haben. Hatte ich mich verändert? Ich war vier Jahre älter geworden. Und so viel war geschehen, seit wir uns zum letzten Mal gesehen hatten. Ich konnte mir nicht vorstellen, wie es ihm ergangen war, aber das sollte ich ja bald erfahren. Ich würde wieder mit ihm sprechen, wieder bei ihm sein, wieder Zukunftspläne mit ihm schmieden.

Dann fuhr mir plötzlich der Gedanke an Richards Scheidung durch den Sinn. Das war ein so unerfreuliches Thema, daß ich es sofort beiseite drängte. Nichts sollte mir die bevorstehende schöne Zeit verderben.

Es war sieben Uhr, als der Zug in den Bahnhof einfuhr. Zu meiner Überraschung wartete Gordon auf dem Bahnsteig. Er nahm mich bei beiden Händen und küßte mich leicht auf die Wange.

»Ich bin hergekommen, um Sie abzuholen«, sagte er. »Mrs. Jermyn hat mich informiert.«

»Ist Jowan bei ihr?«

»Ja. Er ist gestern abend eingetroffen.«

»Sie … Sie haben bereits mit ihm gesprochen?«

»Nein. Mrs. Jermyn hat angerufen, mir von seiner Rückkehr erzählt und mich gebeten, Sie vom Zug abzuholen. Ich wußte nicht genau, ob dies der richtige sein würde.«

»Ich bin sofort losgefahren, als ich die Nachricht bekam.«

»Das habe ich vermutet.«

»Ach, Gordon … Es ist so wunderbar.«

»Mrs. Jermyn konnte vor Aufregung kaum noch sprechen.«

»Es ist schön, daß Sie gekommen sind, Gordon.«

»Keine Ursache … Das war ja das mindeste, was ich tun konnte. Ich nehme an, daß Sie auf Priory wohnen werden, aber wenn Sie Ihr altes Zimmer auf Tregarland beziehen möchten, es wartet bereits auf Sie.«

»Vielen Dank, Gordon. Darüber habe ich noch gar nicht nachgedacht.«

Als wir endlich Priory erreichten, war es fast acht Uhr.

Gordon ließ den Wagen ausrollen und sagte: »Ich verabschiede mich jetzt. Wenn Sie irgendwohin gebracht werden möchten, ganz gleich wann, dann lassen Sie es mich wissen.«

»Oh, vielen Dank, Gordon. Sie sind so freundlich.«

»Viel Glück«, sagte er.

Als ich eintrat, warteten sie bereits in der großen Halle auf mich.

Mrs. Jermyn rief: »Das ist Violetta.« Und neben ihr stand eine hochgewachsene Gestalt. Jowan, wie er leibte und lebte ... und doch verändert. Er war sehr dünn, ein wenig hager und hatte seine gesunde Farbe verloren. Er war auf subtile Weise ein anderer als der Mann, der fortgegangen war ... und doch war er Jowan.

Wir sahen uns ein paar Sekunden erstaunt an, dann lief ich auf ihn zu, und er schloß mich fest in seine Arme.

»Violetta«, sagte er. »Nach all dieser Zeit ...«

»Das Warten ist jetzt vorbei. Es hat zu lange gedauert. So lange, lange ...«

Meine Stimme klang erstickt und schwer verständlich. »Ich habe so oft geträumt ...«

»Ich auch. Ich kann es noch gar nicht fassen. Ich habe Angst, daß ich aufwachen werde und feststelle, daß ich alles nur geträumt habe.«

Solch banale Worte nach diesen Jahren des Wartens. Aber unsere Gefühle waren zu stark, um alles aussprechen zu können, was in unseren Herzen vorging.

Mrs. Jermyn räusperte sich.

»Ihr beiden werdet euch so viel zu sagen haben. Und, Violetta, Sie müssen hungrig sein. In den Zügen gibt es ja heutzutage nichts mehr. Ich werde Ihnen etwas fertigmachen lassen. Kommt in das kleine Wohnzimmer. Dort könnt ihr reden ... Ihr wollt sicher allein sein.«

Sie hatte Tränen in den Augen, und ich sah, wie verzweifelt sie ihre Gefühle unter Kontrolle zu bringen und nüchtern zu bleiben versuchte.

»Danke, Großmutter«, sagte Jowan. »Das wäre sehr schön.«

Dabei hielt er meine Hand so fest, als wolle er sie nie mehr loslassen.

Ich war glücklich. Ich war nie in meinem Leben so glücklich gewesen – wenn ich mich nur von der entsetzlichen Angst befreien könnte, daß ich nur träumte und dies alles gar nicht wahr war.

Es gab so viel zu erzählen. Er bestand darauf, daß ich damit anfing, und so berichtete ich ihm, was alles seit dem traurigen Tag geschehen war, als ich mir selbst hatte eingestehen müssen, daß er nicht zu den Evakuierten von Dünkirchen gehörte. Ich erklärte, daß ich eine Zeitlang auf Priory gearbeitet hatte, aus der zwischenzeitlich ein Genesungsheim für Soldaten geworden war, und danach in London im Arbeitsministerium. Ich erzählte ihm von den Luftangriffen, die ich erlebt hatte – nicht ungewöhnlich, wenn man in London lebte –, und daß ich gerade zur Erholung in Caddington war, als seine Großmutter mich von seiner Rückkehr informierte.

Er hörte aufmerksam zu.

»Wir wurden nur tröpfchenweise informiert – und meist war alles übertrieben, um die Sache noch schlimmer zu machen. Man erzählte uns, daß London in Trümmern liege, einschließlich der Flughäfen und Docks. Wir haben es natürlich nicht geglaubt.«

»Ich möchte etwas von dir hören, Jowan. Ich möchte alles wissen.«

»Und ich möchte dir alles erzählen, Violetta … jede kleine Einzelheit.«

»Wir haben viel, viel Zeit dafür.«

»Dann will ich einmal mit den einfachsten Tatsachen beginnen«, sagte er. Dann erzählte er mir, wie seine Kompanie versucht hatte, sich zur Küste durchzuschlagen. Sie wußten, daß die Deutschen überlegen waren und daß es keine andere Möglichkeit gab, als sich wieder nach England zurückzuziehen, dort neue Kräfte zu sammeln und bereit zu sein für den Feind, wenn er seinen Angriff auf Britannien begänne.

»Wir hatten kaum die Möglichkeit, bis Dünkirchen zu kommen«, sagte er. »Der Feind war uns zahlenmäßig zu überlegen. Unsere Kompanie wurde eingeschlossen. In der Nähe von Amiens wurden wir alle gefangengenommen. Wir wußten, was das bedeutete. Ich war in Begleitung meines Stabsunteroffiziers, Buster Brown. Eigentlich Bernhard Brown, aber alle sagten ›Buster‹. Er hatte seine fünf Sinne beisammen, ein drahtiger, kleiner Cockney. Und er war ein guter Koch und vollbrachte wahre Wunder mit unseren mageren Rationen. Öfter verschwand er einmal und tauchte dann mit einigen Hühnern wieder auf. Daraus bereitete er dann ein Festmahl zu, ein wahrer Luxus nach dem ständigen Dosenfisch und Konservenfleisch leicht fragwürdigen Ursprungs. Er gab offen zu, daß er die Hühner von den Höfen stahl, und sagte immer: ›Nun, was soll das bißchen Klemmen schon? Retten wir sie nicht vor den Hunnen? Das ist doch wirklich ein schmales Entgelt dafür, und irgendwie muß man die Jungs, die die goldenen Eier legen, ja auch füttern.‹ Er war ein großartiger Bursche, und ich habe nie erlebt, daß ihn etwas aus der Ruhe gebracht hätte. Er war immer mein persönlicher Adjutant, und ich mußte oft daran denken, wie schwierig doch alles ohne Buster Brown gewesen wäre.

Also, wir wurden gefangengenommen und auf Lastwagen verladen. Bei dem schnellen Vorstoß zur Küste gab es ein ziemliches Durcheinander, und das Aufsammeln von kleineren Gruppen Kriegsgefangener überließ man jungen und unerfahrenen Männern, die gerade frisch an der Front waren. Wir waren gerade in der Nähe eines kleinen, verlassenen *Château*, das zweifellos nur als vorübergehendes Gefängnis dienen sollte, aber sei es, daß wir nur eine kleine Kompanie waren, sei es, daß die deutsche Führung Wichtigeres zu tun hatte, jedenfalls blieben wir dort. Normalerweise hätte es irgendeine Benachrichtigung in die Heimat geben müssen, daß wir gefangengenommen und jetzt Kriegsgefangene waren, aber in Zeiten, wie wir sie erlebt haben, kann es eben auch geschehen, daß daran nicht gedacht wird.

Am Anfang war unser Leben gar nicht schlecht. Wir hatten festgelegte Zeiten, in denen wir uns bewegen konnten, waren natürlich strengen Regeln unterworfen, bekamen natürlich sehr unzulänglich zu Essen, aber der größte Teil unserer Kompanie war in dem *Château* untergebracht, und wir waren unter uns. Unser Hauptziel war natürlich zu entkommen. Wir fingen mit den Planungen dazu an, da wir wußten, daß wir nicht allzubald wieder entlassen werden würden. Es war klar, daß die Franzosen geschlagen waren, daß wir den größten Teil unserer Ausrüstung hatten verloren geben müssen und uns jetzt darauf konzentrieren sollten, unsere Männer freizubekommen. Wir wußten nicht, wieviel Glück wir bei der Evakuierung gehabt hatten.

Also fingen wir an, einen Tunnel zu bauen. Dieses Unternehmen schuf eine Atmosphäre von Abenteuer. Wir wechselten uns ab. Es war eine mühsame Arbeit – die meisten würden gesagt haben, eine hoffnungslose Aufgabe, aber Hoffnung war für uns damals alles. Wir machten kleine Konzertveranstaltungen, was die Deutschen völlig verwirrte. Wir führten sie völlig an der Nase herum. Sie staunten über unser ausgelassenes Gelächter über irgendwelche Witze – normalerweise Spitzen gegen sie – und die amateurhaften Anstrengungen unserer ›Künstler‹. Was uns aber eigentlich amüsierte, war der Umstand, daß während dieser Gesangsvorträge der größte Teil unserer Tunnelbauarbeit stattfand.

Wir kamen nur langsam vorwärts. Und stell dir unsere Enttäuschung vor, als wir uns schon nahe der Vollendung wähnten – nach über zwei Jahren Arbeit – und dann herausfanden, daß wir immer noch auf der falschen Seite der Mauer waren, immer noch auf dem Gelände des Schlosses. Aber wir waren hartnäckig. Wir machten weiter. Wir machten genaue Pläne für den Tag X. Wir legten fest, wie wir es genau anstellen wollten, zu entkommen. Nicht alle auf einmal, sondern immer nur zwei Mann. Wir stellten einen richtigen Plan auf.

Wir hielten in unserer Gruppe eine gewisse Disziplin aufrecht. Wir mußten uns unsere Zuversicht und Hoffnung erhalten. Irgend jemand hatte einen Satz Spielkarten dabei, und manchmal spielten wir abends; aber bald waren die Karten nicht mehr brauchbar, und mit einem Satz ließ sich ohnehin nicht viel ausrichten.

Der Tunnel war unsere Hauptbeschäftigung. Und dann kam die Landung in der Normandie. Wir wußten nicht genau, was vorging, aber alles hatte sich geändert. Die Haltung unserer Bewacher hatte sich geändert. Sie wurden unsicher und ängstlich. Es gab noch weniger zu essen. Manchmal waren die Wachen geradezu lasch, und manchmal verhielt es sich völlig gegenteilig.

Wir wußten, daß irgend etwas vor sich ging. Einige von unseren Männern konnten ein paar Brocken Deutsch und schnappten hier und da aus den Gesprächen der Deutschen etwas auf. So erfuhren wir, daß die Alliierten in Frankreich gelandet waren. Man hätte denken können, daß wir, nachdem wir vier Jahre ausgeharrt hatten, ruhig noch ein wenig länger hätten warten können, bis wir befreit wurden. Aber so war es nicht. Das Verlangen zu entkommen war noch gestiegen. Es gab jetzt mehr Gelegenheiten als früher, im Tunnel zu arbeiten, und wir nutzten sie.

Dann … war er fertig und endete diesmal außerhalb des *Château*. Die ersten von uns entkamen, und wir glaubten, daß sie sich hatten in Sicherheit bringen können. Wir gingen immer nur paarweise, aber es dauerte trotzdem nicht lange, bis das Fehlen der Männer bemerkt wurde, und das trotz der Nachlässigkeit der Aufsicht. Daraufhin wurde eine Woche oben auf dem Turm postiert, die die ganze Nacht Ausschau halten sollte. Bei jeder Bewegung sollte sofort geschossen werden. Manchmal hörten wir dann nachts Schüsse und wußten nicht, ob diejenigen, die gerade zu fliehen versuchten, davongekommen waren. Man sagte es uns natürlich nicht.

Und dann war ich an der Reihe. Ich sollte zusammen mit Buster Brown gehen. Er betrachtete mich als seinen Schützling. Ich mußte immer an unser altes Kindermädchen denken. Er glaubte, ich benötige jemanden, der auf mich achtgebe, und es war gar keine Frage für ihn, daß wir nur zusammen fliehen konnten.

Violetta, diese Nacht werde ich nie vergessen. Die Wache war auf ihrem Turm, und wir hatten Halbmond – es war hell genug, um jede Bewegung erkennen zu können, fürchtete ich. Die Nächte ohne Mondschein waren uns natürlich lieber, und Wolken waren immer hoch willkommen, aber in dieser Nacht war der Himmel wolkenlos.

Wir konnten kaum etwas mitnehmen, und wir hatten kein Geld; aber wir hatten immer kleine Essensvorräte, die wir über einige Tage aufsparten und denen mitgaben, die die Flucht versuchten.

Wir kamen durch den Tunnel – das war schon nicht einfach, weil er ziemlich niedrig und an manchen Stellen auch sehr eng war; aber wir waren gelenkig und entschlossen. Dann kam der herrliche Augenblick, endlich ins Freie zu gelangen – nicht länger ein Gefangener, sondern zum ersten Mal seit vier Jahren ein freier Mann zu sein.

Der Kegel des Suchscheinwerfers huschte schnell über die Grasfläche vor dem *Château*. Wir durften nicht hineingeraten und mußten uns reglos auf dem Boden zusammenkauern, wenn er sich uns näherte.

Es war nicht leicht. Dann hörte ich die Schüsse fallen und verspürte plötzlich einen brennenden Schmerz im Arm. Ich dachte: Mich hat's erwischt. Das ist das Ende. Dann hörte ich Buster flüstern: ›Ganz still. Flach auf die Erde. Bewegen Sie keinen Muskel.‹ Ich gehorchte, und das Licht des Suchscheinwerfers huschte über uns hinweg und setzte seinen Weg fort.

›Jetzt‹, flüsterte Buster, und es kostete mich eine gewaltige Anstrengung, aufzustehen und loszurennen. Ich merkte bereits, wie mir die Sinne schwinden wollten. Buster zog mich mit. ›Schneller, Sir‹, flüsterte er. ›Sollen uns die Jerries vielleicht kriegen?‹

Wir versteckten uns im Gebüsch – wir waren jetzt außerhalb der Reichweite des Suchscheinwerfers.

›Menschenskind‹, sagte Buster. ›Das war knapp. Hab schon gedacht, leb wohl, liebe Heimat. Kommen Sie jetzt, sonst verpassen wir unser Schiff noch. Wir müssen weiter.‹

Mein Ärmel war naß, und als ich nach meinem Arm tastete, war meine Hand blutverschmiert.

›Gehen Sie weiter, Buster‹, sagte ich. ›Ich glaube, ich sollte …‹

›Reden Sie kein Blech, Sir. Bitte um Verzeihung‹, sagte Buster. ›Weil ich nämlich ohne Sie nicht gehe. Wer soll sich denn dann um Sie kümmern? Wir werden es schaffen. Die haben ihren Spaß gehabt. Aber sie werden uns nicht verfolgen. Die machen sich jetzt vor, daß sie da einen Fuchs gesehen haben. Macht die Sache für uns einfacher.‹

Er schleppte mich mehr, als daß ich selbst ging. Meine Wahrnehmung wurde immer verschwommener. Wir waren auf einer Straße, und in der Ferne sah ich die Lichter eines

Lastwagens. Buster zog mich in eine Hecke, bis der Wagen vorbei war. Dann gingen wir weiter. Ich wußte kaum noch, was vor sich ging. Ich war wie in einer Art Delirium. Buster sagte mir später, ich habe immer gefragt, wo ich sei, und gesagt: ›Wo ist Jermyn? Wo ist Priory? Ich komme heim.‹ ›Sie haben immer wieder ihren eigenen Namen gesagt‹, erzählte er mir, ›und haben zu einem Mädel namens Violet … oder so ähnlich gesprochen.‹

Ich glaube, er hat mich getragen, und das muß ihm ziemlich schwer gefallen sein, da ich ein ganzes Stück größer bin als er. Vielleicht hat er mich auch mehr gezogen. Aber schließlich hatten wir Glück, auf einem Acker eine Schubkarre zu finden. Er verstand sich aufs Improvisieren, und ich hatte schon erlebt, wie er die merkwürdigsten Dinge zu etwas Sinnvollem verwendete. Und die Schubkarre war natürlich eine hervorragende Sänfte für mich. Es war viel leichter, mich einfach vor sich herzuschieben, als mich zu schleppen. Ich denke, diese Schubkarre hat uns wahrscheinlich das Leben gerettet, denn er wäre niemals ohne mich weitermarschiert. Er ist ein wunderbarer Bursche, der gute Buster. Er war wirklich so klug, wie er immer geprahlt hat zu sein. Er sagte immer, er könne mit jedem fertig werden, angefangen vom Oberkommandierenden bis hin zum ängstlichen Mäuschen. Er hat sich immer als jemanden betrachtet, der machtvoll alles mögliche manipuliert, einschließlich der Frauen. Ich nannte ihn dann Casanova Brown. Er hatte nie von Casanova gehört, aber als er begriff, was es bedeutete, gefiel ihm das ganz gut.

Ich bin für alle Zeiten davon überzeugt, daß ich mein Leben Buster Brown verdanke.

Dann kamen wir an ein Haus, das ein Stück abseits der Straße lag. Buster versuchte es einfach. Er sagte mir später, daß er keine Wahl gehabt hätte. Er hatte geglaubt, mit mir würde es bald vorbei sein, wenn er mich nicht schnell irgendwo unterbringen konnte. Ich verlor viel Blut, und er konnte mich am hellen Tage ja nicht in einer Schubkarre umherschieben.

Es war ein Bauernhaus inmitten von Feldern; ein paar Hühner liefen herum, im Stall stand ein Schwein und ein

Esel auf der Wiese. Das entdeckte ich natürlich erst später, denn zunächst einmal war ich nicht in der Lage, überhaupt irgend etwas wahrzunehmen.

Ich habe die schwache Erinnerung, daß die Tür aufging und eine Frau in sehr schnellem Französisch auf uns einredete. Ich hätte vielleicht ein wenig davon verstanden, wenn ich mich in einem besseren Zustand befunden hätte. Busters Kenntnisse der Sprache endeten jedoch bei: ›Oo-là-là‹.

Jedenfalls muß es ihm gelungen sein, sie davon zu überzeugen, daß wir aus dem *Château* entkommen waren, daß sein Freund verwundet war und Hilfe benötigte.

Welches Glück wir in jener Nacht hatten! Marianne – so hieß die Frau, wie wir später herausfanden – hegte einen heftigen, unauslöschlichen Haß gegen die deutschen Eindringlinge. Sie hatten ihren Mann vor ihren Augen erschossen, und wenn sie eine Gelegenheit erhielt, ihnen zu schaden, dann ergriff sie sie gerne.

Wir erfuhren auch, daß sie anderen von unserer Kampanie bei ihrer Flucht in die Freiheit geholfen hatte. Sie begriff unsere Situation sofort – unsere Kleidung, unser Zustand, Busters Zeichensprache, mein blutdurchtränkter Ärmel ... aus alledem reimte sie sich zusammen, was vorgefallen war.

Sie ließ uns schnell ein und kümmerte sich dann zuerst um mich; sie verband meinen Arm, steckte mich in ein Bett und gab Buster ein Stück Roggenbrot und etwas, das eine gewisse Ähnlichkeit mit Kaffee aufwies.

Wahrscheinlich war ich im Delirium. Ich wußte nicht mehr, wo ich war, und dachte meist, ich sei auf Priory. Buster allerdings schlief gut – auf dem Boden neben meinem Bett.

Er sagte nachher: ›Ich wußte, daß Marianne in Ordnung war. Jemand anders hätte uns vielleicht aufgenommen und dann verraten. Aber sie nicht. Sie hat ihre eigene Rechnung mit den Hunnen offen, und deren Feinde sind ihre Freunde.‹

Nun, Marianne war in der Tat ›in Ordnung‹. Sie meinte es wirklich gut mit uns, und ohne sie hätte ich nicht überlebt. Bei allem, was sie tat, spürte man, wie sie den Feind haßte, .

aber ansonsten war sie eine umgängliche Frau, sah sogar ganz gut aus auf ihre etwas lässige, verträumte Art – außer wenn es um die verhaßten Deutschen ging. Dann wirkte sie wild und murmelte vor sich hin, was sie am liebsten mit denen machen würde.

Buster und ich mußten dann immer lächeln. ›Um so besser für uns‹, war Busters Kommentar dazu. Ich glaube, sie wäre jedes Risiko eingegangen, um Widerstand gegen die Deutschen zu leisten.

Aber sie war zart und mitfühlend. Wenn sie meinen Arm verband, murmelte sie: ›Le pauvre petit garçon.‹ Das tröstete mich etwas, denn der Schmerz war ziemlich heftig.

Von Marianne erfuhren wir auch einiges von dem, was inzwischen geschehen war, daß der große General de Gaulle Frankreich retten würde, daß die Alliierten in der Normandie gelandet waren und von Pétain, diesem Schurken, der Frankreich verraten hatte und ein Sklave der grausamen Eroberer geworden war. Die Engländer und Amerikaner waren ›magnifique‹ und waren jetzt wieder da, endlich wieder auf französischem Boden in ihrem Kampf gegen die Eroberer und Verräter, um die Schande von dem Land abzuwaschen und es wieder in hellem Glanz erstrahlen zu lassen.

Es sei ihre Pflicht, den Kriegsgefangenen bei der Flucht zu helfen, sagte sie. Sie tat es für Frankreich, und sie mochte die netten Männer, die auf ihrer Flucht bei ihr gewesen seien. Da hatte es zwei Flieger gegeben, die mit Fallschirmen gelandet waren. Sie hatte sie zwei Nächte bei sich behalten. Und dann die Männer aus dem Château, auch ihnen hatte sie geholfen, sich hier im Lande zurechtzufinden … Sie hatte ihnen Kleider besorgt. Sie hatte noch Sachen ihres Mannes, die er nicht mehr tragen konnte wegen der verfluchten Hunnen.

Ich wußte, daß ich für Buster nur eine Behinderung war, und sagte ihm, er solle ohne mich weitergehen. Wir waren noch zu nahe an dem Château, um in Sicherheit zu sein. Wenn die Deutschen entdeckten, daß wir hier waren, wäre das nicht nur für uns, sondern auch für Marianne eine Katastrophe.

Buster wollte davon nichts hören und Marianne ebenso-

wenig. Und sie erlaubte mir auch nicht aufzubrechen, solange mein Arm nicht besser war, obwohl sie weiß Gott
nicht viel dafür tun konnte. Ich benötigte einen Arzt. Sie
konnte aber keinen kommen lassen, denn wem konnte sie
vertrauen? Nein, sie würde tun, was sie konnte. Das war
besser als nichts.

Dann lernten wir Lisette kennen. Lisette war auf dem Hof
ihres Onkels gewesen und nun zu ihrer Mutter zurückgekehrt. Es war eine jüngere Version von Marianne – die gleiche stämmige und dralle Figur, die gleichen Augen und vol-
len Lippen, die gleiche überwältigende Fraulichkeit. Lisette
begrüßte uns mit einem freundlichen Lächeln. Sie wußte anscheinend, daß ihre Mutter den Kriegsgefangenen auf ihrer
Flucht half. Außerdem sprach sie ein wenig Englisch, was
sich als hilfreich erwies.

›Geflohen. Ihr? Aus dem *Château*? fragte sie.

Wir sagten ja, das seien wir, und daß ihre Mutter uns sehr
geholfen habe.

›Meine Mutter mag gerne Engländer und Amerikaner.‹

›Glück gehabt‹, sagte Buster.

Wir blieben einige Wochen bei Marianne. Die meiste Zeit
davon merkte ich nicht viel von dem, was um mich her vorging. Mir schien alles so unwirklich dort. Mein Arm begann
zu eitern, aber Marianne hatte Angst, den Arzt zu rufen. Sie
war wunderbar zu uns: Sie gab uns Unterkunft und zu essen, obwohl wir nichts hatten, womit wir sie bezahlen konnten.

›Tut sie für Frankreich‹, erklärte Lisette theatralisch. Buster half auf dem Hof, was sicherlich eine große Hilfe war,
aber ich war zu gar nichts in der Lage.

Und am Anfang lag ich ja auch im Delirium. Es war eine
Art Fieber …«

Er hielt inne, als blicke er zurück. Ich nehme an, er sah
das alte Bauernhaus vor sich und rief sich die Merkwürdig-
keit und Unsicherheit jener Tage wieder in Erinnerung.

»Die Alliierten rückten vor«, fuhr er fort, »und die Deutschen schienen allgegenwärtig zu sein. Wir mußten vorsichtig sein, nicht entdeckt zu werden. Marianne hatte eine große Kammer, in der wir uns verstecken sollten, wenn jemals

die Deutschen herkämen. Sie diente zur Unterbringung von schwerem landwirtschaftlichem Gerät, und wir sollten uns hinter ein paar Säcken verstecken, falls das notwendig wurde. Ich war mir sicher, daß wir sofort entdecken werden würden, wenn die Deutschen kämen. Aber glücklicherweise mußten wir uns kein einziges Mal verstecken.

Die ganze Zeit drängte ich Buster, allein weiterzugehen. Es würde einfacher für ihn sein, wenn er sich nicht um einen Invaliden kümmern mußte. Aber er ging natürlich nicht. Und ich glaube, er genoß den Aufenthalt auf dem Bauernhof. Zweifellos mochte er Marianne und deren Tochter. Er hatte inzwischen die Schubkarre repariert und neu gestrichen; sie gehörte jetzt zum Bauernhof und war fast so etwas wie ein Heiligtum.

›Unsere Rettung‹ nannte er sie. ›Wissen Sie, Sir, ohne sie wären wir nicht durchgekommen. Macht einen doch nachdenklich.‹ Er betrachtete sie jeden Tag und warf ihr einen Kuß zu, wenn er sich abwandte. Das war eine unvermutet sentimentale Ader in Busters Wesen.

Ich glaube, er kam sehr gut mit Marianne aus. Er sagte mir einmal, Marianne sei ›wirklich ganz in Ordnung‹. Und dazu machte er immer so eine Geste. Und Lisette verehrte er auf gleiche Weise.

Insgesamt hatte die Atmosphäre auf dem Bauernhof etwas Anheimelndes, trotz der Gefahr, die uns auf Schritt und Tritt begleitete.

Wenn wir abends im Dunkeln zusammensaßen, baten sie mich oft zu erzählen. Buster horchte derweil auf verdächtige Geräusche, die die Ankunft eines nicht willkommenen Besuchers ankündigen könnten. Ich erzählte von Priory, den Mönchen, die früher hier gelebt haben, und beschrieb ihnen die wilde Küste von Cornwall. Lisette war ganz bezaubert. Ihr spärliches Englisch erlaubte es ihr immerhin, Fragen zu stellen, und sie übersetzte die Antworten dann für ihre Mutter. Und Buster saß dabei, hörte zu und bedachte uns alle mit seinem freundlichen Lächeln. Er betrachtete sich immer als den Mann des Hauses. Ich kam dafür wegen meiner Verwundung nicht in Frage. So war er derjenige, der auf uns alle achtgab. Es war eine merkwürdige Zusammensetzung. Vielleicht, weil wir alle wußten, wie flüchtig sie war und daß sie jeden Moment zu Ende gehen konnte.

Und notgedrungen endete unser Zusammenleben auch. Eines Tages kam Marianne mit der Neuigkeit, daß die Engländer bereits auf wenige Meilen herangerückt waren. Sie holte eine zerschossene Trikolore aus einer Schublade und hängte sie aus einem der Fenster.

Und Lisette erklärte uns: ›Ihr Urgroßvater hat sie schon herausgehängt, als 1870 die Deutschen kamen.‹ Sie flatterte vom Fenster herab, als wir Abschied nahmen. ›Ich weiß nicht, wie ich Ihnen danken soll‹, sagte ich zu Marianne. Sie begann, sehr schnell zu sprechen, und Lisette übersetzte: ›Sie schätzt sich glücklich, daß Sie hier waren. Es ist ihre Pflicht Frankreich gegenüber … Und sie mag Sie.‹

›Wir verdanken ihr unser Leben‹, sagte ich. ›Wir werden es Ihnen nie vergessen.‹

›Wenn der Krieg vorüber ist, kommen Sie vielleicht einmal zurück‹, meinte sie daraufhin.

Violetta, wirst du mit mir dort hinfahren? Ich möchte dir gern alles zeigen.«

»Wir werden zusammen fahren«, antwortete ich. »Und wie steht es mit Buster?«

»Ich wage zu sagen, daß er sich ebenfalls ein Wiedersehen wünscht.«

»Der Rest ist nicht schwer zu erraten«, fuhr er fort. »Wir meldeten uns bei den englischen Truppen, die jeden Tag näher heranrückten. Buster dachte, sie würden ihn vielleicht dabehalten, aber sie schickten uns beide nach Hause. Wir hatten die ganze Zeit in einem Gefangenenlager verbracht, und man meinte, wir sollten beide untersucht werden. Alles Nötige wurde veranlaßt, und auf ging's. Aber vorher sah sich ein Stabsarzt noch meinen Arm an, und ihm gefiel nicht besonders, was er da sah. Er sagte, man hätte sich gleich nach der Verwundung darum kümmern müssen. Als wir in England ankamen, trennten sich unsere Wege – ich bin ins Krankenhaus von Poldown beordert worden. Und so bin ich also wieder hier.«

»Ich kann es immer noch nicht glauben.«

»Ich auch nicht. Wir bleiben bei unseren Plänen, nicht wahr?«

»O ja, Jowan.«

»Und der Krieg kann auch nicht mehr sehr lange dauern. Das Ende muß bald in Sicht sein. Es wird alles so werden, wie wir es uns vorgenommen hatten. Wir vergessen die Jahre, die dazwischen liegen.«

»Das tun wir.«

»Du hast nicht daran gedacht, deine Meinung zu ändern?«

Ich lachte. »Nein. Ich habe immer daran geglaubt, daß du zurückkommen würdest. Ich hätte alles andere nicht ertragen können. Andere haben geglaubt, daß es mit dir vorbei sei, aber deine Großmutter und ich haben immer an deine Rückkehr geglaubt.«

»Und ich habe geglaubt, daß du auf mich warten würdest. Dieser Glaube hat mir über alles hinweggeholfen. Ich habe mir immer Einzelheiten unserer Treffen ins Gedächtnis gerufen. Erinnerst du dich noch an das allererste bei Smithy vor all den Jahren? Und ich habe an dich gedacht und mich gefragt … und es gab keine Möglichkeit, dir eine Nachricht zukommen zu lassen.«

»Jetzt ist ja alles vorbei. Dieser elende Krieg hat Unglück über Millionen gebracht. Der verrückte Traum eines einzigen Mannes und ein verführtes Volk, das ihm folgte! Nun, jetzt kommt die Katastrophe über sie, und wir können erleichtert sein. Aber genug davon. Laß uns von uns beiden reden.«

Und das taten wir. Er wußte noch nicht genau, wie seine Zukunft aussehen sollte. Es konnte gut sein, daß er wieder zu seinem Regiment stoßen würde.

»Ich frage mich, was aus Buster geworden ist«, sagte er. »Er muß nach all den Jahren im Gefangenenlager eigentlich unterernährt sein, obwohl seine Energie nie nachgelassen hat.«

»Du mußt ihn zu unserer Hochzeit einladen«, sagte ich.

»Das wird ihm gefallen!« Dann blickte er mich etwas hilflos an und fuhr fort: »Weißt du, ich habe seine Adresse gar nicht. Aber ich denke, ich kann über das Regiment mit ihm Verbindung aufnehmen.«

»Ich würde ihn gern kennenlernen.«

»Er ist ein feiner Kerl. Du wirst beeindruckt sein.«

»Er hat dein Leben gerettet, allein deswegen muß ich ihn mögen.«

Und so redeten und planten wir.

Das Leben war wundervoll. Als ich in die Stadt ging, beeilten sich alle Bekannten, die ich traf, mir zu gratulieren. Gordon war sehr freundlich. Immer wieder dachte ich, was er doch für ein guter Mann war und daß ich dennoch am Anfang ein Mißtrauen gegen ihn gehegt hatte. Aber damals war mir auf Tregarland alles unheimlich erschienen.

Dorabella rief oft an. Sie sagte, sie sei sehr glücklich für mich. Sie war ja selbst glücklich und wünschte ihrer Zwillingsschwester natürlich das gleiche. Auch mit meinen Eltern stand ich ständig in Verbindung. Sie drängten mich, Jowan einmal mit nach Caddington zu bringen, aber sie hatten auch Verständnis dafür, daß das im Augenblick nicht möglich war. Aber sobald es ging, würden wir kommen.

Als Jowan sich im Krankenhaus meldete, zeigte man sich dort wegen seines Armes ein wenig besorgt. Er benötigte besonders Aufmerksamkeit und würde vielleicht operiert werden müssen, wenn er dafür kräftig genug war. In der Zwischenzeit mußte er sich jeden Tag ins Krankenhaus begeben, und es war völlig ausgeschlossen, daß er sich jetzt schon wieder seinem Regiment anschloß. Mir war das sehr recht.

Auch Richard rief an.

Er hatte von Jowans Rückkehr gehört.

»Du hattest recht. Ich hätte niemals gedacht, daß er zurückkommen würde. Bist du jetzt glücklich, Violetta?« fragte er am Telefon.

»Ja, Richard, das bin ich.«

»Nun, ich gratuliere dir dazu.«

»Danke.«

»Ich wünsche dir das größte Glück und alles Gute für die Zukunft. Ich hoffe, daß du es gut haben wirst. Wenn …« Er hielt einige Sekunden inne. »Wenn du mich irgendwann einmal brauchen solltest … wenn ich irgendwie behilflich sein kann … dann laß es mich wissen.«

»Ich danke dir, Richard, das werde ich«, sagte ich.

In der Nacht träumte ich, ich befände mich in der Teestube am Ministerium, und Richards Frau säße mir gegenüber. Sie lächelte ihr kaltes Lächeln und sagte: »Ich will die Scheidung, und ich werde Sie als Zeugin vorladen lassen. Ihnen geht es jetzt sehr gut, aber was wird Ihr wunderbarer Geliebter sagen, wenn er erfährt, daß Sie in einer Scheidungssache als Zeugin geladen werden?«

Ich wachte auf – ich saß aufrecht in meinem Bett. Ich hatte furchtbare Ahnungen und beschloß, daß Jowan es erfahren müsse. Ich hatte ihm versichert, daß ich auf ihn gewartet hatte und daß ich in meiner Treue zu ihm niemals geschwankt hatte. Das hatte ich sehr nachdrücklich gesagt, und er hatte mir versichert, daß es bei ihm genauso gewesen sei. Und jetzt schien es sehr wahrscheinlich, daß Richards Frau geschieden werden würde wegen eines angeblichen Fehltritts ihres Gatten mit Miss Violetta Denver.

Ich hatte mich ein wenig vom ersten Schrecken dieser Erkenntnis erholt, als Richard mir berichtete, wie die Dinge standen. Ich hatte mich damit beruhigt, daß es kein öffentliches Aufsehen geben würde, soweit es mich betraf. Vielleicht irgendwo eine Notiz in einer wenig gelesenen Klatschzeitung – aber nicht mehr. Ich hatte mich einlullen lassen von dem Gedanken, daß dies eine Kleinigkeit sein würde.

Aber dem schien jetzt nicht so zu sein. Die ganze Nacht über lag ich wach. Was sollte ich tun? Am Morgen hatte ich meine Entscheidung getroffen. Es gab nur einen Weg. Ich mußte Jowan alles erzählen.

Sofort erkannte er, daß etwas nicht in Ordnung war. Ich konnte diese Frau mit ihren kalten, berechnenden Augen nicht mehr aus meinen Gedanken verdrängen.

Ich hatte Jowan ins Krankenhaus gebracht, wo seine Wunde behandelt und verbunden worden war, und als ich wieder heimfuhr, schlug ich einen anderen Weg ein: dorthin, wo wir uns zum ersten Mal begegnet waren. Ich stellte den Wagen dort ab, und wir saßen einen Augenblick schweigend da.

»Erzähl mir alles«, sagte er. »Was macht dir so zu schaffen? Hast du deine Meinung geändert? Wirst du mir erzählen, daß du über eine Heirat mit einem armen alten Invaliden noch einmal nachgedacht hast?«

Ich zwang mich zu einem Lachen. »Mehr als alles andere in der Welt will ich dich heiraten. Aber ich habe dir etwas zu sagen.«

»Das habe ich schon vermutet«, sagte er. »Nun, was ist es denn?«

»Es passierte, als ich mit Mary Grace im Ministerium arbeitete. Ihr Bruder ist nämlich Richard Dorrington.«

Ich hörte, wie er tief Luft holte, und seine Haltung änderte sich fast unmerklich. Er erinnerte sich gewiß daran, daß Richard mich einmal in Cornwall besucht hatte, und er wußte, daß Richard um meine Hand angehalten hatte. Aber das war vor dem Krieg gewesen.

»Ich habe Richard hin und wieder getroffen«, fuhr ich schnell fort. »Er hatte immer wieder kurzen Urlaub – manchmal nur ein paar Stunden. Er wußte, daß ich auf dich wartete, und es hat zwischen uns nichts gegeben außer Freundschaft. Und irgend jemand stellte ihm eine Wohnung zur Verfügung, in der wir uns trafen, und ich habe dann meist für ihn gekocht.«

»Das klingt ziemlich … vertraulich«, sagte Jowan.

»Richard wußte stets, daß es zwischen uns nichts als Freundschaft geben konnte.«

»Ich nehme an, er hoffte, ich würde nicht zurückkommen.«

»Du sollst wissen, daß ich die Wahrheit sage.«

»Und was ist dann passiert?«

»Ein Luftangriff überraschte uns, als wir zusammen in der Wohnung waren. Richard zog sich Verletzungen zu … nichts wirklich Schlimmes, aber doch schwer genug, daß er die Landung in Frankreich nicht mitmachen konnte wie geplant … Und Richard war verheiratet.«

»Verheiratet! Aber ich dachte …«

»Das haben wir alle. Er hatte es geheimgehalten. Seine

Frau gehört zur feinen Gesellschaft und wird oft in den Klatschspalten erwähnt. Die Ehe war ein Mißerfolg, und sie wollten beide wieder frei sein. Sie wartete zunächst ab, weil sie glaubte, er käme nach Frankreich und würde vielleicht nicht wieder zurückkehren, und das wäre dann für sie die einfachste Lösung gewesen. Aber als sie hörte, daß er hier blieb, beschloß sie, ihre Scheidung auf die schnellstmögliche Weise anzustreben. Sie führt nun die Sache mit der Bombardierung als Beweis dafür an, daß ich mit ihm in der Wohnung war. Weißt du, es war spätabends. Tatsache ist, daß sie sich von ihm wegen Ehebruch scheiden lassen will … und …«

»Mit dir?« sagte er.

Ich spürte ein gewisses Zurückweichen bei ihm, und er murmelte: »Gott im Himmel!«

»Ich habe mir große Sorgen darum gemacht«, fuhr ich schnell fort. »Aber Richard sagte, es würde wahrscheinlich ohne großes Aufsehen abgehen. Vor dem Krieg haben die Zeitungen über solche Fälle ganz genau berichtet, aber das ist jetzt anders.«

Ich beobachtete ihn genau und konnte einen Hauch von Zweifel in seinen Zügen entdecken.

»Du mußt mir glauben. Es war nichts. Nichts!« sagte ich mit Nachdruck.

Er wandte sich mir zu und küßte mich leidenschaftlich. »Violetta, meine Geliebte … natürlich glaube ich dir. Und selbst wenn es etwas gab … es war eine lange Zeit, eine lange und schlimme Zeit. Ganz gleich, was du getan hättest, es würde an meiner Liebe nichts ändern.«

Meine Erleichterung war unermeßlich. Ich hatte es ihm gesagt. Damit schien es nicht länger wichtig zu sein.

»O Jowan!« sagte ich. »Ich liebe dich so sehr! Ich hätte es nicht ertragen können, wenn jetzt irgend etwas zwischen uns gekommen wäre.«

»Das kann es nicht, wenn wir es nicht zulassen.«

»Aber du glaubst mir?«

»Ich glaube dir. Nun, das wäre erledigt. Du kannst wieder lachen. Wir sind wieder zusammen, nicht wahr? Wir lieben einander zu sehr, um uns das von irgend etwas zerstören zu lassen. Wir wissen, was es bedeutet, getrennt zu sein, und wir werden nicht zulassen, daß es noch einmal dazu kommt.«

»Jowan, ich bin so dankbar.«

Er nahm meine Hände und küßte sie. »Ich finde, wir sollten unsere Heirat nicht aufschieben, was meinst du?« sagte er. »Dieser dumme Arm wird bald wieder in Ordnung sein, aber wir sollten gar nicht erst darauf warten.«

»Er braucht gar nicht besser zu werden, dein Arm, bis der Krieg vorbei ist«, sagte ich.

Wir schwiegen einen Moment; sein Arm hielt mich fest umschlungen.

Dann sagte er: »Da war auch etwas in Frankreich. Da wir gerade bei Geständnissen sind, sollte ich es dir erzählen, denke ich. Es ist alles ziemlich verschwommen, und ich bin mir nicht sicher ... Aber ich hätte gerne, daß du es weißt.«

»Du meinst ...«

»Laß es mich erklären. Ich habe dir doch von Marianne erzählt ... ich meine, was sie für eine Frau war. Sie hatte ihren Mann sehr geliebt, aber ich bezweifle, daß sie ihm ganz treu gewesen ist. Sie hatte etwas Erdverbundenes an sich. Sie war mütterlich und sehr sinnlich. Ich nehme an, daß es bei Lisette das gleiche ist. Marianne betrachtet die Männer mit einer tiefen Zärtlichkeit. Für sie sind es kleine Jungen. Sie hat viel von einer Mutter. Ich denke, daß die Soldaten, denen sie geholfen hat, sie auf unterschiedliche Weise getröstet haben. Eines Abends schmerzte mein Arm besonders stark. Ich erinnere mich dunkel, daß sie ihn mir verband; sie steckte mich ins Bett, murmelte zart etwas von Mitleid ... und dann war sie neben mir, hatte die Arme um mich geschlungen, hielt mich fest und küßte mich, um den Schmerz zu lindern, so wie es angeblich die Mütter mit ihren Kindern machen. Es war eine unruhige Nacht. Ich war mir nicht sicher, ob ich träumte. Ich dachte immer an dich. Ich dachte, ich sei bei dir. Ich war nur halb bei mir. Ich dachte, du seist dort neben mir. Ich muß wohl wieder im Delirium gewesen sein. Jemand war dort. Ich glaubte, du seist es ... Was während der Nacht geschah, kann ich nicht sagen. Es könnte sein, daß ich dir untreu gewesen bin ...

ich war in diesem Bauernhaus … und da war diese Frau, und, Violetta, ich weiß nicht …«

»Im Krieg geschehen seltsame Dinge«, meinte ich unsicher.

»Ich kann es nicht sagen«, fuhr er fort. »Ich bildete mir ein, daß sie mich danach irgendwie anders behandelte. Ich wußte nie genau, was in diesen Nächten, da ich im Delirium lag, eigentlich vorging. So oft dachte ich, du wärest dort bei mir, und ich war dann bitter enttäuscht, wenn ich erwachte und du nicht dort warst. Die Sehnsucht war fast unerträglich.«

Wir schwiegen beide. Es war schwer, die richtigen Worte zu finden. Ich wußte nur, daß wir nicht zurückblicken durften. Der Krieg würde bald vorüber sein. Und wir würden glücklich sein. Dazu waren wir entschlossen.

Besuch aus Frankreich

Wir trafen Vorbereitungen für unsere Hochzeit. Mrs. Jermyn zeigte eine für sie ganz neue Lebensfreude. Sie hatte ja schon wie verjüngt gewirkt, als sie das Genesungsheim eröffnete, und jetzt war natürlich ihr Glück grenzenlos. Jowan war wieder da, ihr Traum war wahr geworden. Ich wußte, daß sie sich die Zukunft als ein wunderbares Leben mit vielen, vielen Urenkeln vorstellte. Und sie sagte mir, wenn sie für ihren geliebten Enkel die Frau hätte aussuchen müssen, dann hätte sie mich genommen.

Es war eine Zeit der starken Gefühle, und wir waren uns unseres großen Glückes sehr wohl bewußt. Eines Tages sagte sie: »Ich glaube tatsächlich, daß ich ohne diesen furchtbaren Krieg nicht so glücklich wäre, wie ich es jetzt bin, denn erst jetzt, da ich begriffen habe, wie nahe ich daran war, das Allerliebste zu verlieren, ist mir aufgegangen, wie kostbar das Leben ist.«

Jowans Arm ging es dank der Behandlung langsam besser. Es würde noch eine Weile dauern, bis er ganz ausgeheilt war, aber deswegen brauchten wir unsere Hochzeit nicht aufzuschieben.

Es waren wunderbare Tage. Jeden Morgen erwachte ich voller angespannter Erwartung. Ich bewohnte mein altes Zimmer auf Tregarland, aber ich war jeden Tag auf Priory. Dort hatten wir immer noch einige Soldaten, die wir betreuten, und die allgemeine Atmosphäre der Freude umfing auch sie, denn die Deutschen waren auf dem Rückzug, und bis zum Ende des Krieges konnte es nun nicht mehr lange dauern. Die Zukunft erschien mir in strahlend hellem Glanz.

An einem Spätnachmittag saßen Jowan und ich mit Mrs. Jermyn auf der Sonnenterrasse. Es war ihre Zeit für eine Tasse Tee, und sie hatte es gerne, wenn wir ihr dabei Gesellschaft leisteten. Natürlich sprachen wir über die bevorstehende Heirat, als das Mädchen hereinkam, um uns Besucher zu melden.

»Wer ist es denn, Morwenna?« fragte Mrs. Jermyn.

»Nun, Madam, anscheinend ein Mr. und eine Mrs. Greenley. Ich habe sie nie zuvor gesehen. Sie haben ein junges Mädchen dabei. Sie möchten Mrs. Jowan Jermyn sprechen, sagen sie.«

»Nun, dann bringen Sie sie doch hinauf. Ich kenne Mr. und Mrs. Greenley nicht. Du, Jowan?«

»Genau wie Morwenna habe ich nie von ihnen gehört«, sagte Jowan.

»Nun, dann lassen wir uns überraschen.«

Als das Trio eintrat, schrie Jowan erstaunt auf.

Er erhob sich und ging auf die Gäste zu.

»Nein ... Lisette! Was machen Sie denn hier?«

Lisette, deren dunkle, schlehengleiche Augen vor Freude geweitet waren und der das volle schwarze Haar bis auf die Schultern reichte, rief: »Jowan! Liebling, da bin ich. Ich bin gekommen, weil ...«

Sie zuckte die Schultern und verdrehte die Augen zur Decke.

»Und Mr. und Mrs. Greenley«, sagte Jowan.

»Wir haben in Frankreich gelebt«, erklärte Mrs. Greenley, »etwa seit zehn Jahren vor Kriegsbeginn. Wir konnten erst jetzt wieder zurück nach England. Und da Lisette herkommen mußte, haben wir sie unter unsere Fittiche genommen und ihrer Mutter versprochen, sie hierherzubringen.«

»Und Lisette, warum …« sagte Jowan. »Ihre … ihre Mutter …?«

»Sie meinte, es sei gut, wenn ich herkomme. Und Monsieur und Madame Greenley, sie sagten, sie nehmen mich mit. Sie sind freundlich.«

Jowan war offensichtlich verwirrt, und Mrs. Jermyn sagte: »Dann setzen Sie sich doch. Violetta, würden Sie vielleicht noch einige Tassen und frischen Tee kommen lassen?«

Die Greenleys sagten, sie wollten sich nicht aufhalten. Sie müßten wirklich weiter.

»Unter diesen Umständen … meinten wir, wir sollten Lisette herbringen«, sagten sie.

Mir war inzwischen an dem Mädchen etwas aufgefallen. Sie war sehr jung, und es gab da eine sanfte Rundung ihres Bauches. Konnte es möglich sein, daß sie schwanger war? Und falls ja, warum war sie hergekommen? Vielleicht hatte ihre Mutter geglaubt, daß es zur Zeit nicht gut sei, in Frankreich ein Kind zu bekommen, aber warum …

Lisette erklärte es gerade in ihrem gebrochenen Englisch. »Ich werde ein kleines Baby bekommen.« Sie lächelte Jowan strahlend an. »Deins … und meins.«

Daraufhin herrschte Schweigen. Jowan wirkte völlig verblüfft. Auch Mrs. Jermyn war bleich geworden.

Dann sagte Mr. Greenley: »Nun, wenn Sie uns entschuldigen möchten, wir müssen weiter. Wir haben Lisettes Mutter versprochen, sie herzubringen, und das haben wir getan. Leben Sie wohl.«

Ich stand auf und sagte: »Ich bringe Sie hinaus.«

Mrs. Greenley drehte sich zu mir um, als wir aus dem Zimmer waren, und sagte: »Ich denke, das muß ein Schock für Sie sein. Aber natürlich muß man sich um das arme Mädchen kümmern, das scheint nur recht und billig zu sein.«

»Ich denke, es hat vielleicht irgendein Mißverständnis …«

»Wie es so geht. Der junge Mann war offenbar eine Zeitlang auf dem Bauernhof. Marianne hat unseren Männern den ganzen Krieg hindurch sehr geholfen. Sie hat viele vor Gefangenschaft und Lager gerettet … vor ihrem sicheren Tod. Da wird es ihr schlecht vergolten, wenn man ihre

Tochter verführt. Das Mädchen ist erst sechzehn. Da ist es nur recht und billig, daß man etwas unternehmen muß. Marianne war wirklich erschüttert, und als Lisette zugab, wer dafür verantwortlich war, meinten wir, der junge Mann sollte es wissen. Also haben wir ihr versprochen, Lisette mitzunehmen und hierher zu bringen … Nun, und hier ist sie nun.«

»Das kann nicht wahr sein«, widersprach ich. »Es muß jemand anders gewesen sein.«

»Sie kannte seinen Namen und wußte, wo er zu Hause ist. Es scheint also wirklich so gewesen zu sein.«

Ich war froh, als sie fort waren.

Dann ging ich zurück zur Sonnenterrasse.

Jowan sagte gerade: »Es ist unmöglich, Lisette. Das weißt du. Du weißt, daß da nichts war …«

»Oh, doch doch«, sagte sie. »Du warst krank, und ich bin gekommen, um dich zu trösten. Und dann war ich mit dir im Bett … die ganze Nacht. Ich war da … nicht nur eine Nacht. Ich habe dich sehr glücklich gemacht. Ich habe nicht gedacht, daß es dazu kommt, aber nun ist es …«

»*Du* warst das also«, murmelte Jowan ungläubig.

»Ja … und wir haben das kleine Baby. Ich sagte zu meiner Mutter: ›Jowan, das ist ein reicher Mann … ein guter Mann. Er wird sich um das kleine Baby kümmern.‹ Meine Mutter sagte, es sei nicht gut, jetzt in Frankreich ein Kind zu bekommen. Nicht genug zu essen … nicht gut. Das Baby muß einen Vater haben.«

Jowan war wie benommen, so wie wir alle. Und das so kurz nachdem wir uns so glücklich gewähnt hatten. Ich konnte es nicht fassen. Und das Mädchen war erst sechzehn. Und doch, er war dort gewesen. Er hatte mir von dieser Sache mit ihrer Mutter erzählt. Jetzt schien es, als sei es nicht die Mutter, sondern die Tochter gewesen.

Und das Ergebnis hatten wir vor uns.

Unsere Bestürzung und Ratlosigkeit waren groß. Wir mochten nicht glauben, was da plötzlich über uns kam.

»Es ist unmöglich«, sagte Jowan immer wieder. »Es ist nicht zu glauben.« Aber wenn ich daran dachte, was er mir erzählt hatte, fand ich es durchaus möglich, und ihm ging es ebenso.

Mrs. Jermyn betrachtete die Angelegenheit nüchtern.

Sie wußte, daß Jowan nach seiner Flucht auf dem Bauernhof gelebt hatte; und sie wußte, daß dieses junge Mädchen dort gewesen war. Selbst sie glaubte, daß es möglich war.

Sie kümmerte sich um die Dinge, die erledigt werden mußten. Man mußte für das Mädchen sorgen. Ein Zimmer wurde für sie fertig gemacht. Falls ihre Geschichte stimmte, hatten wir ihr gegenüber Verpflichtungen, denen wir nachkommen mußten, sagte sie.

Lisette zeigte sich nicht besonders besorgt. Es war klar, daß sie ganz aufgeregt war und die Situation, in der sie sich nun befand, genoß. Sie fand das Haus mit dem Blick übers Meer wunderbar. Für sie war es ein großes Abenteuer.

»Dieses schöne Haus«, sagte sie. »Es wird das Zuhause meines Babys sein. Ach, Jowan, Liebling, wir bekommen ein kleines Baby. Er wird groß und stark werden wie du.«

Sie kicherte viel, und nach und nach fiel mir auf, daß irgend etwas an ihrem Verhalten merkwürdig war. Es gab mir Rätsel auf. Dieses häufige helle Lachen – war das ein Anzeichen von Ängstlichkeit? Einmal sah ich, wie sie für sich lachte, und bei näherem Hinsehen stellte sich heraus, daß sie Tränen in den Augen hatte.

»Warum lachst du, Lisette?« fragte ich sie.

»Ich lache, weil ich glücklich bin. Mein Kind wird in diesem *grande maison* leben. Das ist sehr gut.«

»Aber richtig glücklich bist du nicht, oder?« hakte ich nach.

Einen Augenblick lang wirkte sie angsterfüllt.

»Ich bin sehr glücklich. Es macht mich glücklich, daß ich ein Baby bekomme, das in diesem *grande maison* aufwachsen wird.« Dann fügte sie noch einmal beinahe trotzig hinzu: »Das macht mich glücklich.«

»Ich fragte mich, was wohl in ihr vorging. Sie war noch zu jung, um ihre Gedanken erfolgreich verbergen zu können. Sie war noch keine siebzehn. Sie würde sich kaum daran erinnern, wie es vor dem Krieg gewesen war, nahm ich an. Seit Kriegsbeginn waren jetzt mehr als fünf Jahre verstrichen. Und Kinder werden in solchen Zeiten schnell erwachsen. Sie würde in mancher Hinsicht klug sein, aber in anderer wieder unwissend.

Sie tat mir leid, trotz der Schwierigkeiten, die sie uns verursachte. Ihre Stimmung schwankte; es gab Augenblicke tiefer Befriedigung, und dann wieder spürte man bei ihr eine gewisse Verzweiflung. Manchmal wirkte sie wie eine kampferprobte Katze, dann wieder wie eine verängstigte – mit allen Wassern gewaschen das eine Mal und dann wieder wie ein Kind.

Mehr als einmal versuchte ich herauszufinden, was sie wirklich dachte.

»Du bist nicht wirklich glücklich, Lisette. Irgend etwas macht dir Sorge«, sagte ich.

Dann riß sie ihre schlehengleichen Augen sehr weit auf und schüttelte den Kopf. Aber die Herausstellung ihres Glücks war zu nachdrücklich, um wirklich stimmig zu sein.

Mrs. Jermyn versuchte, aufgestört wie sie war, Zukunftsperspektiven zu fassen.

»Was sollen wir mit diesem Kind machen?« sagte sie. »Es ist eine höchst außergewöhnliche Situation. Die Mutter hat dir das Leben gerettet, und die Tochter droht es dir zu ruinieren. Aber wir werden das nicht zulassen. Wir werden uns um sie kümmern, bis das Kind geboren ist, und es, falls nötig, hierbehalten. Ich nehme an, sie hat sich in den Kopf gesetzt, dich zu heiraten. Das kommt gar nicht in Frage. Wir werden dafür sorgen, daß sie es gut hat. Geld natürlich. Sie könnte dann zurück nach Frankreich gehen, und wir werden uns um das Kind kümmern.«

Ich dachte mir dann oft, wie leicht es doch war, die Probleme anderer Menschen zu lösen, und war mir sicher, daß Mrs. Jermyn das genauso gut wußte wie alle anderen. Wenn sie so redete, ließ sie alles als eine einfache Sache erscheinen. Wir würden Lisette zurück nach Frankreich schicken, abgefunden; und das Kind würde bleiben, und wir würden das, was Mrs. Jermyn absichtlich, um es geringer erscheinen zu lassen, ›diese unglückliche Sache‹ nannte, vergessen.

Aber uns allen war jämmerlich zumute. Jowan konnte Lisettes Anblick nicht ertragen, und wenn er ihn doch ertragen mußte, trat immer ein Ausdruck der Ungläubigkeit in seine Augen. Er mußte jedoch die Tatsache akzeptieren, daß es sehr wohl möglich war, daß er in einem Zustand verminderter Zurechnungsfähigkeit zum Vater von Lisettes Kind geworden war; und dennoch konnte er es nicht glauben. Ich merkte, daß er sich an jene Tage und Nächte zu erinnern versuchte, als er auf jenem Bauernhof im Bett gelegen hatte und Lisette möglicherweise zu ihm gekommen war ... eine schattenhafte Gestalt ... die er, als er aus seinem Delirium erwachte, für Marianne gehalten hatte.

Es hatte so sein können, wie Lisette es darstellte, und es würde ein Kind geben. Daran war nichts zu ändern.

Unter diesen Umständen konnten wir unsere Heiratspläne nicht weiter verfolgen. Es waren unbehagliche Tage, voller Beklemmungen.

Woher sollten wir wissen, welche Schritte nun zu unternehmen waren?

Und inmitten all dessen meldete sich Richard. Die Scheidung war vollzogen worden. Es war alles schnell und unauffällig vonstatten gegangen, da von keiner Seite Einwendungen hervorgebracht worden waren und beide sich in ihrem Wunsch nach Trennung einig waren.

Darüber brauchte ich mir keine Sorgen mehr zu machen. Aber was hatte das jetzt noch für eine Bedeutung?

Eines Morgens erreichte uns ein Brief von Buster Brown. Jowan zeigte ihn mir. Er war in einer großen, unbeholfenen Handschrift geschrieben.

Lieber Herr Hauptmann,
    ich freue mich, daß ich Ihren Brief doch noch erhalten habe. Muß sagen, ich würde Ihr Zuhause gern kennenlernen. Das waren Zeiten, die wir durchgemacht haben, nicht wahr?
    Ich bin jetzt am Lark Hill. Ich werde für eine Weile hier in der Heimat eingesetzt. Ich könnte am Mittwoch

kommen. Und für ein paar Übernachtungen bleiben, wenn Ihnen das recht ist. Ich nehme an, Sie haben genug Platz für einen wie mich.

Es wird schön sein, Sie wiederzusehen.

Ihr ergebener Diener,

Buster Brown

Der Gedanke, ihn bald zu sehen, munterte Jowan auf, obwohl ich andererseits merkte, daß er über die Schwierigkeit nachdachte, seinem Adjutanten die Sache mit Lisette zu erklären.

Am Mittwochmorgen fuhr er zum Bahnhof und kam mit Buster zurück.

Ich lief ihnen entgegen. Buster entsprach genau Jowans Beschreibung – mittelgroß, ziemlich drahtig, dunkles Haar, lebhafte Augen und ein Lächeln, das alle anderen möglicherweise vorhandenen Mängel ausglich. Er zeigte es häufig, und es gab seinem Gesicht einen komischen, liebenswerten Ausdruck.

»Sie sind Miss Violetta«, sagte er. »Kann wohl sagen, daß ich schon von Ihnen gehört habe.«

Wir traten in die Halle ein. Er starrte hinauf in die Deckengewölbe und ließ seine Augen ringsum schweifen. Besonders angetan hatten es ihm die Wandteppiche.

»Mensch«, sagte er. »Noch nie sowas gesehen.«

»Eine Errungenschaft meiner Vorfahren«, sagte Jowan.

Buster wollte gerade etwas dazu sagen, als Lisette auf der Treppe erschien. Buster starrte sie an und sie ihn. Buster öffnete den Mund und konnte, glaube ich, einen Kraftausdruck gerade noch unterdrücken.

Lisette erbleichte.

Dann hörte ich, wie sie mit stockender Stimme sagte: »Bustaire.«

Sie lief auf ihn zu und warf sich ihm an den Hals.

»Ho«, sagte Buster. »Ganz ruhig.«

»O Bustaire ... Bustaire«, rief sie.

Buster drückte sie an sich und starrte über ihre Schulter hinweg Jowan an.

»Lisette wohnt hier«, sagte Jowan.

Lisette weinte und lachte gleichzeitig und klammerte sich an Buster.

»Du bist gekommen«, rief sie. »Ich wußte, daß du kommst. Du bist zu mir gekommen.«

Es war die Rettung.

Lisette war von ihrem Gefühlsausbruch restlos erschöpft, und wir sorgten dafür, daß sie sich um des Kindes willen etwas ausruhte.

Und Buster erklärte uns, was vorgefallen war.

»Das ist ja vielleicht ein Ding«, sagte er. »Ich komme her, um Sie zu besuchen, und wen finde ich hier? Lisette.«

Er fuhr fort: »Ja, was soll ich sagen? Wir waren dort, und sie war jung, eine von der ganz knackigen Sorte. Ganz natürlich, daß wir aneinander Gefallen fanden. Bis wir es schließlich getrieben haben. Ist ja nur menschlich. Und dann haben wir beide uns aus dem Staub gemacht. Ich habe viel an sie gedacht. Hübsches Kind. Braucht jemanden, der sich um sie kümmert, und ich freu mich wie ein Schneekönig über das Kleine.«

Ich begriff, daß es Buster schwer fiel, das Leben ernst zu nehmen.

»Sie sehen also, Sir«, sagte er zu Jowan, »Sie haben nichts damit zu tun.«

Jowan erzählte ihm, daß Lisette mit einem englischen Paar, das sie von Frankreich hergebracht hatte, hier angekommen sei.

»Sie meinten, daß Recht Recht bleiben müsse, und sie hatte ihnen erklärt, ich sei der Vater ihres Kindes.«

»Junge, was für ein Nerv! Sie waren nicht einmal in ihrer Nähe.«

»Es war schwierig. Ich war ja manchmal nicht bei Bewußtsein. Und manchmal … Marianne …«

»Die konnte einen wirklich verwöhnen. Sie hatte so etwas an sich, gab einem das Gefühl, daß man wieder ein Kind war. Schlüpfte einfach zu einem ins Bett, um ein bißchen zu schmusen. Klar, sie brauchte auch ein bißchen Spaß im Leben. Aber Lisette, nein … auf die hielt sie ein Auge. Wir mußten aufpassen wie die Schießhunde, das kann ich Ihnen sagen. Und das haben wir auch.«

Buster blickte reumütig.

»Ich schätze, das Kind ist von mir«, fuhr er fort. »Wissen Sie, ich freu mich schon auf so einen Schreihals – halb Lisette, halb ich. Ich schätze, das ist eine Mischung, die kaum noch zu übertreffen ist. Ich habe nachgedacht. Es wird Zeit, daß ich seßhaft werde, und jetzt, wenn dieser Schreihals kommt ...«

Zum ersten Mal seit vielen Wochen mußte ich spontan lachen.

Während der zwei Tage, die Buster bei uns verbrachte, traf er seine Entschlüsse.

Er würde Lisette heiraten. Er hatte sie gern. Sie sei ein ›appetitliches kleines Ding‹, und er würde für sie sorgen. Und ganz schön durchtrieben, das sei sie auch.

»Hierherzukommen und Sie verantwortlich zu machen. Nun, Sie verstehen es vielleicht. Stellen Sie sich nur vor, wie Marianne darauf reagiert haben würde. Hätte das Kind ja zu Tode erschreckt. Was wird der Pastor dazu sagen und so weiter. All diese kleinen Geschichten sind ja ganz gut und schön, solange nichts dabei herauskommt. Armes Kind! Sie wußte viel von Ihnen. Wissen Sie noch, wie Sie immer erzählt haben? Sie hat es aufgeschnappt. Sie hat mir gesagt, sie habe nicht mehr gewußt, was sie tun solle. Sie glaubte, daß sie mich nie wiederfinden würde, deswegen hat sie bei Ihnen Zuflucht genommen. Nun, es hätte schlimmer kommen können. Ich würde kein Auge mehr zu tun können, wenn ich sie enttäuscht hätte.«

Wir fanden Buster köstlich. Mrs. Jermyn hatte ihn ebenfalls in ihr Herz geschlossen, ganz abgesehen von der Tatsache, daß sie ihn als unsere Rettung aus einer tatsächlich sehr unangenehmen Situation betrachtete.

»Sie müssen uns hier besuchen, wenn dieser jämmerliche Krieg vorüber ist«, sagte sie ihm.

»Ich komme mit Weib und Kind«, sagte er.

Mrs. Jermyn schmiedete sofort Pläne. Sie sollten hier bei uns heiraten. Wenn sie sofort das Aufgebot bestellten, konnten sie in drei Wochen heiraten.

»Dann«, fügte Mrs. Jermyn in ihrer praktischen Art hinzu, »ist Lisettes Zustand noch nicht so auffällig.«

Anschließend konnten sie ihre Flitterwochen auf Priory verbringen.

Sie war Buster für sein Erscheinen im richtigen Moment – wie ein *deus ex machina* – so dankbar, daß sie ihn am liebsten mit Segnungen überhäuft hätte. Sie vergab Lisette deren Täuschung, weil sie sich vorstellen konnte, in welch verzweifelter Lage sich das Mädchen befunden haben mußte; sie war noch ein Kind, und es war ein großes Glück, daß der gute Buster erschienen war und die ganze Sache richtiggestellt hatte.

Man hätte sie sich nicht unterschiedlicher vorstellen können, aber dennoch schienen sich Mrs. Jermyn und Buster einander bestens zu verstehen, und sie amüsierte sich köstlich über seine Art und Weise, sich auszudrücken.

Und für mich und Jowan war das Leben wieder wunderbar geworden.

Im Februar des triumphalen Jahres 1945 gab es eine Doppelhochzeit. Jowan und ich wollten zur Hochzeitsreise eine Woche nach Devon fahren, während Lisette und Buster Mrs. Jermyns Gäste waren.

Wir waren alle sehr heiterer Stimmung, und wie um das Ganze zu krönen, war in den Zeitungen von der endgültigen Niederlage Deutschlands die Rede und davon, daß unser Premierminister auf der Konferenz von Jalta Präsident Roosevelt und Stalin treffen würde.

Es war eine wunderbare Hochzeitsreise, vor allem angesichts der Qualen, die wir durchgemacht hatten, bis wir sie endlich antreten konnten. Das Wetter war ein wenig winterlich, aber wir waren zusammen. Die ganze Welt schöpfte neuen Mut. Wir brauchten nicht länger auf das warnende Geheul der Sirenen hören. In seiner unnachahmlichen Weise erklärte Marschall Montgomery seinen Männern, daß wir unseren Feind da hatten, wo wir ihn haben wollten, und daß ihn jetzt der entscheidende Schlag treffen würde.

Zweifellos war das Ende all unserer Kümmernis, unserer Leiden und Ängste gekommen.

Im Mai kam Lisettes Kind zur Welt. Buster war sehr stolz und aufgeregt. Er und Lisette hatten sich inzwischen in London niedergelassen. Buster war immer noch beim Militär, aber er wollte, sobald es möglich war, wieder seinem Beruf als Elektriker nachgehen.

Sie hatten eine kleine Wohnung, und Buster bekam viel Urlaub, weil er frisch verheiratet war und keine Soldaten mehr auf den Kontinent geschickt wurden. Der Krieg in Europa war vorüber.

Sie waren sehr stolz auf ihr Kind, ein kleines Mädchen, das Victoria getauft wurde. Sie war im Sieg geboren worden, und so schien der Name angemessen.

Ich kann die Zufriedenheit, die ich damals empfand, kaum beschreiben. Nur jemand, der diese sechs Jahre durchgemacht hatte, konnte das verstehen.

Ich werde diesen Tag im Mai 1945 nie vergessen. Die Menschen sammelten sich in den Straßen, und zusammen mit ihnen sahen wir den König und die Königin mit den Prinzessinnen auf einem Balkon des Buckingham-Palastes. Der Premierminister, der in White Hall zu den Menschenmengen sprach, erklärte: *»In unserer langen Geschichte haben wir niemals einen größeren Tag erlebt als diesen.«*

Jowan und ich gingen zusammen zurück zu unserem Hotel. Der Alptraum war vorüber. Die langen Tage des Wartens auf Jowan waren vorbei. Wir waren zusammen und sahen zusammen einer guten Zukunft entgegen.

Inhalt

HEYNE
BÜCHER

Drei Namen, eine Autorin:

Victoria Holt · Jean Plaidy · Philippa Carr

Geheimnisvoll. Dramatisch. Hinreißend leidenschaftlich.

Victoria Holt:

Das Schloß im Moor
01/5006

Das Haus der tausend Laternen
01/5404

Die Braut von Pendorric
01/5729

Das Zimmer des roten Traums
01/6461

Die Dame und der Dandy
01/6557

Jean Plaidy:

Der scharlachrote Mantel
01/7702

Die Schöne des Hofes
01/7863

Im Schatten der Krone
01/8069

Die Gefangene des Throns
01/8198

Königreich des Herzens
01/8264

Die Krone der Liebe
01/8356

Die Tochter des Königs
01/9448

Philippa Carr:

Geheimnis im Kloster
01/5927

Der springende Löwe
01/5958

Sturmnacht
01/6055

Sarabande
01/6288

Die Erbin und der Lord
01/6623

Die venezianische Tochter
01/6683

Im Sturmwind
01/6803

Die Halbschwestern
01/6851

Im Schatten des Zweifels
01/7628

Der Zigeuner und Mädchen
01/7812

Sommermond
01/7996

Das Licht und die Finsternis
01/8450

Das Geheimnis im alten Park
01/8608

Zeit des Schweigens
01/8833

Das Geheimnis von St. Branok
01/9061

Wilhelm Heyne Verlag
München

HEYNE BÜCHER

Marie Louise Fischer

Heyne-Taschenbücher

HEYNE BÜCHER

Utta Danella

*Romane und
Erzählungen der
beliebeten deutschen
Bestseller-Autorin:
Ein garantierter
Lesegenuß!*

Heyne-Taschenbücher